中国海洋大学"985工程"

海洋发展人文社会科学研究基地建设经费资助

中国古代文学与海外汉学史论

王庆云 著

中国社会科学出版社

图书在版编目（CIP）数据

中国古代文学与海外汉学史论/王庆云著 . —北京：中国社会
科学出版社，2017.10
　ISBN 978 - 7 - 5203 - 0476 - 4

　Ⅰ.①中…　Ⅱ.①王…　Ⅲ.①中国文学—古典文学研究
②汉学—历史—研究—世界　Ⅳ.①I206.2②K207.8

中国版本图书馆 CIP 数据核字（2017）第 126210 号

出 版 人　赵剑英
责任编辑　刘　芳
特约编辑　席建海
责任校对　张依婧
责任印制　李寡寡

出　　　版　中国社会科学出版社
社　　　址　北京鼓楼西大街甲 158 号
邮　　　编　100720
网　　　址　http://www.csspw.cn
发 行 部　010 - 84083685
门 市 部　010 - 84029450
经　　　销　新华书店及其他书店

印　　　刷　北京君升印刷有限公司
装　　　订　廊坊市广阳区广增装订厂
版　　　次　2017 年 10 月第 1 版
印　　　次　2017 年 10 月第 1 次印刷

开　　　本　710×1000　1/16
印　　　张　20.25
字　　　数　308 千字
定　　　价　86.00 元

目 录 CONTENTS

中国古代文学与海外汉学史论

古代文学史论

古典·红学探谜

古代文学史论

中国小说发展史的分期问题

一

中国的古代小说，是中国古代文学的重要构成部分，也是中国古代文化的重要表现形态。研治中国文学史和文化史者，无论中国学术界还是外国汉学界，都把中国古代小说的研究放在重要的位置；中国的文学史家自不必说，许多外国汉学家是从研究中国古代小说起家并著名的。研治者面对十分悠久的中国古代小说的发展历史、十分浩瀚的作品数量、十分可观的创作成就，除开个案研究，宏观、总体的研究首先要解决的结构框架问题，就是分期问题。

对此，一般的中国文学史因覆盖的是整个文学发展变化的时空框架结构，对小说的特殊性自然考虑和表述不多，而且是将小说发展脉络分割穿插在各个"文学分期"中的，往往给人以被切割了的感觉。因此，对中国小说发展历史的把握，更需要的是专门的研究撰著。中国小说史专门研究的开山之作是 20 世纪 20 年代鲁迅的《中国小说史略》，后来又有了 30 年代中谭正璧的《中国小说发达史》、30 年代末郭篇一的《中国小说史》等，都直接或间接研究了分期问题，而且鲁迅先生对这一问题的解决，事实上奠定了后来进一步论说的基础，后来的研究"始终没有超越《小说史略》的藩篱"①。20世纪50年代北大中文系55级的《中国小说史稿》，诚然出新不少，但在分期问题和作品分析上的观点依据，则无疑受到了当时强调政治的时代思潮的局限。后来的学术界多以对小说类别、作品、现象的专门研究成就突出，至20世纪80年代末90年代初，新的"古代小说史的撰写却仍付阙如"②，至齐裕焜的《中国古代小说演变史》，用功甚勤，其中将古代小说分为六个时期：（1）准备期（从远古到先秦两汉）；（2）成熟期（魏晋至唐）；（3）转变期（宋元）；（4）繁荣期（明代）；（5）高峰期（清初至清中叶）；（6）演进期（1895—1911）。③ 这种分法已经很注重小说自身发展演变的状况了，但其一，"准备期""成熟期"之类的命名，过分地强调了今人的"小说"眼光；其二，"演进期"之类，竟以1895年至1911年为阶段，则显过于教条。

至20世纪90年代后期，国家教委古籍整理研究委员会支持编著的"中国小说史丛书"，共18种，其中"断代史"计6种，为《汉魏六朝小说史》《隋唐五代小说史》《宋元小说史》《明代小说史》《清代小说史》《晚清小说史》④，可见仍是以历史朝代为断代坐标的。而且这种意识有的还非常炽烈。例如，《隋唐五代小说史》说到"唐传奇的发展，大致为三个时期"，"第一个时期为初期（618—762），从唐高祖起，到唐肃宗止"，"第二个时期为中期（763—859），从唐代宗起，到唐宣宗止"，"第三个时期为晚唐（860—907），从唐懿宗咸通起，直到唐末"⑤，似乎唐传奇是这些皇帝们写的一样。当然这绝不是作者的原意，但这样的行文，却透露出了这种以具体朝代来划分文学创作（这里是小说创作）历史分期的意识。

---

① 裕焜：《中国古代小说演变史·序》，敦煌文艺出版社1990年版。
② 同上。
③ 裕焜：《中国古代小说演变史·绪论》，敦煌文艺出版社1990年版，第2—5页。
④ 参见安平秋、侯忠义、萧欣桥《中国小说史丛书》，浙江古籍出版社1997年版。
⑤ 侯忠义：《隋唐五代小说史》，浙江古籍出版社1997年版，第9页。

二

中国古代小说史分期，应以什么为分期的坐标和根据？以前大多过分注重了以历史朝代的更迭，往往脱离对小说作为文学和文化品类自身发展规律的基本特殊性的足够重视。小说的发展变迁，既与历史上的重大事件如改朝换代、重大政治历史的转折等相联系，又有其自身的面貌和发展律动，而不以这些历史的转折所亦步亦趋。因此，我们考虑中国小说史的历史分期，其标准只能是小说内容、小说形式与小说受众互动的发展变化本身所呈现出来的一些重要标志：（1）小说外在形式的转折变化；（2）小说内在内容的转折变化；（3）小说写作手法的转折变化；（4）小说作者艺术追求的转折变化；（5）小说受众空间层次与审美情趣和要求的转折变化；等等。

中国古代的"小说"，包括的体裁范围很广，跟现在的"小说"概念不完全一样，也跟西方的"小说"（short story；novel；fiction）概念不完全一样。中国古代的小说，按照古代人的叫法和我们今人的归类，主要包括"笔记""传奇""话本""拟话本"和"小说"等。就使用的语言来说，有文言和白话两种语言形式，同时也是两种小说形式，或者干脆说就是两个品种。"笔记""传奇"等都是文言小说，"话本"和"拟话本""小说"等都是白话小说。"笔记"都是短篇小说，大多篇幅很短，我们也可以称为"小小说"，大多以编成一本书的形成问世流传；"传奇"即唐代和宋代"笔记"之外的一种小说的名称（明代和清代"杂剧"之外的一种戏曲形式，也称作"传奇"），这种小说，篇幅比"笔记"要长，相当于现代的"短篇小说"；至于"话本"，本是民间艺人"说话"（讲故事）的文本，文人对"话本"进行模拟创作，被称为"拟话本"，篇幅都比"传奇"要长，但比现代的"中篇小说"要短，相当于"小中篇"；"演义""小说",都是长篇小说,前者多是对历史人物事件故事的演义,如《三国演义》《水浒传》,后者多是我们今人观念中的"小说创作",如《红楼梦》等。

中国古代小说的起源,以文本来说,最早的要算公元前 5 世纪至前 3 世纪战国时代成书的《山海经》。直到 20 世纪初叶中国全面兴起"新文学"即"现代文学",才算结束了古代小说的历史。中国古代小说的发展经历了大约 2500 年的历史。英语有文字的历史始自 7 世纪,有英语书面文学的历史至今大约有 1300 年,可见中国古代文学的历史很长。中国古代小说的总量,现在可以知道书名和篇名的,约有 3300 种。其中白话小说约600 种,文言小说约 2700 种。①

这是中国古代小说的基本面貌。我们讨论其历史发展的分期,就是以这种基本面貌为基础起点的。

三

纵观中国古代小说 2500 年的发展史,以上述分期的坐标和根据来分期把握,可以大体上分为这样六个发展时期。

(一) 中国古代小说的混沌期

这时段主要在秦代之前,也延伸到了汉初。在这一时期,有小说(广义,下同)文本出现的时间在公元前 5 世纪或前 4 世纪,主要文本有《山海经》和《穆天子传》。《山海经》的主要内容,是神话传说、博物逸闻,被称为中国神话传说最早的文库,中国古代小说的滥觞和"鼻祖";《穆天子传》的主要内容,是用编年记月的形式记述周穆王的,历史与传说融为

---

① 参见裕虯《中国古代小说演变史·绪论》,敦煌文艺出版社 1990 年版,第 1 页;安平秋、侯忠义、萧欣桥《中国小说史丛书》,浙江古籍出版社 1997 年版。

一体，是后世历史小说的滥觞。但这一时期的小说并没有单独的作品，所以用今天审视"小说"的眼光来看，算不上小说。

（二）中国古代小说的自发期

这一时段大约始自汉初至整个魏晋南北朝时期，即公元前3世纪上半叶至公元6世纪末叶。秦朝短短15年之后，西汉于公元前206年建立，公元24年灭亡，为新的汉朝所代替，又经历了近200年，然后魏、蜀、吴三国相争，大约征战了60年，这就是后来的长篇小说《三国演义》的历史蓝本。三国之后，晋成为新的统一王朝，约半个世纪之后，争霸大战又起，导致的结果是晋只控制中国的南方，北方则被16个政权分割，史称"十六国"。这种局面持续了100多年，南方的东晋被宋、齐、梁、陈4个王朝相继替代，同时，北方又有了北魏、西魏、东魏、北周、北齐等或统一或分治的政权。公元581年，隋朝重新统一了中国，结束了长期分割、战乱的历史局面。这一整个过程是近800年的历史。这个时期的小说，由先秦的混沌雏形走上了自发发展的阶段，作品逐渐开始丰富，有许多已经很著名。如史传小说《汉武故事》，神仙、志怪小说《十洲记》《列仙传》《搜神记》《列异传》《博物志》《神仙传》《拾遗记》《幽明录》，志人小说《世说新语》等，都是这一时期的重要作品。但受到中国文学史早期阶段文史不分的制约，若从今天的"小说"观念来看，这一时期的小说仍然属于雏形阶段，还主要是对民间传闻故事和社会"实事"的记载，还谈不上有意识的艺术创造，因此，我们很难用今天的"小说"观念去审视和评判。

（三）中国古代小说的自觉期

这一时段的主体是自隋唐之际至唐末五代时期，有300多年的历史。隋朝重新使中国走向了统一，因此中国文学包括小说的历史也在作家范围、地域分布和表现题材、主体内容等方面为之一变，因而既出现了颜之推、侯白的传统小说（小说集），又出现了王度的《古镜记》这样一种具有新的小说文体性质的作品——以此为转折的标志，文人们开始了"传奇"创作的历史——就像鲁迅先生所说的那样——开始"有意为小说"了（鲁迅《中国小说史略》）。但隋朝灭亡得很快，其历史不足 40 年，公元618 年，大唐帝国王朝登上了历史舞台。近 300 年过后，公元 907 年，唐朝政权被推翻，统一的版图又被分裂，中国历史进入了"五代"（907—960）、"十国"（891—979）时期。大唐帝国 300 年，史分初唐、盛唐、中唐、晚唐 4 个阶段。初唐阶段，国家经过休养生息，社会制度比较合理和理想，社会生活走上了健康发展的道路，因而出现了"盛唐气象"，尽管后来又出现了社会发展中的曲折和大唐王朝的最终走向衰微，但小说自隋唐之际有了新气象，由于文人们开始"有意为小说"，整个有唐一代，在杂说、笔记作品仍然大量问世的同时，"传奇"这一新品种迅速成熟，大大超越了小说早期阶段依附于历史和神异传说、社会逸闻的状况；作家很注重"创作"了，小说的篇幅加长了，故事性增强了，人物形象鲜明生动了，描写相对细腻、栩栩如生了，因而作品的可读性和影响力更大了。例如《霍小玉传》《李娃传》《昆仑奴》《红线》《莺莺传》等，都塑造了唐代生活中新出现的娼妓、商贾等市民和书生、才女等青年男女形象，有许多作品在当时和后世都有很大的影响。

（四）中国古代小说的分流期

这一时期是跨唐末五代和两宋至元末，大约自公元 10 世纪初开始，到14 世纪中叶，共约 4 个半世纪。唐末五代之后，公元 960 年，又一个统一的宋王朝建立，但这是一个比秦、汉、隋、唐等王朝的版图面积都小的帝国，西北、东北地区尚有西夏国、辽国、金国等少数民族政权存在。167年之后，公元 1127 年，被北方先灭掉了辽国等政权的金人所追击，宋朝廷从首都汴梁（开封）逃亡到杭州，在那里建立了新的朝廷，将新都杭州命名为"临安"，史称"南宋"（其前为"北宋"）。南宋时期，中国的整个北方就被金人政权所占。南宋小朝廷软弱无力，"临安"150 年之后（1127—1279），终被蒙古族人所建立的元朝所灭。元朝成了新的大统一的王朝。但元代的历史只有 90 年。这一段历史的兴亡更替，似乎跟以前的王朝的更迭没有什么两样，但社会毕竟是向前发展着的。尤其是自唐代较长期的社会稳定和经济发展，"城市"，无论在数量和规模上，还是在市民阶层的大规模形成上，都成了这一时期突出的人口聚落方式和生活方式。至宋代，城市更为发展，城市的商业经济成分越发扩大，城市的尤其是市民阶层的消费生活对通俗文艺发展的需求越发突出，因而成就了自唐代就产生和发展，至宋代开始繁荣的"说话"艺术及其"话本"创作——"白话小说"这一更有生命力的市民小说品种。

自唐五代就出现的"话本"小说形式，来源于市民的"说话"艺术，使用当时的白话写成，故事曲折动听，如《目连变文》《降魔变文》《韩擒虎话本》等，尽管它们在古籍中没有被保存下来，是 1900 年在敦煌莫高窟藏经洞被发现的，被埋藏了大约 1000 年才重见天日，对整个世界文化界都是震动，但当初一定是很有听众、很有读者市场的。至宋代，这种小说艺术得到了空前的发展繁荣，为后来文人的"拟话本"和长篇小说的形成和发展奠定了基础。当然，这一时期，原来的文言小说传统仍然继续发展，只是在说话艺术和话本小说出现了繁盛的局面之下，文言小说包括笔记小说和传奇小说的发展态势被掩而不彰了。

公元 1279 年，蒙古族人所建立的元朝首先统一了中国北方之后，进而灭掉了南宋，又一次统一了中国南北方的版图，而且成吉思汗的铁马金戈，纵横驰骋，使大元的势力版图横跨亚欧大陆，扩大到了地中海沿岸。蒙古人入主中原之后，把最有"学问"和"文才"的中原知识分子——"秀才"视为社会"十等人"中的第九等人（据说这是后来戏称知识分子是"臭老九"的来历），并曾废除了科举制度，断绝了知识分子做官的可能性，因而知识分子便成了市民说唱艺人们的写作班子，杂剧艺术由此兴盛起来。这些文人们所写的戏曲文学、讲唱文学作品，成为后来长篇小说的迅速出现和发展繁荣的前提。

因此我们说，这一时期是中国古代小说最为重要的时期，其最大的特点是改变了文言笔记小说作为小说主流的历史，市民通俗小说"话本"开始出现并走向繁荣，传统的文言笔记小说虽仍在发展，但已经退居到了亚流的地位。从这种意义上说，这是我们今天的小说观念中的"小说"的真正诞生时期。

（五）中国古代小说的繁盛期

这一时段从元末历经明代直到清代晚期。元代维持大统一局面的时间不长，不足 100 年，终被明王朝所代替，明王朝从 1368 年至 1644 年，历经 276 年，又被清王朝所替代。清王朝从 1644 年至 1911 年，历时 267 年。其间 1840 年鸦片战争爆发，导致中国社会性质和文化发生变化，中国文学开始走向转型，即由古代文学开始了向近代文学的转变。

从元末到清代晚期鸦片战争爆发之前的大约 500 年之间，中国古代小说进入了繁盛期。这一时期的小说的最大特点和最大成就，是长篇小说和文人拟话本（类似于中篇小说）这两种新样式的通俗"白话小说"的迅速发展繁盛，并在这一期间出现了长篇小说创作的两次高峰：一次在元末明初，其代表是《三国演义》《水浒传》《西游记》等的出现；另一次在清乾隆年间，其代表是《红楼梦》等的诞生，还有拟话本系列丛书名作"三言"（《喻世明言》《警世通言》《醒世恒言》）、"二拍"（《初刻拍案惊奇》《二刻拍案惊奇》），笔记小说《聊斋志异》《阅微草堂笔记》，以及长篇小说《金瓶梅》《儒林外史》等。这些都是在当时和后世都很有影响，并且后来在世界上知名度也很高的重要作品。

（六）中国古代小说的转型期，亦即近代"新小说"的诞生期

在这一时段自 1840 年鸦片战争爆发至 1919 年五四新文化运动，历时近 80 年。鸦片战争之后，西方人及其物质文化和精神文化大规模进入中

国，中国的社会性质和思想文化都发生了变化。中国文学开始出现转型的趋势，即由古代文学开始出现向近代文学的转变。小说创作转型较慢，经过了半个世纪之久的积蓄和酝酿，以1895年的中日甲午战争爆发为促发因素，"诗界革命"和"小说界革命"迅速兴起，内容上反映新的社会现实，艺术上受到西方小说影响的"新小说"迅速出现了创作高潮，在短短的十几年中，出现了大约600种"新小说"。《官场现形记》《二十年目睹之怪现状》等，就是这一时期出现的长篇名著。

自从18—19世纪西方文学作品和观念传入中国以后，中国开始提倡"文学革命"，包括"诗界革命"和"小说界革命"，到20世纪初的五四运动之后，全面兴起了"新文学"，小说的理论、观念和写法，包括语言、结构和表现的内容，与古代小说相比都已面目全非，自此，中国的古代小说走向了历史的终结，现代小说应运而生。

[原题《中国小说发展史的分期问题》，《聊城大学学报》（哲学社会科学版）2002年第4期]

诗的国度： 以唐代情爱诗为例

    中国文学传统中，诗歌（诗赋）言情，乃至"淫"，本是诗歌（诗赋）的本性。早在先秦时代的《诗三百》中的"国风"，尽管经"孔子删《诗》"，仍然被视为"淫诗"者众。其后的《高唐赋》《神女赋》，更是被视为文学史上情爱描写之诗化传统的名篇。而诗歌至唐，达到了高峰，也达到了言情涉淫的高峰。

    唐代的情爱诗，是唐代诗歌中的重要组成部分，也是中国诗歌艺术发展史上灿烂的一章。

    诗歌是心灵情感的外化媒介和艺术反映。诗言志，诗言情。情爱作为人类敏感细腻、美好感人和缠绵动人的丰富情感，历来都是诗歌艺术中最为精彩的构成。有唐一代近 300 年，较之历史上以往的任何朝代，都是社会相对来说最为稳定、经济相对来说最为繁荣、政治相对来说最为开放、思想相对来说最为活跃、艺术相对来说最为异彩纷呈的一个朝代。作为大唐帝国的一员，无论是国主还是臣民，从帝王将相到农工士商，从才子佳人到乡野渔樵，由于国家的相对富强，都有了一种前所未有的豪迈之气，因而，"诗言志"，诗歌就成了唐代上至帝王、下至妇孺都善于运用、长于创作和流传的普及化的抒情言志载体，甚至可以说，诗歌是有唐一代人们日常生活的一个组成部分。我们说诗是有唐一代文学的代表，唐代是一个诗的国度，正是从这一意义上说的。而唐代经济的相对蓬勃发展，社会生活的相对丰富，又为人们的爱情和情爱生活及其激情火花的碰撞、传递和艺术地抒发提供了社会基础和生活前提，因此，诗歌成为这种情爱碰撞、传递和抒发的外化媒质，便成了有唐一代诗歌发展和总体成就中必然的重要的特色内涵。

一　唐代情爱诗的兴盛及其社会基础

唐代情爱诗的作者队伍，一如整个唐诗，在如上所说的时代大背景下，大凡诗人，大凡有诗作传世，都会有情爱诗作佳品。《全唐诗》收录诗作近5万首，诗人2200多人，只是片泥鸿爪，其中的情爱诗作已见浩浩大观。近、今人《全唐诗》补遗一补再补，从现存史料或文献考古中不断偶有发现，同样新的情爱诗作不断进入人们的视野。由于当时的诗作没有被收集或保留下来，或者虽然当时保存了下来或被收集了下来而后来又遗失了的，为数更多，更为普遍，其中情爱诗作所占的比重亦然。作为一个诗歌的国度，几乎全国的人都在作诗，且不说识字的、不识字的口头作者的"唱出来的诗"（今人称为"声诗"，如任二北先生有大著《唐声诗》对此做了钩辑），包括更为普遍的日日月月年年在整个大唐"天下"此起彼伏的民歌吟唱无法计量，即使仅以"写出来的诗"而言，也毕竟能者数量很大，在大唐有史近300年间，也远远不是三五千人甚至三五万人所能打住的。那么庞大的诗歌创作队伍，那么庞大的诗歌艺术产量，这其中，既然诗歌是抒发情爱最为"拿手"的艺术手段，既然诗人是内心情感最为丰富，艺术表现冲动最为强烈，情感的艺术外化及其传递与张扬欲最为旺盛的群体，其抒写情爱的诗作，所占的分量之大，比重之高，所形成的繁盛的局面，虽然今天已难以"量化"，也是可想而知的。

唐代的情爱诗之所以大为兴盛，其一，由于前代诗歌艺术发展的积累。我国诗歌从先秦的《诗经》和《楚辞》来看，情爱诗就占据着很大的分量，而且已经有很高的艺术造诣。自汉以降，汉魏晋南北朝乐府中有大量情歌，其他民歌体五七言诗以及像《古诗十九首》那样的无名氏下层文人之作，情爱诗也占有一定的比重，同时，在一些上层文人诗者尤其是齐梁宫体诗等那里，也对诗歌艺术包括情爱诗艺术的发展做出了贡献。进入唐代，经过初唐四杰等的创新和改造，用闻一多《唐诗杂论》中的话说，是"由宫廷走到市井"来了，后经初唐和盛唐、中唐和晚唐诗人们的大规模、高质量的情爱表达抒发和艺术煅打创造，从而造就了整个有唐一代的情爱诗歌成就。

其二，有唐一代的诗歌包括情爱诗的发展繁荣，与帝王对诗歌创作的倡导和对诗人的礼遇支持是分不开的。唐历代帝王都不但鼓吹诗歌创作，而且带头实践，并以诗论人。仅从《全唐诗》中所收的帝王诗来看，其中太宗诗近百首，玄宗诗六十余首，可见诗歌创作在唐代人生活中的比重。高宗、武后等对文艺人才的器重、褒扬和提携，在当时和后世都不绝于书。著名诗人杜审言、陈子昂、沈佺期、宋之问等，当年都是因受到武则天的礼遇和重用才得以成就的。有了帝王的爱诗歌和爱诗人，才有了诗歌在全国的普及，诗人在全国的普遍，并且才使得他们"有恃无恐"地表达情爱成为可能。

其三，整个唐代是一个张扬个性、思想解放，总体看经济富足，人民生活安定，有闲暇之思，有情爱诗创作生活基础的时代。尤其是盛唐时期，情况更是如此，有"诗史"之称的杜甫曾有《忆昔》一诗这样描绘道："忆昔开元全盛日，小邑犹藏万家室；稻米流脂粟米白，公私仓廪俱丰实。"据《旧唐书·玄宗纪下》所载当时的一次普查记录，全国管郡321，县1538，户9619254，人口有52880488，经济之才、论思之士讲道艺文者甚众，对于唐代许许多多人来说，吟诗、写诗和传诗，伴随着他们的一生，他们是地地道道的诗人。他们上至帝王，下至百姓，人人大都有或丰富或单纯的情爱经历，大都有或浪漫或现实的情爱生活体验，在那样一个以诗歌为生活内容和生活方式的时代里，在那样一个对情爱的表达和宣泄并无多少顾忌和保留的时代里，用诗的形式即兴抒发、表达和宣泄他们的情爱，已经变得十分自然而然。

其四，诗人的面向生活，生活的丰富多彩，包括文化生活的繁荣和人文素养的相对普遍提高，导致了人们抒发情爱并吟咏成诗的广泛兴致，同时也就提供了传播情爱诗篇的广泛渠道；而唐代城市市民阶层的崛起和商业经济的发展繁荣，促使城市消费生活扩大了情爱生活的内容；同时由于各大自然水系和人造运河工程的广泛利用，造船技术、航运技术的大规模发展，所形成的江河湖海间的行商队伍不断庞大，客观上造成了商人家庭尤其是其夫妻之间或情人之间的长期分离和聚散无期，他们之间的思念、盼归、哀怨等，就为情爱诗的创作和产生提供了广袤的土壤和素材。对此，不但唐代大批官吏文人做了直接观察并对这一行业社会的夫妻或情人间的感情脉络做了模拟"代言"，尤其为商人妇们做的"代言"更多，而且无论商人夫妻或情人的男方女方，他们本身就是大量情爱诗言事咏情的作者和抒情主人公。唐代社会还有一个十分突出的方面是，由于边塞戍卫包括战事需要，产生了大量征夫，他们远在边关生死未卜，他们与妻子或情人们长久分离，甚至是生死分离，这些更为情爱诗的大量感人之作提供了现实基础和产生令人断肠的艺术撼力的动因，同时也丰富和拓展了情爱诗的具体内容和题材。当然，这是统而言之；具体分析，自然会得出具体的认识。

其五，在如此广众的诗人当中，大多诗人的情爱诗作都打造了自己独特的艺术个性，因而使得整个有唐一代的情爱诗有如群星灿烂、繁花争艳，异彩纷呈。就不同的诗人来说，由于其个人经历和个人兴趣与爱好不尽相同，其关注的生活面和抒情言志的审美兴奋点不尽一致，因而其爱情和情爱诗的写作数量、具体的情感内容和艺术表现质量就必然不会一样。这样的不同，还不仅仅表现为不同社会阶层、不同职业人群、不同性别作者所体现出来的群体的差异，而且即使就同一社会阶层、同一职业人群、同一性别的作者而言，其个体的差异也不容忽视，甚至大相径庭。比如，群体差异，大者如帝王与臣民、士族与布衣、男人与女性；次者如初唐、盛唐、中唐和晚唐的差异，地区之间的差异，不同流派之间艺术主张和追求及其艺术造诣的差异，等等；个体差异，除却归属于不同群体的个体之间相较的莫大差异不说，仅就大体上归属于同一群体的个体之间的差异，也显而易见：大者如李白和杜甫，无论在当时还是后世，都已有定评，即使如王维、孟浩然之间，高适、岑参之间，元稹、白居易之间或白居易、刘禹锡之间，李商隐、温庭筠之间，等等，在当时都以诗歌成就及其诗风相同或相似齐名，其情爱经历与感受、艺术表现手段与所获得的审美效果也不尽相同，各有千秋。比如李白与杜甫诗风在浪漫与现实之间的不同；温庭筠以个性的缠绵和诗作的柔美为基本特征，与李商隐以个性的深沉而敏感和诗作的委婉而隐晦为基本特征的不同等，都在其情爱诗作上表现得十分明显。

二　唐代情爱诗的题材内容

由于如上所说，唐代社会的繁荣发展和生活的丰富多彩，有唐一代人们的情爱内涵极为深广，其情爱诗作的题材内容丰富多样。大致来说，有以下几个方面。

一是写少男少女的爱恋的。这一类的诗写得不少，而且大多很有特色，清新可喜。比如崔颢《长干曲》写一位泛舟姑娘对一位男子的属意；崔国辅的《采莲曲》写江南姑娘对纯洁爱情的追求，一句"相逢畏相失，并著木兰舟"，其心情，其动作，很是感人；崔国辅的《小长干曲》写小伙子和姑娘约会，也写得委婉动人。还有储光羲的《钓鱼湾》《江南曲》，于鹄的《江南曲》，李白的《杨叛儿》，皇埔松的《采莲子》，雍裕之的《江边柳》，写少男少女的欢会或离情别意，都写得很美。这一类情爱诗写得最多的，要数刘禹锡，他主要是用乐府民歌的手法来写，既清新雅丽，又通俗酣畅。他的这一类诗歌有《淮阴行》《竹枝词二首》《竹枝词九首》《踏歌词四首》等，其中《竹枝词二首》中的"杨柳青青江水平，闻郎江上踏歌声"，已经成为千古绝唱。另外，他的不属于民歌体的一些写青春少男少女的情爱诗，也写得很好，如《和乐天〈春词〉》等。

二是写失恋、写相思、写爱而不得等一类的诗。这一类的诗写得最为普遍，如李益的《写情》；王昌龄的《闺怨》，李端的《闺情》，李益的《江南曲》，孟郊的《怨诗》，权德舆的《玉台体十一首》，王建的《望夫石》，韩愈的《清清水中蒲三首》等。非常有名的还有，如张九龄的《望月怀远》，"海上生明月，天涯共此时"已被人们千古流传，至今被借以泛用。有王维的《相思》，写"红豆生南国"，"此物最相思"，至今人们喜欢吟咏。这一类诗写得较多的，是李白和李商隐。李白写的主要有思妇诗，如《乌夜啼》《春思》《长相思》《玉阶怨》等；李商隐写的主要是一些相思思念诗，多以"无题"名之，如《无题四首》，写女子对男子的思念，《无题二首》写男子对女子的思念，又《无题二首》写女子的情爱失意等。他的"有题"的，如《代赠二首》，写女子为不能与情人相会的愁思，也同样写得很美。至如写失恋的痛苦的诗作，非常感人的有崔郊的《赠婢》和杜牧的《叹花》。崔郊的《赠婢》中的"侯门一入深如海，从此萧郎是路人"，写的发自心底，让人一咏三叹。还有崔护的《题都城南庄》，一句"人面不知何处去，桃花依旧笑春风"，不知道感动了历代多少男女老少的心。如白居易与张仲素的唱和诗《燕子楼》，二人一唱再唱，一和再和，抒发了对美人盼盼的情感和忆思，让人不由得歔欷落泪。而非常难得的是，《全唐诗》还为我们保存下来了作者为"安邑坊女"的《幽恨诗》和"湘驿女子"的《题玉泉溪》，非一般男性诗人所能写来，弥足珍贵。尤其是《幽恨诗》，短短四句二十字："卜得上峡日，秋江风浪多。巴陵一夜雨，肠断木兰歌。"后人评论此诗"绝妙古今，一字千金"，并不过分。

三是写夫妻情感的。有王昌龄的《青楼曲》，写少妇对为国出征立功的丈夫的归来而欣喜不已的情状；王涯的《秋思赠远》写对妻子的思念；雍裕之的《自君之出矣》写对丈夫的思念；白居易的《寒闺怨》写老妇思夫；张籍的《节妇吟》写一少妇对丈夫忠贞不贰的心境，可谓佳制；更有李商隐的几首"有题"，如《为有》写妻子对丈夫的感情之深，就连为官的丈夫的早朝，她也不愿让他一大早起身；《日射》写空闺少妇的寂寞与对丈夫的思念；《夜雨寄北》则直接写给自己的内人，其情感人。

再一类是写弃妇的，如杜甫的《佳人》等。唐诗中这一类诗作不是太多，应该说是当时的社会现实和人们的思想观念使然。

再一类是写征夫戍边，与妻子两地思念的。这一类是中国古代包括唐代西部、北部边事不断的历史的反映，涉及历朝历代成千上万的家庭，他们夫妻不能相守，甚至新婚日即成永别日，战死沙场，永不生还的很多，因而反映这一内容的闺怨思夫诗数量很大，也大多写得极为感人。如沈佺期的《杂诗三首》《独不见》；沈如筠的《闺怨》；王维的《伊州歌》；李白的《北风行》《子夜吴歌》；张仲素的《春闺怨》《秋夜思》《秋闺思》；金昌绪的《春怨》等。其中金昌绪的《春怨》采用民歌体，写得既清新活泼，又极为深刻隽永。

专门写离别的诗，在唐诗中也占有很大的比例。其中最著名的，要数杜甫的"三别"诗，《新婚别》和《垂老别》既写了新婚夫妻的生死离别，又写了年迈老夫老妻的生死离别，而《无家别》则写了一个孤苦伶仃连家也没有的可怜人无人可别的"别"，更为令人断肠。如孟郊的《古别离》《古怨别》；李白的歌行体长诗《长干行》，写商人妇的爱情与别离，以女子口吻写来，如怨如诉。还有雍裕之的《江边柳》，写女子对男子的离情别意；杜牧的《赠别》，是留赠歌妓的；李商隐的《板桥晓别》写与情人话别；罗隐的《柳》写与情人歌妓送别，此类还有他的《赠妓云英》等。

还有一类写情人间微妙的情感或写幽会的。前面提到的崔护的《题都城南庄》也可归入此类；而李商隐写得最多，著名的有《银河吹笙》《春雨》《碧城》等，前面提到的《代赠》，也可归入此类。

写帝王后妃之爱和反映宫怨的，作品量极大，好诗也极多。如李白的《清平调词三首》，写玄宗与杨妃的恋情，语语浓艳，字字流葩，当时就深得玄宗赞赏；而白居易的《长恨歌》，则写得既美丽动人，又鞭辟入里，让人感时伤世，反思再三。写宫怨的，大小诗人都写得很多。如王昌龄的《长信秋词五首》，李白的《妾薄命》，崔国辅的《怨词二首》，李商隐的《宫词》，刘禹锡的《阿娇怨》，司马札的《宫怨》，薛逢的《宫词》，章碣的《东都望幸》，杜荀鹤的《春宫怨》等，不胜枚举。

写家庭亲情的，李白、杜甫、王维、李商隐等，都有名篇佳制。李白的如《寄东鲁二稚子》，王维的如《九月九日忆山东兄弟》，李商隐的如《骄儿诗》，杜甫的如《月夜》《春望》《羌村三首》《江村》等。

写新婚的，似乎不是很多，但其中王建的《新嫁娘》、朱庆余的《闺意献张水部》写得最为人喜。尽管后者以写新婚夫妇作比，另有用意，但就所写的具体内容而言，却把一位初嫁新娘写得活灵活现，十分可人。

唐诗中写悼亡的，以元稹、李商隐的最为感人。元稹的《离思五首》其四，写出了"曾经沧海难为水，除却巫山不是云"这样的千古名句，把诗人对亡妻的刻骨铭心的深厚感情写得淋漓尽致。李商隐的《王十二兄与畏之员外相访见招小饮时予以悼亡日近不去因寄》和他的《正月崇让宅》，都写出了对其亡妻令人断肠的感情。

另外需要特别指出的是，唐代许多女诗人写的情爱诗，思想内容和艺术上的表现都不容忽视。除了前面所提到的安邑坊女和湘驿女子为不知姓名者之外，有名有姓，且非常有名的女诗人，她们写的情爱诗，都感情真挚，令人感动。如刘采春的《啰唝曲》，薛涛的《牡丹》《送友人》，薛媛的《写真寄外》，鱼玄机的《江陵愁望有寄》，陈玉兰的《寄夫》，诗人王驾妻子花蕊夫人所作的宫词一百首等。这里录薛媛的《写真寄外》一首，以见其例。薛媛是晚唐人南楚才之妻，南楚才离家远游后，某高官欲以女妻之，楚才为之所动，薛媛知道后，对镜自画肖像并以诗相寄，写得真挚委婉，既表达了对丈夫的一片忠贞，以打动丈夫，又不伤丈夫的自尊，使得南楚才既感动又内疚，和薛媛重聚归好：

> 欲下丹青笔，先拈宝镜寒。
>
> 已惊颜索寞，渐觉鬓凋残。
>
> 泪眼描将易，愁肠写出难。
>
> 恐君浑忘却，时展画图看。

三 唐代情爱诗的艺术特色

唐代情爱诗的创作，作为有唐一代中国诗歌创作繁盛期的一个重要组成部分，在艺术审美表现上很有值得称道的地方，甚至可以说达到了前无古人，后无来者，后人难以企及的高度。

第一，较之于前代，情爱诗的内容有了极大的拓展，广泛丰富，或清新或深刻，精彩多姿。诗人们来自对情爱生活的观察和体验，其诗歌表现、抒发和再现了多样化内容，多写得精彩独到、感人至深，艺术化的审美感召力可谓夺人。既有写少男少女之欢的，又有写成年男女情爱之深的；既有写宫廷之怨的，又有写民间之苦的；既有写欢聚的，又有写离别的；既有写夫妻情感的，又有写情人情感的；既有写男女之情的，又有写骨肉亲情的；既有写自己的，又有写别人的，尤其是男性诗人多为女子捉笔代言，以女性口吻作为抒情主人公，挖掘和展示情人们的内心深处，情感写得细腻微妙，佳作连篇，让人目不暇应，一吟三叹。所有这些，较之前代的情爱诗的那么多怨苦，那么多悲哀，诗人情爱作品较为少见，形成了十分鲜明的对照和强烈的对比。

第二，诗的体裁多样，有歌行体，有律体，有民歌体，有唱和，有赠答，有长歌，有短制，不一而足。这是中国诗歌发展到唐代成熟和繁荣的表现，用以描写和抒发情爱，内容与形式相得益彰。如果唐代社会不容纳这么丰富多彩、深刻感人的情爱，也就不会有这么多的情爱好诗；而如果虽然有了这么丰富多彩、深刻感人的情爱，而没有这么丰富多样的诗歌表现形式，诗歌样式仅仅停留在唐前的水平上，那么同样也会好诗难寻。唐代诗人们很好地做到了形式与内容的统一和互促互动，这是他们的创造性贡献。

第三，艺术表现手法高妙，对此我们可以从以下四个方面来看。一是以景写情，以景写人，景中情生，景人互映。突出的例子比比皆是，如崔护的《题都城南庄》，"人面不知何处去，桃花依旧笑春风"者是。二是创造性地发展活用了民歌的比兴手法。比如刘禹锡的大量表现少男少女的竹枝词，往往是比中有兴，兴中有比，比兴化一，起笔见情，简练酣畅，字字句句情真意浓，美丽感人。如："杨柳青青江水平，闻郎江上唱歌声；东边日出西边雨，道是无情却有情。""山桃红花满上头，蜀江春水拍山流；花红易衰似郎意，水流无限似侬愁。"三是很少像前代诗人赋家那样极力谱写美人之外形仪表，而是将笔触更多更倾情地渗入情人们的内心世界，写情写爱，写感写心。四是善于捕捉具体的生活情景和特写镜头着笔，达到了诗中有画、画中有诗、画中有情的极高的诗歌艺术审美境界。如上文所举刘禹锡的竹枝词，如崔护的《题都城南庄》，如金昌绪的《春怨》，都是。还有王建《新嫁娘词》的"未谙姑食性，先遣小姑尝"，与朱庆余《闺意献张水部》的"妆罢低声问夫婿，画眉深浅入时无"，大有异曲同工之妙。这些美丽的情爱诗篇，绝无无病呻吟之作，为我们后世留下了许许多多名篇佳句，脍炙人口，流芳千古，万代传咏，为我们鉴赏不尽。

[本篇原题《论唐代的情爱诗创作》，《中国海洋大学学报》（社会科学版）2002 年第 2 期；曾为拙著《〈红楼梦〉与中国文学传统》第三章"渊源有自：《红楼梦》对文学传统的承继"中的一节，同今题。文字略有订正]

文学至宋： 世俗之美的选择

　　一个时代有一个时代的文学，文学至宋为一变。充分把握宋代及其之后文学的特征和发展的道路，对认识中国文学史的演进轨迹和规律，认识今日文学的一些思潮和现象，无疑不无裨益。

　　自宋太祖始，朝廷为了吸取晚唐五代藩镇割据造成混乱局面的教训，把军权、政权、财权都收归中央，"杯酒释兵权"，让有战绩、有实力，对中央集权有威胁的大将"多积金帛田宅以遗子孙，歌儿舞女，以终天年"；对打天下有功的一些文臣，则给他们优厚的俸禄和虚职、闲职，组织他们编纂大型文献图书，把他们的光阴和精力用在搜集、整理、排比、编纂这些文字材料上，如《太平御览》《太平广记》等，如此既可点缀天下太平景象，又可消磨文臣的时光，省得他们闲来生事。这样，国防力量削弱了，朝廷无力收复北方大片领土，燕云十六州依然归属辽国，将大片西北领土归属西夏，因而使北宋王朝成了中国历史上的统一王朝中版图最小的一个朝代，而且到了南宋，只剩下了半壁江山。

　　但问题的另一方面是，由于宋朝的主要精力不放在争夺地盘、边境战争、增强国防力量上，这样就使得大量青壮年劳动力用于发展生产了。宋初即重视大兴水利，扩大农田，使农业有了发展，相应而来，手工业也获得发展，进而工商业也走向繁荣，加之大量的非战时的军人、弃武人员、闲职、虚职文官及其家属的需要，上流社会以及消闲阶层剧增，这就为城市经济、市民阶层的发展壮大提供了条件。宋王朝为了进一步笼络人心，一方面如上所及，对身处上层的官僚文臣特别优待，除俸钱禄米外，还有职钱、职田，可以使他们吃用不了，因而大办庄园、私馆、别墅，蓄娟养妓，沉迷于歌台舞榭；另一方面，朝廷广开科举，在比唐代小得多的疆域国土里，每次录取进士比唐代多 20 倍，使这些有知识有学问的人都有官做，有高俸厚禄，并且也过上了消闲的沉迷的生活。由此，除了传统的诗文之外，许多娱乐性的文艺品种和样式应运而生，并迅速走向了繁盛，而且带着它们的世俗的、商业的特质，逐渐普及于整个市民阶层。宋人孟元老《东京梦华录》所记载的北宋都城汴京（今河南开封）的繁华景象，耐得翁的《都城纪胜》、西湖老人的《西湖老人繁胜录》、吴自牧的《梦粱录》、周密的《武林旧事》等书所记载的南宋都城临安（今杭州）的盛况，都非常具体地给我们描绘出了那种歌楼舞榭盛极一时，瓦子勾栏技艺空前的繁荣景象。

这些就是产生宋代文学的土壤，也就是铸成宋代文学的基本精神和特色的社会文化环境和条件。

一

文学至宋，与前代文学相较，最为突出的特点是，由先前的以致用性文学为主体，转向了以娱乐性文学为主体。

在中国文学史上，先秦的《诗三百》《楚辞》、百家散文，基本只可以说是致用性文学。《诗三百》有国风、大小雅、颂，无论当时产生风、雅、颂的实际情况怎样，从其搜集、整理的过程来看，显然是采诗官所为，而采诗在当时是一种制度，目的在于"观风以知政"，所以孔子说，"诗可以观"，"诗言志"，"不学诗，无以言"，至汉又定名为《诗经》，作为儒人士子的致用经典。以后的论者，一直认为"风"者，是"讽"，用于教化、美刺；"雅"者，是"正"，是"言王政之所由废兴"（《诗·大序》），因政事有大小，故有大雅、小雅；"颂"者，即歌颂，以王政盛德"告于神明"，用于敬神祀祖。楚辞，则是楚地民间用于祭神之歌辞，至屈原、宋玉一方面对楚地这些祭神歌辞进行加工制作，另一方面表现自己命运的失意和对楚国政治的关怀等，大旨来说也是"言志"之作。至于百家散文，则更是经世致用之文，儒家、道家、墨家、法家、农家、纵横家等，无须细说。文学至汉，一方面是继承和发展了先秦历史散文，出现了司马迁《史记》这样的历史著作，而这里的散文绝非我们今天意义上的"散文"，而是相对于"韵文"来说的散言体文，即纪实记事的应用文；另一方面，汉赋大兴，主要继承的是楚辞传统，由此生长演变成主要为宫廷文人歌功颂德、粉饰夸耀太平的作品。至于汉乐府，自汉初即设乐府会，一方面供统治者点缀升平，另一方面就是依古制采集民歌，因为民歌"皆感于哀乐，缘事则发，亦可以观风俗、知厚薄云"（《汉书·艺文志》）。唐白居易有《采诗官》一首说："周灭秦兴至隋氏，十代采诗官不置。"虽未必符合史实，却说到了采诗对于"观风知政"的重要性。由此可见，娱乐性还没有形成一代文学的主要精神和特色。至魏晋南北朝，一方面是建安风骨、慷慨苍凉，壮志不已；另一方面是自魏"正始文学"后大兴的谈玄游仙求逸，史称"魏晋风度"；再有就是宫廷文臣和士族文人如三张（张载、张协、张亢）、二陆（陆机、陆云）、两潘（潘岳、潘尼）、一左（左思）等，追求辞藻，对偶华艳，形成形式主义的文风。至于魏晋小说，有志人、志怪两大类；志人则旨在品评乡党人物之得失，记载文人雅士之风流言论和事迹；志怪则"发神道之不诬"，信其为实有，都绝不是为了娱乐。这样说，当然不是说其间就没有纯粹娱乐性或基本属于娱乐型的作品，而是说就整个朝代的文学看，没有形成主流。文学至唐，代表这一代文学主流和主要成就的是诗文和传奇。文，以韩愈、柳宗元为代表，主张文以载道和文从字顺，多为应用文和论说文，抒情散文虽颇多佳作，毕竟未占主要地位；传奇，则是文人雅士借以夸耀自己的经历、艳遇和才学之作，作者多为官僚，作为传奇，"盖此等文备众体，可见史才、诗笔、议论"（宋·赵彦卫《云麓漫钞》）。至于唐诗，无论是以文章名天下的初唐四杰也好，盛唐王孟田园诗人和高岑边塞诗人也好，大诗人李杜白也好，中唐韩柳、晚唐小李杜、皮陆也好，他们把诗看成一种文章，用于记事、送人、悼亡、抒情、言志，很少用于娱乐。

宋代文学的娱乐性，主要表现为宋词和宋话本这两种艺术形式的发达和兴盛。宋代文，自宋初柳开倡导"复古"，主张重道、致用、崇散、尊韩，至宋代中期欧阳修成为宋代古文运动的领袖，后来曾巩、王安石和三苏取得了极大成就，由此后人把唐代的韩、柳与宋代的欧阳修、曾巩、王安石和三苏合称为"唐宋八大家"，可以说宋代文基本上是唐代文的继承与发展。宋诗也是这种情况，而且总的来看，成就远逊于唐。而宋词就不同了，它以崭新的面貌成为有宋一代文学的代表。

宋词由上述产生和发展的社会基础和条件所决定，成了供声妓乐人演唱的东西，因此至今我们依然称作词为填词。它在起初完全是活跃在歌舞场上的，这种情况在北宋尤其突出；词人之作，大多是供奉宫廷和士族文人歌舞游宴的娱乐消遣品。大词人，也是太平宰相晏殊，"未尝一日不宴饮"，"每有佳客必留"，"亦必以歌乐相佐"（《避暑录话》）。他的儿子晏几道，政治上几不得意，则更坦白地说自己作词是"析醒解愠"，"期以自娱"，用以供歌女莲、鸿、云等唱出来娱乐宾客和自己的（《小山词叙》）。大文官宋祁，官至工部尚书，拜翰林学士承旨，喜作词，"红杏枝头春意闹"即其名句，也称"红杏尚书"。柳永则是北宋官位最低的一位词人，他的词大都是为妓女作的。叶梦得《避暑录话》说："柳永善为歌词，教坊乐工，每得新腔，必求永为词，始行于世。"他的词集名《乐章集》，即说明是供歌唱用的。他一生流连坊曲，用他自己的话说，是"烟花柳巷"里的"白衣卿相"。周邦彦也流连坊曲，又精于乐律，做地方官多年，徽宗颁布"大晨乐"，为提举大晨府。正是这种生活的需要和时代文化的背景，使得许多文人雅士成了词人。郑振铎《中国文学史》说道："词在北宋，已达黄金时代了。作家一作好了词，他便可以授之歌妓，当筵歌唱，十七八女郎执红牙拍板歌'杨柳岸晓风残月'，这个情境岂不是每个文人学士所最羡喜的？所以，凡能作词的，无论文士武夫，小官大臣，都无不喜作词。像秦七，像柳三变，像周清真诸人且以词为其业。柳三变更沉醉于妓寮歌院之中，以作词给她们歌唱为喜乐。所以我们可以说一句，在词的黄金时代中，词乃是文人学士的最喜用之文体，词乃是与文人学士相依傍的歌妓舞女的最爱唱的歌曲。"即使是苏轼，虽然以"大江东去"为主要风格，且对词与音乐的密不可分有重大突破，但他的词作也是与歌妓娱乐分不开的。他"有歌舞妓数人，每留宾客饮酒，必云有数个擦粉虞侯，欲来只直"（《轩渠录》）。即使是南宋著名爱国词人，豪放派的大家辛弃疾，也养家妓歌女。南宋大词人姜白石也有家妓，其中最令他感到得意的是小红，姜诗云："自喜新词韵最娇，小红低唱我吹箫"，就是写照。家蓄姬妾歌妓，官府中有官妓乐班，坊曲中有歌场、酒楼、茶馆、妓院、瓦肆、勾栏，这就是文人所生活的环境。歌舞妓的职业本身就是供人娱乐的，文人与歌妓的"联姻"，就是词的生身父母，因而词的娱乐性，也就十分显然了。当然，我们这样说并不是指宋词的全部，南宋爱国豪放词，始自北宋苏轼，另辟蹊径，但这并不妨碍我们对宋词的基本把握。

至于宋代的话本小说，原本就是民间的说话艺术，产生和发展于瓦肆勾栏，为艺人所为，虽其间有深广的社会内容，但其娱乐性是天性，这是不言而喻的。

二

文学至宋，完成了中国文学史由雅变俗的转变过程。这里的"俗"，包括两个方面，一个是它的世俗性，另一个是通俗性。

自先秦至唐，诗文在内容上无非有两大精神系统，一是入世，二是出世，而在形式上，两者都是典雅化的。就出世的一面而言，自老庄到魏晋陶渊明等的隐士文学、游仙文学，到隋唐王孟等的释道化文学，作为一个很大的、很重要的文学系统，占据很重要的地位。但这系统到了宋代，却变得不那么突出，不那么明显，似乎是断流了。当然它不是真正的断流，但至少是隐遁了。入世，几乎成了宋代文学精神的全部，在宋代文坛、诗坛、词坛上，几乎没有了出世文学的影子。就连苏轼时有老庄和禅家思想，也不禁唱出了"我欲乘风归去，又恐琼楼玉宇，高处不胜寒"。这里我们需要指出的是，这里的入世精神和前代文学的入世精神不同，这就是我们上面所说的表现在它的娱乐性上，而且是通过管弦歌女，在宴乐、坊曲、勾栏里实现的。从主要的方面看，要通过这样一种渠道来实现，那就必然在内容上符合妓女乐人和下层民众的生活情感、文化观念。宋代的词是这样，无论是婉约词，还是豪放词，包括南宋的爱国词都是这样。婉约派以情词为多，这不仅符合文人的情操和情感，而且也符合普通民众的情操与情感；豪放词尤其至南宋，以爱国词为著，这同样不仅符合文人的精神和志向，也符合民众的民族情感和爱国精神，因此才那么被世人所接受和喜爱。至于宋代的话本小说，其世俗性更为突出和强烈，它的内容无非是说国贼、论忠臣、辩鬼怪、讲闺怨、谈发迹、演负心、叙逸史，完全是市民的世俗文艺。

由此，宋代文学的通俗性也就成为必然了。明代冯梦龙有一句话："天下文心少而里耳多。"整个社会需要娱乐性，需要世俗性，文人的作品要为社会所喜爱和接受，就必然要求通俗。我们虽然常常看到宋以前的文学大家的作品"天下讽诵"的记载，但那个"天下"，是指文人阶层而言，不识字的老百姓虽会哼歌谣、唱民歌、唱戏曲，却是不会"讽诵"那么高雅的诗的。而宋词却不同，它基本上是为歌而作的，是歌词。如柳永的词是绝不仅仅传遍了宫廷官府、歌场妓寮的。《后山诗话》说他"新声乐府，骫骳从俗，天下咏之"。《乐府余论》说他"失意无俚，流连坊曲，遂尽收俚俗语言编入词中，以便使人传习，一时动听，散播四方"。《避暑录话》

说："凡有井水处，即能歌柳词。"这里的"天下"，这里的"凡有井水处"，就绝不仅仅是文人雅士一个层面的事情了。周邦彦的词也是这样，"以乐府独步，贵人、学士、市侩、妓女知美成词为可爱"（陈郁《藏一话腴外编》）。当时的歌女以能唱周词而自增身价。豪放词作家苏轼、辛弃疾，词作语言也平白如话："大江东去，浪淘尽，千古风流人物"；"明月几时有，把酒问青天"。通俗，是宋词的基调。

同样是有宋一代文学的突出样式的话本小说，则更是通俗的文学。宋代的志怪和传奇作品，虽然仍是文言，也已经显示了向平白朴实的语言风格过渡的趋势。其志怪，如鲁迅所说，"既平实而乏文采"；其传奇，"文辞时见芜劣"，这都说明了其通俗化、世俗化的特质。而作为一代市民文学的话本小说，则完全是口语白话。中国的白话小说，自隋唐五代滥觞，到了宋代则兴盛起来，一直发展到后世。宋话本、元话本、明话本拟话本、宋元讲史直到明清演义小说、文人创作小说，形成了中国小说创作史的主流。

三

文学至宋的另一大特色，是作为贯穿一代文学新样式的词和小说，由它的社会文化背景及其娱乐性、世俗性所决定的，最具有淫冶艳情的特性。词在北宋，总的来说不外是男欢女爱、绮罗香泽、朝云暮雨、离情别绪，有很多写得十分肉感和艳丽。即使苏轼也未能免俗，他的全部词作，真正可称豪放词者不足十分之一。如《减字木兰花》"双鬟绿坠，娇眼横波眉黛翠。妙舞蹁跹，掌上身轻意态妍"等写女态之美，也有不少。所以后人有"公之婉约处，何让温韦"（吴梅《词学通论》）的评论。南宋爱国词人，豪放派的旗帜辛弃疾，也表白自己"效花间体"的作品不在晏几道、秦少游之下（《辛稼轩集·序》）。总的来说，自宋以来，人们一直认为"诗庄词媚""词为艳科",这种把握,是符合实际的。

至于宋代小说,仅就志怪传奇来说,也在承继六朝志怪、唐代传奇的基础上更向淫冶艳情化倾斜了。自宋初《太平广记》500卷的鸿篇巨制以后,志怪传奇之风大盛,这其中的内容,神仙鬼怪故事自然占了很大比重,其次就是风月爱情故事;而即使是神仙鬼怪故事里,艳情描写也涉及甚多。而且有不少人专门搜集收录爱情故事,如张君房的《丽情集》,皇都风月主人的《绿窗新话》等,大都是才子佳人、神仙美女艳遇故事。其中尤为甚者是宋代传奇,《乐史》的《绿珠传》《杨太真外传》,张实的《流红记》,秦醇的《赵飞燕别传》《谭意歌传》,柳师尹的《王幼玉记》,无名氏的《王榭传》《梅妃传》《李师师外传》,等等,几乎全部是艳情小说。至于市井话本,更不待言。

所有这些,都形成了元明清的艳情文学的滥觞。自元以降,历代王朝禁黄法令屡出,而又屡禁不止。元代法令有"诸民间子弟,不务生业,辄于城市坊镇演唱词话,教习杂戏,聚众淫谑,并禁治之"和"唱淫词决杖"。明代有"太祖于中街立高楼,令卒侦望其上,闻有弦管饮博者,即缚至倒悬楼上,饮水三日而死"等;清代禁刻琐语淫词,禁止秧歌妇女及女戏游唱,清除淫书等法令更多。但这些禁令往往形同一阵风雨,然后就成为一纸空文。因此《金瓶梅》《肉蒲团》《如意君传》等,便成了这一类艳情涉性文学的极致。

文学至宋,由于其娱乐性、世俗性及其艳冶性,原有致用的、写实(史)的、朴素的艺术创作手法已远远不够用了,因而开始了真正含义的艺术虚构。这就是说,文学至宋,初步具有了近代文学的一些特质。宋代以前,诗主在言志,辞赋主在铺陈摹写,志人志怪主在实录见闻,唐传奇虽然被鲁迅称为"始有意为小说",但终不脱前人所谓重在"史才、诗笔、议论"。宋代文学大大拓展了文学的艺术虚构的领域,这也同样主要表现在宋词和话本小说,尤其是话本小说上。宋词方面,有大量的揣度女子心理和情感,站在女子的角度,以女子为第一人称主人公的词作,这方面柳永更为突出，他的许多词作可以说是为歌女们代写的情书，并非写自己，又不是受命代笔，而是虚构之作。至于话本小说，长于穿凿附会，正如宋人郑樵《通志·乐略》中所说："虞舜之父，杞梁之妻，于经传所言者不过数十言耳，彼则演成千万言。东方朔三山之求，诸葛亮九曲之势，于史籍无其事，彼则肆为出入。"宋代罗烨《醉翁谈录·小说开辟》说其"只凭三寸舌，褒贬是非，略团万余言，讲论古今。说收拾寻常有百万套，谈话头动辄是数千回"。注意插科打诨，注意塑造人物，注意故事曲折、热闹、惊听、艳冶，为此调动了一切能够调动的吸引人的艺术手法。这就为后世的中国小说发展奠定了丰厚的基础，尤其对五四新文学以前的中国小说创作产生了深远的影响。

文学至宋为一变；文学选择了世俗之美，因而也丰富了文学自身。如果说宋以前的文学尚是一个高雅、天真、纯情的少女，那么，自宋以后的文学，便真正成为一个丰满成熟的美妇人了。

［原题《文学至宋——世俗之美的选择》，《烟台师范学院学报》1995年第 2 期］

冯梦龙在中国小说理论史上的地位

冯梦龙不仅是明代著名的作家、编纂家、出版家，而且是著名的文学理论家。他编纂出版过多种民歌集、散曲集、笔记小品集，创作、改编或整理出版过多种戏曲。在小说方面，编纂（其中也不乏创作成分）出版过合称为"三言"的短编小说集《古今小说》（《喻世明言》《警世通言》《醒世恒言》），改编整理过《平妖传》《新列国志》等长篇小说，还怂恿书坊重价购刻过（从现在一些资料看至少是这样）作为"四大奇书"之一的《金瓶梅》。正如他的文学实践活动在小说方面最为突出一样，他的文学理论也以小说理论最为见长，在中国小说理论发展史上的地位最为显著。然而遗憾的是，由于历史的传统文化意识积淀，历来的研究，连冯梦龙在中国文学史上的地位都程度不同地受到轻视（或者说忽视），就更不用说他的文学理论包括小说理论了。本文拟就冯梦龙的小说理论在中国小说理论发展史上的地位做一粗浅的探讨。

一

在冯梦龙以前，我国的小说理论可以说还处于萌芽阶段。我国源远流长的小说实践，由于人们在理论上的蔑视而一直被埋没着。它作为一种文化现象被人们提及，还仅仅是在一些文人的"杂记"中，或者是就某些"奇书"做一些评点中，这虽不无价值，然而还远远谈不上真正的系统的小说理论。真正的系统的小说理论，是从冯梦龙那里开始的。我们这样说，丝毫没有夸大。

将小说实践上升到理论高度去做系统的把握、评判，这是一种观念的改变。"小说"一词，最早见于《庄子·外物篇》："饰小说以干县令，其于大达亦远矣。"这里的"小说"，不外是指琐屑的言谈、小小的道理，与《论语·子张》中所说的"小道"、《荀子·正名》中所说的"小家珍说"等同义。至汉，我们所能见到的如桓谭的《新论》、班固的《艺文志》等提及小说者，依然不过如此。如《艺文志》："小说家者流，盖出于稗官，街谈巷语，道听途说者所造也。"孔子曰："虽小道，必有可观者焉，致远恐泥，是以君子弗为也。然亦弗灭也。阎里小知者之所及，亦使缀而不忘，如或一言可采，此亦刍荛狂夫之议也。"（《艺文志》）及至魏晋南北朝，志人志怪虽盛，然却仍受儒家史学的垄断，视小说为"史官之末事"（《隋书·经籍志》），连对《山海经》《穆天子传》等中的怪诞神话描写都要做出史的解释，《搜神记》也就不能不是"考先志于载籍，收遗逸于当时"，"访行事于故老"，"一耳一目之所亲睹闻"，旨为"发明神道之不诬"（《搜神记》自序），正如鲁迅所说，当时人们是"以为幽明虽殊途，而人鬼乃皆实有，故其叙述异事，与记载人间常事，自视固无诚妄之别矣"（《中国小说史略》）。梁萧绮作晋王子年《拾遗记》序，表明的也是以史视小说的观点：称其"纪事存朴"，"推详往迹，则影彻经史；考验真怪，则叶附图籍"，云云，且还是嫌其"辞趣过诞，恨为繁冗"。总之，至此的小说之作，或简单地记录琐事异闻，或"传鬼神明因果而外无他意"（鲁迅语）；至此的小说之评，还是不视小说为小说的。至唐人"有意作小说"（鲁迅语），仍不为封建文人所欣赏，小说之作，是不入文章之流的。宋人陈师道《后山师话》载："范文正公为《岳阳楼记》，用对话说时景，尹师鲁读之，曰：'传奇体耳！'"蔑视如此。像宋赵令畤那样评价《会真记》为"自非大手笔孰能与于此"（《元微之崔莺莺商调蝶恋花》），洪迈评价"唐人小说，不可不熟，小小情事，凄惋欲绝，询有神遇而不自知者，与诗律可称一代之奇"（转引自《唐人说荟·例言》）的人，毕竟少见。然而赵令畤、洪迈还只是站在个人欣赏的角度（虽然这已是难能可贵的）对唐传奇或单篇或笼统的评赞，还不是小说理论研究。至晚宋始有的文学作品评点，唯刘辰翁于小说有所涉及。明人汇刻的《刘须溪批评九种》重在诗文，只有一种是小说，即《世说新语》，也只是以"世说新语"的"语"字的角度来评点的，通篇充斥着"桓大口语""家翁语""妇人语""市井笑语"等，绝少从小说的角度来审视。宋元时期，"说话"昌行。宋代孟元老《东京梦华录》、耐得翁《都城纪事》、周密《武林旧事》、西湖老人《繁胜录》、吴自牧《梦粱录》、无名氏《应用碎金》、罗烨《醉翁谈录》等等，都对"说话"盛况、艺人姓名等有些记述，为我们保存了不少宝贵的"说话"史料，然终不过是些"记""录"之文，虽多有赞语，也不乏精诚之见，还算不上系统的小说理论。

回顾冯氏所处明代以前的小说及小说观发展史，不仅使我们看到冯氏所处明代以前关于小说的系统理论还是空白，也使我们看到造成这种空白的原因所在。先秦至宋元，并不乏神话传说、寓言故事、野史杂记、志人志怪、传奇话本等小说之作，然而其之所以不断自生自灭（也包括人为地扼杀），得不到重视，得不到理论上的总结和探讨，从根本原因上讲，就是一种传统的哲学和史学、文学的偏见，也可以说是历史的传统文化积淀的偏见，真正打破这种偏见的，应该说是冯梦龙所处的明代万历前后的思想解放运动。

二

明代万历前后，一方面，资本主义经济和意识的增长，城市及其市民阶层的扩大，使人们对于文学尤其是戏曲小说需求量剧增，小说创作随之出现了以《水浒传》《三国演义》《西游记》《金瓶梅》"四大奇书"为代表的鸿篇巨制和话本、拟语本等中短篇创作；另一方面，儒家受到了以李贽为主要代表的人文主义思想解放之风的强烈攻击，动摇了传统的儒家正统、经史之说的统治地位。李贽在哲学上公开以"异端"自谕，反对"以孔子之是非为是非"（《藏书·世纪列传总目前论》），主张要"好察"。"百姓日用之迩言"（《焚书·答邓明府第二信》），在美学上主张"童心说"，尊重人的自然的情性，因而在文学上肯定了小说、戏曲的价值："诗何必古《选》，文何必先秦，降而为六朝，变而为近体，又变而为传奇，变而为院本，为杂剧，为《西厢曲》，为《水浒传》，为今之举子业，皆古今至文，不可得而时势先后论也。"（《焚书·童心说》）冯梦龙作为李贽思想的推崇者、宣传者和实践者，在文学观上进行了系统的突破和建树。像冯梦龙那样大量编纂、创作和改编、出版民歌、散曲、故事传说、戏曲、小说等通俗文学作品，并致力于总结、阐发其系统的文学观的人，在那个时代还是唯一。就小说而言，尽管较冯氏为早的蒋大器、林瀚、修髯子、余邵鱼、熊大木、袁于令等关于历史小说（如《三国》《水浒》）和吴承恩、谢肇淛等关于神魔小说（如《西游》）等等，提出过小说与正史的关系等一些见解，然多为就事论事，没有什么系统的理论价值。第一次将小说作为一门独立的艺术门类进行史的考察，对其内部规律和外部规律做出系统探讨的，是冯梦龙。他概括我国小说的发展变迁说：

> 史统散而小说兴。始乎周季，盛于唐，而浸淫于宋。韩非、列御寇诸人，小说之祖也。《吴越春秋》等书，虽出炎汉，然秦火之后，著述犹希。迨开元以降，而文人之笔横矣。若通俗演义，不知何昉？按南宋供奉局，有说话人，如今说书之流，其文必通俗，其作者莫可考。……暨施、罗两公，鼓吹胡元，而《三国》《水浒》《平妖》诸传，遂成巨观。要以韫玉违时，销镕岁月，非龙见之日所暇也。皇明文治既郁，靡流不波；即演义一斑，往往有远过宋人者。而或以为恨乏唐人风致，谬矣。（《古今小说·序》）

　　这里，贯穿着进步的文学发展观，第一次将"小说"这一流动的概念从史的角度统一了起来，大体分成了四个发展阶段：第一个阶段是"始乎周季"，指出《韩非子》《列子》中所记故事传说，就是小说之祖。后来的《吴越春秋》等野乘笔记，是其发展，然因秦代焚书，而"著述犹希"。将《韩》《列》所载故事传说入小说，这不但将视"小说"为"小道"，"君子弗为"的传统观念打破了，而且是对孤立地、片面地以小说发展之一阶段而追溯小说源头的观点（如明郎瑛《七修类稿》"小说起宋仁宗"、天都外臣《水浒·序》"小说之兴，始于宋仁宗"等流行观点）的否定。作为小说史的第二阶段，是"盛于唐"。开元以降，传奇勃兴，"文人之笔横矣"。这就把传说故事与文人创作统一了起来。"浸淫于宋"，是小说发展史的第三阶段。这就是如孟元老、耐得翁、周密、吴自牧、罗烨等所记说话艺术大盛的阶段。小说发展有其本身的规律，而不是忽生忽灭、忽盛忽衰、不可把握的。冯梦龙对于小说史的系统理论，其中就包含小说艺术发展中各阶段之间、各层次之间的相互联系、相互影响，及其客观的历史原因。尤其难能可贵的是，冯梦龙在不同意那种认为宋仁宗之"太平盛事"是通俗小说"浸淫"的原因，而又或因资料所限，仅能指出"南宋供奉局，有说话人，如今说书之流，其文必通俗"这一现象的情况下，并没有武断地下什么结论，而是指出"若通俗演义，不知何昉"，表明了他的严谨的治学态度。这其中就暗含说话之"昉"不限于南宋，甚至不限于北宋的推测。事实上正是如此。我们在隋唐史籍中已找到不少"说话"的记载（如侯白《启颜录》、郭提《高力士外传》等书），更在敦煌石窟藏卷中找到不少唐五代人的手抄话本（如《庐山远公话》《韩擒虎话本》等等）。及至宋代说话包括讲史、烟粉、公案等的浸淫，已有诸如"敷演《复华篇》《中兴名将传》，听者纷纷"（吴自牧《梦粱录》）之举，"《三国》《水浒》《平妖》诸传，遂成巨观"之势，将小说的发展推向高潮。第四阶段是明代，小说发展更是"靡流不波"，"即演义一斑，往往有远过宋人者"。像贾凫西、柳敬亭那样的"说书之流"繁出，长、中、短篇纷呈。

三

应该指出，冯氏的小说史论，尽管还比较粗略、笼统，但毕竟是划时代的理论建树，为后人研究中国小说史的分期及其各呈的特色奠定了基础。

正是由于冯氏对小说发展具有了理论的探讨和历史的评价，才使他在进步文学观的指导下，用小说的理论和实际来驳倒对小说的诋诬，从而投入大量的功力和心血编纂白话小说，并为之作序、评点，将其小说观贯穿进去。

冯梦龙尤其重视通俗小说，第一次明确、系统地阐述了通俗小说观。他指出：

> 大抵唐人选言，入于文心；宋人通俗，谐于里耳。天下之文心少而里耳多，则小说之资于选言者少，而资于通俗者多。试令说话人当场描写，可喜可愕，可悲可涕，可歌可舞；再欲提刀，再欲下拜，再欲决脰，再欲捐金；怯者勇，淫者贞，薄者敦，顽纯者汗下。虽小诵《孝经》《论语》，其感人未必如是之捷且深也。噫！不通俗而能之乎？（《古今小说·序》）

这样的思想，始终贯穿在他的"三言"中。他在《警世通言》中举例说道：

> 里中儿代庖而创其指，不呼痛。或怪之。曰："吾顷从玄妙观听说《三国志》来，关云长刮骨疗毒，且谈笑自若，我何痛为！"夫能使里中儿有刮骨疗毒之勇，推此说孝而孝，说忠而忠，说节义而节义，觇性性通，导情情出。视彼切磋之彦，貌而不情，博雅之儒，文而丧质，所得而未知孰赝孰真也。

　　这一方面是对通俗小说及其"谐于里耳"的强烈的艺术效果的赞扬，另一方面是对封建"博雅之儒""切磋之彦"的"貌而不情""文而丧质"的蔑视。连过去那些文言小说，也是"尚理或病于艰深，修词或伤于藻绘"，"不足以触里耳而振恒心"（《醒世恒言·序》）。值得指出的是，关于"通俗"论，当然不是冯氏的发明，上至经史注疏，下至通俗演义，也有不少人在理论和实践上接触到这个问题，目的是使艰化浅，以"于众人观之"（蒋大器《三国志通俗演义·序》）。然而只不过是为了"文不甚深，言不甚俗，事纪其实，亦庶几乎史"，以免"历代之事，愈久愈失其传"（蒋大器《三国志通俗演义·序》）。这是站在经史角度来看通俗演义的，是为"正史之补"（林瀚《隋唐志传·序》）或者直接是"羽翼信史"（修髯子《三国志通俗演义·引》），"以俗近语，隐括成编"，旨在"欲天下之人，入耳而通其事"，"不待精研覃思，知正统必当扶，窃位必当诛"云云。很明显，这并不是我们所认识的"小说"意义上的言论。即使李贽，也还只是将通俗戏曲、小说与经史、诗文放在对等的地位，认为"皆古今至文"而已。而冯梦龙则是从对小说做总体把握的角度，不但对小说的通俗化给予了高度的评价，认为通俗小说的感人力量远远胜过经史诗文，而且提出了"天下之文心少而里耳多"，必须通俗化的要求。他认为，社会上读书人毕竟是少数，而老百姓是多数。小说只供少数人欣赏玩味，那是对小说的一种践踏，那样也就不成其为小说了。小说只有通俗，才能为广大群众所接受，才能适应广大群众的审美需要、审美趣味和文化水平，才能感动广大群众，产生强烈的艺术力量和社会效果。

　　应该特别指出的是，冯梦龙对于小说通俗化的要求，并非仅仅限于表现形式的通俗，而且更注意内容的通俗。他要求小说像"试令说话人当场描写"那样，不致因"切磋之彦"的文雅修词"或伤于藻绘"，正是为了避免产生尚理或"病于艰深"，"文而丧质"，"貌而不情"，不能"触性性通，导情情出"，"触里一耳而振恒心"。我们从他的"三言"

所编的全部篇目中可以看出，这里没有什么高深的教义、玄妙的道理，无非是"说孝而孝，说忠而忠，说节义而节义"（《警世通言·序》），使"情者勇，淫者贞，薄者敦，顽纯者汗下"（《古今小说·序》）而已。这种思想，也贯穿在他对"三言"的评点之中，需要指出的是，这里我们对冯梦龙的这种思想，不能简单地判定为封建统治阶级的思想，应该具体问题具体分析。冯梦龙是在目击明末世风衰败、吏治黑暗，深恶于"近来世风恶薄"，"世途势利"，"贪吏不止"，"纱帽底下说好话"，"不重国计重私恩，阴阳间谁许你评心论理"（俱见其"三言"评点）的情况下，为唤醒世人改变世风而提出来的，并且把矛头不止一次地指向封建统治者乃至皇帝。他愤世嫉俗，忧国忧民，深刻地指出，"浊乱之世，谓之天醉"，而这种"天醉"完全是人造成的，"天不自醉人醉之"，因而要"天不自醒人醒之"，且"以醒天之权与人，而以醒人之权与言"（《醒世恒言·序》）。这带有强烈的人文主义思想意识，具有明显的社会批判意义和进步意义。他把自己编纂的三部短篇小说集题名为《喻世明言》《警世通言》《醒世恒言》，用意十分明了："明"者，取其可以导愚也；"通"者，取其可以适俗也；"恒"则习之而不厌，传之而可久。三刻殊名，其义一也（《醒世恒言·序》）。"极摹世态人情之歧，备写悲欢离合之致"（笑花主人《今古奇观·序》论"三言"语）以达到"喻世""警世"和"醒世"的目的。当然，冯氏的这些观点，一方面是其政治观点的反映，另一方面是他十分清楚地看到了小说强大的艺术感染力量和社会教育作用。如此强调小说的社会功用，把它提高到喻世、警世、醒世的明言、通言、恒言这一位置上，冯梦龙也是首开一代之风的。其后出现的诸如《警世奇观》《警世钟》《醒世因缘传》等，无不为步其尘者。无疑，正是在冯梦龙这种通俗小说观的影响之下，才带动和促进了其后通俗小说大繁荣的局面。

再者，冯梦龙第一次从小说史总体把握的高度，阐述了小说创作艺术真实与生活真实、"情"与"真"的统一观。

如前所述，关于小说创作要不要进行艺术虚构的问题，在明代以前，还没有人论及。及至明代，较冯氏稍前或同时，由于面对小说特别是演义小说大量纷呈的现实，将小说当作"正史之补""羽翼信史"等，还是承认"史书、小说有不同者无足怪"（熊大木《大宋中兴通俗演义·序》），人们存在不同的意见。那种视小说与正史相类的观点，自不必采；然视小说与正史不同者，也只是说到其"不同"而已，并未作为一种小说创作理论提出来。到了李贽"夫童心者，真心也"说，在哲学和美学上有了"真"的把握，但还只是就作品而随意阐发的感慨和看法，"都没有从理论上做出充分的论述"（叶朗《中国小说美学》）。直到冯梦龙，才第一个站在对小说艺术总体把握的高度，从理论上阐述了小说创作生活真实与艺术真实的统一问题：

> 野史尽真乎？曰：不必也。尽赝乎？曰：不必也。然则，去其赝而存其真乎。曰：不必也。……人不必有其事，事不必丽其人。其真者可以补金匮石室之遗，而赝者亦必有一番激扬劝诱、悲歌感慨之意。事真而理不赝，即事赝而理亦真。（《警世通言·序》）

这就深刻地指出，小说创作的取材不必完全是真人真事，也不必完全是"乌有先生"，更不必将"乌有先生"者通通排斥，只存真人真事者才称得上小说。它既不是历史生活或现实生活的照搬实录，又不是脱离生活的凭空捏造，而是通过艺术创造达到生活真实与艺术真实的统一的；评判是否达到了这种统一的标准，就是一个"真"字。

这个"真"，并不只是冯梦龙仅就小说理论的阐述，而且贯穿在他整个的文学思想中。他在《太霞新奏》中说："子犹谱曲，绝无文采，然有一字过人：曰真。"他之所以集《山歌》《桂枝儿》，就是由于"但有假诗文，而无假山歌"。正如他在《桂枝儿·送别》评注中所觉，是"最浅、最俚，亦最真"。他所编纂的《情史》，修改和创作的戏曲等，都体现着这一指导思想，这就是说，冯氏的这一指导思想，绝不是孤立的、随感式的，而是成体系的。

冯梦龙的这个"真"，具体来说有这样两层意义：一层是建立在生活之"真"基础上的艺术之"真"，另一层是作为艺术产品所体现出来的情真。作为艺术之真，即"事真而理不赝，即事赝而理亦真"的辩证统一。这样的真才是符合生活逻辑与本质之"真"的艺术之"真"。这里的"艺术之真"，当然包含情节的、人物形象的、人物性格语言的等多个方面。如他在《众名姬春风吊柳七》中对于话本《柳耆卿诗酒翫江楼》里柳永形象、故事情节的改写，他对《蒋兴哥重会珍珠衫》的有关人物语言的眉批等，无不说明这一点。作为"情真"，这是指作品所体现出来的思想倾向性而言，冯梦龙蔑视那些"貌而不情"的文字。这里的"情"，是"人情""感情"，当然也包括情爱这个重要的方面，但更重要的是升华到了"人的性情"这样一个高度，与李贽的"童心说"是一致的。他认为"万物如散线，一情如线索"，主张"我欲立情教，教诲诸众生"（《情史·叙》）。由此可见，他提倡通过小说的通俗化"谐于里耳"，进而"触里耳而振恒心"，以生活真实之上的艺术之真，"触性性通，导情情出"，达到情真的境界，就是为了用道德情感去干预生活，干预人生，唤醒世人，改变世风，"感人"至"捷且深"，起到喻世、警世、醒世的目的。

冯梦龙的小说理论，是系统的、多方面的。本文旨在说明它在我国小说理论发展史上的地位，不准备在此面面俱及。总之，冯梦龙是我国最早将小说作为一门艺术整体把握而阐发其系统的理论的，在我国小说理论发展史上具有划时代的地位。他为后人对于小说理论的进一步系统的拓展和丰富，做出了他开辟性的贡献。如果说是"三言"的集成带动了中国话本、拟话本小说的繁盛的话，毋宁说是他的小说理论开放了人们的文艺思想，打破了人们的文艺理论桎梏，把人们的审美趣味引到了一个新的广阔天地，一方面提高了对于小说的价值的认识，另一方面激发起了欣赏小说的热烈兴趣，从而使小说发展开一代之风。因为"三言"之前，无论是文言的，还是通俗的，无论是长篇的，还是短篇的，都已有不少问世；然而只有当冯氏小说理论伴随着"三言"的出现，才引起轰动，带起了明清小说的大盛之潮。

[原题《冯梦龙在中国小说理论史上的地位》，《聊城大学学报》（社会科学版）1990 年第 2 期]

长生之梦：古人笔下与传说中的
"蓬莱" 母题

一

　　一提"蓬莱"二字，自然让人想到当今的山东半岛黄渤海交界岸边的蓬莱市及其旅游景点蓬莱阁，并由此联想到神仙之境，联想到"八仙"，联想到为求"长生不老药"而奔波劳顿于东巡海上的千古一帝秦始皇，还有不知是被他派出去还是有意识地借了他的势力才得以出海去寻"长生不老药"——最终跨海东渡、"止王不来"的"齐人"方士徐福老先生，并由此联想到至今无论是韩国还是日本，那些"徐福登岸处""徐福宫""徐福墓"等的"遗迹""遗址"，更有那些难以数计的以徐福多少代多少代"子孙"自居的日本国民。而我们无论是读历代史家的典籍文献，读历代文人的诗文名篇，还是读历代民间百姓、三教九流的口碑传说和"舌耕"的"笔录"，以及至今仍可听到的活在人们心目中和口头上的"瞎话"故事，我们都不能不被这种民俗信仰的力量所深深震撼：长生不老，过上"蓬莱"神仙般的日子，对于上自帝王将相，下到草芥之民，这是多么富有诱惑力、感召力、传播影响力的人生梦想呵。

历史往事如烟。"蓬莱"信仰起源于古人对大海的虚无缥缈的幻象的认识。至迟从新石器时代起，这种将海中某些生物视为"灵物"的民俗信仰就已经"物化"为民俗生活内容了。从河南濮阳西水坡新石器时代遗址中发掘的墓葬型制，就清楚地说明了这一点。在墓主人的尸骨两侧，用蚌壳摆塑着龙、虎、鹿"三蹻"形象，用意即让这种神兽负载着墓主人飞升仙化。① 人们相信，海中的蚌是通神的，《国语·晋语》说得明白："雀入于海为蛤，雉入于淮为蜃。鼋鼍鱼鳖，莫不能化。"滨海的人们至今常见的"海市蜃楼"现象，之所以名之为"蜃楼"，就是相信这是海中"大蜃"即"大蛤"的吐气造"市"为"楼"所致。人们相信，海物即能"化"而飞升，神力无边，非人所及，而滨海常以海物为食者，所得营养丰富，滋补有道，长胡子老翁当不乏其人，因而更能推及海物的长生不死，所谓"海上方士"亦即燕齐等滨海之地的方术医士包括江湖医生，包括江湖骗子，得以大行其道，为这种海中仙人、仙山、仙药信仰推波助澜，也就成为"时代使然"了。"蓬莱"者，就是这些方士们所创造的许多仙山仙境中的一个最被人们所熟知、最为普及的一个。司马氏的《史记》，应该说是言之凿凿的信史、"实录"了，让我们看一看这种"蓬莱"信仰是如何影响、左右着帝王和臣民的生活及其行事及其命运的：

> 自威、宣、燕昭使人入海求蓬莱、方丈、瀛洲。此三神山者，其传在渤海中，去人不远，患且至则船风引而去。盖尝有至者，诸仙人及不死之药皆在焉。其物禽兽尽白，而黄金银为宫阙。未至，望之如云；及到，三神山反居水下。临之，风辄引去，终莫能至云。世主莫不甘心焉。及至秦始皇并天下，至海上，则方士言之不可胜数。始皇自以为至海上而恐不及矣，使人乃赍童男女入海求之。船交海中，皆以风为解，曰未能至，望见之焉。其明年，始皇复游海上，至琅琊，过恒山，从上党归。后三年，游碣石，考入海方士，从上郡归。后五

---

① 　参见张光直《濮阳三蹻与中国古代美术上的人兽母题》，《文物》1988 年第 11 期。

年，始皇南至湘山，遂登会稽，并海上，冀遇海中三神山之奇药。不得，还至沙丘崩。①

这种起自先秦齐、燕滨海之地的海上蓬莱仙山、仙境、仙人、仙药的长生信仰，及至秦始皇"至海上"，竟使得"燕齐海上之方士"②"言之者"人数之众，达到了"不可胜数"的地步。

二

诚然，任何民族的民俗信仰及其文学艺术的产生和发展，都大体经历过神话阶段。我国古代文人和百姓从先民那里承继过来的"蓬莱"信仰及其"蓬莱仙话"之说，也同样经历过"神话"的阶段。对此，作为文字记载的"文本"，比较集中的，是成书于战国时代的《山海经》，里面有许多可称为"海上奇闻录"或"海外奇闻录"的关于四海海神的记载。

> 东海之渚中，有神，人面鸟身，珥两黄蛇，践两黄蛇，名曰禺虢。黄帝生愚虢，愚虢生禺京。禺京处北海，禺虢处东海，是为海神。③

> 西海渚中，有神，人面鸟身，珥两青蛇，践两赤蛇，名曰弇兹。④

> 南海渚中，有神，人面，珥两青蛇，践两赤蛇，名不廷胡余。⑤

---

① 《史记》卷二十八《封禅书》。
② 同上。
③ 《山海经·大荒东经》。郭璞注："禺京，即禺强也。"又《山海经·海外北经》："北方禺强，人面鸟身，珥两青蛇，践两青蛇。"
④ 《山海经·大荒西经》。
⑤ 《山海经·大荒南经》。

在古人看来，四海之中都有各自的海神统领，但它们似乎并无多少威风神力。于是人们就对这种"神"渐失兴味，并创造出了衍生的传说。比如说大海是日出之处，为"汤谷"："汤谷上有扶桑，十日所浴，在黑齿北，居水中。有大木，九日居下枝，一日居上枝。"① 再比如说，海外有"大人之国""大人之市"："东海之外……有波谷山者，有大人之国。有大人之市，名曰大人之堂。"②"大人之市在海中"③ 等。还有"羲和生日""后羿射日"："东海之外，甘水之间，有羲和之国，有女子名曰羲和，方浴日于甘渊。羲和者，帝俊之妻，生十日。"④"羿射九日，落为沃焦。"⑤

尽管这种神人、神迹较之于干巴巴的四海海神形象多了些风采和神力，但尚没有引起大规模的人们对此的向往。倒是"海外"或"海中"的"大人之国""大人之市"，平添了人们无尽的信仰和艺术的想象力。《山海经》中，就有许多关于不死之山、不死之国、不死之树、不死之民、不死之药的记载，成为后来的"蓬莱仙人""仙境"之说的滥觞。而创制了以其浪漫的情怀、出世不羁的思想影响了千秋万代人的庄子，则用其道家哲学的思辨能力和文学光彩，为"海上之乐"的"逍遥"思想及其仙道信仰之说的普及，开启了更为深广的天地。先秦时代，由于沿海地区的鱼盐之利、舟楫之便，文化生活和经济条件较之内陆地区无疑要好，这又越发刺激了王公贵族们的海上游乐意识，像齐景公那样"欲观于转附、朝舞，遵海而南，放于琅琊"⑥，"游于海上而乐之，六月不归"⑦ 者，必然不少，这就越发孕育和造就了春秋战国时期方士们"蓬莱仙山"和"长生不老之药"之说的土壤。于是，四海海神，汤谷，羲和，后羿射日，"神"也好，"神话"也好，这些信仰还远远不够，还需要对于人生不老的仙境仙药的

---

① 《山海经·海外东经》。
② 《山海经·大荒东经》。
③ 同上。
④ 同上。
⑤ 《庄子·秋水》成玄英疏引《山海经》（今本无）。
⑥ 《孟子·梁惠王下》。
⑦ 《说范·正谏篇》。

似乎是"实实在在"的追求。先秦以降，尤其是秦皇、汉武的多次巡海，尽管政治上自有进一步巩固沿海疆土及其统治，并以图进一步扩大其势力范围的用意，但动机上有蓬莱神仙信仰在其中，以求亲眼见到海上神仙们的生活面貌，并求得长生不老的方药等动机，也支配着他们的行动。《史记》曰：

> 秦始皇既并天下而帝……即帝位三年，东巡郡县……于是始皇遂东巡海上，行礼祠名山大川及八神，求仙人羡门之属……

> 自齐威、宣之时，驺子之徒论著终始五德之运，及秦帝而齐人奏之，故始皇采用之。而宋毋忌、正伯侨、充尚、羡门高，最后皆燕人，为方仙道，形解销化，依于鬼神之事。驺衍以阴阳主运显于诸侯，而燕齐海上之方士传其术不能通，然则怪迂阿谀苟合之徒自此兴，不可胜数也。①

这样绘声绘色的记载，《史记》中自然还有很多，如汉武帝也多次东巡海上，祠海求仙，其中一次"东巡海上，行礼祠八神。齐人之上疏言神怪奇方者以万数，然无验者，乃益发船，令言海中神仙者数千人求蓬莱神人"② 云云，其"真诚"之心可感。

于是，到了班彪（或题班固）的《览海赋》、王粲的《游海赋》等文人赋作这里，对海的游思与畅想，对海上的神山仙人世界，就极尽铺排之能事了。这是班赋：

> 余有事于淮浦，览沧海之茫茫。悟仲尼之乘桴，聊从容而遂行。驰鸿濑以缥骛，翼飞风而回翔。顾百川之分流，焕烂漫以成章。风波薄其裹裹，邈浩浩以汤汤。指日月以为表，索方瀛与壶梁。曜金璆以为阙，次玉石而为堂。冀芝列于阶路，涌醴渐于中唐。朱紫彩烂，明珠夜光。松乔坐于东序，王母处于西箱。命韩众与岐伯，讲神篇而校

---

① 《史记》卷二十八《封禅书》。
② 同上。

灵章。愿结旅而自托，因离世而高游。骋飞龙之骖驾，历八极而回周。遂竦节而响应，勿轻举以神浮。遵霓雾之掩荡，登云涂以凌厉。乘虚风而体景，超太清以增逝。麾天阍以启路，辟閭阖而望余。通王谒于紫宫，拜太一而受符。①

多么神妙诱人的海上仙境！无怪乎齐威、齐宣、燕昭、秦皇、汉武等那么神往！

三

至东汉魏晋南北朝，由神仙方术家推崇老庄之学为宗，道教正式成为一种本土宗教，并发展传播迅猛，神仙、长生之说、之信仰更为昌炽，关于"蓬莱"意识、观念即使仅在民众信仰这一层面上也变得越发普遍起来。"蓬莱"信仰，在这一时期靠了神仙家、博物家、小说家、道家以及道教的大张其说，在文学上为"志怪小说"鸣锣开道，在民俗信仰上越发地使之深入人心。他们承继先秦诸子和《山海经》及方士谶纬之绪，张而皇之，其作品中对"蓬莱"等海中仙山仙境及其仙人描述、铺排更为广博系统、具体细微、形象生动，艺术手段的运用更为娴熟多样，熠熠生辉。《神仙传》《拾遗记》《列仙传》《十洲记》等都十分"著名"。

《神仙传》，晋人葛洪撰，其卷一记"彭祖"论仙人曰："仙人者，或竦身如云，无翅而飞。或驾龙乘云，上造太阶。或化为鸟兽，浮游青云。或潜行江海，翱翔名山。或食元气，或茹芝草。或出入人间则不可识，或隐其身草野之间。"尽管也说他们"虽有不亡之寿，皆去人情，离荣乐，有若雀之化蛤，雉之为蜃，失其本真"。然"好死不如赖活"，面对现实世界的诸多哀愁痛苦，面对人生必有的死亡的不愿与不甘，对

---

① 费振刚等辑校：《全汉赋》，北京大学出版社 1993 年版，第 251 页。

于"蓬莱"仙人、仙山、仙境的追求，也就似乎反而很有了一种浓浓的"人情味儿"。即使贵及帝王将相，也似乎自然而然地十分幻想和希冀着有那么一个不老不死的神仙世界。魏武帝曹操的一篇《驾六龙》，写自己欲驾六龙乘风而行，行四海外，到泰山、蓬莱，到海天相接之处，"愿得神人乘驾云车，骖驾白鹿，上到天之门，来赐神之药"。活脱脱道出了这种追求与无奈。

《拾遗记》，晋代王嘉撰，记海中蓬莱、方丈、瀛洲等，尽是些仙人所常游之处，对神仙幻境大加渲染，似乎那里真真算得上"美哉""善哉"了，从而越发强烈地刺激了人们的追求之心：

> 蓬莱山，一名防丘，一名云来。高二万里，广七万里。水浅。有碎石如金玉，得之不加陶冶，自然光净，仙者服之。东有郁口国，时有金雾诸仙。……西有含明之国，缀鸟毛以为衣，承露而饮。

诸仙人中最负盛名者，"安期生"算是一个。早在《史记·封禅书》中，这位安期生就很有名气，《封禅书》记李少君之语说："臣尝游海上，见安期生，安期生食巨枣，大如瓜。安期生仙者，通蓬莱中，合则见人，不合则隐。"至托名刘向所撰《列仙传》，则给这位"著名"仙人列了一传，曰：

> 安期生者，琅琊阜乡人也。卖药于东海边，时人皆言"千岁翁"。秦始皇东游，请见，与语三日三夜，赐金璧度数千万。出于阜乡亭，皆置去。留书与赤玉鞋一双为报，曰："后数年求我于蓬莱山。"始皇即遣使者徐福、卢生等数百人入海。未至蓬莱，辄遇风波而还。

还有那位知名度似乎更高的女士、女仙人麻姑。晋葛洪的《神仙传》中也有她的芳名和惊人的话语：她曾经亲眼见过东海三度变为桑田，目下又到蓬莱，发现海水又变浅了！这样的仙人，不是长生不死者，又是什么？于是引得帝王贵族、诗人文士羡慕得大流口水，做出以下诸作"洪涛经变野，翠岛屡成桑"（李世民《春日望海》）；"井田惟有草，海水变为桑"（王绩《过汉故城》）；"节物风光不相待，桑田碧海须臾改"（卢照邻《长安古意》）；"少年安得长少年，海波尚变为桑田"（李贺《啁少年》）；"深谷变为岸，桑田成海水"（白居易《读史五首》其三）；"青鸟更不来，麻姑断书信；乃知东海水，清浅谁能回"（鲍溶《怀仙二首》）……都用以表现宇宙时间的流逝和人生现实的沧桑之感。

《十洲记》，又称《海内十洲记》《十洲仙记》《十洲三岛记》《海内十洲三岛记》等，托名东方朔撰，史家考证谓不可信，多认六朝人作，有人径称其为"道家之小说"①。是书宋人张君房《云笈七签》卷二六录全文，分序、十洲、三岛凡三部分。内容为汉武帝听王母讲八方巨海中有十洲，遂向东方朔问询，东方朔为之细说端详。这十洲是祖洲、瀛洲、玄洲、炎洲、长洲、元洲、流洲、生洲、凤麟洲、聚窟洲，还有沧海岛、方丈洲、蓬莱山、昆仑山之大丘灵阜、真仙神宫、仙草灵药、甘液玉英、奇禽异兽等，上面紫宫金阙琼阁，众仙林立纷纭，岂现实世界可能比之？而且把秦始皇的寻仙与徐福的入海，都排比进去，张皇得着实令人向往：

> 瀛洲，在东海中，地方四千里……上生神芝仙草，又有玉石，高且千丈。出泉如酒，味甘。名之为玉醴。饮之数升辄醉，令人长生。洲上多仙家。

> 祖洲，近在东海之中，地方五百里，去西岸七万里。上有不死之草，草形如菰，苗长三四尺。人已死三日者，以草覆之，皆当时活也。服之令人长生。昔秦始皇大苑中多枉死者横道，有鸟如乌状，衔此草覆死人面，当时起坐而自活也。有司闻秦，始皇遣使者赍草，以问北郭鬼谷先生。鬼谷先生云："此草是东海祖洲上，有不死之草，生琼田中，或名为养神芝。其叶似菰，苗丛生，以株可活一人。"始

① 晚清陆绍明，见《月月小说发刊词》，《晚清文学丛抄·小说戏曲研究卷》。转引自李剑国《唐前志怪小说史》，南开大学出版社1984年版，第171页。

皇于是慨然言曰："可采得否?"乃使使者徐福，发童男童女五百人，率摄楼船等，入海寻祖洲。遂不返。福，道士也，字君房。后亦得道也。①

沧海岛，在北海中，地方三千里，去岸二十一万里。海四面绕岛，各广五千里，水皆苍色，仙人谓之沧海也。岛上俱是大山，积石至多……（长生仙草）百余种，皆生于岛石，服之神仙长生。岛中有紫石官室，九老仙都所治，仙官数万人焉。②

是书值得重视之处还在于，它把先秦已张扬得沸沸扬扬的海中三神山之说、西汉即有的"十洲三岛"并称③之说等，敷衍成了一个系统的海上神仙世界，这必然对后世的海上仙山仙人之说起到信仰上和艺术上的推波助澜作用。

不仅如此，这些神仙家们还创造出了仙人们所过得很是"高级"、很是"现代"的潇洒生活。晋人王子年《拾遗记》中有几段很妙的传说的记载，充满魅力。如：

尧登位三十年，有巨查浮于西海。查上有光，夜明昼灭。海人望其光，乍大乍小，若星月之出入矣。查常浮绕四海，十二年一周天，周而复始，名曰贯月查，亦谓挂星查。羽人栖息其上，群仙含露，以漱日月之光，则如暝矣。虞、夏之季，不复记其出没。游海之人，犹传其神仙也。④

始皇好神仙之事，有宛渠之民，乘螺舟而至。舟形似螺，沉行海

---

① 转引自李剑国《唐前志怪小说史》，南开大学出版社 1984 年版，第 170 页。
② 转引自《中国历代小说》第一卷，云南人民出版社 1986 年版，第 11 页。
③ 汉代东方朔《与友人书》云："游十洲三岛，相期拾瑶草。"《东坡先生诗集注》卷一九《次韵僧潜见赠》注引。转引自李剑国《唐前志怪小说史》，南开大学出版社 1984 年版，第 171 页；该书《中国历代小说》也引。
④ 转引自李剑国《唐前志怪小说史》，南开大学出版社 1984 年版，第 266 页。

底，而水不浸入，一名沦波舟。其国人长十丈，编鸟兽之毛以蔽形。始皇与之语，及天地初开之时，了如亲睹。……①

今人对此，或以为即因"外星人"造访而生成的传说，前者，其巨查犹如今人所说的"宇宙飞碟"；后者，或以为即是"外星人"的高级潜艇之类。不管其实若何，这样的传说反映出古人对于海洋、对于星球及对于人类和宇宙之间的关系的理解、向往的艺术表现，我们不可忽视。

四

正是这种民俗信仰的深入人心，才使得我们的古代文学不仅在戏曲小说中充斥了这样的内容，而且在并非叙事的诗词创作中也每每用海上仙游的"经典"为"典故"，文艺学上称为"意象"。这里不可列举太多，还是让我们仅从唐诗中浩浩瀚瀚的用典直接是"蓬莱"者中略示几例，即见一斑。

"蓬莱织女回云车，指点虚无是征路"（杜甫《送孔巢父谢病归游江东兼呈李白》）；"蓬莱如可到，衰白问群仙"（杜甫《游子》）；"超遥蓬莱峰，不死世世有"（及孤独《观海》）；"蓬莱有梯不可疑，向海回头泪盈睫"（李端《杂歌呈郑锡司空文明》）；"为问蓬莱近消息，海波平静好东游"（鲍溶《得储道士书》）；"金乌欲上海如血，翠色一点蓬莱光；安期先生不可见，蓬莱目极沧海长"（李涉《寄河阳从事杨潜》）；"蓬莱顶上瀚海水，水尽到底看海空"（杜牧《池州送孟迟先辈》）；"今来海上升高望，不到蓬莱不是仙"（杜牧《偶题》）……其实也无须举出太多，这些诗有的写虚，有的写实，可谓琳琅满目，诗意隽永，令人一

---

① 转引自李剑国《唐前志怪小说史》，南开大学出版社1984年版，第330、331页。

品三叹，足可知"蓬莱"这一长生信仰的母题，是如何影响和弥漫在中国的历代文坛。

据后人研究，所谓"海市蜃楼"，只不过是海水表面对陆地山川城郭景物在特殊物理光线条件下的反映。但古人并不懂得这些，于是才有了这样的幻想，这样的信仰，这样的传说，这样的诗文，这样的充满了魅力并且是实在美丽的追求，尽管这追求劳而无功，没有结局。其实人生的美，在很多时候、很多方面就在于这样的追求的过程。一切民俗信仰，多半是如此，这也许正是民俗生活的乐趣；正如一切对文学艺术的审美追求，往往并不问有什么结果一样。

[原题《长生之梦：古人笔下与传说中的"蓬莱"母题》，《民俗研究》2001 年第 4 期]

中国古代海洋文学历史发展的轨迹

海洋文学作为人类海洋文化创造的心灵审美化形态，是人类海洋文明发展史上的重要精神财富。人类的海洋文明史是人类文明史的基本构成；人类文明自有文学以来，海洋文学也就相伴而生了。中国的海洋文学之与中国的文明包括海洋文明，也是同样。

中国的海洋文学，是中华民族创造的丰富灿烂的海洋文化的华彩篇章。它们是中华民族对海洋的理解，对海洋的感情，与海洋的生活对话的审美把握与语言艺术的体现，作为中华民族的海洋生活史、情感史和审美史的形象展示和艺术记录，在人类的文明发展史上具有不可或缺、无可替代的价值。

中国的海洋文学作为悠久灿烂的中国文学的重要组成部分，也同中国文学几千年的整体发展一样，经历了从神话传说时代到后世丰富多彩、异彩纷呈的既有传承又有创新的过程。本文试按时代发展的顺序，着重领略和品味其古代早期所展示出的风采和魅力。

一

先秦的海洋文学，作为先秦文学的重要内容和方面，同样是由先民的神话传说和"杭育派"（鲁迅语）歌谣开始的。其后一发不可收，与反映其他生活内容的文学之水一起，共同汇成了中国文学发展的滚滚波涛，并且一浪高过一浪。

先民最早的海洋神话传说，在无文字记载之前，我们已经无从知晓了；作为文字记载的"文本"，比较集中的、最早的要数成书于战国时代的《山海经》。《山海经》是"志怪之鼻祖"，为我们保存下了众多的"天方夜谭"。里面有许多有关海洋的神话传说，其中最多的是一些可称为"海上奇闻录"或"海外奇闻录"的记载。①

其一是四海海神的传说。说："东海之渚中，有神，人面鸟身，珥两黄蛇，践两黄蛇，名曰禺䝞。黄帝生禺䝞。""禺䝞生禺京。禺京处北海，禺䝞处东海，是为海神。""西海渚中，有神，人面鸟身，珥两青蛇……践两赤蛇"，名曰某某。"南海渚中，有神，人面，珥两青蛇，践两赤蛇，名不廷胡余。"等等。在上古人的观念里，四海之中都有各自的海神统领，它们多人面蛇身，样子似乎并无多少威风神力，然以怪异成神。蛇，即后来的龙的本身。

其二是海的神话及海中奇异之事的传说。比如说大海是日出之处，为"汤谷"："汤谷上有扶桑，十日所浴，在黑齿北，居水中。有大木，九日居下枝，一日居上枝。"再比如说海外有"大人之国""大人之市"："东海之外""有波谷山者，有大人之国。有大人之市，名曰大人之堂。""大人之市在海中"，"大人国在其北，为人大，坐而削船"，等等。

其三是海外远国异民的传说。《山海经》记载了海内外一百多个国家和居民，其中大多是对海外远国异民的玄想。如"羽民国在其东南，其为人长头，身生羽"之类，多以形体怪异为特征。如结胸、交胫、歧舌、一目、三首、长臂、白民、毛民等，有些可能是对见过或听说过、越传越神奇怪异的远国异民的描述，有些可能是源于那些远国异民的图腾面具或文

---

① 《山海经》之相关记载，分别见于《大荒东经》及《海外北经》《大荒西经》《大荒南经》《海外东经》《海内北经》《海外南经》《北次三经》《海内经》等篇。本文引文不再一一注明具体篇名。

身化装等，还有的可能是纯粹的凭空想象。

其四是一些人类与海洋相互作用的传说。最著名的是"精卫填海"的故事，还有"羲和生日""羿射九日"①及羿与凿齿之战的记载。据人类学研究，凿齿之民，即具有拔牙凿齿成年礼俗的南方古代少数民族及东南亚一些民族，他们多居住于沿海地带和海岛，是一些多与海洋打交道的人们。至如世界各国各民族大多都有过的洪水神话（较为完备的结构是洪水兄妹婚神话，或曰洪水与人类再生神话），在《山海经》中以鲧、禹治水的内容得到了反映。这一类洪水神话尽管并未明示其与海洋的关系，但其中因果显然。正是由于大禹治水与海洋的关系，至近代还有不少沿海地区，仍将大禹奉祀为海神。

《山海经》中所有的涉海神话与传说记载，当然不止以上这些，内容十分丰富，是后世海洋神话传说的博大渊薮，在中国海洋文学史上具有重要的地位。

除了《山海经》之外，《庄子》《左传》《黄帝说》《禹贡》等史书、子集，也有很多涉海的神话传说或史实记载。尤其是《庄子》，反映出浓厚的海洋文化意识，如《山木篇》记市南子对鲁侯说"南越有邑焉"，那里有大海"望之而不见其涯，愈往愈不知其所穷"，劝他"涉于江而浮于海"一游；《逍遥游》称海外有神人；另如庄子寓言"望洋兴叹"②"坎井之蛙"③等，体现了作者哲学家的思想光辉和文学家的智慧光彩。尤其是他的《秋水篇》中所展现的"鲲鹏展翅九万里"的形象，成为后世在思想内容上有关胸怀博大、壮志凌云常用的借喻，在艺术创造上对后世浪漫主义常有启示。《释文》云："鲲，音昆，大鱼名也。崔撰云，鱼昆当为鲸；简文同。""鹏即古凤字。"今人袁珂云："鲲字古当为鲸字，乃海神禺强之神状。""凤又即古风字，大鹏即大风，是北海海神作为风神

---

① 《庄子·秋水》成玄英疏引《山海经》（今本无）。
② 《庄子·秋水》。
③ 同上。

之神状。鲲化为鹏，乃海神禺强在一定季节又兼其风神之职司。"可参考。

先秦时代，沿海地区的鱼盐之利、舟楫之便，以及各沿海王国如齐国的"官山海"政策，使得海洋鱼盐经济和海上交通、与海外的交往大有发展，这又反过来越发刺激了王公贵族的海洋意识，像齐景公那样"欲观于转附、朝儛，遵海而南，放于琅邪"①，"游于海上而乐之，六月不归"② 者，必然不少，从而孕育和造就了春秋战国时期方士"海上仙山"之说的土壤，为后世的海洋文学开辟了浪漫主义的天地。

《诗经》《楚辞》，作为先秦先民歌谣咏唱的最早结集，为我们保留下了不少涉海作品。《诗经》中的《商颂·长发》的"相相烈土，海外有载"，歌咏了先民的海上活动；《小雅·鱼丽》《小雅·南有嘉鱼》《齐风·敝笱》等，则是江河湖海渔民生活的写照。至于《小雅·沔水》以"沔河流水，朝宗于海"起兴，则标示出古人对以地理时空观反映人生人世哲理的普遍认同。而大诗人屈原的楚辞《天问》，通过其简短的对海洋自然现象和神话传说的发问，如"伯强何处（海神伯强住在何处）？""东流不溢，孰知何故？""应龙何画（应龙是如何画出流泻洪水的沟渠的）？""河海何历（江河是如何流入海洋的）？"等等，为我们展示出了一幅幅海洋风情与传说的图画，引人联想和向往。

概而言之，先秦海洋文学的主体内容是神话传说（艺术形式和体裁上已呈多样），尽管由于当时人们的认识水平和思维方式，他们将这些神话传说看成了现实世界的存在，但在我们今人看来，就其总体特色而言，那是一个浪漫的时代。

---

① 《孟子·梁惠王下》。
② 《说苑·正谏》。

二

秦汉魏晋南北朝时期的海洋文学，主要特点是：内容上真、幻参半，丰富广泛；艺术上形象具体，鲜活生动；体裁形式和表现手段多姿多彩；数量繁众且质量多有上乘。成就主要表现在以下几个方面。

第一，史家大书涉海人物、涉海生活、涉海事件入史。如《史记》《汉书》等著名史书，大多长于文采，其记人记事，后世多视为文学典范，仅就其中所记涉海者而言，也有很多部分完全可以看成如同今日的报告文学或传记文学。比如《史记》关于三皇五帝及其后世世系的追根求源，其中有很多涉海的神话传说；对周边尤其是沿海民族区域及其海外诸国人民特性与生活的描述；对齐、燕诸王的经营海洋①；对秦始皇及秦二世、汉武帝等的多次东巡视海求仙②等，都记述、刻画得摹真传神，形象生动，有声有色。其他如汉班固的《汉书》，三国朱应的《扶南异物志》、康泰的《外国传》，吴国丹阳太守的《临海风土志》，还有法显的《佛国记》等史传、方志、游记，其中的许多内容，都可以算得上海洋纪实文学。另外如《淮南子》《列子》等托古子集，也多有涉海的描述。

第二，神仙家、博物家、小说家、道家、佛家以及道教、佛教大张其说。他们承继先秦诸子和《山海经》及方士谶纬之绪，更张而皇之，其作品中对海洋的面貌、玄想和信仰等，描述、铺排更为广博系统、具体细微、形象生动，艺术手段的运用更为娴熟多样，熠熠生辉。其中如《神异经》《洞冥记》《十洲记》《列仙传》《神仙传》《列异传》《博物志》《拾遗记》等，涉海故事甚多，不胜枚举。

《十洲记》，又称《海内十洲记》《十洲仙记》《十洲三岛记》《海内十

---

① 《史记》卷二十八《封禅书》。
② 同上。

洲三岛记》等，托名东方朔撰，史家考证谓不可信，多认六朝人作，有人径称其为"道家之小说"①。是书宋人张君房《云笈七签》卷二六录全文，分序、十洲、三岛凡三部分。内容说汉武帝听王母讲八方巨海中有十洲，遂向东方朔问询，东方朔为之细说端详。其叙说张皇得令人向往而又实不可及——那毕竟是古人思想信仰中和艺术中的海洋世界，然作为小说家言，有着很强的信仰和艺术的双重感染诱惑力。是书值得重视之处还在于，它把先秦即已张扬得沸沸扬扬的海中三神山之说、西汉即有的"十洲三岛"并称②之说等，敷衍成了一个系统的海上神仙世界，从而对后世的海上传说起到了信仰上和艺术上的推波助澜作用。

另如晋张华的《博物志》中的"八月槎"的神话传说，很具有民间意味，趣味也十足，并和民间关于海洋、关于天河、关于牛郎织女的神话传说交织为一体，在艺术上十分美妙，内容上也很值得重视。③

关于浮槎，晋人王子年《拾遗记》也有一段很妙的传说记载④，充满魅力，今人读此，或以为即因外星人造访而生成的传说，其"浮槎"（又称"巨查"）犹如今人所说的"宇宙飞碟"。不管其实若何，这类传说反映出的古人对海洋、对星球以及对人类和宇宙之间的互因互动关系的向往、理解和艺术表现，都是我们今人不可忽视的。

王子年的《拾遗记》还记名山，包括海中蓬莱、方丈、瀛洲等，多与《十洲》不同；另外还记有三十多个异国外邦的风俗物产，其中对海中之国、沿海之邦的涉海之奇事奇物，记载和描述都很新奇可喜。如"宛渠国"条云："始皇好神仙之事，有宛渠之民，乘螺舟而至。舟形似螺，沉行海底，而水不浸入，一名沦波舟。其国人长十丈，编鸟兽之毛以蔽形。

---

① 晚清陆绍明，见《月月小说发刊词》《晚清文学丛抄·小说戏曲研究卷》。转引自李剑国《唐前志怪小说史》，南开大学出版社 1984 年版，第 171 页。
② 汉东方朔《与友人书》云："游十洲三岛，相期拾瑶草。"《东坡先生诗集注》卷一九《次韵僧潜见赠》注引。转引自李剑国《唐前小说史》，南开大学出版社 1984 年版，第 171 页。
③ 李剑国：《唐前志怪小说史》，南开大学出版社 1984 年版，第 266 页。
④ 同上书，第 330、331 页。

始皇与之语，及天地初开之时，了如亲睹。"① 似乎那时已有人用上了潜水舰艇。"含涂国"条记含涂国贡其珍怪②，也令人大奇。

其他如晋郭璞的《玄中记》，也多有涉海之作，如云："东方之东海，有大鱼焉。行海者一日逢鱼头，七日逢鱼尾。其产则三百里为血。"实在是海客们的"大夸海口"。值得重视的还有梁任昉的《述异记》，书中有关海洋传说的记述很多，且往往追本溯源，"真实性"更浓。如关于盘古，关于精卫，关于兄弟石③等，为我们保存了很多十分珍贵的涉海民间传说资料。

以上这些，在文学史上一般称为"志怪小说"。这一时期的志人逸事小说涉及海洋人物、海洋生活的不多，但刘义庆《世说新语》中有一段石崇、王恺斗富的故事，历来被文学史家引为名篇，从海洋文学的角度来看，它反映出了那时已很盛行的将海洋珍稀产品视为黄金珠宝一样昂贵，用作装饰和鉴赏物品，并显示主人财富和身份的一种社会风尚。④

汉魏晋南北朝海洋文学成就的第三个方面，是辞赋、诗歌之作迭出。

先说赋家之作，篇什甚多。其中以汉赋的文学成就最为文学史家所看重。汉赋中写海的作品，如司马相如著名的《子虚赋》，对楚国和齐国的丰饶和富足，极尽铺排之能事，其中写到齐国的内容，"且齐东渚巨海，南有琅琊；观乎成山，射乎之罘；浮渤澥，游孟诸；邪与肃慎为邻，右以汤谷为界；秋田乎青丘，彷徨乎海外"⑤ 云云，实际上就是一篇张扬"海王之国"的赋作。鲁迅《汉文学史纲要》称其"广博闳丽，卓绝汉代"，其对后世的影响可知。班彪（或题班固）的《览海赋》则完全是写海、写对海的游思与畅想的，海上仙境，写得神妙诱人，无怪乎齐威、齐宣、燕

---

① 李剑国：《唐前志怪小说史》，南开大学出版社 1984 年版，第 330、331 页。
② 同上书，第 266—331 页。
③ 转引自《中国历代小说》第一卷，云南人民出版社 1986 年版，第 1351—1357 页。
④ 参见朱东润主编《中国历代文学作品选》上编第二册，上海古籍出版社 1979 年版，第 504 页。
⑤ 本文所引汉赋作品，均见费振刚等辑校《全汉赋》，北京大学出版社 1993 年版。

昭、秦皇、汉武等那么神往！再如王粲的《游海赋》（残篇），若非对海洋有较多的认识了解，断然写不出；若非对海洋有丰富且美妙的玄想和信仰，断然写不出；若非有对海洋的热爱并有艺术大家的磅礴气度和文学表现力，更断然写不出。其后魏晋南北朝时期以海为赋者同样在在多有，如木华的《海赋》，被史家评论"文甚隽丽"①。如此等等，数不胜数。

再看诗人们的咏海之作，也是名篇迭出。最为人称颂的，莫过于曹操的《观沧海》。作为杰出的政治家、军事家和诗人，面对大海的壮阔与苍茫，歌以咏志，其叱咤风云的博大胸怀、凌云壮志和苍凉、悲壮的情感杂糅交集，胸中的大海意象丰满而又诗笔简约，激情奔涌而又用语朴实，这样就更能带给人以充足的品味流连、感慨歆歙的空间，从而获得无尽的审美艺术享受。其他如北齐人祖珽的《望海》、曹植的《远游》、陶渊明的《读山海经》等，自然多得无法举述。有意思的是，陶渊明虽写了《读山海经》（十三首）中的涉海诗，却因其只从《山海经图》上看到了海，而无福亲睹，竟惹得后世诗人与之相比，以自己有缘亲睹了海洋而备感自豪起来。比如唐代的李德裕，在其《海鱼骨》诗中就掩饰不住自己见到海鱼骨的得意："陶潜虽好事，观海只按图。"

秦汉之后，中国的海洋文学之所以获得了这样长足的发展，原因主要有四。

一是秦代统一文字以后，文学的文本化变得容易起来，许多海洋文学作品同其他内容和题材的文学作品一样，产生之后容易得以记录保存，从而易于流传和为后人所欣赏借鉴。

二是滥觞于燕齐等国及其他沿海文化发达地区的"鱼盐之利""舟楫之便"，以及海外交通、海上移民等海上生产生活进一步得以发展，加之秦汉国土疆域的统一和扩大，东南沿海地区也纳入了统一的版图，中国的海洋文化从总体上越发丰富多彩和发展繁荣起来，人们对海洋的认识更多了，对海洋的感情更多了，生产力的提高和物质生活的发展使得人们的艺

---

① 语见谭正璧《中国文学家大辞典》。

术创造力和审美愉悦需求也进一步发达起来，因而海洋文学的进一步发展，成为中国文学史发展的必然。

三是由于秦汉时代国家版图大统一后，沿海地区所占国土面积比例扩大，涉海人口所占比例增长，海洋产品及其他因海而获的物质财富所占比例增多，这些对于上层统治者来说都变得越发举足轻重，因而他们越发看重海洋，秦皇、汉武多次巡海，就是明显的例证，尽管他们的动机既有海上神仙的信仰在其中，以求亲眼见到海上神仙的生活面貌，并求得长生不老的方药，但确实又有进一步巩固沿海疆土及其统治，并以图进一步扩大其势力范围的用意。他们浩浩荡荡，声势大举，刻碑立石，筑台迁户，祭海祷神，既颂其德，又宣其威，且张扬鬼神，更壮其势，因而更加强化了人们的海洋意识，文人雅士也就越发地把海洋作为其创作的题材，这就越发促进了海洋文学创作的或大或小的繁荣。

四是汉魏晋南北朝时期，由于神仙方术家推崇老庄为宗，道教产生，并发展传播迅猛，神仙、长生之说及其信仰更为昌炽，关于海的意识、海的观念即使仅在民众信仰这一层面上也变得越发普遍起来；同时，印度佛教不仅从北路陆路传来，而且从南路海路传来，一方面佛教经典经义中多涉及海洋，另一方面佛教在海路入华过程中又使许多佛经、佛义、佛僧的形象海洋化了，如后世的"南海观世音"等也成了海神，"海天佛国"信者如云，钟鼓之音不绝，就是最好的说明。这些都刺激和丰富了中国海洋文学的创作发展。

三

唐宋时代的海洋文学，与唐宋时代的整体文学面貌一样，是一个发展繁荣的高峰期。这主要体现在唐诗、宋词以及宋诗上。唐宋史书中关于海洋人物、海洋事件、海洋生活以及海外交通、海外远国异民等的记载，自然比前代都多，都丰富和精彩，但文史分野，我们在此不论。唐宋传奇，涉海的作品也有一些，一方面比起唐诗宋词中的涉海之作来，其成就自然不够突出；另一方面作为叙事性海洋文学作品，比起元、明、清时期的戏曲、小说来，自然还只是处于发轫阶段。这一时期的志异志怪性笔记创作也十分丰富，涉海作品不少，比如唐段成式的《酉阳杂俎》中所记海外异国远民之事，像《长须国》条说士人某随新罗使被风吹至一处，见此处人皆长须，连女人也是，士人某与该国公主成婚，但每见公主有须，辄不悦，只得作诗以自我解嘲，后在龙王那里得知，此长须国原是虾精所聚之地云云，这类作品每有可观者，且也多妙趣横生，但其总体成就较之唐诗宋词，仍可谓小巫之于大巫。

唐宋诗词，就涉海方面来看，呈现出了这样一些特点。一是诗词大家名人写海的很多，唐宋诗坛、词坛上那些有名的人物，几乎都有很好的写海或涉海的作品问世；二是写海或涉海的作品数量极为可观，以吟咏海洋、海事为主题的诗词作品数不胜数，诗词中涉及海洋的，更如浩瀚海洋。三是海洋意象入诗入词，蕴含十分丰富多彩，我们从中感受到的对人生哲理的领悟，对社会现实的把握，对审美感知与愉悦的追求，可谓处处惹人叹然。这些唐宋诗人词人们，他们的诗笔都曾那样地饮蘸过海洋，诗心倾注过海洋。他们中有很多人还不止一次地游览观赏过大海，即使从未见过大海的，也因了人生哲学上、海洋意识上的缘故，对海洋有着难以排解、挥之不去的感情和思绪。也可以这样说，几乎他们所有的人，都倾心于海洋和因海而生的那些意象，即使只是心中的意象。

先说唐诗。一个十分突出的特点是，唐诗中涉及海洋的意象，大多和诗人们陆上的尘世生活感受形成了鲜明的对照，他们以海洋、海上入诗，大多是为了或抒发壮志豪情，或排解积郁不快，或表达老庄思想（以及孔子思想，即使不但谆谆教导世人入世，自己也一世以身作则的孔子，也有时欲"浮海而乐"的思想，可见"浮海而乐"的思想和观念是多么普遍，多么深入人心；于此，诗人们自然就更为突出了）。我们这里仅举述几个诗人们常用的海洋、海上意象，以见一斑。①

"海鸥"。陈子昂有"不然扶衣去，归从海上鸥"（《答洛阳主人》），"不及能鸣雁，徒思海上鸥"（《宿襄河驿浦》）；杜甫有"赖有怀中物，还同海上鸥"（《巴西驿亭观江涨呈窦使君二首》）；羊士谔有"忘怀不使海鸥疑，水映桃花酒满卮"（《野望二首》）；贾岛有"举翮笼中鸟，知心海上鸥"（《岐下送友人归襄阳》）……或表现儒、释、道杂糅参半时欲"浮海而乐"之意，或自述闲逸自适之心，时或有归隐遁逸、海天仙游之思。

"海槎"，在唐人诗中用得更为普遍。如温庭筠有"殷勤为报同袍友，我亦无心似海槎"（《送陈嘏之侯官兼简李常侍》）；韩偓有"岂知卜肆严夫子，潜指星机认海槎"（《南安寓止》），"坐久忽疑槎犯斗，归来兼恐海生桑"（《六月十七日召对自辰及申方归本院》），"稳想海槎朝犯斗，健思胡马夜翻营"（《喜凉》）；徐夤有"扫雪自怜窗纸照，上天宁愧海槎流"（《长安即事》）；杜甫有"不知沧海使，天遣几时回"（《送翰林张司马南海勒碑》）……不一而足。

若举暗用者，更是不计其数。

用"沧海桑田"典者，同样在在多有：李世民有"洪涛经变野，翠岛屡成桑"（《春日望海》）；王绩有"井田惟有草，海水变为桑"（《过汉故城》）；卢照邻有"节物风光不相待，桑田碧海须臾改"（《长安古意》）；杨炯有"桑海年应积，桃源路不穷"（《和辅先入昊天观星瞻》）；王勃有"浮云今可驾，沧海自成尘"（《出境游山二首》）；李贺有"少年安得长少年，海波尚变为桑田"（《嘲少年》）；白居易有"深谷变为岸，桑田成海水"（《读史五首》其三）；鲍溶有"青鸟更不来，麻姑断书信；乃知东海水，清浅谁能问"（《怀仙二首》）。

用"蓬莱""海上山"者，如许棠"已住城中寺，难归海上山"（《赠栖白上人》）；杜甫有"蓬莱织女回云车，指点虚无是征路"（《送孔巢父

---

① 以下列举唐诗作品，时下多种唐诗选本常见，兹不一一列出版本。

谢病归游江东兼呈李白》）；"蓬莱如可到，衰白问群仙"（《游子》）；独孤及有"超遥蓬莱峰，不死世世有"（《观海》）；李端有"蓬莱有梯不可蹑，向海回头泪盈睫"（《杂歌呈郑锡司空文明》）；鲍溶有"为问蓬莱近消息，海波平静好东游"（《得储道士书》）；李涉有"金乌欲上海如血，翠色一点蓬莱光；安期先生不可见，蓬莱目极沧海长"（《寄河阳从事杨潜》）；杜牧有"蓬莱顶上瀚海水，水尽到底看海空"（《池州送孟迟先辈》），"今来海上升高望，不到蓬莱不是仙"（《偶题》）。有的写虚，有的写实，可谓琳琅满目，诗意隽永，令人一品三叹。

至于写"海客"者，李白有此嗜好。比如"海客去已久，谁人测沉溟"（《古风》其十三）；"海客谈瀛洲，烟波微茫信难求"（《梦游天姥吟留别》）；等等。

诸如此类的海洋意象或涉海意象，在唐诗中多得简直不可胜数。至于具体的佳作，我们可以举出很多。如李贺的《梦天》，写天海一体，由天观海，好大的气魄，好妙的想象！是梦，是真？自然是梦，然而有人生排解、世事慨叹的真情。

再如张若虚这位扬州才子，一首《春江花月夜》，成为千古绝唱。此一古风写春、写江、写花、写月、写夜，但诗中所写的这春、江、花、月、夜，都是因海而生，因海而有的独特景观，这是一般诗评家所忽视了的："春江潮水连海平，海上明月共潮生。"还有王维的《送秘书晁监还日本国》，把个海中的日本国，把个中日的海上交通，把个历史悠久的海外、海上传说和送人远去海外国度的情感，都写得字字真情，句句断肠，而又抒发有度，欲泪还止。与此相类的，还有韦庄的《送日本国僧敬龙归》，浅白，情深，意象、用字出新出神，妙极。更有张籍写江河入海口渔家生活的《夜到渔家》，较少有人接触这一题材，清新可喜。清人田雯评价张诗："名言妙句，侧见横生，浅谈精洁之至。"①

---

① （清）田雯：《古欢堂集》，《唐诗鉴赏辞典》，上海辞书出版社 1983 年版，第762 页。

　　如果说唐诗中全诗写海的作品尚不普遍的话，那么相对而言，宋代诗词，尤其是宋词中，写海的可观之作就相当多了。我们仅从宋词词牌中常用多见的一些调名，如"望海潮""醉蓬莱""渔家傲""渔父乐""渔父家风""水龙吟"等，也可以想见它们在产生和形成上，其中必然有不少和吟咏海洋有密切的关联，由此可知人们对海洋现象或海洋与江口相互作用的现象以及海上生活，有着多么浓厚的兴趣和普遍的认知。像朱敦儒的《好事近·渔父词》，一句"江海尽为吾宅"，好语惊人，意境高远。女词人李清照，一首《渔家傲》，以海入词，海事、海心，尽收其中，哪是海，哪是天，哪是人间，哪是仙界，在词人心中，在词人笔下，竟是这般使人着迷。韩驹的《念奴娇·月》写海写月，也写得欲人欲仙。再如张元干的《念奴娇·题徐明叔海月吟笛图》，曰："飘荡贝阙珠宫，群龙惊睡起，冯夷波激。云气苍茫吟啸处，鼍吼鲸奔天黑。回首当时，蓬莱万丈，好个归消息。"新奇引人。至如辛弃疾的《摸鱼儿·观潮，上叶丞相》，写钱塘江潮，气魄好生了得，自得特色。其《木兰花慢·中秋饮酒……》也写海写月，且"因用天问体赋"，满篇发问，豪气勃发，海阔天空。

　　宋代诗词中写观潮者甚多；还有写海市的，如苏轼的《登州海市》，亦真亦幻，气度、意象非凡，令人入胜；柳永的《煮海歌》，吟咏煮海盐工的生活；再如陆游的《航海》、杨万里的《海岸七里沙》、文天祥的《二月六日海上大战……》等，题材广泛，佳制甚众。

　　文学来源于生活。唐宋诗词中的海洋文学作品出现了如此繁荣发展的局面，除了文学自身的积累式发展及其繁荣的规律外，唐宋时代海洋事业和海洋文化的整体发展，唐宋时期人们的海内外海洋生活的丰富多彩，是其社会基础和根源。

　　中国的社会文化自唐代因市民阶层的崛起而开始发生审美旨趣的变化，到宋代这种变化愈加明显，迄元，可以说已经完成了这种变迁，其最为突出的表现是文化向民间社会的下移，审美旨趣的世俗化走向。元、明、清时代的文学以小说戏曲成就最为凸显，最为繁盛，即根由于此。

元、明、清时代的海洋文学，同样，最突出的现象也是世俗化叙事性作品即小说戏曲的繁荣。文学史家一般称元、明、清文学为近世文学，我们将另文对其海洋文学加以考察检探。

[原题《中国古代海洋文学历史发展的轨迹》，《中国海洋大学学报》（社会科学版）1999 年第 4 期]

中 国 古 代 文 学 与 海 外 汉 学 史 论

古典·红学探谜

《红楼梦》 作者问题论争探源

 红学百年，关于《红楼梦》作者是否为曹雪芹的问题，至今仍是疑案之一。自新红学创始人胡适先生的考证以来，红学界多认同或进一步论证《红楼梦》作者为曹雪芹，而提出疑义、继续探谜、挑起论战者考为他人者又难以坐实，因而论争的焦点或曰共同点，在于作者"是""不是"曹雪芹。本文试就胡适"曹雪芹作说"结论的产生、论争双方都在共同使用着的乾隆年间有关史料和《红楼梦》各版本所存的脂批等方面，探讨一下这些材料的本来面目及其可以引起的歧义，以期为论争双方都客观使用材料、公允评价提供参考，并为关心这一疑案及其论争的读者，提供《红楼梦》作者问题论争的缘由。

一

 应该说，胡适先生的"曹雪芹作""曹雪芹自叙传"说，从方法到资料、到结论，远比索隐考据派高明得多，然而由于受经眼材料之限，加之立论的驳义色彩极浓，因而不够冷静客观，主观臆断的成分是在所难免的。

 胡适先生运用的一条根据，是袁枚《随园诗话》卷二的一条记载：

康熙间，曹练亭为江宁织造……其子曹雪芹撰《红楼梦》一书，备记风月繁华之盛。中有所谓大观园者，即余之随园也，明我斋读而羡之。当时红楼中有某校书尤艳，我斋题云：

病客憔悴胜桃花，午汗朝回热转加。

犹恐意中人看出，强言今日较差些。

威仪棣棣若山河，应把风流夺绮罗。

不似小家构束态，笑时偏少默时多。

由这一条，胡适得出结论说：

我们因此知道乾隆时的文人承认《红楼梦》是曹雪芹做的。

其实这个结论很值得分析。且不说乾隆年间的文人不承认曹雪芹是作者，只承认他是个改编删补者，或认为系他人所作的大有人在，而胡适却撇开不论，回避不利于自己观点的材料，即使他所引用的、奠定了他最终结论基础的袁枚这一条记载，也是不能作为实证的，因为它至少有三个"硬伤"：一是他把曹楝亭写成了"曹练亭"；二是他把曹雪芹当成了曹楝亭之子；三是错将黛玉当成了红楼中的"校书"（妓女的雅称）。

十分显然，袁枚这一条记载，是根据明我斋即明义《题〈红楼梦〉》诗及其小序转写的。明义诗小序曰：

曹子雪芹出所撰《红楼梦》一部，各记风月繁华之盛。盖其先人为江宁织造府，其所谓大观园者，即今随园故地。惜其书未传，世鲜知者，余见其抄本焉。（《绿烟琐窗集》）

袁枚之记用的文字和引的诗全从明义《题〈红楼梦〉》小序及诗而来，见到明义小序中有"曹子雪芹"，就说曹雪芹是曹楝亭"其子"；见到明义诗咏了美女，便猜测既是《红楼梦》就必有"红楼"，有"红楼"就会有

"某校书"且"尤艳";明义咏的美女就是这"尤艳"的"某校书",而且是因羡而咏。

至于明义的诗并序,同样是可以再分析的。明义是在曹雪芹死了近十年后才读到《红楼梦》抄本从而题诗并序的,明义比曹雪芹小二十多岁,且不说史无他们二人相识并有交往的任何材料,即使有过交往,我们也至少可以说二人相知不深,否则,曹氏将《红楼梦》"披阅十载""增删五次",明义总有机会知道或见到,用不着等曹雪芹死后近十年才见其钞本,互不熟悉的甲乙两个人,甲在乙死了近十年后说乙做过什么事情,在没有旁证的情况下,这样的证言,能让人信之无疑吗?再者,明义在这里说,"其所谓大观园者,即今随园故址",而后来在给袁枚八十寿辰的祝寿诗注里(即在曹雪芹死了三十多年后),又只说"新出的《红楼梦》一书,或指随园故地",一方面不提《红楼梦》作者了,另一方面也不再确定"大观园即随园故址"了。这至少说明他对《红楼梦》是否系曹雪芹作、大观园是否就是那个故园的照搬摹写,心中是拿不准的。由此可知,明义的说法也同样不能用来作为认定《红楼梦》作者是曹雪芹的硬性根据。

紧接着,胡适考证出曹寅其人及其四次接驾,以及雪芹的"很贫穷","会作诗又会绘画","牢骚抑郁,故不免纵酒狂歌,自寻排遣"的境地,还有他的大体的生卒年份,于是就进而断言说:

大概可以明白《红楼梦》这部书是曹雪芹的自叙传了。

接着,胡先生举了五条"重要的证据。"其实,这些"重要的证据"同他的"结论"本身,及其逻辑起点和前提一样,都有受"大胆假设,小心求证"左右的弊端,也就是说,胡适用"结论"先行法去套材料,套得上的,就用来作为已经先行的"结论"的"证据";套不上的,就避而不提。然而,即使这能够套得上的五条,后来的驳难者也有着他们不同甚至完全相反的理解,因而又得出不同甚至完全相反的结论。

第一条，胡适引用了《红楼梦》开端的楔子，然后说："《红楼梦》是一部'将真事隐去'的自叙的书。若作者是曹雪芹，那么，曹雪芹即是《红楼梦》开端时那个深自忏悔的'我'！即是书里的甄贾（真假）两个宝玉的底本！懂得这个道理，便知书中的贾府和甄府都只是曹雪芹家的影子。"这条证据之难以成立，已经显而易见了。因为它是建立在假设的基础上的。况且，说《红楼梦》"明明是一部'将真事隐去'的自叙的书"，其根据是楔子中所谓一"作者自云""自己又云"等语，这说明胡适是完全相信楔子中的话的，那么又为什么不相信同是楔子中所说的曹雪芹只是后来的一位披阅增删、纂目分回即整理加工者呢？

第二条，胡适引用了《红楼梦》第一回中的一段话，得出的结论是作者"明白清楚的说，这部书是我自己的事体情理'，'是我半世亲见亲闻的'"，用以批驳前人硬派这书是说顺治帝的、是说纳兰成德的，说这是"作茧自缚"，以证《红楼梦》的自传性，这与证明作者是不是曹雪芹无关。

第三条，胡适引了《红楼梦》第十六回的一大段话，根据书中赵妈妈说："如今还有江南的甄家——哎呦，好势派！——独他们家接驾四次"（重号胡氏加），于是就结论说："只有曹家做了二十年江宁织造，恰巧当了四次接驾的差，这不是很可靠的证据吗？"其实"证据"也未见靠得住。赵妈妈说"如今还有现在江南的甄家"云云之前，说了句"咱们贾府正在姑苏扬州一带，只预备接驾一次"，凤姐也说，"我们王府里也预备过一次"，这分明说"姑苏扬州"的贾府、"我们王府""江南的甄家"不是同一家，"咱们贾府只预备接驾一次"，而"接驾四次"的是"江南的甄家"。考证者如果相信这小说中的话就是"很可靠的证据"，那么是相信小说中所说的贾家，还是相信小说中所说的甄家，还是两家都相信呢？更何况征之史料，人们发现当时接驾康熙南巡四次的除了曹寅家之外，还有李煦家。《红楼梦》有无既是曹家曹雪芹的自叙传，又是李家李某某的自叙传的可能？所以尚需考索。

第四条，胡适因《红楼梦》第二回叙荣国府的世次有长子贾赦和次子贾政，且贾政"升了员外郎"，用以比附曹家的世次表，说曹寅也有二子："长颙次頫，且因曹頫也是次子，也是先不袭爵，也是员外郎"，便与贾政"相合"，于是就又做出结论："故我们可以认定贾政即是曹頫，因此，贾宝玉即是曹雪芹，即是曹頫之子。"然而后来学者们查索出的大量史料证明，曹頫是曹颙死后过继给曹寅的，而《红楼梦》中明说贾赦与贾政是一母所生，此一不合；曹頫因而不是如同贾政那种意义上的"次子"，此二不合；贾政未袭爵是因其兄贾赦已袭爵，他升员外郎时及其后来多年中，其兄贾赦还活着，而曹頫的任员外郎，无疑是曹颙死去多年以后的事，因他在曹颙死后过继给曹家时还太年幼，三年后依然是"无知小孩"（见康熙五十七年六月初二日朱批），直到雍正五年还是"年少无材"（见雍正五年正月十八日巡视两淮盐课噶尔泰奏折），因而在过继前即曹颙活着时是绝不会"升了员外郎"的，此三不合；曹家史料考索的结果又证明曹頫无嗣，因而曹雪芹的父亲不会是曹頫，此四不合；更何况，书中贾赦、贾政同贾宝玉是共时的活人，与曹颙、曹頫同曹雪芹三者比附，又是不合。

第五条，胡适称之为"最重要的证据"，即"曹雪芹自己的历史和他家的历史"。关于这一点，胡适根据敦诚兄弟送曹雪芹的诗，"列举雪芹一生的历史如下：（1）他是做过繁华旧梦的人。（2）他有美术和文学的天才，能做诗，能绘画。（3）他晚年的境况非常贫穷潦倒"。这应该说是不错的，可是胡适以此要说明的问题却是："这不是贾宝玉的历史吗？""我们看了前八十回，也就可以断定：（1）贾家必致衰败，（2）宝玉必致沦落。"于是，胡适便认定这个曹雪芹就是贾宝玉，或者说贾宝玉就是曹雪芹了。但问题是如前所析，"自叙传"说本难成立，何况类似于一生中"做过繁华旧梦""能做诗，能绘画"，晚年"贫穷潦倒"的人，在曹雪芹时代又何止他一个？

二

自胡适以后新的探讨和研究，对"曹雪芹作"说的认同和进一步考订者，所利用的资料或曰根据，不外有两个方面，一个是乾隆年间一些人关于《红楼梦》作者或是曹雪芹的说法，另一个是脂砚斋等对《红楼梦》抄本所加评语中透露出的某些消息。这两个方面同时也是驳论者所持的依据。

我们先来检视和辨析一下第一个方面。大凡乾隆年间有关《红楼梦》作者或是曹雪芹的说法，除了前面已经列举和辨析了的袁枚和明义两人的，学者们能举出的无过于永忠《延芬室稿》稿本第十五册中的第一首诗了。此诗题为《因墨香得观红楼梦小说吊雪芹三绝句（姓曹）》诗云：

> 传神文笔足千秋，不是情人不泪流。
> 可恨同时不相识，几回掩卷哭曹侯。

从这条资料看，永忠一生从未见过曹雪芹，他读《红楼梦》并题诗时在乾隆三十三年，即曹雪芹死去六七年或七八年后，其情形比之前面我们已谈及的明义的说法，其难以确证是一样的。至于再往后的其他人有这种说法，因别无其他可信的材料，所以也就更难成确证。

曹雪芹一生并没有留下多少材料。尽管前些年曾有所谓曹雪芹佚著的发现，且不说业经学者辨伪，即使是事实，这些佚著里也没有可以证明他是《红楼梦》作者的材料。不仅如此，红学家们现今所能考见的所有与曹雪芹明显有过交往的人的史料，除了脂批（辨析详后），都没有任何提及曹雪芹与《红楼梦》有关的文字，就连敦诚敦敏兄弟以及张宜泉也未提到他们的这位朋友与《红楼梦》有什么关系。乾隆四十九年（1784），甲辰本梦觉主人序言中明说"说梦者谁？或云彼，或云此"，可见说法已经很多了。而敦诚敦敏、张宜泉都还健在，如果作者真是曹雪芹，他们作为曹的密交好友，即使在曹生前对此只字不提，还可以理解，比如为避文祸等，其实这也难以解释得通。《红楼梦》书中明写着"曹雪芹披阅十载，增删五次"，"十年辛苦不寻常"，若真有碍，"协从犯"就不怕被治罪吗？那么在曹雪芹死后其著作权遭到怀疑和剥夺，形成张冠李戴的局面下，在那么多年（十几年、几十年）里，还能无动于衷、一言不发吗？

综上所述，以前学者所用来证明《红楼梦》作者是曹雪芹的有关材料（除了脂批未得辨析外）都难以经得住推敲，而没有确凿证据的"结论"，难以成立，驳论者因之一方面质疑，另一方面另行探讨，是必然的。

三

脂批，同样历来是学者们考证曹雪芹是否为《红楼梦》作者的必用材料，也是最易发生歧义因而引起论争之点。如脂批"借'省亲'事写'南巡'，出脱心中多少忆昔感今！"这里的"写"是"借'省亲'事"来写，又是"出脱心中"的"忆昔感今"，这的确是指"作者"无疑了，然而"曹作说"的怀疑论否定论者认为，曹雪芹即使生于1715年（只能更晚，因敦诚的挽诗其中一稿首句即是"四十萧然太瘦生"，另一稿首句也是"四十年华付杳冥"，两稿中都说他四十岁左右就死了，张宜泉伤诗中注称"年未五旬而卒"是最大数了），而康熙南巡六次，曹家、李家差不多接驾的是同样的四次，即使是作者在"写"最后一次康熙四十六年（1707）的南巡，以出脱他心中的忆昔感今，那么作者也不会是八年以后（有人说是十七年以后）才出生的曹雪芹。此已有不少学者指出过，"曹作说"的持论者则坚持说：作者不必"亲见亲闻"才能"忆昔感今"，听其长辈说过也是可以的。但只听长辈人说过，可否称"忆昔"？这自然不如说亲见亲历者方有"昔"可"忆"更具说服力。至于其他的历来被持"曹作说"

者引征为"论据"的脂批，则也可以认为，它们完全证实了曹雪芹如同《红楼梦》楔子所说的一样，只是一个披阅增删、修补加工者。

统检全部脂评本，在几千条脂批中凡与"雪芹"有关的，不外下面一些，兹逐条辨析之。

（1）甲戌本之第一回开篇有这样一些文字：

> 此开卷第一回也。作者自云曾历过一番梦幻之后，故将真事隐去，而借"通灵"说此《石头记》一书也。……自又云……编述一集，以告天下。……后因曹雪芹于悼红轩中披阅十载，增删五次……并题一绝云：满纸荒唐言，一把辛酸泪。都云作者痴，谁解其中味？

于此有一段脂批：

> 能解者方有辛酸之泪，哭成此书。壬午除夕，书未成，芹为泪尽而逝。余尝哭芹，泪亦待尽。每意觅青埂峰再问石兄，余（奈）不遇懒（癞）头和尚何？怅怅！

持"曹作论"者一般都认为这是"脂批说《红楼梦》作者是曹雪芹"的"铁证"。但无论从这条脂批来看还是从它所针对的楔子上下文来看，十分显然，"作者"与"曹雪芹"这两个概念又可以理解为不同的所指，是两个人：楔子是说，《石头记》这部书，"作者"做出后，雪芹披阅增删，整理加工达十年之久；雪芹题绝的意思是，这书看似"满纸荒唐言"，实即"一把辛酸泪"，大家都说"作者痴"，可谁能理解作者的"其中味"，是个能解者呵！一"作"一"解"，"作者"和"能解者"系两人。脂批回答的就是"谁解"，谁是"能解者"的问题：尽管别人"都云作者痴"，都不解，而雪芹是个"能解者"，他解作者的"其中味"，才会有辛酸泪，基于这书尚未分回纂目，尚须披阅增删、整理修补、加工润色，他才将自己的轩斋取号为"悼红轩"，含泪完成此书，可惜连第二十二回也未增删补成，就死去了（见下引脂批）。《红楼梦》有些回目依然未分的状况及文字的待补情况，直到雪芹死后还存在着，就是明证。

（2）上引"楔子"上另有一脂批，曰：

> 若云雪芹披阅增删，然后（则）开卷至此一篇楔子又系谁撰？足见作者之笔狡猾之甚，后文如此处者不少，这正是作者用画家烟云模糊处，观者万不可被作者瞒弊了去，方是巨眼。

此批按照"曹作说"者的理解，是说：若说雪芹"批阅增删"，足见雪芹之笔狡猾之甚。但此批也可以这样理解，"作者"在楔子里只交代出雪芹"批阅增删"，而把自己瞒弊了起来。这个"作者"显是别人。

（3）第十三回末有总批：

> "秦可卿淫丧天香楼"，作者用史笔也。老朽因有魂托凤姐贾家后事二件，岂是安富尊荣坐享人能想得到处？其事虽未漏，其人其意则令人悲切感服，姑赦之，因命芹溪删去。

这一条脂批，同上面一条一样，既可理解"作者用史笔"就是雪芹用史笔，又可理解"作者"与"芹溪"是两个人：

"秦可卿淫丧天香楼"，是"作者"用"史笔"写出来的原来书中就有，后因曹雪芹"批阅增删"此书，所以脂砚斋"命芹溪删去"，可知楔子中所说曹雪芹只是"披阅增删"者，是可以坐实的。

（4）庚辰本第三册第二十二回，惜春的诗谜下全缺，上有朱批：

> 此后破失，候再补。

其下为空白一页，次页上有"暂记宝钗制谜"一首，其后又云：

> 此回未补成而芹逝矣。叹叹。丁亥夏，畸笏叟。

靖本是：

> 此回未补成而芹逝矣。

对此处脂批，持"曹作说"者多只认可"此回未补成而芹逝矣"，则此"成"自可理解为"作成""撰成""著成"之意；而驳论者则多认可"此回未补成而芹逝矣"，认为这里的脂批，把楔子中所说的雪芹只是披阅增删、修补整理者的话和上面已引的脂批，再一次证实了。其实，即使只认可"此回未成而芹逝矣"，也难以证明"曹作说"，因为"此回"系指二十二回，曹雪芹连这一回也未作成的话，那么后面的近六十回（按八十回说）或近八十回（按"百回大书"说），甚至近百回（按百二十回说）就更不是他作的了。此更是持"曹作说"者所不愿承认的。

（5）甲戌本第一回，在"未卜三生愿，频添一段愁……"下，有一双行批：

> 这是第一首诗。后文香奁闺情皆不落空。余谓雪芹撰此书中亦为传诗之意。

（6）甲戌本第二回，回目后标题诗下，有夹批曰：

> 只此一诗便妙极。此等才情自是雪芹平生所长。余自谓评书，非关评诗也。

（7）第七十五回，庚辰本有回前附笔：

> 乾隆二十一年五月七日对清。
> 缺中秋诗，俟雪芹。

按照"曹作说"者的理解，所引第（5）条脂批中"余谓雪芹撰此书中亦为传诗之意"的标点断句，便断为"余谓雪芹撰此书，中亦为传诗之意"；而按照驳论者的理解，则断为"余谓雪芹撰此书中，亦为传诗之意"。抛开先入之见，应该说前者的断句似别扭不通，而后者的断句更为妥当。若此，将这（5）、（6）、（7）三条，联系（1）、（2）、（3）、（4）条脂批合看，事情似乎非常明了：脂批明说雪芹将"未卜三生愿"一诗撰进书中，也是为了传诗，这性质就同原稿中缺了中秋诗，等着雪芹来补；原稿中缺了诗谜，脂批也悲叹雪芹未补上或曰未完成就死去了一样，我们从中得到的只是雪芹撰诗补于书中的消息，因"此等才情自是雪芹平生所长"，此正与敦诚敦敏兄弟以及张宜泉等诗载雪芹是一个"诗客""酒徒"的身份完全相合。

（8）甲戌本第一回有批：

> 今而后惟愿造化主再出一芹一脂，是书何本（幸），余二人亦大快遂心于九泉矣，甲午八月泪笔。

按甲午为1774年。

（9）庚辰本第二十二回有批：

> 凤姐点戏，脂砚执笔事，今知者聊聊（寥寥）矣。不怨夫。

此处又批：

> 前批书者聊聊（寥寥），今丁亥夏只剩朽物一枚，宁不痛乎！

靖藏本此处批为：

> 前批知者聊聊（寥寥）。不数年，芹溪、脂砚、杏斋诸子皆相继别去，今丁亥夏只剩朽物一枚，宁不痛杀！

丁亥为1767年。曹雪芹死于1763年或1764年，至1767年正好是"不数年"，在这三四年中，雪芹、脂砚、杏斋诸人皆相继死去（有人理解

"相继别去"并非死去，不然。一者雪芹已死去无疑，雪芹、脂砚、杏斋三人并称"相继别去"，显然指相继死去；二者批语上又说："今丁亥夏只剩朽物一枚，宁不痛杀！"也显然说明"相继死去"；三者联系前一条1774年批"今而后惟愿造化主再出一芹一脂"，也显然说明一芹一脂都是过世之人）。无论从"前批书者"还是从"前批知者"来看，都是说"以前批阅此书知道此事的人"。"芹溪"即曹雪芹也是批阅此书者之一，同脂砚、杏斋、畸笏等一样。所不同的是，芹溪名列批阅者中第一，还担负着增删修改（包括我们已确知的撰诗补入等）、纂目分回的任务。他在批阅者中贡献最大，这些都和原作者是谁无关。

（10）甲戌本第一回中叙《红楼梦》缘起，也即"楔子"，说到"空空道人"改《石头记》为《情僧录》，"至吴玉峰题曰《红楼梦》，东鲁孔梅溪则题曰《风月宝鉴》。后因曹雪芹于悼红轩中披阅十载，增删五次，纂成目录，分出章回，又题曰《金陵十二钗》。……至脂砚斋抄阅再评，仍用《石头记》"。在"东鲁孔梅溪则题曰《风月宝鉴》"上有一眉批：

> 雪芹旧有《风月宝鉴》之书，乃其弟棠村序也。今棠村已逝，余睹新怀旧，故仍因之。

"故仍因之"的"之"，显然是指《风月宝鉴》这一书名；"余"之所以"睹新怀旧，故仍因之"，显然是由于"今棠村已逝"。这就是说，恰恰是由于棠村序有一本《风月宝鉴》，"余"（批者）才"睹新怀旧"，将手头正批着的这本《红楼梦》也题为《风月宝鉴》的。因此，此条批语不但难以证明《红楼梦》这一书作者是曹雪芹，反而会使人理解为作者是曾序有《风月宝鉴》的棠村。当然，如此理解正确与否，还有待进一步考证。

[原题《〈红楼梦〉作者问题论争探源》，《烟台大学学报》（哲学社会科学版）1995年第4期]

"诗证香山"：唐诗意象与 《红楼梦》 几个书名的来源

　　《红楼梦》与唐诗宋词的关系，前人已经做了很多考察。关于《红楼梦》一书"红楼梦"这一书名的取意来源，红学有史以来，也有不少人有所论说或涉及，但嫌不够系统和全面。对于这第一部中国文学史上真正的长篇文人创作，特色和价值独具的伟大世界名著，系统、全面地弄清其书名的取意来源，的确很有必要，但显然工程量会十分巨大。为此，本文仅就唐诗中与《红楼梦》书名相关的意象，略做考察，以作为添瓦献芹。

　　众所周知，《红楼梦》一书有不少书名，《红楼梦》开篇明言："是书题名极多：《红楼梦》，是总其全部之名也；又曰《风月宝鉴》，是戒妄动风月之情；又曰《石头记》，是自譬石头所记之事也。此三名皆书中曾已点睛矣。如宝玉做梦，梦中有曲，名曰'红楼梦'十二支，此则《红楼梦》之点睛。又如贾瑞病，跛道人持一镜来，上面即嵌'风月宝鉴'四字，此则《风月宝鉴》之点睛。又如道人亲眼见石上大书一篇故事，则系石头所记之往来，此则《石头记》之点睛处。然此书又名曰《金陵十二钗》，审其名则必系金陵十二女子也……"另外还有《情僧录》。对于《红楼梦》一书的这些题名，我们从脂批可知，都并非虚妄之言，都是实际存在过的。《红楼梦》的作者，显然是一位非常酷爱作诗，而且诗才非常了得、诗作水平非常之高的人，通观全书，他对《诗经》《楚辞》以降的古典诗词艺术显然非常精通，尤其是我们从曹寅承钦命主持编刊《全唐诗》来看，《红楼梦》的作意及其整部大书的诗的结构、诗的意境，显然受唐诗的影响非同寻常，包括《红楼梦》《石头记》《金陵十二钗》这几个书名（《风月宝鉴》《情僧录》除外）的取意，都与唐诗意象密切相关。

一 关于《红楼梦》

早在清乾隆年间，曹雪芹去世后不久的 1784 年，梦觉主人就在《红楼梦》甲辰本序言中首次指出了《红楼梦》这一书名的出处："红楼富女，诗证香山。"查"香山"白居易《秦中吟》之《议婚》诗，有"红楼富家女，金缕绣罗襦"。的确与《红楼梦》写"四大家族"尤其是荣国府"大观园"里富贵公子小姐们的生活相合。然而正如吴新雷先生《惊破红楼梦里心》（《红楼梦学刊》1997 年第 2 期）所说，唐诗宋词中有不少取"红楼"为意象的诗句，如李商隐的《春雨》诗："红楼隔雨相望冷，珠箔飘灯独自归。"韦庄的《长安春》诗："长安春色本无主，古来尽属红楼女。"〔菩萨蛮〕词："红楼别夜堪惆怅，香灯半卷流苏帐。"史达祖〔双双燕〕词："红楼归晚，看足柳昏花暝。"如此等等，均以"红楼"指豪门富家。同时吴文指出："而曹雪芹把'红楼'与'梦'字相连，用作小说的书名，既是他的独创，也是（对）传统文化的继承和发扬。关于这一点，清代乾隆四十九年（1784）梦觉主人在《红楼梦》'甲辰本'的序言里解释说：'传闺秀而涉于幻者，故是书以"梦"名也。夫梦曰"红楼"，乃巨家大室儿女之情，事有真不真耳。'并指出'红楼富女，诗证香山'。于是，《红楼梦鉴赏辞典》和《红楼梦大辞典》都根据梦觉主人的提示，认为《红楼梦》书名源出白居易（号香山）的《秦中吟·议婚》诗：'红楼富家女，金缕绣罗襦。'"吴文同时引述了吴汝煜先生《蔡京小传》中提出的观点：蔡京"《咏子规》'惊破红楼梦里心'，为著名小说《红楼梦》取为书名。"并查引《咏子规》原诗作了诠释。

蔡京原诗为：

> 千年冤魂化为禽，永逐悲风叫远林。
>
> 愁血滴花春艳死，月明飘浪冷光沉。
>
> 凝成紫塞风前泪，惊破红楼梦里心。
>
> 肠断楚辞归不得，剑门迢递蜀江深。

吴文说："吴氏（指吴汝煜——引者）只说了这么一句话，没有给出诠释，也没有另写专文加以论述。""子规就是杜鹃鸟……曹雪芹很可能是读了这首诗得到启发，在小说中描绘贵族大家庭的没落，有如《咏子规》中的'春艳死''冷光沉'的局面，千红一哭，万艳同悲，正是红楼女儿悲剧命运的传神写照。而'凝成紫塞风前泪，惊破红楼梦里心'，也很符合林黛玉的形象特征和'字字看来皆是血'的创作内情。由此可见，曹雪芹最终取'红楼梦'为书名，不是出于白居易'红楼富女'之句，而是源出晚唐蔡京的《咏子规》诗。"

品读蔡京《咏子规》诗，的确其中意象，为《红楼梦》所取意不少。除了吴新雷先生所已经分析指出的，还有不少意象内涵，也应为《红楼梦》作者所取意：

（1）《红楼梦》书中人物林黛玉姓林，"玉带林中挂"，与《咏子规》诗中之"远林"；

（2）《红楼梦》中"千红一哭，万艳同悲"，与《咏子规》中"千年冤魂""永逐悲风"；

（3）《咏子规》中"愁血滴花春艳死"与《红楼梦》中林黛玉悲愁的形象——吐血，葬花，以及群芳死，一片白茫茫大地真干净；

（4）《咏子规》中"月明""冷光"与《红楼梦》中"潇湘馆""冷月葬花魂"；

（5）《咏子规》"凝成紫塞"的"紫"与《红楼梦》中黛玉的丫头"紫鹃"；

（6）《咏子规》的"风前泪"，与《红楼梦》"还泪"；

（7）《咏子规》的"肠断楚辞"与《红楼梦》从《楚辞》中获取的意象；

（8）"杜鹃啼血"与"紫鹃"形象——她与林黛玉正好是一对，或者说是一组，贾宝玉对林黛玉与紫鹃的关系及态度，或从此化出。

其实，李商隐的《春雨》一诗，也是将"红楼"与"梦"联系在一起的。《春雨》原诗如下：

> 怅卧新春白袷衣，白门寥落意多违。
> 红楼隔雨相望冷，珠箔飘灯独自归。
> 远路应悲春晼晚，残宵犹得梦依稀。
> 玉珰缄札何由达？万里云罗一雁飞。

诗中"白门"，或指金陵，又作"男女欢会之所"。"这个'红楼'中的人就是作者所思忆的人"，"现在唯有在梦中相会"。而且其惆怅之"悲"情，与《红楼梦》之"惆怅悲情"、全书为"一把辛酸泪"的悲剧色彩和悲剧格调，可以对看。

但是，笔者以为，这些都奠定了《红楼梦》的情感基调，但人物的身份和所处的环境的设置，所受影响最为直接和起作用最大的，还应该有唐诗中李白《出妓金陵子呈卢六》组诗中的《陌上赠美人》：

> 骏马骄行踏落花，垂鞭直拂五云车。
> 美人一笑褰珠箔，遥指红楼是妾家。

此诗意象与意境，与《红楼梦》对观，至少可以得到如下几点：

（1）"马踏落花"，与"黛玉葬花"；

（2）"美人"，即美丽的女子，名"金陵子"，与红楼"金陵十二钗"

正相对应;

（3）"美人一笑"，一是写娇嗔的笑，二是与"千红一哭"，正好又成反用;

（4）"遥指红楼是妾家"，《红楼梦》正好把这些女子们安排在"红楼"这个"家"中。

李白还在《出妓金陵子呈虞六》同组诗中写道:"楼中见我金陵子，何似阳台云雨人。"关于"阳台云雨之梦"，典出战国楚宋玉《高唐赋》（《文选》卷十九）:"昔者楚襄王与宋玉游于云梦之台，望高唐之观，其上独有云气。……王问玉曰:'此何气也?'玉对曰:'所谓朝云者也。……昔者先王尝游高唐，怠而昼寝，梦见一妇人曰:"妾，巫山之女也，为高唐之客。闻君游高唐，愿荐枕席。"王因幸之，去而辞曰:"妾在巫山之阳，高丘之阻;且为朝云，暮为行雨。朝朝暮暮，阳台之下。"'"后来"阳台"便成了被爱恋的女子的栖居之所的代称，"阳台梦""在阳台"，成了男女欢会之梦的代名词。对此，唐代诗人有大量的运用，如骆宾王《忆蜀地佳人》:"莫怪常有千行泪，只为阳台一片云。"刘长卿《观李凑所画美人障子》:"此中一见乱人目，只疑行云到阳台。"李白《系寻阳上崔相涣三首》其三:"虚传一片雨，枉作阳台神。纵为梦里相随去，不是襄王倾国人。"李白《寄远十一首》其四:"相思不惜梦，日夜向阳台。"同诗其十一:"美人美人兮归去来，莫作朝云暮雨兮飞阳台。"戎昱《送零陵妓》:"殷勤好取襄王意，莫向阳台梦使君。"李德裕《寄荆南张书记》:"不因烟雨夕，何处梦阳台。"李群玉《醉后赠冯姬》:"愿托襄王云雨梦，阳台今夜降神仙。"袁郊《云》:"荒淫却入阳台梦，惑乱怀襄父子心。"罗虬《比红儿诗》:"自隐新从梦里来，岭云微步下阳台。"严续姬《赠别》:"风柳摇摇无定枝，阳台云雨梦中归。"莲花妓《献陈陶处士》:"处士不生巫峡梦，虚劳神女下阳台。"如此等等，很容易为《红楼梦》作者所取意，尤其是第五回写"贾宝玉神游太虚境，警幻仙曲演红楼梦"并在这"神女"居所"初试云雨"，原系一梦，其意象意境与唐诗意象意境颇类，其受唐诗影响，当无问题。检杜牧诗《润州》二首其二，有"城高铁瓮横强弩，柳暗朱楼多梦云"，润州即今镇江，历代也多称为"金陵"，尽管此"金陵"非彼"金陵"南京，但同为"金陵"，同为"红（朱）楼"，同为"红（朱）楼之梦"，此间关系，了然自明。

二　关于《石头记》

　　关于《石头记》一名的取意，不少论者已经指出了其与古代神话和古典诗词传统的渊源关系。关于古代神话，就是我们所共知的《淮南子·览冥训》《列子·汤问》等所记载的"女娲炼石补天"，而且《红楼梦》正文第一句即直言"当日地陷东南"，可知其取意，但这只是点名了书中"石头"的"来历"，至于"石头"说话、"石头"记事、"石头"上记载人物故事"字迹分明，编述历历"，则还有另外的出处。或谓"石能言"典出《左传·昭公八年》，或谓出自曹寅《巫峡石歌》，诗中同样说此石系"娲皇采炼石所遗"，与《红楼梦》所自譬的"这一个""石头"一致，诗中一句"胡乃不生口窍纳灵气，崚嶒骨相摇光晶"的确与《红楼梦》的"石头"发言不无对应关系；另外还有唐人袁郊《甘泽谣》、明人张岱《西湖梦寻》之《三生石》、清人古吴墨浪子《西湖佳话》之《三生石迹》，故事说李源"记其事于天竺之后那一片石上"云云，与《红楼梦》之名《石头记》为"石头所记"也不无瓜葛。

　　但是，正如《红楼梦》之"红楼梦"的书名，如梦觉主人所指出的那样，是"诗证香山"，我们在唐诗里，恰巧也发现了《石头记》这一书名的取意来源——而且恰巧同样出自白居易的《秦中吟》十首——其中的《立碑》，以及《新乐府》中的《青石》。二诗原意，是对唐代的立碑谀墓风气进行讽刺。事实上，真正的"石能言""石头说话"，是古人的立碑刻石。秦始皇朝可谓大兴其风，每到一处，就刻碑立传，记事颂德，汉代以降，达官贵人们活着不便于立碑，但为将其"美名""功德"留于后世，便大兴于死后树碑立传之风，其家人或"生前友好"，不惜重金聘请文学"名家"撰写碑文，有不少文学家竟以善写这类吹捧死人的碑文而著称。文学家们不堪其请，然又碍于情面，因违心而苦恼者多矣，就连蔡邕也未能免俗，他曾经说过："吾为碑铭多矣，皆有惭德（因写的不是事实，违背良心，感到惭愧）。"唐代此风更盛。就连韩愈这样的大家，也写了很多为人歌功颂德的碑文，被时人讥为"谀墓"。白居易的《秦中吟》自序云："贞元、元和之际予在长安，闻见之间，有足悲者。因直歌其事，命为《秦中吟》。"可见这十首组诗，都是诗人"直歌"讥讽所"闻见之间"的"有足悲者"，《立碑》一首自然也是。诗云："勋德既下衰，文章亦陵夷。但见山中石，立作路旁碑。铭勋悉太公，叙德皆仲尼。复以多为贵，千言直万赀。为文彼何人，想见下辈时。但欲愚者悦，不思贤者嗤。岂独贤者嗤，仍传后代疑。古石苍苔字，安知是愧词。……"白香山写了《立碑》之后，意犹未尽，又写了《新乐府》的《青石》，代青石而言。诗曰："青石出自蓝田山，兼车运载来长安。工人磨琢欲何用，石不能言我代言。……"由此可见，以石记言，以石代言，《红楼梦》之题名为"石头记"，取意于"石能言"，显然地，同样与"红楼梦"的取意一样，也来自白香山的诗。用梦觉主人的话来说，也是"诗证香山"。

三 关于《金陵十二钗》

关于《红楼梦》的"金陵十二钗"这一书名的取意，我们在唐诗中同样可以找到其取意的"源头"。

其实，"十二金钗"，至迟至南北朝时期就有取以为诗歌意象者，早在南朝陈时徐陵的《玉台新咏》卷九《歌词二首》其二中就有"头上金钗十二行，足下丝履五文章"之句。此诗《乐府诗集》卷八十六《杂曲谣词》也载，作梁武帝《河中之水歌》。虽然最初是描绘美女的妆饰的，但慢慢就变成了歌姬、美女的代称。恰巧，我们在唐代白居易的《酬思黯戏赠同用柱字》一诗里，又同样发现了他的诗歌意象与《红楼梦》之"金陵十二钗"这一书名及其所写内容的关系。白诗曰："钟乳三千两，金钗十二行。"并自注云："思黯自夸前后服钟乳三千两，甚得力。而歌舞之妓颇多。来诗谑予羸老，故戏答之。"可见"金钗十二"，就是喻指歌妓美女众多的。此与《红楼梦》之写"金陵十二钗"并取为书名之一，恰好相证。又是一个"诗证香山"！

以"十二钗"喻指歌妓美女，系由神仙之说演变而来。《史记》卷二十八《封禅书》："方士有言：黄帝时为五城十二楼，以候神人于执期，命曰迎年。"《汉书》卷二十五下《郊祀志下》也载："黄帝时为五城十二楼。"应劭注："昆仑玄圃五城十二楼，仙人之所常居。"旧题汉东方朔《海内十洲记》又云：昆仑山"上有三角……其一角正东，名曰昆仑宫；其一角有积金为天墉城，面方千里，城上安金台五所，玉楼十二所"。后世便将"十二楼"传为神仙所居之地。许许多多的"游仙诗"，便将"十二楼"与仙人、仙女的居所联系起来，并进而多有比附为有类仙人仙女者（及其住所）。唐诗中同样不乏其例。孟郊《长安旅情》："玉京十二楼，峨峨倚青翠。"鲍溶《怀仙二首》其一："十二楼上人，笙歌沸天引。"施肩吾《清夜忆仙宫子》："三清宫里夜如昼，十二宫楼何处眠？"徐夤《华清宫》："十二琼楼锁翠微，暮霞遗却六铢衣。"吴融《宪丞裴公上洛退居有寄二首》其一："自嗟不得从公去，共上仙家十二楼。"如此等等，可见吟咏之多。而温庭筠的《瑶瑟怨》：

> 冰簟银床梦不成，碧天如水夜云轻。
> 雁声远过潇湘去，十二楼中月自明。

则明显地与《红楼梦》"金陵十二钗"的意境意象连接起来。"瑶瑟"，"瑶草"；"瑶瑟怨"，"悲金悼玉"；"梦不成"，"红楼梦"；"潇湘"，

"潇湘馆";"十二楼","十二钗""红楼梦";还有难以用言辞可以对比的"怨情""悲感"意境……"十二"这一数字,就这样与神仙、美女联系在了一起。

《红楼梦》第二回中"本贯姑苏人氏",甲戌本批云:"十二钗正出此地,故用真。"显然,这里的"真",指的是现实生活的"真"。吴恩裕先生指出,清朱尊彝《静志居诗话》记云:"赵彩姬,字今燕,名冠北里。诗曲中有刘、董、罗、葛、段、赵、何、蒋、王、杨、马、褚,先后齐名,所谓'十二钗'也。"又引《茶香室三钞》云:"按此则今小说中所谓'金陵十二钗',亦非无本。"这就是说,文学(文化)史上由神仙、美人居所"十二楼"之说而演化成的形容神仙众多、美人如云的代称,进而形成了"十二金钗"之说,并已经在现实生活中得到了应用,成了现实生活中的"真"。吴氏并按:永忠《延芬室集》乙巳诗,有《戏题十二钗画障为伴月赋》一首,云:"十二吴姬簇锦屏,临风玉貌各娉婷。若为唤得真真下,一曲霓裳卧里听。"另外,吴氏还记从陈寅恪先生遗稿《柳如是别传缘起》所引明人钱牧斋《移居诗集》"永遇乐词"《(崇祯十三年)八月十六日夜有感》中,发现了另一处"十二金钗"的用例,钱牧斋词曰:"(上略)莫愁未老,嫦娥孤零,相向共嗟圆缺。长叹凭栏,低吟拥髻,暗与阴蛩切。单栖海燕,东流河水,十二金钗敲折。何日里,并肩携手,双双拜月。"由此吴氏论曰:"意者《红楼梦》作者所'用意搜'(永忠语)之范围,固不限于人物之形象,景物之实况,抑亦有命名遣词之采择欤?"此显而易见,当无疑也。由此可见,正如吴先生所指出的那样,"十二金钗"之说,确系《红楼梦》(《金陵十二钗》)"取材所本"。

《红楼梦》写"金陵十二钗",甲戌本"凡例"之"红楼梦旨义"明言:"然此书又名《金陵十二钗》,审其名,则必系金陵十二女子也,然通部细搜检去,上中下女子,岂止十二人哉!"按照周绍良先生的看法,是这段《旨义》"否定了《金陵十二钗》(这一书名)"。不过,如上所述,称名为"金陵十二钗"是形容美女众多,虽然书中所写的女子不止十二人，但作者采取的方法却是来一个"十二金钗""正册"之外再加"副册""又副""三副""四副"。当然，对这些女子们谁谁在"正册"之外，谁谁在"副册"，谁谁在"又副"等，《红楼梦》作者大多没有明说，为此招惹得脂批及历来的红学家们做了许许多多的猜测和论说。庚辰本第十七、十八回中有一段双行夹注，就推测正、副册诸册的人名，紧接着畸笏叟在壬午春写的眉批中又做了驳斥："树（疑为'前'字）处引'十二钗'总未的确，皆系漫拟也。至末回'警幻情榜'，方知正、副、再副及三、四副芳讳。"但无论如何，女子们的"十二"之数，却是被一组一组地组合着的，此无疑也。就连第七回"送宫花贾琏戏熙凤"一回中，接连用了十多个"十二"，如"十二两""十二钱""十二分"等，脂批也耐不住批上一句："凡用'十二'字样，皆照应'十二钗'也。"该回回初作者自题云："十二花容色最新，不知谁是惜花人？相逢若问名何氏，家住江南本姓秦。""秦"者，情也。一个"情"字，不知哭死了多少"泪尽""泪也殆尽"之人！

（原题《"诗证香山"：唐诗意象与〈红楼梦〉几个书名的来源》，《红楼梦学刊》2002 年第 2 期）

《红楼梦》 与李商隐

　　在中国文学史上，唐诗中的李商隐诗与清代小说《红楼梦》，分别代表着中国爱情文学在抒情诗和长篇小说上的杰出成就。李商隐仕途上的卑微、政治上的失落，造就了他独特的爱情诗歌内涵与艺术形态；而《红楼梦》作者对世事变幻、人生起伏的感叹，对自身身世和家道盛衰的极度悲哀，则使其创造出了充满感伤诗意的爱情与家庭生活绝唱。我们知道，《红楼梦》作为中国小说史上第一部文人创作的鸿篇巨制，是对中国文学传统继承和创新的产物，尤其是其整体的悲剧诗美的体现，所受中国诗歌悲剧美学传统的影响之深，十分明显；其中所受唐诗尤其是李商隐诗的影响之多，同样不可忽视。对此，红学有史以来，已有不少研究著述有所涉及和揭示，只是尚无系统、全面的梳理和论述。无疑，系统梳理和认知李商隐诗与《红楼梦》的审美艺术联系，不仅有利于对《红楼梦》创作所受李商隐诗的影响有一个完整的认识，而且有利于对中国文学史中爱情与感伤文学的发展脉络及其链条做出点与线的系统把握。

　　李商隐诗与《红楼梦》，尽管一是诗，一是小说，但都以"自述传"式的爱情抒发与排解折射出令人喟叹的社会生活为主要内容；前者诗中有"事"，后者"事"中有诗——并将"事"写得通体浸透和充盈着诗的意境，充分表现了作者的诗的才情。尤其是二者在善于用典而富含寓譬、内容隐晦而让人猜谜、凄婉哀伤而极富朦胧之美等总体的诗美特色上，都具有"千红一哭，万艳同悲""谁解其中味"的相类的人生感伤，因而我们很容易得出后者得益于前者、深受前者影响的判断。正是基于这一认识，本文试就李商隐诗与《红楼梦》的书名、与《红楼梦》的作意、与《红楼梦》所写的故事与人物、与《红楼梦》中的诗词与意境及其所体现的整体审美特色等几个关联方面，择其要者，初做以下较为系统的梳理勾勒和蠡测论说。

"红楼隔雨相望冷"，"他时须虑石能言"

——李商隐的诗与《红楼梦》的书名取意

关于《红楼梦》一书的书名，其取意来源若何？早在清乾隆年间曹雪芹去世后不久，1784 年，就有梦觉主人在《红楼梦》甲辰本序言中首次指出了《红楼梦》这一书名的出处："红楼富女，诗证香山。"即"香山"白居易《秦中吟》之《议婚》诗中的"红楼富家女，金缕绣罗襦"。今人吴汝煜在其《蔡京小传》中则指出：晚唐诗人蔡京的"《咏子规》'惊破红楼梦里心'，为著名小说《红楼梦》取为书名"①。其实，正如吴新雷所说，唐诗宋词中有不少取"红楼"为意象的诗句，如李商隐的《春雨》诗："红楼隔雨相望冷，珠箔飘灯独自归。"韦庄的《长安春》诗："长安春色本无主，古来尽属红楼女。"［菩萨蛮］词："红楼别夜堪惆怅，香灯半卷流苏帐。"史达祖［双双燕］词："红楼归晚，看足柳昏花暝。"② 比较而言，蔡京的"惊破红楼梦里心"，咏的是子规，说的是子规的叫声，如果说为《红楼梦》书名所取意，则主要在于字面；而李商隐的名诗《春雨》，如果说确为《红楼梦》书名所取意，则主要在于其所写人物故事及

---

① 参见吴新雷《惊破红楼梦里心》，《红楼梦学刊》1997 年第 2 期，第 221—230 页。
② 同上。

其感情内涵。而且即使从字面来看，李商隐的《春雨》一诗，也是将"红楼"与"梦"联系在一起的：

> 怅卧新春白袷衣，白门寥落意多违。
> 红楼隔雨相望冷，珠箔飘灯独自归。
> 远路应悲春晼晚，残宵犹得梦依稀。
> 玉珰缄札何由达？万里云罗一雁飞。

诗中"白门"，或指金陵①，又作"男女欢会之所"②。"这个'红楼'中的人就是作者所思忆的人"，"现在唯有在梦中相会"。③"怅卧中，他的思绪浮动，回味着最后一次寻访对方的情景。……仍然是对方住过的那座熟悉的红楼，但是他没有勇气走进去，甚至没有勇气再走近它一些，只是隔着雨凝视着。往日在他的感觉里，是那样亲切温存的红楼，如今是那样的凄冷。在这红楼前，他究竟站了多久，也许连自己都不清楚。……他是这样的茫然若失，所爱者的形影，始终在他的脑际萦回。……如今蓬山远隔，只有在残宵的短梦中依稀可以相见了。"④ 其发自心底的感伤、其无法排解的惆怅之"悲"情，与《红楼梦》之"惆怅悲情"、全书是"一把辛酸泪"的悲剧色彩和悲剧格调，可以对看。

以上只是李商隐的一首诗。我们翻检李商隐的今存全部诗作，所咏这一类的人物故事及其感情色调者，即使仅就直接写"梦"的而言，也可谓不胜枚举。

《红楼梦》又名《石头记》，其题名为"石头记"的缘由，正如小说开篇所说，原本是一"石头"上所记之事，由空空道人向这一"石头"

---

① 中国社会科学院文学研究所：《唐诗选》（下），人民文学出版社 1981 年版，第 297—298 页。
② 萧涤非、程千帆等：《唐诗鉴赏辞典》，上海辞书出版社 1983 年版。
③ 中国社会科学院文学研究所：《唐诗选》（下），人民文学出版社 1981 年版，第 297—298 页。
④ 萧涤非、程千帆等：《唐诗鉴赏辞典》，上海辞书出版社 1983 年版。

（"石兄"）问明事情原委后，"方从头至尾抄录回来，问世传奇"①。这一取意，一方面源出《淮南子·览冥训》《列子·汤问》等记载的"女娲炼石补天"神话；另一方面典出《左传·昭公八年》之"石能言"。后世诗文对此典的运用，已有学者指出曹寅的《巫峡石歌》，诗中说此"巫峡石"系"娲皇采炼古所遗"，并发问曰："胡乃不生口窍纳灵气，峻磳骨相摇光晶？"确与《红楼梦》之题名"石头记"不无对应关系②。然而我们可以找到不少对此典的更早的运用——在唐诗中，仅白居易诗就有《立碑》《青石》等有所涉及，如《立碑》诗云："……但见山中石，立作路旁碑。铭勋悉太公，叙德皆仲尼。……但欲愚者悦，不思贤者嗤。岂独贤者嗤，仍传后代疑。古石苍苔字，安知是愧词。……"《青石》为青石代言，曰："青石出自蓝田山，兼车运载来长安。工人磨琢欲何用，石不能言我代言。……"可见与"红楼梦"这一题名的取意一样，也是"诗证香山"；而直接使用"石能言"一典并用这三个字的，则是李商隐的《名神》诗。诗曰："明神司过岂令冤，暗室由来有祸门。莫为无人欺一物，他时须虑石能言。"

"湘江竹上痕无限，岘首碑前洒几多？"
——李商隐的诗与《红楼梦》的作意及人物故事

永巷长年怨绮罗，离情终日思风波。

湘江竹上痕无限，岘首碑前洒几多？

人去紫台秋入塞，兵残楚帐夜闻歌。

朝来灞水桥边问，未抵青袍送玉珂！

---

① 《红楼梦》，中国艺术研究院红楼梦研究所校注，人民文学出版社 1982 年版。
② 朱淡文：《〈红楼梦〉神话探源》，《红楼梦学刊》1985 年第 1 期。

　　这是李商隐的名诗《泪》，是一首"自伤身世的七律"①。由此我们联想到，《红楼梦》就是一部带有自述传性质的写"泪"的书；书中主人公贾宝玉和林黛玉的关系，就是"露泪之缘"；无论是书中人物、作者还是脂批，都处处体现出"为泪而逝""一把辛酸泪""千红一哭、万艳同悲""泪亦殆尽"的血泪之情。尤其是《泪》中写到了娥皇女英故事，与《红楼梦》中的黛玉形象的塑造不无关系。晋代张华《博物志》："尧之二女，舜之二妃，曰湘夫人。帝崩，二妃啼，以泪挥竹，竹尽斑。"《山海经·中山经》："帝之二女居之"，"交潇湘之渊"。《水经注·湘水》：舜之二妃"神游洞庭之渊，出入潇湘之浦"。娥皇女英悲舜帝之死，无尽的泪水点点滴滴洒在潇湘竹上，留下了无限的斑斑泪痕。《红楼梦》中林黛玉被安排在潇湘馆中，整日里泪洒竹边，最后泪尽而逝。——"以泪酬情"，她的一生，就是"还泪"的呵！诗的第四句写到了西晋羊祜因惠政襄阳，死后百姓为其在岘山建庙立碑事，碑文所记——同样是一篇"石头记"，使年年来此祭祀的人们无不为他垂泪。由此，又可以见出《红楼梦》的创作与李商隐此诗的因缘关系。而且，就连《红楼梦》脂批本第二十一回有"客"题《红楼梦》一律，中有"茜纱公子情无限，脂砚先生恨几多"也显系从李商隐此诗中的"湘江竹上痕无限，岘首碑前洒几多"化出。

　　写"泪"写"梦"，可以说是李商隐诗的几个主要的"母题"之一。《红楼梦》作者对李商隐诗歌中的这类意象，有可能加以借用的，自然还可以找出许多。如其《锦瑟》中的"沧海月明珠有泪，蓝田日暖玉生烟"；《板桥晓别》中的"水仙"（凌波仙子）之"一夜芙蓉红泪多"，用典于《拾遗记》中"薛灵云"故事，以玉壶承泪，壶呈红色，诚如杜鹃啼血，"血"与"泪"一也。甚至"芙蓉泪"与"芙蓉诔"，也可对观。

　　让我们再看李商隐的一首《银河吹笙》：

　　①　萧涤非、程千帆等：《唐诗鉴赏辞典》，上海辞书出版社1983年版。

怅望银河吹玉笙，楼寒院冷接平明。

重衾幽梦他年断，别树羁雌昨夜惊。

月榭故香因雨发，风帘残烛隔霜清。

不须浪作缑山意，湘瑟秦萧自有情。

陈伯海有如下解译："……昔日情事重又浮上心头，而那美好的欢情已随爱人的逝去，像一场幽梦永远破灭了。惆怅之余，诗人不由得转念及窗外枝头惊啼通宵的雌鸟，莫非它也怀有跟自己一样的失侣之痛吗？由于忆念往事，从前与爱人相聚的故园台榭，就闪现在脑海里。……刹时间，幻景消失，只剩眼前风帘飘拂，残烛摇焰，映照帘外一片清霜。梦醒了，愁思怎遣？追随骑鹤吹笙的王子乔学道修仙去吧，说不定能摆脱这日夜萦绕心头的世情牵累。咳，别妄想了！还是学湘灵鼓瑟、秦女吹箫，守着这一段痴情自我吟味吧。"[1] 我们感受《红楼梦》的"自述传"式故事及其浑重的悲剧美学色彩与氛围，很容易与李商隐的诗联系在一起。读李商隐的诗，有很多首如同这一首，抒写演绎着这样的悲情怀梦故事。比如《楚宫》一首："湘波如泪色潆潆，楚厉迷魂逐恨遥。枫树夜猿愁自断，女萝山鬼语相邀。……"在诗人的心目中，这潆潆湘水，都是泪水汇成的呵！一个"泪"字，紧接着一个"恨"字，下联一个"愁"字"断"字，紧接着点出那位"女萝山鬼"，自然地，又令人不难看出其在《红楼梦》中的影子，尤其在林黛玉形象的塑造方面。

再如李商隐的《锦瑟》："锦瑟无端五十弦，一弦一柱思华年。庄生晓梦迷蝴蝶，望帝春心托杜鹃。沧海月明珠有泪，蓝田日暖玉生烟。此情可待成追忆，只是当时已惘然。"诗中"庄生梦蝶"与"红楼一梦"；"杜鹃啼血"，以冤禽写悲情恨怀，与"千红一哭，万艳同悲"；"珠有泪"，与"绛珠仙草"流泪、"还泪"；"玉生烟"，珠与玉，成为一对耦合的意象和形象，此可与《红楼梦》第六十二回借香菱之口点出"宝玉""宝钗"皆

---

① 萧涤非、程千帆等：《唐诗鉴赏辞典》，上海辞书出版社 1983 年版。

出自唐诗，并引李商隐七言绝句"宝钗无日不生尘"对看。

还有李商隐的一首《重过圣女祠》："白石岩扉碧藓滋，上清沦谪得归迟。一春梦雨常飘瓦，尽日灵风不满旗。萼绿华来无定所，杜兰香去未移时。玉郎会此通仙籍，忆向天阶问紫芝。"诗中所写的圣女祠，简直就是一处"警幻仙姑"们的"太虚玄境"！诗人把道观中的女道士比作天上神人仙女，用道书上的"萼华""杜兰"这两位下凡托胎人间"以证前缘"的仙人喻指诗中主人公，并点出了在天上仙境中掌管仙籍名册的玉郎，以这位玉郎的视角和心态"回忆"她们在天上仙籍时的往事，这与"贾宝玉神游太虚境，警幻仙曲演红楼梦"何其相似乃尔！

"宝钗无日不生尘"与"留得枯荷听雨声"
——李商隐的诗与《红楼梦》中的诗及其诗境

《红楼梦》第四十回，黛玉面对满眼荷花，说道：尽管她最不喜欢李商隐的诗，还是喜欢他的一句"留得残荷听雨声"①（李商隐《宿骆氏亭寄怀崔雍崔兖》原诗为"留得枯荷听雨声"，《红楼梦》作者或记错了一个字，或故意改之）。这里，林黛玉说她最不喜欢李商隐的诗，自然绝不会让人引申或误解为《红楼梦》作者最不喜欢李商隐的诗。全书所体现的"李商隐情结"，处处可以感受得到。第四十九回，宝钗见香菱作诗入魔，史湘云也整日只想写诗，便笑对湘云说："……一个香菱没闹清，偏又添了你这么个话口袋子，满嘴里说的是什么：怎么是'杜工部之沉郁，韦苏州之淡雅'，又怎么是'温八叉之绮靡，李义山之隐僻'。……"② 这些，自然都是书中人物的谈笑论诗了。

就连《红楼梦》中主要人物"宝玉""宝钗"的名字，也来自唐诗，

---

① 《红楼梦》，中国艺术研究院红楼梦研究所校注，人民文学出版社 1982 年版。

② 同上。

其中"宝钗",就来自李商隐诗。作者在第六十二回,就借香菱之口明点出了"宝玉""宝钗"皆出自唐诗的来历:"……湘云道:'宝玉二字并无出处,不过是春联上或有之,诗书记载并无,算不得。'香菱道:'前日我读岑嘉州五言律,现有一句,说:"此乡多宝玉。"怎么你倒忘了?后来又读李义山七言绝句,又有一句:"宝钗无日不生尘。"我还笑说:"他两个名字都原来在唐诗上呢。"……'"①"宝玉"句见岑参《送杨瑗(一作张子)尉南海》,"宝钗"句见李商隐《残花》。

《红楼梦》中许多人物形象的塑造,包括情节场面和意境设置,可以说就是直接从李商隐的诗意化来的。如他的《落花》:"高阁客竟去,小园花乱飞。参差连曲陌,迢递送斜晖。肠断未忍扫,眼穿仍欲归。芳心向春尽,所得是沾衣。"面对春花飞落,令人断肠,岂忍扫去?芳心春尽,能不盈泪沾衣?联系到诗人的其他一些咏花诗句和意象,如"东风无力百花残"(《无题》)、"莫向樽前奏《花落》""吴王宴罢满宫醉,日暮水漂花出城"(《吴宫》)等等,可知这位爱花、惜花、悲花的诗人所写的诗,多么像是《红楼梦》里的《葬花辞》——只是"不同版本"而已!还有诗人的另一首《花下醉》:"寻芳不觉醉流霞,倚树沉眠日已斜。客散酒醒深夜后,更持红烛赏残花。"使我们不禁又想起了《红楼梦》第六十二回:"憨湘云醉眠芍药裀,呆香菱情解石榴裙。"

《红楼梦》中的诗与李商隐诗的关联,我们还可以举出许多,如《红楼梦》中的四时即事诗,即第二十三回宝玉写的《春夜即事》《夏夜即事》《秋夜即事》《冬夜即事》②,也全系仿李商隐《燕台四首(春、夏、秋、冬)》而来;第十五回,写到贾宝玉路遏北静王时,水溶向贾政笑道:"令郎真乃龙驹凤雏,非小王在世翁前唐突,将来'雏凤清于老凤声',未可量也。"③引用的就是李商隐《韩冬郎即席为诗相送……兼呈畏之员外》

---

① 《红楼梦》,中国艺术研究院红楼梦研究所校注,人民文学出版社1982年版。
② 同上。
③ 同上。

中的一句。甲戌本脂评云："妙极！开口便是西昆体，宝玉闻之，宁不刮目哉！"西昆派诗家崇尚并专从摹拟的，就是李商隐。

另外，《红楼梦》中的景物描写、生活环境以及器物道具等的运用，有许多地方也反映出受李商隐诗影响的印记。《红楼梦》常常写到一些稀奇古董，似乎是信手拈来，而又大有讲究。第四十一回，妙玉为贾母捧茶后，又为宝钗和黛玉斟茶，给黛玉的那只茶杯形似钵，镌有三个垂珠篆字："点犀䀉"。① 这很自然会使人想起李商隐《无题（"昨夜星辰昨夜风"）》诗的名句："心有灵犀一点通。""通灵犀"之说见于《抱朴子》，李商隐以"通灵之犀"借喻相恋男女心意暗暗相通，《红楼梦》用来，自然贴切，于不经意间，浑然天成；而且，给黛玉的茶杯为"通灵"之物，贾宝玉所口衔和佩戴着的那块"宝玉"，不也正是"通灵宝玉"么。第四十回"史太君两宴大观园，金鸳鸯三宣牙牌令"，出场人物多，场面大，却错落有致，牙牌酒令玩得热闹而雅致，或即取意于李商隐《无题（"昨夜星辰昨夜风"）》中"隔座送钩春酒暖，分曹射覆蜡灯红"的诗意；再如第六十二回写宝玉生日宴会，这群公子小姐们喝酒行令，充分展示了性格和才情，所行之令即明说为"射覆"，正如宝钗所说，"把个令祖宗拈出来了"。又是如此——"分曹射覆蜡灯红"。

还有，《红楼梦》写贾、王、薛、史"四大家族"，以贾府为中心，同时创造了"贾家"与"甄家"两个系统。《红楼梦》作者何以想到使用"甄—真""贾—假"这样"将真事隐去""以假存真"的两套系统？答案是：与李商隐诗同样不无关系。这里从略。

（原题《〈红楼梦〉与李商隐》，《文史哲》2002 年第 4 期）

---

① 《红楼梦》，中国艺术研究院红楼梦研究所校注，人民文学出版社 1982 年版。

贾宝玉形象探源

一

《红楼梦》中"第一人"贾宝玉形象的塑造，有没有原始模特儿？如有，源自何处？

一自《红楼梦》问世，索隐、考证文字从未间断，旧红学或说《红楼梦》"全为清世祖与董鄂妃而作，兼及当时的诸名王奇女"；或说其为清康熙朝的政治小说，"书中本事在吊明之亡，揭清之失"，书中人物皆可考出；或说其为记纳兰成德事：一句话，《红楼梦》是写真人真事的；索隐，就是把这全部真人真事都考索出来。当然，这种"牵强附会的《红楼梦》谜学"（胡适语），早已为20世纪20年代兴起的新红学派攻破了。而新红学的开山人物胡适之先生，又力主《红楼梦》这部书是曹雪芹的"自叙传"，贾宝玉"即是曹雪芹的化身"（《红楼梦考证》），此后又经俞平伯先生进一步考释，此说几成定论；至20世纪50年代，红学研究接受了现实主义理论，这种"自传说"才放弃了自己的绝对化；然而说《红楼梦》是作者曹雪芹的"自传性小说"，贾宝玉便是以曹雪芹自己为模特儿的化身，却几乎是红学界最起码至今都还公认的。

不过这样却发生了不太小的矛盾：红学家考证出的曹雪芹的生平，与《红楼梦》中贾宝玉的形象、性格、命运对上号的并不太多。且不说贾宝玉一生下来就口街宝玉，而曹雪芹总不至于生得这么出奇；且不说贾宝玉十九年的生活都在其母王夫人的娇惯护佑和其父贾政的"严训"之下，而曹雪芹却被考证为曹颙的遗腹子（或为曹頫之子，曹寅的过继孙，然则《红楼梦》中明说宝玉的爷爷贾代善生有二子：贾赦、贾政，都做着官，没有任何过继问题；再说曹頫是获罪被抄至没落倒败的，在这之前他年龄尚小，也不至于有长女即曹雪芹的长姊还当什么王妃）；且不说贾宝玉至十九岁出家，"悬崖撒手"，而曹雪芹却直到死前还是李贺阮郎式的诗家酒徒，"卖画钱来付酒家"，"酒喝如狂"的人（见敦诚敦敏关于曹雪芹的诗句），和那十九岁出家的宝玉大不相及；且不说《红楼梦》写了贾宝玉下凡历劫十九年，而"十九年"对于曹雪芹来说，无论如何均不成一个特殊的概念：生年乙未（1715）说，逾十九年为癸丑（1733）；生年甲辰（1724）说，逾十九年为壬戌（1742），这些年份对曹雪芹来说，并没有什么特殊意义；假如他真是曹寅之孙或过继孙的话，这些年里他应是从懂事起（或四五岁，或十三四岁）就随家人获罪被抄，被拿问进京后过着破落生活的；我们只要看曹家亏空甚多乃积年之事，这在抄家前好多年至少在康熙四十九年（1710）前后即"亏空甚多"（见康熙四十九年九月二日批），直到雍正二年（1720）还要分三年补完（见雍正二年正月七日批），三年之后亏空更多，1728 年终被抄家，因而修建"大观园"一类的事情绝非雪芹幼时的曹家所能有的，其少时更不能为，曹雪芹本人哪来什么进驻小姐丫鬟前簇后拥的"大观园"，并在其中过着饫甘餍肥，由色悟空的第一园主生活的幸运！

凡此种种，都说明曹雪芹是没有类似贾宝玉形象的身世、经历、命运的；"自传说"或"自传性"是说不通的。即使我们考证出曹雪芹与贾宝玉有很多"甚合之处"，也只能是具体的一些小情节、小细节而已，因为从整篇布局、中心人物的塑造等大关节方面通盘综合看来，我们实在已经绝了认可"自传说"或"自传性"说的望，且此仅为外证。再从内证上看，就连坚持"自传说"后改为"自传性"的红学大家俞平伯先生，也著《红楼梦》与其他古典文艺一文，指出对此书"发生最大的影响的""在古代诗文跟近古戏曲小说里各有两部"，即"第一得力于《庄子》"，"更得力于《楚辞》"，"源本《西厢》"，又"深得《金瓶》壹奥"（原引脂批语），而且指出"《水浒传》《金瓶梅》《红楼梦》三巨著实为一脉相连的"，既是"独创"，又是"集大成"，这就自己给自己否定了"自传说"或"自传性"说；另外，还有不少人说《红楼梦》受了《西游记》《西游补》《牡丹亭》等的影响，这样看来，《红楼梦》在一些情节、细节、场面、结构、语言、人物描写等方面受诸文学传统的影响，是自不待言的了；换言之，不管多少曹家时事和作者自己的影子（只是零碎的或者说具体的影点，至于其总体的轮廓和大关节处，如前所述，绝不会是作者的），它是借鉴和承袭了其他大量的古典文艺的一部作品，这是没有什么问题的。不过，上述已有的研究，说其得力于《庄子》，乃谓其得力于老庄思想；说其得力于《楚辞》，乃谓其得力于楚辞的语言、意境；说其得力于《西厢》《牡丹亭》等，乃谓其得力于它们的情调和氛围；说其得力于《水浒》《金瓶》《西游》等，乃谓其得力于它们的一些情节元素、场面构置乃至一些文字片段等；至若书中人物尤其是主要人物的塑造得力于孰，来源于亦即承袭、借鉴于孰，还至今缺乏专门的研究。而这正是一部书的大框架之所以构成的最原始的也是最基本的、最能说明问题的关键所在。贾宝玉，正是书中的主要人物且是最主要的人物。如前所述，他的形象所承袭、借鉴的模特儿亦即原始形象的来源，在曹家是找不到的，而在上述的古代文艺里也没有找到，难道果真没有，完全是《红楼梦》作者的凭空创造？不，这不仅是作品问世的时代里所不可能的，而且被后面的事实所证明确非如此。

二

我们知道,《红楼梦》里贾宝玉的前世原是女娲炼成的一块补天未用之石,被一僧一道携入红尘,来在"那富贵场中,温柔乡里受享几年","待劫终之日,复还本质,以了此案"(《红楼梦》第一回语)。他的托胎人世直到历尽悲欢离合、生老病死的炎凉世态之后的出家,乃是他红尘之旅的完成。

关于这块"性已通灵"的石头,其"口吐人言",盖源于"石能言"之典,或套用《西游记》中花果山上的仙石,这已为多家所指出;然近又有朱淡文先生指出,系来自曹寅的《巫峡石歌》。此诗入《楝亭诗钞》卷八,诗长不引,只简介朱文节引后的分条缕述如下:

(1)《巫峡石歌》说此巫峡石乃"娲皇采炼石所遗",与《红楼梦》"楔子"中介绍的顽石来历大致相同;

(2)曹寅问"胡乃不生口窍纳灵气,崚嶒骨相摇光晶?"《红楼梦》写此顽石"性已通灵","口吐人言",体态不凡;

(3)曹寅嘲叹巫峡石"顽而矿",而《红楼梦》中这顽石也是个"潦倒""愚顽"的"蠢物";

(4)曹寅诗中说欲在巫峡石上镌刻箴言以警后代,《红楼梦》也说那灵石"复还本质"之后,其上"字迹分明,编述历历"。

这无疑是关于《红楼梦》顽石来历、品性的一个线索。

此外,朱文还指出了与这顽石相似的另一个线索,即唐人袁郊《甘泽谣》中的《圆观》、明人张岱《西湖梦寻》中的《三生石》和清初人古吴墨浪子《西湖佳话》中的《三生石迹》故事。朱文告诉我们,这里有三点值得注意:

(1)圆观转世托胎之处,正在巫峡地区,可与巫峡石、青埂峰顽石发生联想；

（2）园观转世前与李源约好十三年后相见，《红楼梦》第二十五回写癞头和尚持诵通灵宝玉："青埂峰下一别，转眼已过十三载矣。"且宝黛十三岁"诉肺腑"，此不可忽视；

（3）十三年后园观与李源在杭州天竺寺外三生石畔重逢，园观歌《竹枝词》，中有"身前身后事茫茫"，李源即记其事于"那一片石（即三生石）上"（《三生石迹》），此与《红楼梦》中顽石自述"此系身前身后事"，且记于青埂峰之顽石上，实系一脉相承。用朱文原话说，即"青埂峰与三生石具有同一性"。

至于这石头又成了神瑛侍者（瑛，似玉美石，见《玉篇》），且与三生石畔的绛珠仙草结下了露泪之缘，由是方才引出这托胎人世的顽石的一段风流情案，朱文还指出，与屈原《九歌·山鬼》里的"采三秀（即灵芝仙草——引者）兮于山间，石磊磊兮葛蔓蔓"，也似不无干系（此说可见于《红楼梦学刊》1985 年第 1 期）。

应该说，朱文是关于这石头的来历、品性及其转世后某些经历的出处之探讨的迄今最见功夫的文字。只是朱文的题目就是《〈红楼梦〉神话论源》，只就书中神话因素考索，并非考索贾宝玉"身前身后"整个形象的源出，因而指出"女娲补天"之神话也好，"石能言"之典也好，"巫峡石"之《歌》也好，"三生石"之《迹》也好，虽都与《红楼梦》的某一点、某一片段有相似或相近之处，甚至对这些点、这些片段来说确实存在借鉴、影响关系，然而这些就某一点、某一片段进行比照，进行寻索相似之处和借鉴关系的结果，总是显得支离破碎，让人感到莫衷一是，或者说形不成任何整体感。因此，这样的只麟片爪的"探源"，其结果是尚难令人满意的。屈原所说的"三秀"与"山间"之"石"，还没有构成一种因缘关系，《巫峡石歌》中的巫峡石，也还没有故事情节可言，只是有些"顽而矿"而已，还一点灵性也没有；至于"女娲补天"之说和"石能言"之典，则更是偶为所用，只作为"引言""人话"罢了。只有到了由唐至清的"三生石"之"迹"即关于园观故事的传说，才算有了人物和情节，但我们不能就此即认为托胎人世、生活在温柔富贵之名门高族，最后出家成道的贾宝玉形象就是由和尚转世为牧童的园观形象的套用和敷衍。

不过，园观故事，如上所述，毕竟有了人物和情节，毕竟有了朱文所已指出的值得注意的三点，我们由此可以摸到问题的脉络，找到问题的焦点，即园观故事，是一个地地道道的与佛教有关的故事，我们从佛教那里，或许能探索出贾宝玉形象及其《红楼梦》整体构架的真正渊源。

《红楼梦》通部笼罩、渗透着浓厚的佛教思想和氛围，这是不容置疑的事实；然而多少年来我们对此讳莫如深，很少做过认真的研究，似乎一探讨这个问题，就等于否定了《红楼梦》是一部伟大的现实主义巨著，是一部批判封建主义社会，暴露封建主义走向没落、衰亡的形象教材、百科全书。其实我们今天的这种认识，实事求是地说，绝不是《红楼梦》的作意和要表现的内容：它只是客观上起到了供给我们得出今天的这种认识的依据而已；究其本意，无非是因了社会和作者自身的遭遇和悲凉，哀叹不已，用艺术的笔墨饱蘸着佛家的色空观念，求得心理上、美学上的发泄和解脱而已。关于《红楼梦》的作意，正如鲁迅先生早就指出的那样，经学家看到易，道学家看到淫，才子看到缠绵，革命家看到排满等，各家都根据自己的需要和眼光去看它，解释它，这是很自然的事；不知道鲁迅先生是否于此疏漏，他唯独没有指出佛道思想在书中的主导地位，然而在他的有关论述里，却明明贯穿着这样的思想："……颓运方至，变故渐多；宝玉在繁华丰厚中，且亦屡与'无常'见面……悲凉之雾，遍披华林……"（《中国小说史略》），应该说这才是抓住了笼罩原作全篇的题旨和构架：原为灵石，托胎人世于繁华丰厚之中，声色犬马，因缘缭乱，到头来只是"枉入红尘"，红楼一梦，还得"悬崖撒手"，遁入空门，"复还本质，以了此案"。正是书中《好了歌》及其解注，以及跛足道人"世人万般，好便是了，了便是好"的释道为一、万般皆空的彻悟之言，乃为贯穿融会在全部《红楼梦》中的主题和意旨。我们审视一下书中的人物事迹及其命运，正是这一主题、意旨的具体体现和形象化展示：乱哄哄你方唱罢我登场，作者明说这个是"梦幻"，那个是"指迷"；这个是"淫丧"，那个是"夭亡"；要么是"通灵"，要么是"薄命"；或"借刀杀人"，或"吞金自逝"；或"抱屈夭风流"，或"斩情归水月"；或"逢五鬼"，或"遇双真"；或"悟禅机"，或"悲谶语"……千红一哭，万艳同悲，生老病死，坐禅出家——"树倒猢狲散"，"落了个白茫茫大地一片真干净！"就连《红楼梦》作者的叙述、描写语言及其书中人物的语言，都是满口佛词，一腔色空。中国台湾学者萨孟武先生近著《红楼梦与中国旧家庭》一书，中有"红楼梦所述之庙庵而与贾府有关系的列表"一段，不妨引在这里作为参考①：

水月庵，初见于第七回；

铁槛寺，初见于第十四回；

馒头庵即水月庵，初见于第十五回；

牟尼院，妙玉初寄足于此，见第十七回；

玉皇庙，见第二十二回；

达摩院，同上；

清虚观，见第二十八回；

水仙庵，见第四十三回；

栊翠庵，在大观园内，妙玉住此，见第五十回；

元真观，贾敬在此修炼，亦死在此，见第六十三回；

地藏庵，见第七十八回；

天齐庙，见第八十回；

散花寺，见第一百一回。

（原注：遗漏必多，栊翠庵必非首见于第五十回）

书中人物，就是或直接或间接地生活在这个天地里；换句话说，这就

---

① 萨孟武：《红楼梦与中国旧家庭》，岳麓书社 1988 年版，第 111—112 页。

是书中人物的生活环境：红楼一座，佛影一片（当然也有道影的成分，但毕竟是佛化了的道，佛道为一，主以佛家）。书中人物在这红楼佛影中纷纷登场，而后各结其案，有些人物尤其是最主要人物贾宝玉形象的塑造源于佛家，也就可想而知了。

三

十分凑巧，我们通过敦煌所出唐五代写本卷子，找到了这个证据。这实在是出乎意料所及的，然又在情理之中。

1899 年（一说为 1900 年），敦煌莫高窟的藏经洞的发现，使我们获得了两万余卷的唐五代写本和少量刻本。这些藏书的内容大部分是佛教经典和佛经演绎作品。我们检读其中的演述同一内容的 P.（伯希和）2999、P. 2924、P. 2299、P. 3496、P. 3128、S.（斯坦恩）548、S. 4480、S. 4128、S. 4633、S. 3096、S. 2682、S. 2352、S. 4626、京潜字 80、京推字 79、京皇字 76、京云字 24、京乃字 91，还有日本所藏《悉达太子修道因缘》一卷，共十九种写卷，却发现了一个整体内容和结构与《红楼梦》中的贾宝玉甚至《红楼梦》全书整体内容和结构极其类似的故事。

按这十九种写卷，有的完整，有的残缺，其中 P. 2999 号卷标题为《太子成道经》，京皇字 76 号题为《悉达太子赞》，京云字 24 号则题为《八相变》，而日本所藏的那一卷，如上所及，又题曰《悉达太子修道因缘》，其他写卷标题大多已缺。比勘这十九种写卷，从内容到结构、语言，均为同一个故事的不同写本和抄本，从开头到结尾，基本类同或全同，所演述的都是佛祖释迦牟尼如来悉达太子时从托胎诞质到出家成道的故事。按《八相变》者，"变"，奇异之事也；"八相"，佛家术语，说得通俗一些，即佛祖如来由托胎为太子到出家成道等共有八个环节或曰八段经历。关于这八段经历即八相，诸家说法不尽一，然其中"第一上生兜率天相"，

"第二下降阎浮柘（托）胎相"，"第三王宫诞质相"，"第四纳妃相"，"第五逾城出家相"，已为 P. 2999、京潜字 80 号及京云字 24 号卷子所明注，此无疑问。而恰巧，这十九种写卷所演，虽有京云字 24 号题《八相变》之谓，实际都只是有关这五"相"的内容。我们将《红楼梦》与之相较，一眼就可看出，正是这十九种敦煌写卷所演之全部五"相"，亦即佛祖悉达太子的这五段经历、五个环节，从内容到结构顺序，与《红楼梦》的整体结构及贾宝玉的整体形象，有着十分惊人的相似！

一是贾宝玉与悉达太子一样，其前身都非凡胎，都是上界人物。悉达太子的前身是如来世尊，正如京云字 24 号卷子开篇所说：

> 尔时释迦如来，于过去无量世时，百千万劫，多生波罗奈国，广发四弘誓愿，直求无上菩提。常以己身，及一切万物，给施众生。……当时不在绪余国，示现权居兜率天。……兜率天者，是梵语，秦言知足天。兜名少欲，率是知足，此是欲界第四天也。况说欲界，有其六天：第一四天王天；第二切利天；第三须夜摩天；第四兜率陁天；第五乐变化天；第六他化自在天。如是六天之内，近上则玄极太寂，近下则闹动烦喧，中者兜率陁天，不寂不闹，所以前佛后佛，总补在依此宫。今我如来世尊，亦当是处。

而《红楼梦》中的贾宝玉，其前身也是被娲皇炼过准备用来补天的，它虽未被用在女娲所补之天上，却也被补在警幻仙子的"赤霞宫"中当了一名神瑛侍者。这如来与这灵石，都不甘于在那不寂不闹的上界里安生，都欲托胎人世，所不同的只是，如来的托胎人世乃因"观见阎浮提众生业重，流浪难出苦源，纵欲下界牢笼，拔超生死"（引 P. 2999 卷语）；而这灵石是自己凡心偶炽，很想"得入红尘，在那富贵场中、温柔乡里受享几年"，因而求了一僧一道携入红尘幻形人世的。然通一部书写了贾宝玉"下凡历劫"以及大男小女们的虚幻如烟的红楼一梦，或自醒自悟，或监诫人们看破红尘，以超度出世，这和如来世尊的下界普度众生，其性质是没有什么两样的。

二是与如来托胎为国王太子一样，灵石托胎在皇亲国戚之家，二者所选均为"温柔富贵"之"奇方"。如来世尊"遂遣金国天子，先届凡间，选一奇方，堪吾降质"，"尔时金国天子，奉遣下界，历遍凡间，数选奇方"，"唯迦毗卫圆似膺（应）堪居"，"唯有迦毗罗（卫）城，天子闻名第一。社稷万年国主，祖宗万代轮王"（引京云字 24 号卷语）。于是如来即投生此处。而《红楼梦》中这块灵石，亦复如是。携它托胎人世的虽不是佛界的金国天子，也是一僧一道。那僧对灵石说：要携它"到那昌明隆盛之邦、诗礼簪缨之族，花柳繁华地，温柔富贵乡"，那石乃问："不知赐了弟子那几件奇处，又不知携了弟子到何地方？"那僧笑道："你且莫问，日后自然明白的。"事实上这灵石托胎之处，就是"贾不假，白玉为堂金作马；阿房宫，三百里，住不下金陵一个史；东海缺少白玉床，龙王来请金陵王，丰年好大雪，珍珠如土金如铁"的"已历百年"的世袭公侯之府、皇亲国戚之家。

三是与如来诞质为悉达太子一样，灵石诞质为贾府公子，且都生得奇而又奇，都经历了一场风波。且看太子之"王宫诞质相"：

是时摩耶夫人梦想有孕，月满将充。宫中烦闷而愁怨，随伴嫔妃游后苑。睹无忧树，举手攀枝，释迦真身，从右协诞出。当此之时，有何言语云云：

无忧树下暂攀花，右协生来释氏家。

五百天人随太子，三千宫女捧摩邪。

堂前飞来鸳鸯被，园里休登翡翠车。

太子既生之下，感得九龙吐水，沐浴一身。举左手指天，垂右臂（臂）而于地，东西徐步，起足莲花。凡人观此皆殊拜，遇者顾瞻之异端（瑞）。（引京云字 24 号）

胸前万字，了了分明，顶上圆光，辉辉现有。（S. 4128）

口云天上天下，唯我独尊。（P. 2999）

于是大王怜爱其太子，将向后宫，令遣频（嫔）妃，递交养育。其时被诸大臣道："大王！太子本是妖精鬼魅，请王须与弃亡，若也存立人间，必定破家灭国。"（京云字24号）

幸因文殊菩萨"密见诸臣不识是出世之仙，恐诒损伤太子"，遂请仙人、泥神等保佑，方才平安。

我们观贾宝玉的出生，书中第二回冷子兴叙道："说来更奇，一落胎胞，嘴里便衔下一块五彩晶莹的玉来，上面还有许多字迹，就取名叫作宝玉，你道是新奇事不是？……万人皆如此说，因而乃祖母便先爱如珍宝。"这正如贾雨村所说："果然奇异。只怕这人来历不小。"服侍他的虽非"宫女"，也是些与得到"宫花"的女儿们生活在一起的"十二金钗"之正、副等册中的人；他虽非生来胸前就有"万"字，所衔的玉上却有篆文；他虽非口云"唯我独尊"，但也是"绛花洞王""花主""宝玉""宝皇帝"，整个贾府的人还不是围着他转！他也同样因为生得奇异，而遭到许许多多的误会和风波，如果不是那一僧一道的保佑，也许早就没命了。

四是宝玉与太子一样，都曾胭脂气甚浓，沉溺于淫色。悉达太子故事中，大王"处分彩女嫔妃，伴换太子，恒在左右，不离终朝"，太子遂"恋着五欲"，"纵意自恣，贪着五欲"（语自京云字24号卷）；而贾宝玉亦复如是，时不时或"贪着五欲"，"干那警幻仙子所训之事"，比如同秦兼美、袭人、多姑娘等；或"纵意自恣"，名之为"意淫"，比如同黛玉、宝钗、湘云，对平儿、香菱等。

五是宝玉与太子一样，都反对包办婚姻，都执意于自己的选择。悉达太子故事中，太子"渐渐长大"，到了"娶一新妇"作为"伴恋之人"（语自P.2999）的时候，"梵王、夫人同议，欲与太子谋于婚媾。其太子见父王、夫人准拟定示，不乐如斯"（语引S.4633）。《红楼梦》所写贾宝玉所面对的局面及其心情、态度也正是这样，在此无须征引；"其太子自发心愿，求便在后宫结坛说法，集合五百宫人彩女听受"（语引S.4633），以从中挑选知音。因奏父母："令巧匠造一金指环，儿手上戴之，父母及儿三人知之，余人不知，若与儿有缘，知儿手上金指环者，则为夫妇。"遂至彩楼上说法，"便私发愿：若是前生眷属者，知我手上有金指环，知者为夫妇"（语引 P. 2999）。而 S. 4633 号卷子又说太子说法时"人不知圣教，数中为（唯）有耶殊（输）彩女，识辨毫相，便施与太子指环"，太子便"收在怀中"，以定终身。不知是 P. 2999 号卷子与 S. 4633 号卷子所说有抵牾，还是原应如此，反正或者太子有金指环，耶输彩女也有金指环，即双双有之，并都作为选偶的信物，或者一方有之，授予另一方，都同贾宝玉与黛玉的木石之缘也好，与宝钗的金玉之缘也好，同湘云的金玉之缘也好，不无关系。

六是太子与宝玉一样，其婚姻都成不幸。我们知道，宝玉与宝钗这对"金石之缘"，其感情和生活是很不协调的，甚至连夫妻生活都不过，最后弃妻出家，其婚姻的不幸是可想而知的；同样，悉达太子故事中，太子与耶殊这对尽管是自己选择的夫妻，其感情与生活也是不幸的。正如 S. 4633 号残卷所说，这太子"虽求愿得耶殊（输）彩女，亦似无妻一般，不曾与女同状（床），日日四暮起身，夜即取于毡褥，别在一边，并无贪俗之事"。这位原是"贪着五欲"的太子，最后还是弃妻出家。

七是宝玉与太子一样，是在这富贵场中都看到了生、老、病、死，看破了红尘，才决意出家的。悉达太子故事说："太子在于宫中，欲往巡历四门游玩花木"，"大王遂遣车匿被朱骔白马，遣太子观看"。"到于东门，忽见一人忙忙急走"，"非常惊怪"，问之，知那人"家中有一产妇，欲生其子，痛苦非常"，且报世人都复如此，太子因而愁忧不乐。后至南门观看，则见一"发白面皱，形容憔惟（悴）""曲脊拄杖"的老人，"眼阇都缘不弁（辨）色，耳聋万语不闻声"，"痛苦不堪"，问之，得知世人迟早如是，太子更加愁忧苦闷。后到西门，"观看之次，忽见一人劣瘦，置其药碗在于头边"，问之，知是"病儿"，"拔剑平四海，横戈敌万夫，一朝床上卧，还要两人扶"，"世间病患之时，不谏（拣）贵贱"，太子遂转加怨悲。后到北门观看，又见一人"卧于荒郊，膨胀烂坏"，"六亲号叫，九族哀啼，散发拔（披）头，浑捶自扑"。问之，乃知为死事，且世人皆复如此，"国王公侯，死相亦无二种"，太子遂更加苦闷悲忧不已（以上语引P. 2999、京云字 24 号卷子）。这种对生、老、病、死的看破与苦悲，决定了太子必然最后出家的命运结局。与此同样，《红楼梦》中的贾宝玉，虽在繁华富贵之中，实则遍历生、老、病、死、来去匆匆的炎凉世态，虽有那大观园里的美好春天，也有那"风刀霜剑严相逼"，这一切，按书中所述，只不过是红楼一梦。当然贾宝玉所看到的生、老、病、死，《红楼梦》没有像悉达太子成道故事那样机械地按顺序排列渲染，而是交织在活生生的人物命运里。大观园，观到了什么？说到底，还不就是观到了"过多的生老病死"（鲁迅语）么？"可怜荣府的人，个个死多活少"（《红楼梦》一一九回），"树倒猢狲散"，"落了个白茫茫大地一片真干净"，构成了促使贾宝玉与太子同样的出家动因。

八是贾宝玉也与太子一样，其出家的契机都是僧道作引的结果。太子成道故事中，太子看到了生老病死之后，感到了人生的空幻无常与悲凉，"遂遣车匿被于朱骔，往出城去。观看之次，在于路上，或见一人，削发染衣，威仪祥序，真似象王"。遂问之："君是何人？""我是师僧。""何名师僧？""诸漏已尽，烦恼顿除，饭在盂中，衣生架上，舍割世间恩爱，唯求佛果菩提，不恋烦喧，精勤大教，此名师僧。""太子闻说，非常喜悦，急便下马，顶礼三宝"，"便问：'和尚是谁之弟子？'和尚答曰：'我是三教大师、四生慈父、为人天之道首、作苦海之舟船、释迦牟尼如来，是我之师父。'和尚蒙问，具答实情。"然后太子又问明"如何修行，证得此身"，遂即欢喜非常，"顿舍烦恼断贪嗔，无上菩提成佛事，决定修行证此身"（语引京云字 24 号、S. 2999 号卷子）。我们对比一下《红楼梦》中的贾宝玉，在"看到了过多的生老病死"（鲁迅语）的红尘幻灭之后，所遇和尚悟导，并与其互相答问，讲经论佛，请求和尚带了他去（参见一一五、一一六、一一七等回）等情节，甚至有些语言，都是十分相似的。论者或云《红楼梦》原书只有八十回，八十回后乃高鹗补作，不足为凭；然而通过脂批，我们知道《红楼梦》原稿已是"百回大书"，"通部百回"，今本百二十回与脂本批语中透露的八十回后情节大多相合，且"高鹗补作说"的唯一证据是《船山诗草·赠高兰墅鹗同年》注云："《红楼梦》八十回以后，俱兰墅所补。"按"补"既不是"续"，也不是"作"，程本《红楼梦》之程序、高序都说得十分明白，且与船山诗注甚合，我们没有理由把这完整的通部书非割裂来看不可。

九是宝玉与太子同样，出家前都受到了家庭的百般阻挠。如上所述，悉达太子成道故事中，太子大观生老病死后愁忧悲伤，已构成了决计出家的动因，为此，他的父王曾苦苦地劝他：

> 父王闻太子入内，亲唤至于面前，遂乃出于善言，亲自观免（劝勉）："若说世间恩爱，不过父子情深；细论世上恩情，莫若亲生男女，皆是宿生缘出，今世托我胎中，且作国王大臣，此合不愁天地。自经数日，都无欢颜，解闷巡游，转加忧恼。百鸟尚为子屈，何况我辈君王。若是孝顺之男，直申心中所愿。财务库藏，任意搬将，不管与谁，进（尽）任破用……"
>
> 朕缘一国作人王，富贵凌天极豪强。
>
> 比望我子受快乐，因何愁苦转悲伤。
>
> 太子道：
>
> 遮莫高贵逞英豪，人生再会大难逢。
>
> 生老病死相煎逼，积财于万总成空。（引京云字 24 号）

我们比较《红楼梦》中贾政、王夫人以及宝钗、袭人劝训宝玉的话，以及——一一七回"阻超凡佳人双护玉"，一一八回"惊迷语妻妾谏痴人"等，可知后者是前者的沿袭与再造。

十是宝玉与太子同样，都是用巧计得以出家成道。太子成道故事中，太子因得和尚教化，转悲为喜，"尔时太子，悟身之而非久，了（瞭）

幻体之无常"，遂还宫后造成了"悔过自新"的假象，甚至对待其妻耶输也好了起来，"其妻耶输陁罗倍加精进"，博得合宫皆大欢喜，然而其出家之主意早已拿定，"拟往于雪山"之前，"其后宫彩女，苦切嚎咷，遂唤夫人向前，有其咐嘱"，留一美香，作为对父母亲的报答；而后，一天夜里"夜半子时，感天人而唱道，唤云：'太子，修行时至，何得端然。'太子忽从睡觉，报言空中：'如此唤呼，是何人也？'即时空中报曰：'我是金国天子，遣助太子修行。正是去时，何劳懈怠。'太子答之：'我大王令五百宫监，守伴三时，不离终朝，如何去得？'天人答言：'我交一瞌睡神下界，令五百人尽皆昏沉，即便相随，有何不得。'言之已了，宫人并总睡着，只留车匿醒悟，被得朱骏（朱骏白马）"，"便往雪山修道"去了（引京云字 24 号、P. 2999 号卷子语）。《红楼梦》中，贾宝玉也是因得和尚教化，转悲为喜，"自会那和尚以后，他是欲断尘缘"（一一七回语），然而还府后也是造成了"悔过自新"的假象，不但对待其妻宝钗好了起来，而且答应前去应试中举，博得合府皆大欢喜，谁想到这竟是一个骗局，他竟借此机会逃离了满府人守伴监护的图圄，从此出家修行而去。同时，类似于太子由金国天子遣送下凡，又遣助出家，宝玉也由一僧一道携持下凡，又由一僧一道携持出家。这一僧一道督促宝玉出家："俗缘已毕，还不快走！"连语言都与金国天子督促悉达太子出家相类。而且，宝玉在超凡出家的决心下定，即去"赴考"实即出家之前，也类似于太子与众人"生离死别"一般，惹得上下伤心流泪；也向王夫人告别，嘱咐再三，用这最后的中举，作为向父母的报答（见一一九回）。

十一是宝玉与太子一样，出家时都留下了一个"遗腹子"（姑且借用此语）。宝玉出家后，其妻薛宝钗"幸喜有了胎，将来（给王夫人——引者）生个外孙子必定有成立的"（一二〇回）。而太子出家后，其妻耶输也是怀了胎，后来也是生了一个男孩子，即大王所说"朕之孙子"。

十二是宝玉同太子一样，都是十九岁出家。太子十九岁出家，敦煌所出有关各写本中皆然。皇字76号卷:"太子十九远离宫";S. 4128云:"十九出家";S. 4633云:"年登十九,早知自身……修行时至"。因知贾宝玉之十九岁出家,绝非与太子出家年份偶然巧合,而是根源于彼,有《红楼梦》原文及其脂批为证:

贾政叹道:"……岂知宝玉是下凡历劫的,竟哄了老太太十九年!如今我才明白。"说到那里,掉下泪来。众人道:"宝二爷果然是下凡的和尚……"(一二〇回)

李纨道:"古来成佛作祖成神仙的,果然把爵位富贵都抛了也多得很。"王夫人哭道:"他若抛了父母,这就是不孝,怎能成佛作祖。"(一一九回)

甲戌本二十五回脂批道:"三次锻炼,焉得不成佛作祖?'佛祖'者,孰也?悉达太子之前后身:如来佛也,释迦牟尼也。"

此外,诸如(1)太子成道后于熙莲河沐浴,取吉祥草座为道场,与贾宝玉之前身到灵河畔行走,同绛珠仙草结成因缘。(2)"太子夜半出来(家)时,宫人美女不觉知。""是时太子,语于车匿,付嘱再三,将头冠以献父王,牵白马而却还车厩。朱衣丽服,脱卸收封,回付宫人,以为信物。车匿承旨,不惮艰辛,引马登程,奉归车国",满宫人一见,都"问太子如今在阿那边"(引京云字24号语)云云,与贾宝玉出家之时,合府人全不知觉,只有同他一起赴考的贾兰只身回来报信,满府人一见,都问宝玉在哪儿。(3)太子"将头冠以献父王","朱衣丽服,脱卸收封,回付宫人",与贾宝玉身披大红斗篷来拜别父亲。(4)太子出家乃前往雪山,与贾宝玉出家后其父贾政在茫茫雪野里看见他前来拜别,又消失在茫茫雪野里,"落得个白茫茫大地一片真干净",如此等等。现在我们可以知道,都不是偶然的相似或巧合了。

四

如果我们怀疑说，悉达太子成道故事是唐五代佛教徒的虚构妄拟，不可能使后世僧徒和世人相信而流传、影响到《红楼梦》作书的时代，那我们就错了。事实上，佛教徒是很严格地遵循着佛经原文敷衍而成悉达太子成道故事的。上面我们举出的十九种敦煌写卷所遵循和依据的，是《佛本行集经》。《佛本行集经》，就是佛祖释迦牟尼的本事经。我国东汉时佛教已传入，历经魏晋南北朝、隋唐，佛教在我国大兴，几度被尊为"国教"，《佛本行集经》为相当流传者。我们在敦煌所出写卷中就发现了隋代阇那崛多所译的《佛本行集经》六十卷本原经，残卷多达四十多件，可见其多么流行。上举十九种写卷所演悉达太子成道故事，由于它的根据确凿，本于原经，完全能够使后世僧徒和世人像相信《佛本行集经》原文一样虔诚不疑，直到为《红楼梦》问世时代的红楼佛影中的文人包括《红楼梦》的作者所接受。

这里，我们不妨也将《佛本行集经》原经即悉达太子成道故事的"本事"，与《红楼梦》相较，以见我们的如上所论不谬。按《佛本行集经》原经甚长，兹只将隋代阇那崛多译六十卷本之各品名目照录如下，即可资参照。

《佛本行集经》

（1）发心供养品（卷1—3）

（2）受决定记品（卷3—4）

（3）贤劫五种品（卷4—5）

（4）上托兜率品（卷5—6）

（5）俯降王宫品（卷7）

（6）树下诞生品（卷7—8）

（7）从园还城品（卷 8—9）

（8）相师占看品（卷 9—10）

（9）斯陀问瑞品（卷 10）

（10）姨母养育品（卷 11）

（11）习学技艺品（卷 11）

（12）游戏观嘱品（卷 12）

（13）猗术争婚品（卷 13）

（14）常饰纳妃品（卷 13—14）

（15）空声劝厌品（卷 14）

（16）出逢老人品（卷 14）

（17）净饭五梦品（卷 15）

（18）道见病人品（卷 15）

（19）路逢死尸品（卷 15）

（20）耶输陀罗梦品（卷 15—16）

（21）舍宫出家品（卷 16—17）

（22）剃发染衣品（卷 17—18）

（23）车匿等还品（卷 19—20）

（24）观诸异道品（卷 20）

（25）王使往还品（卷 21）

（26）问阿罗逻品（卷 21—22）

（27）答罗摩子品（卷 22）

（28）劝受世利品（卷 23）

（29）精进苦行品（卷 24—25）

（30）向菩提树品（卷 26—27）

（31）魔怖菩萨品（卷 27—28）

（32）菩萨降魔品（卷 29—30）

（33）成无上道品（卷 30）

（34）昔与魔竞品（卷31）

（35）二商奉食品（卷31—32）

（36）梵天劝请品（卷32—33）

（37）转妙法轮品（卷33—34）

（38）耶输陁因缘品（卷35）

（39）耶输陁缩因缘品（卷36）

（40）富楼那出家品（卷37）

（41）那罗陁出家品（卷38）

（42）婆毗耶出家品（卷39）

（43）教化兵将品（卷40）

（44）迦叶三兄弟品（卷41）

（45）优波斯那品（卷42—43）

（46）布施行圆品（卷44—45）

（47）大迦叶因缘品（卷46—47）

（48）跋陀罗夫妇因缘品（卷47）

（49）舍利弗目连因缘品（卷48）

（50）五百比丘因缘品（卷49）

（51）断不信人行品（卷49）

（52）说法仪式品（卷50）

（53）户弃佛本生地品（卷51）

（54）伏婆夷因缘品（卷52—53）

（55）伏波离因缘品（卷54—55）

（56）罗陁罗因缘品（卷56）

（57）难陀出家因缘品（卷57）

（58）婆提唎迦等因缘品（卷58—59）

（59）摩尼娄陀品（卷59—60）

（60）阿难因缘品（卷60）

由此我们可以看出，上举敦煌所出十九种写卷所敷演的悉达太子成道故事，正是《佛本行集经》六十卷六十品之前半部的通俗演义；换言之，一部《红楼梦》，其整体构架尤其是贾宝玉形象的塑造，也正是源自经过了敦煌所出十九种写卷一类通俗演义化了的《佛本行集经》中的悉达太子成道故事，包括了从前世——托胎——诞质——纳妃——所历生老病死而看破红尘——受和尚导诱而出家成道，这整个历程。当然，我们并不是说《红楼梦》就一定是《佛本行集经》有关部分或敦煌写本一类演绎作品的照抄照搬，作者也许根本没有读过《佛本行集经》或演绎太子成道故事的原文，但是，佛教自汉东渐以来，信者若炽，尤其是魏晋以降，下迄有清，经书之众，寺塔之众，僧徒之众，蔚为大观，弥布华林，因而佛经佛教故事包括佛本行故事之播传流布，自不待言。此史多征载，尽人皆知，且于文人更甚，《红楼梦》作者即使耳濡目染，一个并不复杂的佛本行即悉达太子成道故事，也早就娴熟于心了。这是一方面。另一方面，我们从文学的角度看，类似敦煌所出十九种写本所演绎的悉达太子成道故事，虽本源于《佛本行集经》的前半部内容，但它自己已经基本独立出来，自成体系了。敦煌十九种写本从内容到结构，从开篇到末尾甚至语言都类同，就是明证。而且，这一内容体系，又已经是对佛经原文的通俗演义化或曰文学化、艺术化了的。从敦煌所出这十九种写卷看，它们有的是散韵相间的说唱本，少部分以韵文诵唱为主，也有的只残存散文片断或韵文唱段，总之都属于佛家俗讲和僧俗艺人说经、转变等说话艺术范围的东西。如P.3128所唱：

> 适来和尚说其真，修行弟子莫因循。
> 各自念佛归舍去，来迟莫遣阿婆嗔。

"修行弟子"家中还有阿婆，可见这些来听说唱的是些信佛而又未出家的俗人，又如京云字24号《八相变》末尾，有这样一段：

> 况说如来八相，三秋未尽根原，略以标名，开题示目。今具日光

西下，座久迎时。盈场并是英奇仁，阖郡皆怀云雅操。众中俊哲，艺晓千端，忽滞淹藏，后无一出。伏望府主允从，则是光扬佛日，恩矣恩矣。

可知此为在某郡府主家中举行的转变艺术之本，转变艺人或是僧，或是俗人。这种说话转变艺术，无论在宫中、官府还是民间，都曾十分盛行。唐代郭湜的《高力士外传》，有其进入宫廷博得皇帝笑乐的记载："或讲经、论议、转变、说话，虽不近文律，终冀悦圣情。"至若假托经论，大肆说唱类似悉达太子"贪恋五欲"者，连僧人也为。唐人赵璘《因话录》载："有文淑僧者，公为聚众谭说，假托经论，所言无非淫秽鄙亵之事。不逞不徒，转相鼓扇扶树；愚夫冶妇，乐闻其说，听者填咽寺舍，瞻礼崇拜，呼为和尚教坊，效其声调，以为歌曲。"这种说唱艺术及其内容的影响之大之广，由此可见一斑。至宋，则"说经""说参清"即"演说佛书"已成为说话艺术十分发达的专门一家，其他艺术门类也大受染指，一直影响到明清佛教内容渗透甚烈的通俗小说，以及弹词、宝卷、鼓词等，尤其是宝卷，专讲佛经佛教故事内容（当然也有道教宝卷，则数量很少，且佛道合一，其中多为佛教化了的）；还有宋、元、明、清戏曲，其演述佛教思想内容、故事情节者也是浩如烟海。凭着这么广泛、久远、多样化的途径，对于生活在清代红楼佛影世界之中的《红楼梦》作者来说，通过僧俗各种说唱艺术的传承，不但自然而然地感染上佛家思想，而且对佛祖释家牟尼的出身、经历、出家成道故事了如指掌，娴熟于心，形成了文化的意识的哲学的乃至美学的心理积淀，当这种心理积淀与现实生活中的历闻、感受等发生了交响和碰撞，原有的心理积淀就会自觉地甚至是非自觉地、有意识地甚至是无意识地产生表现欲也即创作欲，贯穿于乃至控制着创作的通体构思、人物设置、情节发展乃至某些语言等等，就更应是十分自然而然的事情了。

因此，我们可以说，一部《红楼梦》，实乃借《佛本行集经》尤其是依此演绎的佛祖悉达太子出家成道故事为蓝本，贾宝玉形象实乃佛祖悉达太子形象的承袭和套用，再加上后世的包括园观三生石故事等在内的笔记传闻、小说话本、戏曲说唱等演述佛教思想、内容的文艺作品对其进一步的丰富，以及神话、楚辞和《西厢记》《牡丹亭》《西游记》《水浒传》《金瓶梅》等现成长篇戏曲小说作品的可资借鉴，融作者历经颓运的现实生活于其中，发一腔悲伤、哀叹、悟空而又留恋万端的感慨，以此铺张扬厉，于是才成就了这部中国文学史上不可多得的鸿篇巨制的诞生。

（按：本文原题《贾宝玉形象探源》，《红楼梦学刊》1989 年第 1 期。后增写为《佛太子与贾宝玉——从敦煌写本〈八相变〉看佛教文学对〈红楼梦〉的影响》，刊为台湾文津出版社 1995 年版曲金良著《敦煌佛教文学研究》附篇。这里用增写版文字，材料和分析论证相对更充分和详尽一些。特此说明）

"红楼一任说，我说是东皋"

——《红楼梦》"大观园"本事新说

  《红楼梦》所构造的"大观园"，有无所本？也就是说，它是完全的艺术创造，还是有所现实依托？对此，红学家们一直十分重视，考了再考，说了又说，然又一直难以认定。由于这关系到对《红楼梦》的创作过程、《红楼梦》所反映的现实生活与艺术创作之间的关系、对《红楼梦》文化遗产的进一步发掘利用等若干方面，因而仍有再考再说的必要。

一 "京华何处大观园"

  按对《红楼梦》"大观园"的理解，最早认为其实有所本，并直接指认其本自何处的，是清人明义《绿烟琐窗集》中的《题〈红楼梦〉》小序，曰：

   曹子雪芹出所撰《红楼梦》一书，备记风月繁华之盛。盖其先人为江宁织府。其所谓大观园者，即今随园故址。惜其书未传，世鲜知之者。余见其钞本焉。

  袁枚的《随园诗话》卷二中有曰：

> 康熙间，曹练（栋）亭为江宁织造……其子曹雪芹撰《红楼梦》一书，备记风月繁华之盛。中有所谓"大观园"者，即余之随园也。

很显然，袁枚这一段文字系从明义的文字搬来，但这说明袁枚相信明义的说法。后来胡适作《红楼梦考证》，也依从并认定此说，并将此说作为"曹雪芹自述传"的立论根据之一。然而这一"随园说"其实是站不住脚的。"随园"前身为明代的"焦园"，清康熙时归吴姓，后隋赫德接曹氏父子任江宁织造，从吴姓手中得其园为己有，成了"隋园"，后袁枚又从破败的隋家买了下来，同其音、异其义而改名为"随园"。明义、袁枚都不认识《红楼梦》的作者，明义只是猜测"其子曹雪芹""盖""其先人为江宁织造"，因此附会说书中的大观园就是"随园故址"，猜测"随园"前身"隋园"的前身曾是"曹园"；袁枚更是借此说以自诩。既然《红楼梦》所写四大家族中贾府的"模特儿"是曹家，曹家世为江宁织造，其所建造的府第和园子，自然不会是早已有之的"吴园"。

由于"随园故址"之说显不可信，人们又试图将《红楼梦》的"大观园"搬到北京来，在北京开始了艰难的寻找。例如，谢海隆指认是北京的什刹海，在其《红楼梦绝句题词》中谓："汉海方塘十亩宽，枯荷瘦柳蘸波寒。落花无主燕归去，犹说荒园古'大观'。"并注曰："十汉海，或所谓大观园遗址，有白石大花盘尚存。"蒋瑞藻的《小说考证》认同此说，并就什刹海与"大观园"的"相似性"进行了对比。[1] 徐珂的《清稗类钞》，也有"京师后城之西北，有大观园遗址，树石池水，犹隐约可辨"之谓。然而这仍不足以令人信服，于是 20 世纪 50 年代周汝昌在《红楼梦新证》中，又提出了北京后海恭王府说，其后有不少学者附会，并试图"坐实"是萃锦园。"然而恭王府的萃锦园不可能是《红楼梦》中的大观园。即使从和珅治宅时算起，曹雪芹也已泪尽而逝逾 10 年，其所创作的

---

[1] 参见蒋瑞藻《小说考证》，《东方杂志》第 15 卷第 3 期，上海商务印书馆 1918 年版；又见《文艺丛刻》乙集，上海商务印书馆 1919 年版。

《红楼梦》早已流传世间。"① 如此，也就否定了恭王府说。

在这样的情况下，于是人们只好得出"综合说"。或说《红楼梦》借北京景物追写曹家当日在江宁的荣华富贵状况；或说是以曹家的院子为底本，而北京的芷园，南京、扬州、苏州的织造府都是大观园的蓝本，"大观"即"集大成"之意；或说大观园是吸收了园林建筑的精华并加上作者的想象，而其最基本的依据还是北京的皇家园林；等等。至 20 世纪六七十年代，赵冈等又推出江宁（南京）织造署西花园说。赵冈从《红楼梦》中所描写的大观园建筑风格进行推理，并与南京行宫图相对照，提出，这个荣府的西花园，也即南京行宫花园，"（《红楼梦》）书中的大观园就是江宁织造府为了南巡接驾而扩建的花园"②。在这里曾发掘出"红楼一角"碑石，从而有了"物证"。然而，这是皇帝的行宫花园，怎么会由着"四大家族"的原型们，至少是一群少男少女们入住？何况如果真的入住，更不会叫作"红楼一角"。因此，更多的人还是继续从北京园林中寻找，以至发出"京华何处大观园"之问，于是多以北京历史上有名的大花园相比附，对诸如恭王府、醇王府等北京诸王府一一考察。在均似像似不像的情况下，近年冯精志又用"定量分析""实地考察"之"科学方法"，得出大观园总体结构得自"清漪园"（今颐和园）、实地园景多来自圆明园的"结论"。③ 然而"清漪园"建于清乾隆十五年（1750），乾隆十九年（1754）甲戌本《红楼梦》或曰《石头记》已经是《脂砚斋重评石头记》，即被脂砚斋"抄阅再评"过的了，"从这许多线索看来，《红楼梦》初稿完成很早，起码可以上推到一七四九年以前四五年，或者更早些。脂砚斋的初次评阅也应该相当早。最迟也应该在一七五零年左右就有了初评"④。也就是说，建"清漪园"时，《红楼梦》至少是初稿早就写成了，因此

---

① 卜键：《恭王府，一个待圆的梦》，《人民日报》（海外版）1998 年 3 月 14 日第7 版。

② 赵冈：《康熙南巡与〈红楼梦〉》，《幼狮月刊》1974 年第 3 期。

③ 参见冯精志《大观园之谜》，燕山出版社 1993 年版。

④ 赵冈：《脂砚斋与〈红楼梦〉》，（台湾）《大陆杂志》第 20 卷第 2、4 期。转引自胡文彬、周雷编《海外红学论集》，上海古籍出版社 1982 年版，第 264 页。

其所仿照的蓝本绝对不会是"清漪园"。至于圆明园，尽管它是乾隆九年（1744）在雍正皇帝原御苑的基础上建成的，时间稍稍早一点，但它仅本园之大就有 5200 亩，加上长春、绮春（万春）两个附园，周约 10 公里，而《红楼梦》中的"大观园"方圆只有三里半，有人算出是 176 亩①，有人算出是 370 亩②，这已经是一个小说家用艺术夸张之笔写的私家花园之"最"了，其创作原型显然不会是圆明园，至多受圆明园的影响而已。

二 "红楼一任说，我说是东皋"

《红楼梦》所构造的府第，亦即人物的生活环境，其生活原型到底是哪里？诸说纷呈，然而"红楼一任说，我说是东皋"。这话原本就是清乾隆时人说的。其实吴恩裕先生早在半个世纪前在《考稗小记》中就指出：

> 益斋有寄瞩仙诗，中有句云"红楼一任说，我说是东皋"句。按敦诚诗注有云："潞河之东皋，宗室问亭将军博尔都园。"则东皋之地可知。《红楼》之记，亦多一说。③

按：益斋即宗室永瑢，瞩仙即永忠，乃康熙第十四子之孙。永忠于 1768 年写有《因墨香得观〈红楼梦〉小说，吊雪芹，成七绝三首》（永忠：《戊子初稿》，又见其《延芬室稿》稿本第十五册）。这就是说，关于《红楼梦》所写的是哪里，在《红楼梦》尚在早期很小的圈子里传阅的时候，就被纷纷猜测了，因此才有益斋永瑢寄瞩仙永忠诗写出的"红楼一任

---

① 参见杨乃济《莫将圆明作大观》，《红楼梦学刊》1996 年第 1 期。
② 参见张秉旺《大观园有多大》，《红楼梦学刊》1997 年第 3 期。
③ 吴恩裕：《考稗小记》，《曹雪芹佚著浅探》，天津人民出版社 1979 年版，第 100 页。

说，我说是东皋"之句。但吴氏指出的这一重要史料，当时并没有引起人们的重视。

"东皋"何在？"东皋"如何？"东皋"是否就是《红楼梦》中"大观园"的蓝本？

我们知道，"东皋"在古代用得很多，有取为人名字号的，有取为庄田之名的，有取为诗文书名的，有取为斋堂之名的，如此等等，不一而足。而宗室敦诚有诗注云："潞河之东皋，宗室问亭将军博尔都园。"则此"东皋"在潞河流域即今北京通县、河北武清、天津宝坻一带的北运河流域可知。宗室敦敏又有《东皋集》，卷端有序："戊寅（乾隆二十三年，1758）夏，自山海归，谢客闭门，唯时时来往东皋间，盖东皋前临潞河"云云，复可证。

又，曹寅《楝亭文钞》有《东皋草堂记》，说的是"吾兄"之以"东皋"之地命名的"草堂"。[①] 文中提及其在河北"予家受田"的地点。周汝昌在《红楼梦新证》里说："八旗圈地，多在京东一带……《红楼梦》所写乌进孝行一月零两日……步行或推车进京……动辄旬月……曹寅'荣府'……（与）宁府黑山村相去又'八百多里地'，当更在东。"[②] 曹寅之所以可以拜托这位"东皋"主人——"吾兄"帮助"吾弟"筠石（曹萱）管理他们曹家的受田，是因为曹家的受田与这位"吾兄"的东皋近在咫尺，"鸡犬之声相闻"。《红楼梦》所写荣宁二府，都各有八九个田庄，盖有事实参照。《东皋草堂记》中有云：

> 仕宦，古今之畏途也。驰千里而不踬者，命也。一职之系，兢兢唯恐或坠，进不得前，退不得后。……余异日尚得投绂以归，绵祥步履于东皋之上，述今日之言，仰天而笑，斯乃为吾两人之厚幸矣。

---

① 参见曹寅《东皋草堂记》，《楝亭集·楝亭文钞》，上海古籍出版社 1978 年影印本，第653 页。

② 周汝昌：《红楼梦新证》，人民文学出版社 1976 年版，第 504 页。

吴恩裕按："以此与《楝亭夜话图》曹寅题句'始觉诗书是坦途，未妨车毂当行潦'合观，以至于康熙五十年三月初九日曹寅奏折'两淮事务重大，日夜怵惕，恐成病废，急欲将钱粮清楚，脱离此地……'及康熙批语'亏空太多，甚有关系，十分留心，还未知后来如何，不要看轻了！'合观，可觇曹寅为官时之心理情况。"① 曹寅要"绋祥于东皋之上，述今日之言"，这"今日之言"既然要待"异日尚得投绶以归"方可"述"得，可见一定将是一长篇大著；而且这一长篇大著既然将"绋祥于东皋之上""述"得，其以"东皋"为蓝本，也将是自然而然的。曹寅一生著述甚多，其可考的传奇作品就有《表忠记》《续表忠记》《虎口余生》《后琵琶》等多部②，他生发出的是写一部长篇传奇或小说大著的创作冲动，自然不无可能。《红楼梦》脂批中也明说作者当日要作一部传奇，可以参见。当然，曹寅似乎没能等到"投绶以归"实现他作这一大著的愿望，就于康熙五十一年（1712）去世了。他的这一愿望若得以完成，也自然是由其后人或了解其家世底里的人完成的。

曹寅《楝亭诗别集》卷一有《咏红书事》，曰：

> 谁将杜鹃血，洒作晓霜天？
> 寄爱停车看，人悲仗节寒。
> 昔年曾下泪，今日怯题笺。
> 宝炬烟消尽，金炉碳未残。
> ……
> 相思南国满，拟化赤诚仙。

这可与《红楼梦》的主旨和基调对看。又，《楝亭十二种·砚笺》有记："红丝石，为天下第一石，有脂脉助墨光。"《红楼梦》第二十二

---

① 吴恩裕：《考稗小记》，《曹雪芹佚著浅探》，天津人民出版社1979年版，第100页。
② 参见赵冈《〈红楼梦〉的写作与曹家的文学传统》，（台湾）《幼狮月刊》第37卷第2期。转引自胡文彬、周雷编《海外红学论集》，上海古籍出版社1982年版。

回写到贾政的一个谜语，打砚台一个，脂批曰："好极。的是贾老之谜，包藏贾府祖宗自身。"周汝昌、赵冈等在张云章《樸村诗集》卷十九中找到了一首贺曹寅得孙的诗，题《闻曹荔轩银台得孙却寄兼送入都》①，诗云：

> 天上惊传降石麟，先生谒帝戒兹辰。
> 傲装继相萧为侣，取印提戈彬作伦。
> 书带小同开叶细，凤毛灵运出池新。
> 归时汤饼应招我，祖砚传看入座宾。

诗的首句原注："时令子去京师以充闱信至。"这里"令子"指曹颙，曹寅所得之孙，即曹颙的儿子。时在 1709 年年末或 1710 年年初。这个"孙子"被当作"天上"降下的"石麟""宝物"，在《红楼梦》中成了"宝玉"之类的主角；曹家的这块"祖砚"，就是那块被视为"天下第一石"的"有脂脉助墨光"的"红丝石砚"，传世到了曹寅的后人手里，便被取为斋名"脂砚斋"：这是很有可能的。

曹寅《东皋草堂记》所写的"东皋"，是否就是敦诚诗注所说的"潞河之东皋，宗室问亭将军博尔都园"？我们看一看这位东皋主人"吾兄"的身份，就可以明了了。

《东皋草堂记》开篇即交代了"吾兄"之东皋草堂的地理位置和特点：

> 东皋在武清、宝坻之间，旧曰崔口，势洼下，去海不百里。……

后记这位东皋主人"吾兄"为：

> 兄之南走儋耳，北度瀚海，舞槌跃马，奋扬英华，视功名易若唾手。脱亲于危亡之难，急义于死绝之域，何其伟也！而乃风尘蹭蹬，

---

① 周汝昌《红楼梦新证》、赵冈《脂砚斋与〈红楼梦〉》，并见胡文彬、周雷编《海外红学论集》，上海古籍出版社 1982 年版。

卒卒不遇，年未五十，鬓发已白，酒阑歌罢，辄垂头睡去。岂今者锄耰之具，足以销其猛气而耗其雄心欤？

可知这位东皋"吾兄"是位武职将军，与敦诚诗注所说的"潞河之东皋，宗室问亭将军博尔都园"正合。关于曹寅《东皋草堂记》所说的这位"吾兄"到底是谁，人们一直未能考出，并生诸多论争和歧义①，其实就是宗室问亭将军博尔都。

由是，益斋即永璥寄臞仙即永忠诗云"红楼一任说，我说是东皋"，原本即此。《红楼梦》"大观园"之所本，乃"博尔都园"——清宗室辅国将军博尔都（字问亭，号东皋渔父）的东皋园！

关于潞河之东皋即"问亭将军博尔都园"本身以及相关的问题，容当另行考论。

［原题《"红楼一任说，我说是东皋"——〈红楼梦〉"大观园"本事新说》，《中国海洋大学学报》（社会科学版）2006年第6期］

---

① 参见张书才《〈"丰润说"论证〉平议》（上），《红楼梦学刊》1997年第4期。

二百年来《红楼梦》
"一从二令三人木" 众解平论

一

《红楼梦》第五回王熙凤的"判词"是:"凡鸟偏从末世来,都知爱慕此生才。一从二令三人木,哭向金陵事更哀。"其中"一从二令三人木"一句,到底是什么意思?由于它关系到对王熙凤这一重要人物的理解和《红楼梦》原稿后半部内容的把握,红学考证、红学评论都难以逾越对此的理解,因而一直是红学界十分重视因而探讨不断、众说纷纭的话题;仅仅七个字,看似小题大做,却成了《红楼梦》研究二百多年来颇具诱惑力而又一直难以破解的一个大"谜"。此"谜"到底应如何破解?"谜底"若何?因关涉太大,不可不辨。

自从 1795 年(乾隆六十年)周春在《阅红楼梦随笔》中第一个试图解释这句判词,已经时过二百多年。由于这句判词的重要,二百多年来,红学家们和红学爱好者们对此投入了很大的热情和精力。但这似乎是一句"天机不可泄露"的谶谜诗句,解谜人理解的角度不同,思维的方式不同,考虑的范围不同,掌握的标尺不同,因而破解的根据不同,认定的"谜底"也就不同。我们要对此谜做出符合《红楼梦》作者原意的破解，得出真正的"谜底"，就必须对二百多年来人们所做的解释进行回顾性分析评价，平心而论其是非短长，从而做出正确的判断和结论。

二

1999 年，朱弦《关于"一从二令三人木"的十一种解释》[①] 一文，列举了从周春到 20 世纪 80 年代关于《红楼梦》"一从二令三人木"的 11 种解释，引起了人们的兴趣。其实远远不止这 11 种，且至今仍不断有新说出现。这里不妨检举其中较有代表性的 28 种观点，试做综述性论列平议。

（1）1795 年（乾隆六十年），周春在《阅红楼梦随笔》中首开其端，对此解释说："案诗中'一从二令三人木'句，盖'二令'冷也，'人木'休也，'一从'月（自）从也，'三'字借用成句而已。"[②] 周春的依据，和其后二百多年中所有"猜谜"者的依据一样，都是《红楼梦》甲戌本、戚序本在"一从二令三人木"句下所加的小字批注："拆字法。"然而，此"拆字法"指的是这整个一句，还是仅仅后面的"三人木"或"人木"，或者包括"二令"也同样属于"拆字法"？显然，周春这里用了三个标准：一是只认为"二令""三人木"是"拆字法"，"一从"不是；二是认为"二令"为"冷"，将"二"合了进去；三是将"三人木"的"三"剥离了出来，不去用它。所以，周春的解释未令人信服。

（2）1850 年（道光三十年），太平闲人张新之的妙复轩评本，在此句下注曰："王熙凤终局。'二令三人木'，冷来也。"[③] 显然，他的标准是不

① 朱弦：《关于"一从二令三人木"的十一种解释》，邸瑞平《红楼漫拾》，江西教育出版社 1999 年版。
② 那宗训：《"一从二令三人木"新解》，胡文彬、周雷《海外红学论集》，上海古籍出版社 1982 年版，第 169—176 页。
③ 周策纵：《论关于凤姐的"一从二令三人木"》，胡文彬、周雷《海外红学论集》，上海古籍出版社 1982 年版，第 178 页。

管"一从",其余部分都是"拆字法",因此都给它们合起来。但"冷来"是什么意思,他未做解释。

(3) 1913 年,王梦阮、沈瓶庵《红楼梦索隐》一书沿用"冷来"说,却用以附会其《红楼梦》影射顺治与董鄂妃事的观点,并重加阐释为:"末世"即"明之末世","冷来","言北方苦寒之族来居中国也,又由北京来定江南也"①。其牵强附会可知。本是王熙凤的判词,如此"冷来",用在十二钗中任何一人身上也无不可。

(4) 1921 年,胡适作《红楼梦考证》,由此断言:"这个谜竟无人猜得出,许多批《红楼梦》的人也都不敢下注解。所以后四十回里写凤姐的下场竟完全与这'二令三人木'无关,这个谜只好等上海灵学会把曹雪芹先生请来降坛时再来解决了。"可见胡适持"无从破解论"②。1922 年,俞平伯作《红楼梦辩》,直到 1950 年的修订本《红楼梦研究》,都一再说对此句及"拆字法""完全不懂","冷来""不可解","全句无从解析","这是没有法子的事情,只得存疑了"。③ 既是"无从破解论",就是对已有之"解"的否定。

(5) 1947 年,徐高阮《读〈红楼梦〉杂记二则》提出:"'从'就是三从四德的从,'一从'是指熙凤闺中和初嫁守其妇道的时代。'令'就是发号施令的令,'二令'是指王熙凤执掌家政操纵一切的盛日。'人木'就是休弃的休,'三人木'是指凤姐时非事败致遭遣归的末路。"④ 可惜没有人重视他的这一主张。

(6) 1954 年,赵常恂提出新的解释:"愚意以为'一从',是口,口内加一令字是囹字。'三人木'是口内加人字木字,为囷字囨字,疑凤姐结果或被罪困囚于囹圄,方与'哭向金陵事更哀'意义相合。"⑤ 吴恩裕认

① 周策纵:《论关于凤姐的"一从二令三人木"》,胡文彬、周雷《海外红学论集》,上海古籍出版社 1982 年版,第 178 页。
② 同上。
③ 同上书,第 178—179 页。
④ 徐高阮:《读〈红楼梦〉杂记二则》,《人间世》1947 年第 3 期。
⑤ 吴恩裕:《曹雪芹佚著浅探》,天津人民出版社 1979 年版,第 129—130 页。

为"此解虽于事理相近，然于字义却远甚"①。其实，这是吴恩裕说得客气，"口"从何来？没有了这一"口"，后面的解说都是无根之谈。将一句判词硬凑成"囹""囚""困"等字眼，实乃生拉硬套。

（7）1957年，吴恩裕在《有关曹雪芹八种》里介绍了赵常恂说之后，指出："或解之曰：（大意）凤姐对贾琏最初是言听计'从'，继则对贾琏可以发号施'令'，最后事败终不免'休'之，故曰：'哭向金陵事更哀'云云。此说甚是。"② 但这一解释只限定在了王熙凤与贾琏的夫妻关系上，尚嫌理解过窄。

（8）同年，林语堂在《平心论高鹗》中指出："或曰二令为冷，人木为休，寓冷休意，颇近，但又漏'一从'及'三'字。这条只算悬案。"③ 看来"冷""休"之解影响甚大，而又难以被大家通过。

（9）1960年，严明发表《凤姐的结局——"一从二令三人木"》一文，认为脂批既说是拆字格，就应该字字都拆，于是将"从"字（繁体）拆成五个"人"字加一个"卜"字，说五个人即是"众人"；"卜"字加"一"字，成为"上"或"下"字；"二令"是"冷"，"三人木"是"夫休"，合起来便是"上下众人冷，夫休！"即"众冷夫休"，众叛亲离和被夫休弃是凤姐的结局。④ 这依然是牵强附会。作小说是让人读、让人懂的，哪会有让人从"一从"里拆出"五个人"，而且这"五个人"竟就是"上下众人"的道理？

（10）1961年，吴世昌的英文版《红楼梦探源》推翻了上述种种猜测，认为"三休"是指第六十八回凤姐因贾琏偷娶尤二姐事跑到宁府大闹时说的三个"休"字。至于"二令"，以为是后来凤姐大约被命令降而为

① 吴恩裕：《曹雪芹佚著浅探》，天津人民出版社1979年版，第130页。
② 同上。
③ 那宗训：《"一从二令三人木"新解》，胡文彬、周雷《海外红学论集》，上海古籍出版社1982年版，第169页。
④ 参见周策纵《论关于凤姐的"一从二令三人木"》，胡文彬、周雷《海外红学论集》，上海古籍出版社1982年版，第180页。

妾，这是第一道令；再被命令真正休弃，这是第二道令。① 如此从书中找"休"字，找"命令"，何止三个两个？可见此说仍不可信。

（11）同年，美国威斯康星大学周策纵发表《论关于凤姐的"一从二令三人木"》，认为把"一从"猜作"上下众人"不妥，于是他把"从"字猜作"人上之人"，即"人上人"，说凤姐就是"人上人"，于是这句话就成为"人上人众冷夫休"。但他又认为，"这种猜法还不能算十分妥当"。于是在同一文章中又提出他的"一个新解答"：说答案就在《红楼梦》第六十八回和第六十九回里，"是指凤姐害死尤二姐的事"，"一从"就是"自从""只从"，出自第六十八回尤二姐说的话："奴家年轻，一从到了这里……"的"一从"；"二令"，"是凤姐下的两道命令"：一面"命"旺儿暗使张华控告贾琏，一面又"命"王信买通都察院反坐张华以诬告罪；"三人木"呢，是凤姐在第六十八、六十九回所说的"要休我""给我休书"和"还不休了"这三句话中的三个"休"字。② 按：这依然难以让人苟同。一个重要人物关乎一生命运的"判词"，哪里只会指"下两道命令"，说上"三个休字"？诚如那宗训所论，"周氏之说，不大使人满意"。"我们可以断定，凤姐与尤二姐之事，与此七个字无关。"③ 但直到1999年，周策纵在一次国际红学会上，还对此津津乐道："《红楼梦》面世200年，中外读者数以千万计，却没有人能解里头的诗谜。我费了好大的劲，终于解了一个，真是痛快！""其中'一从二令三人木'就是一首诗谜，答案就在第六十八及六十九回中……"④

（12）周策纵之后，那宗训发表《"一从二令三人木"新解》，指出："休"字本来的意思是"息止"，"死"未尝不是一种"息止"。"这个字是暗示凤姐不长寿。""因此，'一从二令三人木'应该解作'最初贾母对凤

---

① 参见周策纵《论关于凤姐的"一从二令三人木"》，胡文彬、周雷《海外红学论集》，上海古籍出版社1982年版，第181页。

② 同上书，第181—182、183—187页。

③ 那宗训：《"一从二令三人木"新解》，胡文彬、周雷《海外红学论集》，上海古籍出版社1982年版，第173页。

④ 刘作忠：《周策纵的中国心》，《大地》1998年第8期。

姐是言听计"从";继而贾母……亲自替凤姐发号施"令";最后,凤姐因病早逝,即所谓"休"了'。"① 这显然奇怪得很:说贾母对凤姐如何如何,贾母还要替凤姐发号施令,这不成了贾母的判词了么?

(13) 1977 年,徐振贵等的《〈红楼梦〉注释》于此注云:"一从二令三人木:概括了王熙凤的一生。一从,顺从贾府最高统治者贾母,取得管家的权势;二令,在贾府发号施令;三人木,'人''木'合成一个'休'字,她终于被休弃。"② 这实际上是对 1947 年徐高阮观点的基本认同和修订。

(14) 1980 年,陈迩冬发表《读〈红楼梦〉零札》,曰:"从"是"二人",是"二人相合,言听计从";"令"字的上半是"集合的'集'";与此字"相连"的是"合"字,但"令"字的下半部"形似合不拢的口","看来像'口',其实非口,口径不对,如何能'合'?那末,这个'令'字也就看来像'合',其实不合!或者说虽施号令,到底不合"。因此这句话"表示三个阶段,或者当作三部曲:一,初相从;二,继不合;三,最后被休(当然是贾琏休了王熙凤)!"③ 此说于"一""二""三"甚是,但一者"初相从""继不合""最后被休"只限于说熙凤与贾琏的关系,显然不会全面;再者将"令"说成"不合"太牵强,世上恐难有第二人能"猜"得出,且陈文自己也说,"不是'拆字',也就'非法'"④。

(15) 1980 年,杨光汉发表《"一从二令三人木"新解》⑤,认为"一从"即"自从"之意,"二令"即"冷"字,"三人木"就是"人来"二字,合起来就是"自从冷人来"。"冷人"是谁?是"冷面冷心"的"冷郎君"柳湘莲,也就是"日后作强梁"的"柳湘莲一干人",即"绿林好

① 那宗训:《"一从二令三人木"新解》,胡文彬、周雷《海外红学论集》,上海古籍出版社 1982 年版,第 175—176 页。
② 徐振贵、李伯齐、戴磊:《〈红楼梦〉注释》,山东人民出版社 1977 年版,第 59—60 页。
③ 陈迩冬:《读〈红楼梦〉零札》,《红楼梦研究集刊》第 30 辑,上海古籍出版社 1980 年版,第 385—387 页。
④ 同上书,第 386 页。
⑤ 杨光汉:《"一从二令三人木"新解》,《红楼梦学刊》1981 年第 4 期。

汉、义军骁将"。日后之"休",也自然因了这位"绿林好汉、义军骁将"了。如此,凤姐的判词倒像是柳湘莲的判词了,其牵强附会可知。

(16)1981年,唐润一发表《哑谜难猜——"一从二令三人木"试解》认为,"二令"是个"冷"字,"三人木"是个"秦"字,全句为"自从冷淡对待了秦氏献策"①之意。将凤姐一生判词只解为"自从冷淡对待了秦氏献策",显然说不过去。

(17)1982年,张宇绰发表《"一从二令三人木"的"可能解"》,认为,这七个字的谜底是"检"字(繁体,即"檢"字),含有三个"人",两个"令"和一个"木"。解释为,一是凤姐后来被人"检"举,二是锦衣抄检荣国府。②奇是奇了,新是新了,只恐这是连小说作者也想不出的"答案"。

(18)1983年,梁归智《石头记探佚》之《"一从二令三人木"之我见》云:"'一从'也就是'自从'";"'二令'我以为当是'冷'字";"三人木"是"俫",因为《辞海》说"俫"一是古族名,二是元杂剧角色名,所以他"灵机一动",判定"'二令三人木'当为'冷俫'","冷俫""就是'冷郎'";"冷郎"就是"本与强盗有交情"的"柳湘莲一干人"。③按:这与前人说法"殊途同归",但"冷俫"作"谜底",显然有失本意。若此,读《红楼梦》者必须搬着《辞海》去读,并必须"灵机一动"方可,否则,谁知会是"冷俫"?

(19)1983年,二月河发表《凤凰巢和凤还巢》④一文,云:"'一从'二字可讲作'第一阶段,贾琏与众人都服从她'。"但他又说"作'一开头''自从''打从'之意";"'二令'可合作'冷'字,也即是讲'第二阶段,她遭受冷遇'之意";"三人木""即是'第三阶段,被休

① 唐润一:《哑谜难猜——"一从二令三人木"试解》,《红楼梦学刊》1981年第4期。
② 参见张宇绰《"一从二令三人木"的"可能解"》,《红楼梦研究集刊》第32辑,上海古籍出版社1982年版,第291—293页。
③ 梁归智:《"一从二令三人木"之我见》,《石头记探佚》,山西人民出版社1983年版,第110—115页。
④ 二月河:《凤凰巢和凤还巢》,《红楼梦学刊》1983年第4期。

弃'"。因此，"一、二、三原是个发展顺序（一从、二冷、三休），即先是服从，再是冷淡，三是休弃；或作'自从她被冷淡、休弃之后……'都可以顺理成章。有人将'二令'合为'冷'，'三人木'却合为'来'字，成了'冷来'二字，殊嫌僵板费解：是'面若冰霜的来了'，抑或西伯利亚的寒流来了呢？"按：二月河批评别人批得对，自己的解说也有可通处，但一面说"一、二、三原是个发展顺序"，一面又说"'二令'可合作'冷'字"，将"一从二令三人木"偷梁换柱成了"一从、二冷、三人木"，这就自相矛盾了，到底哪是哪？

（20）1983年，鲍方发表《疏"一从二令三人木"》，认为"令"指皇帝下令抄家，"休"作"万事休"一类理解。将"一从二令三休"解释为：自从皇帝下令抄家后，贾府彻底败落，"冰山"既释，"雌凤"也就万事休了。[①] 如此，则此判词就既适于皇帝，又适于凤姐了。显然不能圆满。

（21）1985年，任少东发表《"一从二令三人木"管见》[②]，认为"冷人"是指冷美人薛宝钗，因为宝钗成了"宝二奶奶"后，凤姐不得不回到大房，各种矛盾激化，终至身败名裂。按：连薛宝钗也成了王熙凤判词里的"冷人"，如此可解出无数个"冷人"来，无怪乎连执此类意见的说者们自己也拿不准了，只好说"冷人"不止一个，而有三个：冷二郎、薛宝钗、冷子兴，云云。[③] 如此"解"下去，也就没有什么"谜底"可解了。

（22）1985年，施惟仑发表《试揭"一从二令三人木"之谜》，提出，"从"字（繁体"從"）含有六个"人"，"令"有三个"人"，加上后一"人"字，总人数为十；人数者，人口也，十口是一个"古"字。"古"和最后"木"字组成"枯"字，因此这句话的喻义应为"枯木"。[④] 这也真难为了施氏，拐弯抹角，解出十个人、十口人来，又变成了"枯木"，

---

① 鲍方：《疏"一从二令三人木"》，《红楼梦研究集刊》第11辑，上海古籍出版社1983年版，第191—192页。

② 任少东：《"一从二令三人木"管见》，《大庆师专学报》1985年第1期。

③ 梁归智：《被迷失的世界——红楼梦佚话》，北岳文艺出版社1987年版，第109页。

④ 施惟仑：《试揭"一从二令三人木"之谜》，《红楼》1995年第2期。

就好像变戏法儿一样。

（23）1990 年，吴少平《"一从二令三人木"析》，认为全句隐了"冷""秦"二字，"二令"合为"冷"字，"三人木"为"秦"字；"从"作关联词，起到"一"跟"三人木"组合在一起的作用；全句解为：自从冷子兴出首告发，促成贾府"家亡人散"，应了秦可卿弥留之际托梦的预言，她便落得个哭返金陵老家的可哀结局。① 显然，前面对这七个字是任意组合，后边的解说自然是任意附会。

（24）1997 年，黄万福《也谈"一从二令三人木"》认为，"一从"为"自从"，"二令"为"冷"，"三人木" = "未"，"未" = "丁未"，故"三人木" = "丁未"，隐写了曹家被雍正上谕查抄的丁未年（雍正五年）。② 按：能将"三人木"看成"未"，再将"未"看成"丁未"，还要附会成雍正五年，索隐如此，比"猜笨谜"的索隐派有过之而无不及。

（25）1998 年，文九鼎《解谜直捣黄龙——也解"一从二令三人木"》认为，"二令"即"二公"，系指两位钦差王公大人——西平郡王和北静王，"三人木"隐指二王公"奉旨查抄贾府"之"奉""查"二字的省笔字（字头）。③ 这就越解越离谱了。

（26）同年，王洪军发表《"一从二令三人木"解读》④，认为一"从"即从贾母；二"令"即皇帝查抄贾府的诏令；"三人木"即三"休"，贾府被抄之后，凤姐构恶于邢夫人，失托于贾琏，又平添了贾府罪状，成为众矢之的，被贾琏休弃，最后病厄而死。此说于文意或大致不错，唯过于抠字眼儿，反令人生疑："令"非是皇帝的诏令不可？"休"字非凑足不多不少的"三休"不可？而且如此只有一"令"，剩下的一"令"哪里摆？

（27）1999 年，王志尧、全海天《一从二令三人木：凤姐生平三部曲》认为，"一从"是"三从四德"之"从"；"令"是命令，是威权，威

---

① 参见吴少平《"一从二令三人木"析》，《红楼梦学刊》1990 年第 1 期。
② 参见黄万福《也谈"一从二令三人木"》，《红楼》1997 年第 3 期。
③ 参见文九鼎《解谜直捣黄龙——也解"一从二令三人木"》，《红楼》1998 年第 1 期。
④ 王洪军：《"一从二令三人木"解读》，《北方论丛》1998 年第 2 期。

重令行；"休"是凤姐的末路，财散人亡，众叛亲离，万事皆休。①② 这样解说是对1947年徐高阮说的承继，虽然在具体论述和阐释上仍有牵强之嫌，却在总体上可说通无疑。只可惜论者往往各执己见，不肯认同。

（28）更有甚者，最近竟然有的将"一从二令三人木"说成自李清照《凤凰台上忆吹箫·别情》而来，"拆字是'冷、休、休休、从、一'"，"作者刻意强调'凤凰台'却寓有'金陵'及'台'湾双重意义"，甚至由此怀疑"红楼梦作者不仅是台湾人，还大有可能是位女作家?"③ （《延平抗清》）用心可谓良苦，却难着边际。

三

《红楼梦》诗曰："满纸荒唐言，一把辛酸泪！都云作者痴，谁解其中味?"要破解这个"二百年之谜"，有几个基本点须得确立。

其一，这是凤姐的判词，不是贾母、贾琏、宝钗、柳湘莲等别人的判词。因此，我们应和理解十二钗中别人的判词一样，须紧扣凤姐的命运，不可把主人搞错。若认为连王朝大事、世界命运、四大家族衰亡也都暗含于凤姐一人的这一句判词，显然更不着边际。

其二，这是凤姐一生的命运的谶词，而不是指凤姐做的一两件事，或说的一两句、两三句话。如果非要在《红楼梦》书中去找"一从""冷""休"的字眼，会多得很，绝不止一二三。《红楼梦》作者绝不会写书时事先计划好一共用几个这样的字眼，更不会写完全书后去数一数，比原计划用多了就删去，用少了再添上。

---

① 参见王志尧、仝海天《一从二令三人木：凤姐生平三部曲》，《红楼梦精解》，河南文艺出版社1999年版，第108—118页。
② 参见王志尧《王熙凤生平三部曲的真实写照："一从二令三人木"新解》，《明清小说研究》2000年第3期。
③ 王以安：《细说红楼》，（台北）新文丰出版公司2002年版。

其三，《红楼梦》毕竟是小说，而不是谶纬、猜谜之书，作者至少是要让大多数人都能读得懂的，书中的话居然导致连二百多年来的红学家们专门研究都不能懂得，这显然不会是作者的本意。所以，我们无须违反作者的本意去"猜笨谜"，把本来并不会如此复杂的事情复杂化，从而越研究离题越远。

其四，既然脂批说用的是"拆字法"，我们的确应该用"合字法"把作者拆开的字再合起来看；但从二百多年来这么多学者的努力看来，合"一从"合不成与凤姐有关的意义，的确说不通；合"二令"为"冷"也不得其解，猜了二百多年也猜不明白，绝非《红楼梦》作者的本意；合"三人木"者也合得不知所云，"众人""上下人""十人""十口"等不一而足，可谓绞尽脑汁，陷入歧途，必徒劳无功。所以，根据《红楼梦》文本和脂批，可以断定：正是前述诸说中那些看似简单浅白之"解"，反而恰可符合作者原意——"一从二令三人木"中的"一二三"是序数词，"从"就是"从"，"令"就是"令"，只有"人木"是用了"拆字法"的，合起来是"休"：这样既符合脂批"拆字法"的提示（此"拆字法"三字本来就是嵌在"一从二令三人木"之末的），又正合凤姐一生命运三阶段即三大转折的大体轨迹：先是"从"——从属、训从、乖巧于这个"末世"的家族、社会；继而"令"——成为整个大家族的大管家，最大限度地发挥了她"力挽大厦于将倾"的才能，使风唤雨，指挥、使令，八面玲珑，软的硬的手腕都有，能将一切玩弄于股掌之中，亦即"发号施令"；可惜最后却是"休"——一切努力都无济于事，下场悲惨，万事皆休，落了个白茫茫大地一片真干净，其"哭向金陵事更哀"也就是自然的了，她本就是来自金陵的"金陵十二钗"。此"人木"为"休"，与整个"判词"之首句开头的"凡鸟"为"凤"一样，作为"判词"，既写得符合谶语的特点，不浅露直白，不失朦胧之美，又可让读者一猜就明白，乃作者原意无疑。

作者绝对不会一用"拆字法"，就让人二百年、三百年猜不着。《红楼梦》毕竟是小说，红学研究绝不可把它当成谶纬猜谜之书。

进而，这里必须指出，作为凤姐一生命运的"判词""谶语"中的一句话，只会言其大概、大意，研究者切不可迂腐得只牵强附会其一言一事，或一字一词，甚至生拉硬拽，烦琐考证，索隐猜谜，虽用功甚勤，意欲字字坐实，反而远失其真。"从贾母""从贾琏""二道命令""对贾琏发号施令""被休""三个休"之类，尽管看上去对"从""令""休"的解释差不多，但同样是"猜笨谜"。红学研究对这一类问题的如此猜谜之法，不可不戒。

［原题《二百年来〈红楼梦〉"一从二令三人木"众解平论》，《山东大学学报》（哲学社会科学版）2002 年第 5 期］

中 国 古 代 文 学 与 海 外 汉 学 史 论

古典·聊斋撷英

蒲松龄 《聊斋志异》 创作的心路历程

　　认知作品离不开认知作者本人；认知作者本人离不开其作品本身，这是研究文学的常识，人们对蒲松龄及其《聊斋志异》的研究亦复如是。斯学状况表明，蒲氏生平、思想研究和《聊斋志异》思想、艺术研究都取得了相当可观的实绩，将二者结合起来研究的论著也洋洋不少，然而常见的现象是将二者交叉用例，用以前者为后者或后者为前者证明什么的目的。但是，一部作品的思想意旨和艺术呈现的内涵是相当丰富、复杂的，一个作家的经历和思想、艺术见解以及表现面貌不是一成不变的，特别是对于蒲松龄及其《聊斋志异》来说，情形更是这样。蒲松龄一生经历遭际坎坷，思想观念复杂，艺术修养多元，《聊斋志异》是其历半个世纪之久的短篇汇集之作，其中蕴含、渗透着他半个世纪人生大半的精神世界和感思寄托，因而无论笼统地从《聊斋志异》中取来什么，用以说明、证明他作为作家本人如何如何，或是笼统地从作家本人的思想观念、精神寄托中取来什么，用以说明、证明他的《聊斋志异》本身如何如何，都有可能形成对蒲氏总体认知的框架下或对《聊斋》总体认知的框架下的定位错乱，张冠李戴，有失本来面目。要扭转和避免这种状况，就必须将作家作品做具体的对应结合的研究；而对蒲氏《聊斋》创作动因的研究，就是这种具体的对应结合研究的一个重要内容。

一

考察蒲氏《聊斋》的创作动因，主要包括三个层面：一是蒲氏创作《聊斋志异》的心理、情感状态；二是其所受传统文化、民俗信仰的陶冶、影响；三是其创作目的或曰作意。由于《聊斋志异》近 500 篇作品并非蒲氏在同一创作心态、同一创作意旨下一气呵成，而是贯穿了蒲氏大半生，约半个世纪，因此需要结合其在不同时期创作《聊斋志异》的具体不同的心路历程，将这三个层面的内涵做出历时具体的把握。

蒲松龄何时开始创作《聊斋志异》？对此论者颇多，意见颇不统一。然而只有对此考实，我们才能明确蒲氏当时由其具体的生活状况、情绪心境所决定的创作心态和作意。于此，我们还得从蒲氏的《聊斋自志》说起。为了全面地说明问题，为了避免后文引述时有断章取义之嫌，我们不妨将这篇不太长的《自志》全文录在这里：

> 披萝带荔，三闾氏感而为骚；牛鬼蛇神，长爪郎吟而成癖。自鸣天籁，不择好音，有由然矣。松落落秋萤之火，魑魅争光；逐逐野马之尘，魍魉见笑。才非干宝，雅爱搜神；情类黄州，喜人谈鬼。闻则命笔，遂以成编。久之，四方同人，又以邮筒相寄，因而物以好聚，所积益夥。甚者：人非化外，事或奇于断发之乡；睫在眼前，怪有过于飞头之国。遄飞逸兴，狂固难辞；永托旷怀，痴且不讳。展如之人，得毋向我胡卢耶？然五父衢头，或涉滥听，而三生石上，颇悟前因。放纵之言，有未可概以人废者。松悬弧时，先大人梦一病瘠瞿昙，偏袒入室，药膏如钱，圆粘乳际。寤而松生，果符墨志。且也少嬴多病，长命不犹；门庭之凄寂，则冷淡如僧；笔墨之耕耘，则萧条似钵。每搔首自念：勿以面壁人果是吾前身耶？盖有漏根因，未结人天之果；而随风荡堕，竟成藩溷之花。茫茫六道，何可谓无其理哉！

独是子夜荧荧，灯昏欲蕊；萧斋瑟瑟，案冷疑冰。集腋为裘，妄续幽冥之录；浮白载笔，仅成孤愤之书。寄托如此，亦足悲矣！嗟乎！惊霜寒雀，抱树无温；吊月秋虫，偎阑自热。知我者，其在青林黑塞间乎！

这是康熙十八年（1679）蒲松龄40岁时之作。由此可知，蒲氏的搜神志异、说狐谈鬼，是由其自信前生因缘、才比干宝、情类黄州而平素喜欢、爱好之事，故而"闻则命笔，遂以成编"。"久之"，又因"四方同人""邮筒相寄"，遂"物以好聚，所积益夥"。这就是说，在蒲氏40岁之前，《聊斋志异》早已成编，他40岁这年复又结集自序、示人面世，是前所成编"久之"之后"所积益夥"之事。复考之蒲氏挚友张笃庆于康熙三年（1664）蒲氏25岁时所写的《和留仙韵》有"君自神仙客""司空博物本风流""君自黄初闻正始"之语，知蒲氏不仅字"留仙"，而且他在25岁以前就早已以"神仙客"、仙人黄初平、博物司空张华而闻于同人之中了，由此可以断定，他的开始"雅爱搜神""喜人谈鬼"，不会晚于20岁；既然是"闻则命笔"，既然25岁时已有"博物司空"之称，其《聊斋志异》（当时虽未必已为是书定是名）的动笔，也不会晚于25岁。复考之他康熙九年（1670）31岁时南游途中所作"途中寂寞姑言鬼，舟上招摇意欲仙"（《途中》），次年有"新闻总入《夷坚志》"（《感愤》）之句，知此时已有《夷坚志》，即其《志异》一书已早就成编，南游时期，已是每有"新闻"，辄"命笔""总入"的创作阶段了（按：这里作者自称的《夷坚志》，即指其《聊斋志异》之书）。此从康熙三十三年（1694）张历友说他"谈空误入《夷坚志》，说鬼时参猛虎行；咫尺聊斋人不见，蹉跎老大负平生"（《昆仑山房诗稿》，引见《蒲松龄集》）复可证。

准此，我们来看一看蒲氏从20岁左右到30岁左右《聊斋志异》早已初编成辑这一时期的生活状况和情绪、心境，就可以对其《聊斋志异》的最初的创作心态和动因，把握得较为具体、确切了。

二

　　顺治十四年（1657），是 18 岁的蒲松龄的完婚大喜之年。次年，19岁，"初应童子试，即以县、府、道三第一补博士弟子员，文名籍籍诸生间"（张元《墓表》），且"大为文宗师施愚山先生所称赏"（蒲菁《柳泉公行述》），"文名籍甚"（《淄川县志》），正可谓春风得意、飘然如仙之时。次年，20 岁，与同邑诸生结"邹中诗社"，作《邹中社序》，踌躇满志。康熙元年（1662），23 岁，生长子箬。康熙三年（1664），25 岁，读书于自少相亲的李希梅家（蒲氏 75 岁《李希梅有怀诗二首》中云："与君少小即相亲，屈指于今六十春。"），作《醒轩日课序》，言其与李希梅"朝分明窗，夜分灯火，期相与以有成。忽忽数载，人事去其半，寒暑去其半，祸患疾疫杂出者又去其半。时赵甥晋石在，假馆同居，谓日订一籍……庶使一日无功，则愧则警，则汗涔涔下也。"由此可见，蒲氏对科举入仕既抱定信心，又因其"自是""神仙客""司空博物本风流"（张笃庆的《和留仙韵》就写于是年）、"雅爱搜神"、"喜人谈鬼"（《聊斋自志》）的天性，他的读书并不专心致志，否则，因人事、疾患"去其半"尚可理解，冬天一冷、夏天一热就辍书不读，哪里说得过去？可见其因才不羁的性格了。无怪乎在他 33 岁（康熙十一年）时，孙树百还写信劝他"敛才攻苦"，"以鄙言作填"。

　　"忽忽数载"，有三四年罢。康熙五年（1666），蒲氏 27 岁，作艳情小曲《夜雨思夫曲》，自注云："康熙五年秋月之初，有邻村之贤妇者。但伊夫素嗜韩寿之癖，如适其性，恒终夜不归，而是妇辄于风宵雨夜而伺之，以为常。兹以素悉其概，故作是曲以志。"（前野直彬《蒲松龄传》日文本，参见盛伟、王中敏《谈聊斋艳情理曲（琴瑟乐）的写作》，《蒲松龄研究》1994 年第 3 期）次年，28 岁，又作《新婚宴曲》，自注云："康熙六年仲春三月。适在王村为蒙课。村有一古城，偶往之游，访问故人，席地而谈。某之近邻亦盛族之家，吉期合晋之日，新婚之夜，交杯换盏之际，情爱异常。人生极乐，孰与斯比？岂但吾羡，人人皆慕之不已，故作此曲，以志永久。"（日本人藤田祐贤、前野直彬均有引述，兹引见盛伟、王中敏《谈聊斋艳情俚曲〈琴瑟乐〉的写作》，《蒲松龄研究》1994年第3期）可见他这时不但不"敛才攻苦"，还多少有些放浪形骸的罗曼蒂克情趣。就在这期间，康熙五年，他和"郭中社"诸友皆赴山东乡试，均未中榜，张笃庆因病未能入闱，心情懊郁，蒲松龄既然致书慰藉张笃庆，可知他自己对名落孙山尽管不是满不在乎，但毕竟还能释然，依然故我于放荡才情与游学治举二者亦此亦彼之中，因而康熙六年（1667）仲春蒙课王村，有观人新婚合晋臆度其情爱交欢场面的艳情"五更调"《新婚宴曲》之作。康熙八年（1669），孙蕙知江南宝应，次年，31岁的蒲松龄被聘为幕宾南游，途中自云"言鬼""欲仙"（《途中》），其心境、情致均一直未有悲苦、孤愤的成分。

要之，从蒲松龄20岁左右开始写作《聊斋志异》，到他30岁左右《聊斋志异》"遂以成编"（这里我们可以写作"遂已成编"），其创作动因概有四者。

其一，"雅爱搜神"，"喜人谈鬼"，是其取字"留仙"，自比仙人的情慷之好。

其二，明末清初，中国民间鬼神仙狐迷信继魏晋南北朝之后又大为盛行，自小生活于乡村的蒲氏必深受其熏染影响，信其不诬，他既自神身世、自比仙人，就必将搜神志怪视为自己的"分"内之事。

其三，蒲氏这十年左右正是作为"少负异才""少负艳才"的书生向往得第入仕，时而发奋攻读应考的一个时期，漂亮、娇柔、知书达理、体贴入微的狐仙女鬼们的出现，往往是希冀得第、正发奋读书时期的书生们从心理、生理情感上最为需要的。这一时期的书生们多与名人显贵、官宦望族已有不少接触，他们眼见那些入仕为官者多为诗酒文章、不无寻花问柳甚至妻妾成群的生活，他们认定那就是他们孜孜以求而又有望达到的目标，但这一时期的他们还离这一目标太远，他们大多还十分清苦，年年游学、日日苦读的日子里难能有什么艳福，偶感孤独清冷甚至病乏不支时也没有谁能知冷知热、体贴入微，因而他们在日思夜梦中艳遇美丽的狐仙女鬼，便是自然而然的了。对此，林语堂先生的《中国人》(*My Country and My People*，浙江人民出版社中译本) 中有过一段很精彩的描绘：

> 这些鬼怪并不是让书生们晚上独自一人呆在书房而感到害怕的那种鬼怪。当蜡烛即将然尽，书生昏昏欲睡之时，他听到丝绸衣服悉挛作响，睁眼一看是位十六七岁的娴静少女。一双渴望的眼睛，一副安详的神色，她在看着他笑。她通常是一位热情的女子。我相信这些故事必定是那些寂寞的书生依照自己的愿望编造出来的。然而她能通过各种把戏给书生带来金钱，帮助他摆脱贫困。书生病了，她精心服侍，直至痊愈。其温柔的程度，超过了一般现代护士。更为奇怪的是，她有时还替书生攒钱。在书生外出时，她可在家耐心等待，一等即几个月，乃至几年，所以也就非常贞洁。这种共同生活的时间可长可短。短到几天，几十天，长则几十年，直到她为书生养育了子女。儿子科举高中之后回家探母，结果发现豪华的邸宅已不复存在，代之而起的是一座古老的坟墓……有时她会留一个纸条，说她很不愿意离开他们，但是她是一条狐狸，原不过想享受一下人间的生活。现在他们既已兴旺发达，她深感欣慰。她还希望他们原谅她。

正如林氏所说，《聊斋志异》中这样的故事就很多。这些女鬼大多个个面如桃花，肤若凝脂，十指尖尖，金莲似笋，窈窕身材，亭亭玉立，细语柔声，知情知义，温存千般，娇艳万态……如果说《聊斋志异》中这类故事是蒲氏为女子们唱的一首首赞歌，反映了他的关于尊重女性、提倡妇女解放的先进思想，那么首先我们应该看到，这是他为狐仙女鬼们唱的赞歌，反映了他作为年轻书生攻读冀第的浪漫时期的创作心境和心理。

其四，更何况，蒲氏写这些狐鬼故事，也是表现其融才情文笔、叙事议论于一体的得意形式之一。《聊斋志异》的语言之精，文笔之美，已为三百年来的批评家所击赏不已。其善用典，其善入一二古句，其善引四书之论，等等，都因"其创作动机往往含有'逞才'的成分，而所逞之才主要为诗文之才"（陈洪《〈聊斋〉评论的双璧》，《蒲松龄研究》1994 年第 4 期）。正如陈文引冯镇峦《读聊斋杂说》所云："不会看书人，将古人书混看过去，不知古人书中有得意处，有不得意处；有转笔处，有难转笔处。趁水生波处，翻空出奇处，不得不补处，不得不省处，顺添在后处，倒插在前处。无数方法，无数筋节，当以正法眼观之，不得第以事视，而不寻文章妙处。此书诸法皆有。""先秦之文，段落浑于无形。唐、宋八家，第一段落要紧。盖段落分，而篇法作意出矣。予于《聊斋》，钩清段落，明如指掌。"又说："此书即史家列传体也。以班、马之笔，降格而通其例于小说。""《聊斋》以传记体叙小说之事，仿《史》《汉》遗法，一书兼二体，弊实有之，然非此精神不出。"纪晓岚对蒲氏《聊斋》大不以为然，说其"非著书者之笔"，而是"才子之笔"（《阅微草堂笔记》卷十八《〈姑妄听之〉跋》引），反过来更证明蒲氏创作《聊斋》的显文逞才的动因、用意。

三

从康熙九年到康熙十年（1670—1671）的一年左右时间，蒲松龄南游为孙蕙幕，他一方面广泛地接触了上上下下的社会生活的各个层面，结识了上上下下的各色人等，又"登北固，涉大江，游广陵，泛邵伯"（王洪谋《柳泉居士行略》），亲历了凝聚着浓重的文化传统、名人足音的山水名胜、异地风光，大大开拓了思想和想象驰骋的空间；另一方面，他所耳闻目睹的官宦们的高档次生活享受及其在人们心目中的名分、地位，对本是少负异才，名已籍籍，一直冀得一第然而却离家万里孤苦漂泊、寄人篱下为人捉刀代笔的蒲松龄来说，无疑是无时不有的一种刺激；而身处江南的游历自然又使他把自己与屈原、苏轼等人的身世、情怀相联系、相类比，从而在他的心境、情绪中出现了较多的悲、愁、孤、愤之音。

我们从蒲氏的《南游诗草》中看到，蒲氏的这种悲愁孤愤心音，更多的是从孤苦漂泊、寄人篱下之感而引发的。就在其踏上旅途的当时，他的心情就有既向往又迷茫的矛盾："途中寂寞姑言鬼，舟上招摇意欲仙。""风尘漂泊竟何如？湖海豪襟气不除。……钓艇归时鱼鸟散，西风渺渺正愁予！"（《途中》）在江南不久，伴官做幕、身处官场而又不为己所有的寄人篱下的强烈的生活和心理反差，便强化了他的悲凉情绪和孤愤之感。同年残秋，他就有寄家七律二首，其一云："年来憔悴在风尘，貂敝谁怜季子贫？瑟瑟晚风吹落木，萧萧衰柳怨行人。秋残病骨先知冷，梦里归魂不记身。雁足帛书何所寄？布帆无恙旅愁新。"之后既有心情好转之时，又有更深的悲苦怨愤之时。次年在高邮官署有五古一首，中云："春花色易老，游子心易酸。良时不再至，伤心惊逝湍！……感此起愁忧，顿令衣带宽。乃知万里别，古人所以叹！"其《感愤》诗云："漫向风尘试壮游，天涯浪迹一孤舟。新闻总人《夷坚志》，斗酒难消磊块愁。尚有孙阳怜瘦骨，欲从元石葬荒丘。北邙芳草年年绿，碧血青磷恨不休！"可知其心情有时已坏到了极点。又有《漫兴》诗云："湖海气豪常连世，黄昏梦醒自知非。年年踪迹如萍梗，回首相看心事违。"可见此时与刚刚南游途中所言"风尘漂泊意何如？湖海豪襟气不除"已形成了鲜明的对照。其《堤上作》云："独上长堤望翠微，十年心事计全非。听敲窗雨怜新梦，逢故乡人疑乍归。""每缘顾内忧妻子，岂不怀归畏友朋。"于是，他带着遗憾、失望、伤感、孤独、悲愤，带着在这一心境主调下每有"新闻""总人"

的《夷坚志》"扩版"增写的《聊斋志异》，也带着攻治举业仍冀得第的"消磨未尽"的"雄心"又回到了故乡（归家后赋诗有"羁旅经年清兴减，消磨未尽只雄心"之句，见《南游诗草》）。

然而，归乡来的心境更糟。次年，康熙十年（1672），又赶赴乡试，尽管他有孙蕙的荐书，还是名落孙山。"花落一溪人卧病，家无四壁妇愁贫。生涯聊复读书老，事业无劳看镜频。"（该年所作《拨闷》）作《寄孙树百（蕙）》七律三首，不得不感叹"我困遭逢数亦铿"，"屋梁落月不胜悲"，"途穷只觉风波险"，只能（不能不）"怀人中夜悲天问，又复高歌续楚词！"《聊斋自志》中所云"披萝带荔，三闾氏感而为骚"，"浮白载笔，仅成孤愤之书：寄托如此，亦足悲矣"，这种思想，正是蒲氏生平思想在这一时期始有的产物。

蒲松龄的这一思想情绪、心态基调和《聊斋志异》的这一创作（或曰续作）动因，可以说自此贯穿到他生命的晚年，而且是自此越来越强烈、浓重。尽管孙蕙复函劝他："兄台绝顶聪明，稍一敛才攻苦，自是第一流人物，不知肯以鄙言作填否耶？"（《蒲松龄集》）但他为生计所迫，不得不开始坐馆毕家的生涯，一面仍备考应试希冀得第，一面"又复高歌续楚辞"，续写增作着他的这时以寄托悲、愁、怨、愤为基调的《聊斋志异》。如此过了七八年，康熙十七年（1678）蒲氏39岁，青云寺访李希梅，得诗云："山静桃花幽入骨，谷深溪柳淡如僧。崩崖苍翠云霞满，禅院荒凉鬼物凭。遥忆故人丘壑里，半窗风雨夜挑灯。"我们复检其《聊斋自志》所云："门庭之凄寂，则冷淡如僧；笔墨之耕耘，则萧条似钵。……独是子夜荧荧，灯昏欲蕊；萧斋瑟瑟，案冷疑冰。集腋为裘，妄续幽冥之录；浮白载笔，仅成孤愤之书。……知我者，其在青林黑塞间乎！"其情绪、心态甚至行文词句，都是一致的。

要之，《聊斋自志》所反映出的情绪和心态的基调，是蒲氏从康熙九年（1670）31岁南游之后到康熙十八年（1679）40岁自序《聊斋》、结集面世这近十年间的事情。

四

　　既然《聊斋》在蒲氏 40 岁之后仍有补作，且数量不少，蒲氏为何于 40 岁时结集面世呢？其《自志》中一句"知我者，其在青林黑塞间乎！"道出了个中缘由。"少负异才"的他，却科举屡屡受挫，家境又日趋不好，穷困潦倒，身体又一直很糟，多年前他就认为"我困遭逢数亦铿"，多年下来了，不但毫无改观，反而每况愈下，情形更糟。他不得不相信这是命运的安排。联想到他是先父梦一贫病僧入室后方生来人间的自家身世，他不得不"三生石上，颇悟前因"。这一年，他忽然意识到自己已经 40 岁了，"人到四十大半辈"，他的心绪悲到了极点，人生的幻灭之感浓重地袭上心头。他的以《四十》为题的五律诗云："忽然四十岁，人间半世人。贫困荒益累，愁与病相循。坐爱青山好，忽看白发新。不堪复对镜，顾影欲沾巾！"更加当时淄川一带连年灾疫横行，康熙十七年，"是年四月不雨，五月二十六日始雨；复旱。沴气为祲，人多病疫……秋大饥"。康熙十八年，"夏旱，秋好妨，大饥，流移载道，凶荒异常"（俱见《淄川县志》）。蒲氏本来就"少赢多病，长命不犹"，常在诗中吟出"秋残病骨先知冷"（康熙九年《寄家》，那年他才 31 岁）之类，康熙十八年夏秋，40 岁的蒲松龄又大病一场，时间竟长达三月，万念俱灰。他在五律《病中》诗云："抱病经三月，莺花日日辜。惟知亲药饵，无复念妻孥。"新秋月病中又感赋调寄〔念奴娇〕云：

　　　　韶华易逝去，叹凫沉鸥汛，年年落魄。四十衰同七十者，病骨秋来先觉。梦鸟惊笼，吟虫吊砌，多是眠难者。梧桐知否？一宵冷透帘箔。悲矣秋之为气，露颗初零，情绪早先恶。西子伤心眉黛蹙，又被月明偷学。爱水留光，惜花印影，绝似人萧索。此时此夜，可怜绕树乌鹊。

这哪像 40 岁的人写的东西？"四十衰同七十者"，大有将不久于人世之感。其《聊斋自志》正是在这一悲凉幻灭的心境下写的："松落落秋萤之火，魑魅争光；逐逐野马之尘，魍魉见笑。""嗟乎！惊霜寒雀，抱树无温；吊月秋虫，偎阑自热。"连词句都与新秋月病中所赋或同或类，可知就是写在这个时候。此时的他，自思多年来久试不第，怀才不遇，别人还屡屡劝他敛才攻苦，可他"遄飞逸兴，狂固难辞；永托旷怀，痴且不讳"。"独是子夜荧荧，灯昏欲蕊；萧斋瑟瑟，案冷疑冰。集腋为裘，妄续幽冥之录；浮白载笔，仅成孤愤之书：寄托如此，亦足悲矣！"此真如同后来的《红楼梦》作者所言："满纸荒唐言，一把辛酸泪；都云作者痴，谁解其中味？"如今蒲氏已"四十衰同七十者"了，或将不久于人世了，"知我者"在哪里？"其在青林黑塞间乎！"作品写出来就是要给人看的，他也就这样将他的文稿结集面世了。

《聊斋志异》这样结集面世之后，尽管蒲氏一方面为生计所迫仍坐馆毕家，另一方面为冀得一第仍屡屡应考赴试，但他还是不失平生所好，才比干宝，雅爱搜神，情类黄州喜人谈鬼，且伴随着他后半生的依然是屡试屡北，使他对官场的黑暗、人情的浇薄、科举的不合理、天道的不公之孤愤日益加深，更觉得写鬼写妖、刺贪刺虐的聊斋之笔欲辍不能，欲罢不忍，作为一种发泄、寄托的绝好载体，尽管依然不断有友朋劝他"此后还期俱努力，聊斋且莫竟谈空"（康熙二十六年张笃庆寄诗语，引见《蒲松龄集》），说他"谈空误入《夷坚志》，说鬼时参猛虎行；咫尺聊斋人不见，蹉跎老大负平生"（康熙三十三年张笃庆怀诗语，引见《蒲松龄集》）等，他还是不断续写并整理修订，直到晚年。

至此，我们可以把蒲松龄创作《聊斋志异》的过程和心态分作三个阶段：从蒲氏 20 岁左右开始创作到其 30 岁左右"遂以成编"这第一个十年，我们可称为其"聊斋初成"创作期；从蒲氏 30 岁之后"新闻总入《夷坚志》"，到 40 岁时将《聊斋志异》"所积益夥"，"集腋成裘"而成

"孤愤之书"结集面世，这第二个十年，我们可称为"聊斋续成"创作期；自此之后直到蒲氏晚年，《聊斋志异》不断有新作补入，最后又修订整理，这三十余年的时间，我们可称为"聊斋终成"创作期。这最后一个创作期中，其创作心态和创作动因基本上是第二个创作期的拓展和深化。

（原题《蒲松龄〈聊斋志异〉创作的心路历程》，《蒲松龄研究》1996年第 1 期）

蒲松龄《聊斋志异》六次成书过程蠡测

蒲松龄《聊斋志异》之成书，并非一日之功，而是"集腋成裘"，经历了漫长的搜集素材、精心创作和修订完善过程。弄清蒲松龄《聊斋志异》的创作成书过程，无疑是认知蒲松龄及其《聊斋志异》创作思想，把握《聊斋志异》的主旨立意，从而把握其思想内涵和艺术表现的最基本、最关键的一环。前人研究蒲氏《聊斋》，尚无对此做全面、深入探究者。本文将蒲氏创作《聊斋》的过程加以系统考察、厘分，初步认定，蒲松龄生前，《聊斋志异》有六次成书面世的过程。现试分述如下。

第一次成书：康熙三年至康熙八年（1664—1669），即蒲松龄25岁至30岁间。蒲松龄25岁时，即康熙三年，与挚友张笃庆有唱和诗，张笃庆《和留仙韵》有"君自神仙客"，"司空博物本风流"，"君白黄初闻正始"等句。① 既然他25岁时已被称"神仙客"，以仙人黄初平、博物司空张华而声闻于同人之中，可以断定，以他"少负异才"且"雅爱搜神""喜人谈鬼"（《聊斋志异自志》）的品性，他"闻则命笔"（《自志》）的时间不会晚于20岁，至少25岁时已有相当的篇什，且当时已有写成一部专书的计划，否则，他即使被称作神仙客黄初平，也无由被誉为因作有《博物

① 本文引用资料，主要为蒲松龄《聊斋志异自志》、蒲松龄《南游诗草》、王士祯《蚕尾集》、路大荒整理《蒲松龄集》（上海古籍出版社1986年版）、路大荒编《蒲松龄年谱》（齐鲁书社1990年版）、朱一玄《〈聊斋志异〉资料汇编》（南开大学出版社1985年版）等常用资料，不一一注出。

志》而称名"博物司空"的张华。而且，由此称誉可知，蒲松龄所记的搜神、谈鬼篇什，一开始既已被视为张华《博物志》，也表明了时人对蒲氏《聊斋志异》（不管当时书名是否为《聊斋志异》）的评价。当时的书名是否称为《夷坚志》？考之蒲氏 31 岁即康熙九年南游时所作《途中》诗曰"途中寂寞姑言鬼"（《南游诗草》），32 岁时即康熙十年在高郁所作《感愤》诗曰"新闻总入《夷坚志》"，而后来张笃庆《岁等怀人诗》写蒲松龄曰"谈空误入《夷坚志》"，蒲氏《聊斋志异》曾称名为《夷坚志》，似不无可能。无论如何，蒲氏 31 岁南游中既然"新闻总入《夷坚志》"，既言"总入"，则其南游前已有《夷坚志》之书即《聊斋志异》之书的初成稿，"遂以成编"，并已在友人圈子中传阅，应是无疑的。

第二次成书：康熙十八年（1679），即蒲松龄 40 岁时。蒲氏 30 岁前，《聊斋志异》虽"遂以成编"，但蒲氏"雅爱搜神""喜人谈鬼"的兴趣没有遂告终结，其"闻则命笔"的习惯和时需寄托的情怀、心绪不会就此改变，况且《聊斋志异》作为短篇之编，可以无限制扩充，因而他仍在继续创作下去。考之《聊斋志异·地震》篇所记："康熙七年六月十七日戌刻地大震余适客被下，方与表兄李笃之对烛饮，忽闻有声如雷自东南来，向西北去，众骇异，不解其故。"纪实如此详细具体，必相隔不会太久，应是"遂以成编"之前或之后不久所记。复考之蒲氏南游时"途中寂寞姑言鬼"，至沂州（今临沂）时读王子章撰《桑生传》，遂作《莲香》，复考之次年诗云"新闻总入《夷坚志》，斗酒难消磊块愁"，复考之《聊斋自志》所云："久之，四方同人又以邮筒相寄，因而物以好聚，所积日夥"，以致"遄飞逸兴，狂固难辞；永托旷怀，痴且不讳"，于是才有了"独是子夜荧荧，灯昏欲蕊，萧斋瑟瑟，案冷疑冰。集腋为裘，妄续幽冥之录；浮白载笔，仅成孤愤之书"。当然，这一时期蒲氏续笔扩作《聊斋志异》，其创作心态和旨意已于初作时期大为不同，这第二次成书面世者，就是康熙十八年（1679）蒲氏 40 岁这年春天自序《自志》，且请高珩作序时的编定本。

第三次成书：康熙二十一年（1682），即蒲氏 43 岁时，这几年续作了多少篇，已不可考，然《祝翁》《水灾》系康熙二十一年所作。就是在这一年，蒲氏又一次将《聊斋志异》重新编定。这年八月十五日，同邑唐梦赉为新编《聊斋志异》作序。序中云："留仙蒲子……凡所见闻，辄为笔记，大要多鬼狐怪异之事。向得其一卷，辄为同人取去，今再得其一卷，阅之，凡为余所习知者，十之三四。"于此，章培恒先生于 20 世纪 80 年代初就指出，"所云'向得其一卷'，自当指康熙十八年所编定者"，"至唐梦赉'今'所'再得'的'一卷'，则当已将康熙十八年春天后的作品增入，此可由《序》中'凡为余所习知者，十之三四'语知之。所谓'习知者'，当即已见于唐梦赉'向得'的康熙十八年编定本中，为他所熟悉的作品（唐《序》所说'辄为同人取去'，犹言常被同人拿去看，以显示该书之深受欢迎，并非说那'一卷'他自己还没有看就被人拿走了）。这类作品在其'再得'的'一卷'中既只有'十之三四'，可见该卷已有大量新作增入。故蒲松龄当于康熙二十一年秋天将其前后所作重新汇为一卷，并请唐梦赉为之作《序》"[1]，当无问题。

第四次成书：康熙二十八年（1689），即蒲松龄 50 岁时。从康熙二十一年至二十八年（1682—1689），此约八年间，蒲氏新作仅今知者有《狐梦》《上仙》等多篇。康熙二十四年（1685），蒲松龄 46 岁，王士禛因父丧回籍。康熙二十六年（1687），蒲氏 48 岁，春，张笃庆赴都入监，有寄蒲氏、李希梅诸人诗，云："故人诗酒迟经岁，海国文章赖数公。此后还须俱努力，聊斋且莫竟谈空。"张氏诗劝蒲氏放弃《聊斋》"谈空"的写作，反过来证明蒲氏仍在进行《聊斋》的创作。蒲氏曾入过王士禛的幕府，时在王士禛这次返里期间：从康熙二十四年至二十八年（1685—1689）中的某一段时间（详说见后）。康熙二十八年，王士禛《池北偶谈》书成。考王氏《池北偶谈》，与蒲氏《聊斋志异》多有相同内容的篇什，尤其是十四、十五两卷更为集中，如：

---

[1]　章培恒：《〈聊斋志异〉写作年代考》，《蒲松龄研究集刊》，齐鲁书社 1980 年版。

《池边偶谈》	《聊斋志异》
林四娘	林四娘（卷二）
剑侠	王者（卷三）
小猎犬	小猎犬（卷五）
妾击贼	妾击贼（卷十四）
薛忠武	阳武侯（卷十四）
五羖大夫	五羖大夫（卷十四）
啖石	齕石（卷十四）
邵进士三世姻	邵士梅（卷十五）
心头小人	张贡士（卷十五）
蒋虎臣	蒋太史（卷十六）

若说王、蒲所作均因大多为听来的故事，据谈闻所记，篇什内容难免有相同者，也是正常的，自无问题；但十四、十五卷如此集中，就一定另有因由。极有可能是蒲松龄为王士禛的幕府时，与王士禛同时或先后得到一些同一来源或同一传播渠道的故事，两人或一起切磋过一些，然后各自记入自己的书中：王记入《池北偶谈》，蒲记入《聊斋志异》。康熙二十八年（1689）王士禛结成《池北偶谈》一书，蒲氏知王氏年底行将服阕还京，故将《聊斋志异》重新编定一稿，请王士禛阅评，于是有王士禛题《志异》七绝一首，诗云："姑妄言之姑听之，豆棚瓜架雨如丝。料应厌作人间语，爱听秋坟鬼唱时。"于是有蒲氏依韵答诗，云："《志异》书成共笑之，布袍萧索鬓如丝。十年颇得黄州意，冷雨寒灯夜话时。"从康熙十八年蒲氏集大成编《聊斋志异》并作《自志》，到这次重编成书的康熙二十八年，蒲氏从 40 岁到 50 岁，正好十年，故云"十年颇得黄州意"；"《志异》书成共笑之"，显非指十年前所成之本，而是指新成之本，这十年间所写的大量篇什包括前面已经提及的一些以及为王士禛幕府时与王氏同时作的一些篇什，不可能不被他编入，一并呈请王士禛阅览。

第五次成书：康熙三十八年（1699）蒲氏 60 岁左右。蒲松龄有《与王司寇阮亭先生书》云："十年前一奉几杖，入耳者宛在胸襟。或云老先生虽有台阁位望、无改名士风流，非亲炙謦欬者，不能为此言也……先生调鼎有日，几务殷烦，未敢遽以相质，而私椒者窃附门墙矣。前拙《志》蒙点志其目，未遑缮写。今老卧蓬窗，因得以暇自逸，遂与同人共录之，辑为二册，因便呈进。犹之《四本论》，遥掷急走，惟先生进而教之。古人文字多以游扬而传，深愧谫陋，不堪受宣城奖进耳。"该文未注年月，路编《蒲松龄年谱》姑附于康熙十八年（1679）蒲氏 40 岁项下。考此文言"十年前一奉几杖"，又考康熙四十七年（1708）蒲氏 69 岁时王士禛寄示近刻，蒲氏挑灯吟诵至夜梦见之，题诗曰："花辰把酒一论诗，二十余年怅别离。曩在游仙梦中见，须眉犹是未苍时"。"自从供帐角巾还，春树暮云日日看。不是梦魂迷中道，徒缘瘗骨怯征鞍。"路士湘按："读此诗可推知先生与王士禛交往之年代。"是诗云"二十余年怅别离"，上推二十年，是康熙二十七年（1688），蒲氏 49 岁，而王士禛康熙二十四年（1685）因父丧回籍，康熙二十八年（1689）冬十月服阕还京，蒲氏为王士禛供帐，自不会始于王氏回里葬父当年，也不会始于王氏返京之康熙二十八年这一年，因王氏《池北偶谈》的写作、蒲氏续写《聊斋志异》并重新编定且呈请王氏阅览、王氏览毕题诗、蒲氏和答，显非在这一年中王氏返京的冬十月之前可以全部完成，所以蒲氏为王氏幕始时应在康熙二十五年至二十七年（1686—1688）。因此，前引蒲氏《与王司寇阮亭先生书》，既云"十年前一奉几仗，入耳者宛在胸襟"，写作时间当在康熙三十七年至三十八年（1699），即蒲氏 60 岁左右之时，此与文中所云"今老卧蓬窗，因得以暇自逸"等语亦合。

从蒲氏 60 岁左右所作《与王司寇阮亭先生书》中可知，蒲氏这次将《聊斋志异》成书，是为"因便呈进"而"辑为二册"的，既如此，显见在此之前的每次成书都是一册。

第六次成书：康熙四十七年前后，即蒲氏 69 岁，70 岁左右。蒲氏 60 岁之后又续作《聊斋》篇什很多，如《王十》，作于康熙四十一年至四十五年，又《夏雪》记康熙四十六年事，赞语云"康熙四十余年中"，显系"闻则命笔"之作，至迟"闻"后不久的"命笔"之作康熙四十七年（1708）蒲氏69岁，同邑老友张笃庆为《志异》题诗七律三首，其后再不见蒲氏作《聊斋志异》的消息。康熙四十九年（1710），蒲氏71岁，有"读过旋忘"之叹，可以推断，蒲氏创作《聊斋志异》，就在他70岁左右这几年间搁笔了。或者张笃庆所题诗的《志异》本，就是蒲氏《聊斋》的最后面目。蒲箬等《祭父文》中有"暮年著《聊斋志异》八卷"，虽不确，但蒲松龄暮年将其平生所著《聊斋志异》最后编定了一次，是可以确定的。

[原题《蒲松龄〈聊斋志异〉六次成书过程蠡测》，《青岛海洋大学学报》（社会科学版）1995年第4期。文字有修订]

蒲松龄民族成分研究补说

蒲松龄的民族成分问题，亦即蒲氏族属问题，是蒲松龄研究中的一个重要方面。《蒲松龄研究》1994年第2期发表有汪玢玲先生的长文《七十年来的蒲松龄研究》，对七十年来的蒲松龄研究进行了较为系统、全面的综述性介绍、评价，可谓蒲松龄研究发展史的一个阶段性基本总结，不仅引起学界关注，即使对斯学有一般兴趣的读者和欲入斯学之门的读者，也对此文极为重视。这里就汪文中"作家研究"一节述及的蒲松龄民族成分研究问题，再行略做补正，以裨参考。

汪文说："进入八十年代，关于蒲松龄的家世生活还有两个新的争论问题，一是蒲松龄是否为少数民族问题；一是蒲松龄是否与一个女人（陈淑卿）有过一段婚姻关系问题。"后一问题本文不论，这里只说前一问题。汪文接着说："本来按蒲松龄自撰的《族谱序》，自认为汉族，般阳（山东淄川）土著，从无异议。可是自八十年代始，除汉族说外，又有回族说、女真族说、蒙古族说，共四种说法。"实际上，蒲松龄的民族成分问题，并不是进入20世纪80年代才提出来的。汪文之说不确，不可不辨，以免引起蒲学发展史的误识。

仅就笔者略翻手边资料，即知早在20世纪50年代，路大荒先生在《前哨》月刊（1957年1月号）上发表《蒲松龄》一文（后又收入1980年齐鲁书社版《蒲松龄年谱》），就已指出："我访问过许多姓蒲的人，都有他们是蒙古族的传说。"路大荒先生是蒲松龄的同邑人，家距蒲松龄故居蒲家庄只有八华里，七岁入私塾，他的教书先生恰好就是蒲松龄的同族后裔蒲国政，正是在他的老师的影响下，他才走上了从仰慕蒲松龄到研究蒲松龄的道路，成为蒲松龄研究的拓荒者且是集大成者，因此，路先生的研究绝非穿凿，他既然为弄清蒲松龄的民族成分问题而"访问过许多姓蒲的人"，绝非无缘无故：若没有蒲氏并非汉族之说，谁会想到去调查他的民族归属问题？而且路氏对蒲松龄所撰族谱的内容是很熟悉的，族谱中明说为土著世家，他哪有凭空怀疑之理？可知蒲氏原非汉族之说，源之有自：姓蒲的人多有此说。至于此说并没有引起争论，有四种可能：一是被学界忽略了；二是大家认可了；三是认为没有探讨的必要；四是限于资料无从探讨。无论如何，并非如汪文所说"从异无议"。

1957 年，《呼和浩特文艺》发表了秋欣《蒙古族文学家蒲松龄和〈聊斋志异〉》一文，认定蒲松龄是蒙古族后裔。1977 年出版的《蒙古族简史》一书则明确将蒲松龄列为蒙古族文学家。1981 年 3 月 19 日《人民日报》发表特约评论员文章《爱国主义是建设社会主义的巨大精神力量》，注明蒲松龄是少数民族，可能就是基于以上的说法。1981 年 7 月 26 日，《光明日报》发表了蒲松龄纪念馆对蒲氏世谱详加考证的文章《蒲松龄不是少数民族》，指出：既然蒲松龄为蒲氏族谱写的序言中已明确地说明蒲氏祖先是般阳（淄川）土著，连蒲鲁浑和蒲居仁也是当地人，且明写"元代受秩不引桑梓"，其族谱的撰修是经"搜故抄而询黄发"而成，因此，断定蒲松龄的民族成分还是以这部族谱为据。

不过，既然蒲氏民族成分问题已有少数民族之说，看来只以蒲松龄所修族谱中的序言为据来否定这类说法，还难以做到。汪先生长文在引述《光明日报》1981 年 7 月 26 日这篇《蒲松龄不是少数民族》的观点之后，断言："如此关于蒲松龄的民族成分问题的讨论，告一段落，学术界多从蒲氏自述，归其汉族本源说。"而实际情况并不是这样。

兹仅举几例，以示其前其后之实际情况。

其一，1981 年 8 月 14 日，国家民委政策研究室在《人民日报》上发表《关于蒲松龄民族成分的四种说法》一文，指出：蒲松龄的民族成分除汉族说外，又有回族说、女真族说、蒙古族说，这四种说法"各有自己的根据和道理"，但"总的说来说蒲松龄是少数民族是比较有道理和根据的"，不过"当然这不能作为定论"。这说明国家民委有一个倾向性看法，但不做定论，可以再行研究。

其二，1981 年第 4 期《青海民族学院学报》，发表白崇人《蒲松龄为回族人后裔考略》一文，再次论证蒲氏为回族说，其论据是：蒲姓是阿拉伯常用姓氏，蒲鲁浑和蒲居仁的名字都与回族有关。岳珂《桯史》记"番禺有海獠杂居，其最豪者蒲姓"；福建《蒲氏族谱》谓"世秉清真教，天下蒲姓皆一脉"；《八闽通志》载蒲居仁曾任福建等处转运盐使，这类主管盐、铁、酒、醋专卖及市舶司的官吏当时多由回族人担任；而且，关键的是，蒲鲁浑的名字也是阿拉伯语的汉译。

其三，《蒲松龄研究集刊》第三辑（齐鲁书社 1982 年版），发表苏兴《蒲松龄的远祖约是女真人》一文。其根据是：元朝的总管是由汉人、女真人和契丹人担任的，元朝所称的汉人包括北方的汉族人、女真人和契丹人；金朝官员中有"乌延蒲卢浑和蒲察蒲卢浑（本名为蒲鲁浑），由此推知蒲松龄之祖蒲鲁浑可能原为女真人"。这种说法及其依据，汪先生长文也为引述，未做直接评论。

其四，美国密执安大学历史系教授张春树有《蒲松龄〈聊斋志异〉的思想境界：对明清易代之际的知识分子与文学现象的考察》一文，原为他与骆雪伦合著的《明清易代之际的文学与社会》一书的一章，曾以英文选载于《香港中文大学中国文化研究所学报》第六卷第二期，又由骆雪伦译为中文，发表于 1994 年第 4 期《蒲松龄研究》上，其在论及蒲松龄的祖先问题时说："很久以来，学者们曾经推测蒲松龄的祖先不是中国血统，他可能是蒲寿庚——一位曾经服务于宋元两代，并在 13 世纪积累一笔惊人财富的著名阿拉伯人的后裔，也可能是土耳其人或蒙古人的子孙，但最近的学者们已经有论据证明：蒲氏祖先属于伊斯兰教，然而却没有史料证明，在蒲松龄生活的时代，其族中之人仍是伊斯兰教的信仰者。"

其五，在1995年出版的《蒲松龄研究》"纪念蒲松龄诞辰三百五十周年专号"上，发表有王启元《蒲松龄及〈聊斋志异〉在国外》一文，该文对日本两位学者竹田晃和前野直彬的研究成果和观点做综合介绍之前，有对蒲松龄及其《聊斋志异》做总体评述的一段文字，其中说："据说，蒲家的祖先是元代随蒙古来到中原地区的阿拉伯人，曾任元代般阳路总管（辖山东省的蒲台、淄川等县），一位名叫蒲鲁浑，一位名叫蒲居仁。"王文对此未做引证，不知"据说"之所"据"。盖王氏信已有元代蒲氏为少数民族之说，祖上原为阿拉伯人。

日本前野直彬的《〈聊斋志异〉研究在日本》一文，发表在1980年8月出版的《蒲松龄研究集刊》上，其中谈到关于蒲松龄远祖的民族成分问题时是这样说的：

> 下面叙述一下关于蒲松龄传记的研究。传记的研究战前虽然不能说没有，但是较周密的研究却是从战后开始的，这可以看作是战后研究的特征之一。其中，上面提到的平井氏的文献，成了有力的材料，蒲松龄的远祖为元朝的般阳路总管，明初改姓隐身，因而推定是色目人。根据这批文献，最初只能就是这样。

前野文因是介绍日本研究蒲氏及其《聊斋志异》的状况的文字，因此在"叙述一下关于蒲松龄传记的研究"时，只介绍说日本战后"较周密的研究"中关于蒲氏的民族成分问题，"推定大概是色目人"，根据是按元朝政府将治下人民分为四等：蒙古人、色目人、汉人（包括北方汉、契丹、女真、高丽等族）、南人（即南宋遗民）。"色目人"中包括"哈剌鲁、钦察、唐兀、阿速、秃八（秃伯歹、吐蕃）、康里、畏吾儿、回回、乃蛮、阿儿浑、撒耳柯思、斡罗思（俄罗斯）、汪古、甘木里、怯失迷儿"等，未知前野氏所言日本学界做出的"大概是色目人"的推定，根据是哪里，以及是否更具体。

　　无论如何，国内外蒲学研究中关于蒲氏远祖族属问题，起码自20世纪50年代就有少数民族之说，直到现在仍有这类说法，是不争的事实。

　　下面，笔者据如上诸说，再谈点个人的见解，以就教于学界同贤。

　　蒲松龄的远祖蒲鲁浑、蒲居仁，据蒲松龄所撰修的族谱，"并为元总管"，这是事实。《八闽通志》有蒲居仁曾任福建等处转运盐使的记载，显然蒲松龄并非杜撰，以神其族。然为何蒲鲁浑、蒲居仁"并为元总管"，却一在福建八闽，另一在般阳淄川？盖福建泉州为宋元之商贸大都会，而般阳路淄川也是宋元商贾繁盛之地（关于宋、元、明、清淄川的陶瓷、盐业、丝绸等业及商贸的发达情况，许多论著业已考明，兹不赘述），因而蒲居仁既在福建八闽任转运盐使（或曾任总管），那么蒲鲁浑被元朝政府派在般阳淄川任总管，使蒲居仁或其后人与蒲鲁浑的行政管理及业务经营范围形成一南一北，一主要对外、一主要对内，一主要管理经营贸易、一主要提供货源，互为一体，互为调配补充，这无论是从元朝政府的角度，还是从蒲氏家族的角度，都是一种最佳选择。也许有另一种可能，即蒲鲁浑、蒲居仁俱在般阳淄川，因蒲鲁浑已任般阳总管，元政府又派蒲居仁任官福建八闽。显然在元代将人分作四等的情况下，这样一个"般阳土著"之家，作为第三等的"汉人"，能够被元朝政府独加青睐，任命出任南北两地之肥缺要员，这种可能性较小。最大的可能是，蒲家并非般阳土著，他们原是"色目人"。蒲寿庚原居福建八闽泉州，拥有大量海船，为沿海地方势力首领，宋末为南宋政府任提举市舶凡三十年，元兵南下时投降，归顺元朝，至元十五年（1278）转被任命为福建行省尚书左丞，招东南亚各国商人，恢复沿海贸易。其后代蒲居仁留任福建，蒲鲁浑北派总管般阳，以达到如上所说的政治、经济的目的。这就是说，蒲鲁浑这一支是从福建八闽泉州那里过来的，后在此地繁衍起来。那么，何以蒲鲁浑、蒲居仁又都葬在了般阳淄川，蒲松龄所修族谱序中称其祖墓"内有谕葬二：一讳鲁浑，一讳居仁"？合理的推定应是：蒲鲁浑是蒲居仁之父，蒲鲁浑在总管任上谢世，蒲居仁被元朝政府任命继任般阳总管，蒲居仁也就未将其父灵柩南迁南方八闽，而是安葬在般阳任所，以守陵尽孝，于是，蒲鲁浑、蒲居仁他们这一支就这样"落户"在般阳淄川了。按，穆斯林逝于外地者，即在当地安葬，也为常例。1408年，明朝所属渤泥国（即今南亚加里曼丹岛北部的文莱、苏丹）皈依伊斯兰教的国王麻那惹加那乃，亲率一行150人渡海入朝，来到当时的明朝首都南京朝觐，不幸病逝于帝都南京，即安葬在此，墓在今南京安德门外石子岗。又，郑和下西洋后，以伊斯兰教为国教的苏禄国（也是明朝属国）东王和西王率领350人的使团到北京朝觐，归国途中路经山东德州时，东王不幸病逝，即安葬在德州，东王之二子及仆从十余人留下守墓，遂世代居此，子孙繁衍，在德州形成了一个回族自然村，且在几百年中涌现出了一批文武官员。蒲松龄之祖蒲鲁浑逝后即葬在淄川当地，大概就是这种情况。后来蒲居仁也逝于此，葬于此，蒲家子孙自然在此繁衍，然元末倾覆，获罪遭殃，几灭绝，"止遗藐孤"。蒲松龄《族谱序》谓"吾族之兴，自洪武始也"。自明洪武至清康熙，凡约三百年，蒲氏传十几代，依蒲氏所修族谱，第一代为"始祖璋"，第二代即有五人，正所谓"吾族子姓日蕃"，因而二百年后的明代"万历间，阖邑诸生，食饩者八人，族中得六焉"。而正因为蒲姓此支元末遭灭，"止遗藐孤"，这幼小的孤儿自然被人收养，因而与刘、郭"有同宗之义焉"，因而其原南方蒲姓之"世秉清真教"（福建《蒲氏族谱》）的民族宗教信仰及其风俗特征，在他们般阳淄川这一支，自此"藐孤"之后，也就不会再得到传承了，也即自然被汉化了。至蒲松龄再修族谱，因"历年久远，不可稽矣"，既知其祖上元时即为般阳总管，而"乡中则迁自枣、萌者十室而八九焉"，所以认为"独吾族为般阳土著"，也就是自然而然的事情了。

（原题《蒲松龄民族成分研究补说》，《蒲松龄研究》1997年第3期。这里有所修订）

略论蒲松龄研究的学科称名
及其历史发展分期

一　关于蒲松龄研究的学科称名

蒲松龄（1640—1715）一生著述甚丰，除《聊斋志异》外，诗词文赋、戏剧、俚曲、实用杂著，在在多有，或还有长篇小说，其生时即有文名，尤其是《聊斋志异》，其生时就反响很大，评价甚多，身后更是远播海内外，声名高扬，评论、介绍、翻译、研究日盛，形成了一门很热的学科。然这一学科称名云何？约有两种：一种名"聊斋学"，另一种名"蒲学"。关于"蒲学"的称名，徐恭时《布袍萧索鬓如丝》①，副题即为"《蒲学史》引论"，称："在文史哲领域中，以一位学者的著作，形成专门之学，在学术史上还是至少的。'红学'如此，'蒲学'亦然。"该文并设"蒲学探词"一项，称"笔者查阅早期评论蒲松龄著作的文字，未见相近词语"。然又说："1986 年 9 月，淄博市蒲松龄研究所主编的《蒲松龄研究》问世，在创刊词里，明确'蒲学'的专词。本期中发表周汝昌同志贺诗（此年 1 月间所作），末联是'宜将蒲学追曹学，齐鲁幽燕此最珍'。"

---

① 徐恭时：《布袍萧索鬓如丝》，《蒲松龄研究》1995 年总第 18 期。

1993 年，严薇青为盛伟新整理编校的《蒲松龄全集》写长序，序中 5 次提到"蒲学研究"之词（按若以序中"蒲学研究""研究蒲学""蒲学"之用词计，实为 9 次）。"严氏为蒲学研究专家，序虽后写，但他定词必早。"由此文看来，徐氏是有志于撰著《蒲学史》的。

但是，无论严氏是否"定词必早"，"蒲学"一词是否准确，都值得讨论。是"蒲学"，还是"聊斋学"，本来仁者见仁，智者见智，自未可厚非，学界自可按照自己的理解称谓，不必强求硬性统一；但徐氏既要撰写蒲学史，又在引论中宣称"蒲松龄一生著述繁富，《聊斋志异》更驰誉流寰，笔者考虑，如若全面系统地来研究蒲松龄生平著作，以他的姓来冠名这一门专学，是允当的。至于有'聊斋学'之词，可以融合于其中，不一定要分词"。这就有了排他性，引起了学界的关注。

其实，对于蒲松龄及其著作的评论研究，自蒲氏生时就有，三百年来，从"初发到厚积，从分散到系统，从个别到集体"（徐氏前文语），越来越繁盛，研究、介绍、评论者不仅遍及国内，而且遍及海外，也已成为国际汉学中的显学之一，但称为蒲学的，如徐氏前文所举，最早见诸 1986 年创刊的《蒲松龄研究》发刊号，后又有 1993 年严薇青为盛伟《蒲松龄全集》序（发表于 1994 年），另外还有徐氏撰文时尚未见到的《蒲松龄研究》杂志主编周元军在该杂志 1995 年《纪念蒲松龄诞辰三百五十五周年专号》上发表的《专号寄语》一文。该文一方面说"聊斋学已与敦煌学、红学并列，成为世界性的学术研究课题"；另一方面说，"蒲松龄是淄博的骄傲，研究蒲学，宣传蒲学，弘扬蒲学，亦是淄博人义不容辞的责任。近年来，在中共淄博市委、淄博市人民政府的关怀和支持下，根植于淄博大地的蒲学专业研究刊物，自创刊以来，已累计发表学术论文二百多篇……"并热切地期望"把蒲学研究事业引向深入"，"共同为蒲学研究事业的发展和繁荣贡献力量"。由此可知，文中"聊斋学""蒲学"是混用的，作者并非（至少不一定是）有意识地倡导称名"蒲学"。对此或可理解为"聊斋学"指研究《聊斋志异》的学问，"蒲学"则指研究蒲松龄的学问，二者不是一种概念和蕴含。然而这样理解又似是而非。研究《聊斋志异》必然要研究蒲松龄，研究蒲松龄也必然要研究《聊斋志异》：既然作为一门整体性的学问，哪有研究一部作品而不去研究它的作者的道理？又哪有只研究它的作者却不去研究其作者主要作品的道理？由此可知，将"蒲学""聊斋学"分割开来是不符合实际的、不现实的；而将二名混用，在无排他性意识时，学者依据自己的习惯来使用，也并无不可，自无须争论什么，无须见谁使用"聊斋学"一词，就理解他是主张使用"聊斋学"一词的；反之，就是主张"蒲学"一词的。只是使用"蒲学"词者，实际上并不多见。既然偌大一个斯学界，偌久一个斯学史中，有意识地称为"蒲学"的寥寥，那么要撰著一部斯学史，把斯学界中大多数人并不如此称谓的"蒲学"用为偌大一门斯学之冠名；要成立全国性的斯学学会组织，把斯学界中大多数人并不如此称名，圈外人大多更是莫名其妙的"蒲学"用为偌大一门学科之冠名，就有失慎重了。

显然，相比而言，称名"聊斋学"更为普遍，且更为恰当，更贴合本质，其证有三。

（1）称名"蒲学"，且不说斯学界不太使用，不太容易被普遍接受，即使圈内人大多了解了、认可了，知道就是研究蒲松龄的学问，那么，圈外人呢？大多数《聊斋志异》的读者、爱好者呢？则容易引起误解，不知道"蒲学"是搞什么，需要再加解释。就如同对《红楼梦》的研究一样，诚如徐氏前文所说（连徐氏自己也清楚得很），"'曹学'（研究曹雪芹及其小说）……'红学'（指《红楼梦》与作者的研究，与'曹学'实属一词）"，但一提"红学"，连圈外一般人都知道，而提起"曹学"，却不一定知道就是研究曹雪芹及其小说的。（研究曹操的，算不算"曹学"？研究古代、近代、现代另一或某一曹姓大家庭的，算不算"曹学"？）何况当代"研究曹雪芹和小说"的"曹学"，都已经研究到曹雪芹的所谓上三代、上八代了，除了研究者自己，人们不知道，这种"学"对研究、认识《红楼梦》有何关系、有何用场？若不为研究《红楼梦》而研究这种"曹学"，那么多人在那里拼搏钻研，何苦来哉。（至于"红学"即"《红楼梦》与作者的研究"当下在某些人那里已走火入魔，信口雌黄，不亦乐乎，毫无学术可言，实即败坏学术，实在荒唐可笑，姑且还算"红学"吧，不论。）同上，若成立一个"中国蒲学会"的话，人们也许会以为是什么研究蒲草植物，研究蒲编工艺，研究历史上的某一蒲姓要人，研究中国百家姓中之蒲姓，研究什么什么以"蒲"学称名的其他人、事、物呢，所以相比而言，称名"聊斋学"就不会生此歧义。

（2）称名"聊斋学"，这里的"聊斋"不仅含指《聊斋志异》，而且包括蒲松龄的其他著述作品，并包括蒲松龄本人。因而以"聊斋学"称名，不仅对应于《聊斋志异》研究，而且对应于蒲松龄其他作品的研究，应对于蒲氏生平的研究，实可谓既具体明了，又涵盖全面。就蒲松龄的全部作品而言，《聊斋志异》俗称"聊斋"自不待言，其诗词文赋、俚曲杂著等也俗称"聊斋诗词""聊斋文""聊斋俚曲"等；至于《聊斋诗集》《聊斋偶存草》《聊斋草》《聊斋诗草》《聊斋遗集》《聊斋文诗稿》《聊斋词集》《聊斋小曲》《聊斋俚曲》《聊斋杂记》《聊斋制艺》《聊斋呈稿》《聊斋随笔录》等作品集名，有些出自蒲松龄自定名，有些出自蒲氏后人之手，有些出自其同时或稍后人之手，有些出自中外近现代蒲氏作品收藏、研究者，可见"聊斋"通指蒲氏各类作品和全部作品，已成二三百年来的通例。所以20世纪以来编辑印行蒲氏全集者和研究成书者，最早出现的称名是《聊斋全集》，如1920年上海中华图书馆印行的《聊斋全集》，其中包括《聊斋文集》上、中、下，《聊斋诗集》上、下，《聊斋词集》上、下；还有1936年上海世界书局印行的《聊斋全集》等。显然，这些作品的称名为"聊斋"，实际上也就是对其作者"蒲松龄"的代称。而径题《聊斋先生遗集》《聊斋先生文集》《聊斋先生墨宝遗文集诗赋词文》者也在在多有，"聊斋先生"也是三百年来人们常挂在口头的对蒲松龄的称名，路大荒《蒲松龄年谱》云："世多称聊斋先生。"20世纪60年代吴红冷、80年代马瑞芳还写过同题文章《聊斋先生蒲松龄》，研究蒲松龄及其作品之学称为"聊斋学"，早已是家喻户晓、叫得很响、影响很广的事，顺理成章，自然天成。

（3）"聊斋学"一词，不仅在国内早已通用，在国际上也通用。1991年在淄博市举行的斯学首届国际讨论会定名为"首届国际聊斋讨论会"，也是顺应国际斯学称名的已有习惯。国际斯学最为隆盛者在日本，日人平井雅尾等20世纪30年代在中国搜求了大量有关文献资料载之日本后，藏于庆应义塾大学，在此基础上建成的资料库就叫"聊斋文库"，1940年平井氏又在韩国釜山出版了他的专著，称名《聊斋研究》，内容即为关于蒲松龄的遗稿、画像、年龄、年谱、遗迹、子孙嫡系及其命名谱、蒲氏系统图、平井氏所藏蒲松龄遗书、在中国搜求时的时价等，可见在他的观念里，就是"聊斋"既包括"聊斋先生"，又包括聊斋先生的著述的。50年代，日本庆应义塾大学中国文学研究室又在《艺文研究》上发表《庆应义塾大学所藏聊斋关系资料目录》（1955）；80年代，日本东方书店又出版了藤田佑贤、八木章好共编的《聊斋研究文献要览》，这些都说明"聊斋研究"称名"聊斋学"，比称名"蒲学"来得顺理成章。

如上是说，作为"学"，还是称名"聊斋学"最为恰当、妥切，而不生歧义。至于人们习惯上称"聊斋研究""蒲松龄研究"，则各有着眼点，只要人们认同，不生歧义，大可各随其便，开放包容，共同切磋激励，才会推进发展。

二 关于蒲松龄研究的历史发展分期

蒲松龄研究、聊斋学的繁荣兴盛，应该说是进入20世纪以来的事。然何时滥觞了如上所述，自蒲氏在世时，已有对他和他的著述作品的评论，所以这应该不言自明。然而有的学者却别出心裁，依其定"乾隆十六年脂砚斋在《石头记》稿本上始写初评"为红学史滥觞之例，"依此作比"，以"山东新城王士祯（渔洋山人）于康熙二十七年戊辰（1688）见《聊斋志异》后，题《戏书蒲生〈聊斋志异〉卷后》一绝"为"蒲学滥觞"①，这又让人莫名其妙。《红楼梦》之为人所谈论和评论，确乎以脂砚斋初评为早，以此作为红学滥觞，当无问题；而称为"蒲学"也好，"聊斋学"也好的蒲松龄及其作品的评论史何以要以"书《聊斋志异》卷后"的王渔洋诗为滥觞？这种不顾实际情况的"作比"，又有什么必要呢？只能把本来很明了的事情搞乱。事实上，还在康熙三年，蒲松龄25岁的时候，蒲松龄就已撰写《聊斋志异》，且为时人好友所重，有"司空博物本风流""君自黄初闻正始"之谓②，可见已有对其本人及其《志异》的创作的见诸文字的评价。康熙十八年（1679），蒲氏40岁，《聊斋志异》"遂以成编"后的扩写续编正式推出，不仅作《自志》，还请同邑高念东为之序；三年后，康熙二十一年（1682），同邑唐梦赉又为新编《聊斋志异》作序；在此前后，张笃庆有《题蒲柳泉〈聊斋志异〉书后》，称《聊斋志异》写得好，直比晋干宝《搜神记》，称"董狐岂独人伦鉴，干宝真传造化功"，这些都比王渔洋题《戏书蒲生〈聊斋志异〉卷后》早得多，何以不是"蒲学滥觞"？何况就王渔洋此绝句看，并没有拿《聊斋志异》当大不了的事，只是权当"豆棚瓜架雨如丝"时的"扒瞎话儿"，"姑妄言之姑听之"罢了，说"蒲生"大概是（"料应"）"厌作人间语"，"爱听秋坟鬼唱诗"而已。诗题即冠以"戏书"，即使不作字面义解，实有深意，也超不过蒲氏《自志》中的那些深意，超不过此前人们对蒲氏及其《志异》已有的高评。因此，将王渔洋戏书此绝句为"蒲学"（应为"聊斋学"）滥觞，全无道理。其滥觞之日，实应即蒲氏在二十多岁《聊斋志异》刚创作不几年，初步成编，即为同人重视，并给予高度评价之时。

蒲松龄研究这一专门学问的形成和历史发展分期，从其滥觞至今三百余年来，约略可以分为三个历史时期，每个时期又有几个阶段。

---

① 徐恭时：《布袍萧索鬓如丝》，《蒲松龄研究》1995 年总第 18 期。
② 张笃庆：《和留仙韵》，引见路大荒《蒲松龄年谱》。

第一时期，自 17 世纪六七十年代至 18 世纪 70 年代这一百多年的时间。这一时期，基本属于对蒲松龄及其作品主要是《聊斋志异》评价研究的滥觞发轫期。在这一时期中，先是蒲氏生时，其《聊斋志异》及其诗文等被时人称许评价，如上文所举，也包括王士禛对《聊斋志异》的批评，蒲松龄曾转录至其手稿本，作眉批；其后是蒲氏去世后，《聊斋志异》及其诗文受到社会的更加重视，抄本越来越多，流传越来越广，影响越来越大，评价文字也越来越多见。

第二个时期，自 18 世纪 70 年代至 19 世纪末 20 世纪初这一百多年的时间。这一时期，基本属于蒲松龄及主要作品研究的真正形成和发展期。这一时期又可分为三个阶段。第一个阶段的重要标志是刊刻本的出现，有《聊斋志异》之乾隆三十一年（1766）青柯亭刻本和乾隆三十二年（1767）王金范刻本的刊行和后来的不断重刻，以及其他刻本的出现，使《聊斋志异》较为广泛的流行，在社会上引起了较为广泛的重视，人们对作者、作品品评日多；第二个阶段是评注本的出现，始自乾隆五十年（1785）王金范刻本的郁文堂重刻本所刊长洲人王芑孙的评点，评语凡 131 条，有总评、眉批、行侧批、篇末批等，标志着《聊斋志异》研究已正式全面进入中国古代小说批评史的轨道，其后又有嘉庆二十三年（1818）冯镇峦开始评点《聊斋志异》并著《读聊斋杂说》，脱稿后以抄本形式流行（后光绪十七年即 1891 年由喻琨刊行），其后又有道光三年（1823）经纶堂刻南海何守奇评本《批点聊斋志异》，道光五年（1825）步月楼刻吕湛恩注本《聊斋志异附注》（此书后不断重刻），道光十九年（1839）花木长荣馆刻江宁何垠注本《注释聊斋志异》，道光二十二年（1842）广顺但明伦新评自刻本《聊斋志异新评》，并合刻"新城王士正评"，等等，尤其是"但氏新评出，披隙导窍，当头棒喝，读者无不俯首皈依，几于家有其书矣"（喻琨语），可见其影响远大。第三个阶段是 19 世纪 50 年代前后（道、咸年间）至 19 世纪末 20 世纪初。这一阶段的主要标志有三：一是《聊斋志异》诸家评注本合刻的出现，使《聊斋志异》的诸家研究有了对照比较，如咸丰年间"王世正评、吕湛恩注、但明伦批"刻本，咸丰十一年（1861）"王士正评、吕湛恩注"刻本，同治五年（1866）"王士正评、吕湛恩注、何垠注释"维经堂刻本，光绪十七年（1891）"王士正、何守奇、但明伦、冯镇峦合评"合阳喻琨刻本以及光绪末年重庆一得山房重刻本等，为20世纪60年代初张友鹤"三会本"、20世纪80年代末朱其凯的"全注本"和新近任笃行的"全校、全注、集评本"的研究与出版开了先河。另有图咏本也于光绪年间出现（如光绪十二年即1866年上海同文书局石印本《详注聊斋志异图咏》，绘图444幅，各题七绝一首），这种形式大受欢迎，其后多次印行，它本身就是对《聊斋志异》的体会和把握，又为后来引起社会上的更广泛的影响和学界的大范围关注，提供了新径。二是以道光二十八年（1848）柳波馆刻《般阳诗萃》等为标志，及至光绪十九年（1893）新城耿氏丛芸阁石印本《聊斋先生遗集》等的出现，改变了聊斋诗文过去一直以蒲氏手稿抄本、时人和后人辑集抄本的形式流传与被品评的历史，其研究文字主要以序跋的面目出现，使"聊斋学"在全面意义上得以拓展。三是《聊斋志异》除国内少数民族译本如道光年间札克丹所译《满汉合璧聊斋志异》本以外，《聊斋志异》在这一阶段开始流播海外，被译为多种外文在多个国家和地区流传，如1867年，威廉姆·梅叶斯（William F. Mayers）在香港出版《酒友》的译本，又于1894年在上海出版《中国手册》（*The Chinese Readers Manual*），收《聊斋志异》四篇；1873—1876年，艾伦（C. F. R. Allen）在香港《中国评论》（*China Review*）上发表所译《考城隍》等18篇，以每期2—14篇的容量连载3年；1877年赫伯特·翟理斯（Herbert A. Giles）又在上海出版的《天朝》上发表译文两篇，1880年他所译《一个中国书斋里的奇异故事》（*Strange Story From A Chinese Studio*，《聊斋志异》的意译）2卷本在伦敦出版；1887年，日人神田民卫译本《艳情异史》在东京出版，其后翟理斯1882年伦敦版、威尔斯·威廉姆斯（S. Wells Williams）1899年纽约版的一些编译著作中又有单篇译文问世。而在法国，陈其通（音译，原署Tcheng Ki - tong）所译

26 篇在巴黎出版，稍后法文译本又有 1895 年在上海出版的莱恩·威吉尔（Leon Wieger）所编 10 篇，自此，才"招惹"得至 20 世纪 30 年代，在中国北京、法国巴黎出版的法文译者甚众。所有这些，都为"聊斋学"在 20 世纪成为世界性显学奠定了基础。

蒲松龄及其作品的研究史的第三个时期，是自 20 世纪初迄今的百年来的全面化展开，三度繁荣，并成为国际性显学的时期。三度繁荣中，20 世纪 80 年代以来的繁荣愈加深入和繁盛，国内外研究著述硕果累累。于此，笔者另有专文考述，不赘。

[原题《略论蒲松龄研究的学科称名及其历史发展分期》，《青岛海洋大学学报》（社会科学版）1998 年第 1 期。这里对文字略有订正]

三百年来蒲松龄研究的历史回顾

一

　　蒲松龄研究作为一门国际性显学的发展繁荣，应该说是进入 20 世纪以来的事。而斯学的形成和发展，从其滥觞至今已经有三百余年。三百余年来的蒲松龄研究，约略可以分为三个发展时期。

　　第一个时期是自 17 世纪六七十年代至 18 世纪 70 年代这一百多年的时间。这一时期，基本属于对蒲松龄及其作品主要是《聊斋志异》评价研究的滥觞发轫期。在这一时期中，先是蒲氏生时，其《聊斋志异》及其诗文等被时人称许评价，如蒲松龄青年时期大体完成《聊斋志异》初编时（参见笔者《聊斋志异六次成书过程蠡测》，《青岛海洋大学学报》1997 年第 4 期），友人张笃庆《和留仙韵》称评其"司空博物本风流"，"君自黄初闻正始"（康熙三年）；康熙十八年（1679）《聊斋志异》成编并续写后同邑高念东为之作序；三年后，康熙二十一年（1682），同邑唐梦赉又为其新编作序；在此前后，张笃庆又有《题蒲柳泉聊斋志异书后》，称评《聊斋志异》直比干宝《搜神记》，谓"董孤岂独人伦鉴，干宝真传造化功"；王渔洋题《戏书蒲生〈聊斋志异〉卷后》等。其后是蒲氏去世后，《聊斋志异》及其诗文受到社会的更加重视，抄本越来越多，流传越来越广，影响越来越大，评价文字也越来越多见。

第二个时期是自18世纪70年代至19世纪末20世纪初这一百多年的时间。这一时期，基本属于蒲松龄及其作品研究的真正形成和发展期。这一时期又可分为三个阶段。

第一个阶段的重要标志，是刊刻本的出现，有《聊斋志异》之乾隆三十一年（1766）青柯亭刻本，乾隆三十二年（1767）王金范刻本的刊行和后来的不断重刻，以及其他刻本的出现，使《聊斋志异》较为广泛地流行，在社会上引起了较为广泛的重视，人们对作者、作品品评日多；第二个阶段是评注本的出现，始自乾隆五十年（1785）王金范刻本的郁文堂重刻本所刊长洲人王芑孙的评点，评语凡131条，有总评、眉批、行侧批、篇末批等，标志着《聊斋志异》研究已正式进入中国古代小说批评史的轨道；其后又有嘉庆二十三年（1818）川人冯镇峦开始评点《聊斋志异》并著《读聊斋杂说》，脱稿后以抄本形式流行（后光绪十七年即1891年由喻琨刊行）；其后又有道光三年（1823）经纶堂刻南海何守奇评本《批点聊斋志异》，道光五年（1825）步月楼刻吕湛恩注本《聊斋志异附注》（此书后不断重刻），道光十九年（1839）花木长荣馆刻江宁何垠注本《注释聊斋志异》，道光二十二年（1842）广顺但明伦新评自刻本《聊斋志异新评》，并合刻"新城王士正评"，等等。尤其是"但氏新评出，披隙导窍，当头棒喝，读者无不俯首皈依，几于家有其书矣"（喻琨语），可见其影响深远。

第三个阶段是19世纪50年代前后（道、咸年间）至19世纪末20世纪初，大约半个世纪。这一阶段的主要标志有三。

一是《聊斋志异》诸家评注本合刻的出现，使《聊斋志异》的诸家研究有了对照比较。如咸丰年间"王世正评、吕湛恩注、但明伦批"刻本，咸丰十一年（1861）"王士正评、吕湛恩注"刻本，同治五年（1866）"王士正评、吕湛恩注、何垠注释"维经堂刻本，光绪十七年（1891）"王士正、何守奇、但明伦、冯镇峦合评"合阳喻琨刻本以及光绪末年重庆一得山房重刻本等,为 20 世纪 60 年代初张友鹤"三会本"、80 年代末朱其凯的"全注本"与后来任笃行的"全校、全注、集评本"的研究与出版开了先河。另有图咏本也于光绪年间出现(如光绪十二年即 1886 年上海同文书局石印本《详注聊斋志异图咏》,绘图 444 幅,各题七绝一首),这种形式大受欢迎,其后多次印行,它本身就是对《聊斋志异》的体会和把握,又为后来引起社会上的更广泛的影响和学界的大范围关注,提供了新径。

二是以道光二十八年(1848)柳波馆刻《般阳诗萃》等为标志,及至光绪十九年(1893)新城耿氏丛芸阁石印本《聊斋先生遗集》等的出现,改变了聊斋诗文过去一直以蒲氏手稿抄本、时人和后人辑集抄本的形式流传与被品评的历史,使"聊斋学"在全面意义上得到了拓展。

三是《聊斋志异》除国内少数民族译本如道光年间札克丹所译《满汉合璧聊斋志异》本以外,《聊斋志异》在这一阶段开始流播海外,被译为多种外文在中外多个国家和地区流传。如 1867 年威廉姆·梅叶斯(William F. Mayers)在中国香港出版《酒友》的译本,又于 1894 年在上海出版《中国手册》(*The Chinese Readers Manual*),收《聊斋志异》四篇;1873—1876 年,艾伦(C. F. R. Allen)在香港《中国评论》(*Chinese Review*)上发表所译《城隍考》等 18 篇,以每期 2—4 篇的容量连载 3 年;1877 年,翟理斯(Herbert A. Giles)又在上海出版的《天朝》上发表译文两篇;1880 年他所译的《一个中国书斋里的奇异故事》(*Strange Story From A Chinese Studio*,《聊斋志异》的意译)2 卷本在伦敦出版;1887 年,日人神田民卫译本《艳情异史》在东京出版;其后翟里斯 1882 年伦敦版、威廉姆斯(S. Wells Williams)1899 年纽约版的一些编译著作中又有些单篇译文问世。而在法国,陈其通(音译,原署 Tcheng Ki - tong)所译 26 篇在巴黎出版;稍后法文译本又有 1895 年威吉尔(Leon Wieger)所编 10 篇在上海出版;等等。如此,才"招惹"得至 20 世纪 30 年代,在中国的北京、上海和法国的巴黎，法文译本出版甚众。所有这些，都为"聊斋学"在 20 世纪进入第三个时期，即成为世界性学问并成为显学，奠定了较为普及的基础。①

20 世纪是一个学科林立、学术蜂起的世纪。蒲松龄研究——对清初的一位乡间教书先生及其以《聊斋志异》为代表的大量作品的研究，进入 20 世纪后形成了第三个时期，即成为国际汉学中的一大显学［为"敦（敦煌）、红（红楼梦）、蒲（蒲松龄）"三大显学之一］，历经百年，取得了国内外举世瞩目的学术实绩的一个最为重要的时期。认真回顾总结和系统梳理分析蒲松龄研究这一国际汉学显学和重要的国际学术文化现象，不仅对蒲松龄研究本身，而且对中国文学史、文化史上的同类或相关的学术问题的深入研究及其学科建设，都会有所裨益。

对于这一工作，学界可供参考的已有或专题或断代的综述性成果，主要有如下十余项：（1）孟广来等的《蒲松龄研究的回顾与展望》（山东大学蒲松龄研究室《蒲松龄研究集刊》第二辑，齐鲁书社 1981 年版）；（2）《"聊斋学"的回顾与展望》（曲阜师范学院《1980 年学术讨论会论文选》1981 年）；（3）王丽娜的《蒲松龄学术讨论会简介》（《文学研究动态》1981 年第一期）；（4）雷群明的《历代有关聊斋志异的主要评论及史实材料摘编》（作者著《聊斋艺术谈》附录，江西人民出版社 1981 年版）；（5）《近几年关于蒲松龄和聊斋志异的研究情况》（上海社会科学院《资料与研究》1982 年第六十四期）；（6）王枝忠《蒲松龄研究的面面观》（作者著《蒲松龄论集》，文化艺术出版社 1990 年版）；（7）青山的《蒲松龄研究现状综述》（孙勃等主编《聊斋拾粹》，山东文艺出版社 1990 年版）；（8）《首届国际聊斋学讨论会综述》（《文史哲》1992 年第一期）；（9）汪玢玲《七十年来的蒲松龄研究》（蒲松龄研究所《蒲松龄研究》1994 年总第十三期）；（10）严薇青的《蒲松龄全集序》（蒲松龄研究所

---

① 这段文字，原为《略论蒲松龄研究的学科称名及其历史发展分期》一文的原有内容，刊于《蒲松龄研究》，这里为全面反映蒲松龄研究三百年的历史，仍用之。

《蒲松龄研究》1994年总第十四期）；（11）徐恭时《布袍萧索鬓如丝》（蒲松龄研究所《蒲松龄研究》1995年总第十八期）等。有关海外的研究情况，则有日人前野直彬的《聊斋志异研究在日本》（山东大学《蒲松龄研究集刊》第一辑，齐鲁书社1980年版）；戈宝权的《聊斋志异在苏联》（《文史知识》1981年第四期）；新加坡辜美高的《印度尼西亚聊斋志异的译介》（蒲松龄研究所《蒲松龄研究》1994年总第十三期）；日人藤田佑贤的《聊斋志异在日本》（蒲松龄研究所《蒲松龄研究》1995年总第十八期）；王金地的《聊斋志异在越南》（《蒲松龄研究》1995年总第十八期）等。有关专门的研究论著汇编或索引者，有山东大学编《蒲松龄研究资料索引（1929—1980.4）》，江西大学编《蒲松龄和聊斋志异研究论文索引（1929—1982.9）》，上海社会科学院文学所编《近几年蒲松龄和聊斋志异研究评论文章（1978—1981）》，山东大学蒲松龄研究室编《论文资料目录索引（1980—1982）》（《蒲松龄研究集刊》第四辑），《研究聊斋的专著序目》台北天一出版社1982年版中国古典小说研究资料汇编，日藤田佑贤、八木章好共编《聊斋研究文献要览》（日本东方书店1985年版）等。所有这些，都为我们对蒲松龄研究作为世纪显学做出整体性回顾与思考奠定了基础。

二

蒲松龄及其作品的研究史进入20世纪，即开始了自世纪之初迄今百年间的全面化展开，三度繁荣，并成为国际性显学的重要时期。所谓全面化展开，即对蒲松龄本人，对《聊斋志异》、聊斋诗词、聊斋文赋、聊斋俚曲、聊斋杂著等普遍有了研究，关于其家庭生平、各种著作流传情况与版本流变、创作过程、本事钩沉、思想内容、艺术特色等，专著论文数不胜数，频频发表出版，考探讨论不断深入；这一专门之学的研究包括小说学、诗学、史学、版本学、民俗学、民族学等多个学科领域，与红学、敦煌学一样，成了一门综合性的学科。所谓三度繁荣和成为国际性显学，一是在 20 世纪初至 30 年代，二是在五六十年代，三是在八九十年代。

20 世纪初至 30 年代的蒲松龄研究，主要集中在遗稿搜求、全集成编、生平考证、作品辨伪或认定、思想艺术评介这几个方面。

作为作品搜求辑编方面的代表性成果，是《聊斋全集》的编辑印行，包括国学维持社编《聊斋全集》6 册（中华图书馆 1920 年版）和署名路大荒编《聊斋全集》4 册（世界书局 1936 年版）两个集大成的版本，其中前者多有伪作，为当时和后人所辨；后者路大荒用力甚勤，编有《蒲柳泉先生年谱》，但对书局在书中擅自塞入《鼓词集》及《醒世姻缘传》大为不满，后来专门撰文辨伪，并新编《蒲松龄集》，于 20 世纪 60 年代初出版。无论如何，20 世纪二三十年代这两部《聊斋全集》的刊行，及其所引起的辨伪与认定之间的争论，引起了学术界的广泛注意和反响，在社会上的普通读者群中也激起了广泛的阅读参与兴趣。

作为这一阶段的代表性评论研究成果，1924 年鲁迅先生的《中国小说史略·清之拟晋唐小说及其支流》（新潮社，北京，1925 年又由上海北新书局再版；30 年代又两次在日本出版了日人增田涉的译本）及 1924 年在西北大学所讲《清小说之四派及其末流》，对《聊斋志异》做了极高的评价，从此奠定了学界对《聊斋志异》在小说史乃至在文学史中的地位的认定，其后郭箴一《中国小说史·清代的拟晋唐小说及其支流》（商务印书馆 1939 年版）仿此，后来出版的《中国小说史》便都辟以专章或专节做出论述。另外，1912 年问根生的《聊斋发微》（中华图书馆 1912 年版）作为专书印行，是蒲松龄研究有史以来的第一部专书，为后来的专著的大量出现开了先河。

作为这一阶段的代表性成果，还有一项是 20 世纪 30 年代初胡适先生的《醒世姻缘传》考证。胡适的考证主旨在于证明《醒世姻缘传》的作者是蒲松龄，洋洋三万言，尽管后来的研究者多持否定意见，但当时所引起的研究热潮却超出了考证作者系蒲松龄这一问题本身,徐志摩、孙楷第、蔡慕、周振甫、民犹等都纷纷撰文,或与胡适考证互相印证,或对作品本身做出极高的评价,这不但进一步强化了蒲松龄及其作品在学界和在社会上受重视的程度,而且开辟了后来《醒世姻缘传》系统研究的课题。

从某种意义上说,没有论争,就形不成研究的声势和阵容,甚至形不成一门学问,红学是这样,敦煌学是这样,聊斋学也是这样。之所以蒲松龄研究自20世纪初就形成了全面化展开的局面,和两部《聊斋全集》所收作品的真伪问题的争论及其学界、社会读者的广泛参与和由此引发的极强、极为广泛的考论兴趣,是分不开的。这其中以蒲松龄故乡山东的学者群最为突出,如路大荒、马立勋、刘阶平等,成果甚多,引起学界的普遍重视。这些学者大多后来一直从事斯学研究,成就斐然。还有,这一阶段印行了大量的《聊斋志异》白话本、注释本,如《分类白话聊斋志异》(交通图书馆1921年版)、《新式标点聊斋志异》(源记书庄1924年版年版)、《言文对照新式标点聊斋志异》(群学社1927年版)、《白话浅注聊斋志异》(商务印书馆1935年版)等,广泛扩大了蒲松龄及其《聊斋志异》的读者面、影响面,从而也就大大扩充了聊斋学的学者阵容。而日人平井雅尾氏于20世纪30年代在山东淄川广泛搜求聊斋遗文、抄本等,连片纸只言也视为至宝,携之东去,在日本庆应义塾大学建起了聊斋文库,为东瀛聊斋学的大面积兴盛奠定了基础。

20世纪五六十年代的蒲松龄研究,是20世纪这一学问重要的深化、繁荣阶段。这一阶段的代表性研究成果,主要有如下几个方面。

一是自50年代开始,山东省文教部门就对斯学极为重视,并于1952年组织成立了由文化教育界专家学者组成的蒲松龄研究小组,1962年又成立了蒲松龄著作整理编辑委员会,使这一阶段的研究工作成为有组织、有计划、有阵容的行动,其研究成果也影响了全国乃至海外的斯学界。

二是蒲氏著作各种抄本的大量发现,尤其是《聊斋志异》的多种抄本、手稿本的发现、研究和影印出版，不仅使得路大荒先生在长期的大量研究的基础上，重新编成《蒲松龄集》，于 1962 年由中华书局出版，成为第一部较为翔实可靠的大发行量的蒲氏著作集成之书（《聊斋志异》另行），而且使张友鹤先生得以编成《聊斋志异会校会注会评本》，成为评注《聊斋志异》的当时看来最全面、最具权威性的集成之书。这两部书出版后，很快在国内外斯学界引起重大反响，几为治斯学者所必备，并由此引起了关于两书一些问题的热烈讨论。

三是出现了何满子《蒲松龄与聊斋志异》（上海出版公司 1955 年）、杨柳《聊斋志异研究》（江苏文艺出版社 1958 年版）、杨仁恺《聊斋志异原稿研究》（辽宁人民出版社 1958 年版）等研究专著。在此之前，斯学研究专著只有前面提到的 1915 年问恨生的《聊斋发微》和日本学者的几部，如马场春吉的《蒲柳泉和聊斋志异》（山东文化研究会出版部 1940 年）、平井雅尾的《聊斋研究》（韩国釜山自印 1940 年）、柴田天马的《聊斋志异研究》（创元社 1953 年东京），还有中国台湾中正书局 1950 年出版的《蒲留仙遗著考略与志异遗稿》等，而大陆斯学界尚无多少专著出现。自 20 世纪 50 年代中期始出现的这么多专著，标志着斯学研究的系统性和大工程化时期的到来。至于单篇论文在报刊上发表的数量之大，自不待言。

四是对聊斋诗文、俚曲、杂著的研究颇为活跃。诗文研究，主要是对新发现的遗稿抄本的介绍、评论，文章甚众；俚曲研究，除 1929 年马立勋辑《聊斋白话韵文》（朴社版，北京）和日人平井雅尾氏于 20 世纪 50 年代所编译的几种《聊斋小曲》集子在日本出版外，国内以关德栋先生、何满子先生等的专论为最早，关著《曲艺论集》（上海古籍出版社 1958 年版 1983 年新版）中的《聊斋俚曲偶记》以及后来发表的《关于聊斋俚曲》（《山东大学文科论文集刊》1979 年）首次将日本庆应义塾大学材料绍介国内，对海内外资料稽考翔实，使国际研究联系在了一起，因而极为学界所重，不断被研究者所参考引用。另外，20 世纪五六十年代所进行的鼓词《东郭传》作者问题的考辨，也引起了人们很大的兴趣。

　　五是由路大荒先生发起的公开反驳胡适先生考证结论的一场考据之争在这一阶段兴起。一方面有刘阶平于 1953 年发表的《醒世姻缘传作者疑问》（台北《中国一周》第 141 期）；另一方面有路大荒于 1955 年发表的《聊斋全集中的醒世姻缘传与鼓词集的作者问题》（《光明日报》1955 年 9 月 4 日）和王守义于 1961 年发表的《醒世姻缘传的成书年代》（《光明日报》1961 年 5 月 28 日）等，动摇了《醒世姻缘传》蒲作说的地位，甚至其中的否定意见赢得了认同。

　　20 世纪 60 年代中期至 70 年代末的十多年间，是蒲松龄研究的低潮阶段。自 70 年代末开始，学术重新振兴，蒲松龄研究也开始热闹起来，从而一到 80 年代就立即进入了全面繁荣期。其重要标志有五。

　　一是研究论文著作大规模出现。前面提到的徐恭时先生文有一项汇列统计：（1）1949—1966 年 6 月，56 篇；（2）1966 年 7 月—1979 年 12 月，73 篇；（3）1980—1982 年，377 篇；（4）1983—1987 年，309 篇。这一统计数字自然不确，如 1949—1966 年 5 月，仅据 1979 年中华书局版《中国古典文学研究论文索引》（1949—1966.6）就有 77 篇，实际数字当为更多，但无论如何，我们从徐氏所列，大体可以反映出斯学研究一进入 80 年代就全面繁盛的大体局面，著述新考、思想艺术品评、版本研究、本事考证等，大量问世，形成了极大的学术热潮。

　　二是山东大学蒲松龄研究室成立后，于 1980 年开始编辑《蒲松龄研究集刊》，由齐鲁书社出版，自此有了斯学的专门阵地，连续推出数辑，在海内外学界产生了广泛影响，对斯学繁荣起了积极的推动作用；1985 年，蒲氏故乡淄博市成立了蒲松龄研究所；1986 年《蒲松龄研究》季刊创刊，继山东大学所编《蒲松龄集刊》后，成为海内外斯学界发表研究成果的专门刊物。

　　三是一进入 80 年代，1980 年 9 月，首届全国性"蒲松龄学术讨论会"召开，1985 年 9 月，又召开了第二次"蒲松龄学术讨论会"；1991 年 10 月，"首届国际聊斋学讨论会"召开，这样，不仅把国内外的蒲松龄研究界沟通在了一起，检阅和壮大了研究队伍，而且进一步诱发了更为大面积的斯学爱好者的学术兴趣，促进了斯学研究更为大面积的学术丰收。

四是 20 世纪 80 年代初路大荒所编《蒲松龄集》得以由上海古籍出版社重版，《聊斋志异》的不同版本被齐鲁书社等接连影印、排印，选注选编、白话译本等则更多，其他专集或选集很快面世，也有许多首次得以选注、出版，如关德栋选注的《聊斋俚曲选》（齐鲁书社 1980 年版），殷孟伦、袁世硕选注的《聊斋诗词选》（齐鲁书社 1983 年版）等，社会上各种艺术形式的聊斋故事改编作品也大量结集、整理出版，如关德栋、车锡伦编《聊斋志异戏曲集》和关德栋、李万鹏编《聊斋志异说唱集》于 1983 年由上海古籍出版社出版，还有陈士和、刘健卿等分别讲述的多种评书《聊斋志异》分别于 1980 年、1981 年、1982 年由天津百花文艺出版社、中国曲艺出版社出版，以及孙秋潮等的《新编聊斋戏曲集》于 1981 年由济南齐鲁书社出版，等等。至如研究专著，则有李士钊编路大荒所著及路士湘补遗的《蒲松龄年谱》单行本（1980，齐鲁书社，济南）、双翼《聊斋志异今谈》（天津百花文艺出版社 1982 年据香港上海书局 1976 年本印行本）、雷群明《聊斋艺术谈》（江西人民出版社 1981 年版）、刘欣中《短篇小说之王——聊斋志异漫谈》（1982，花山文艺出版社，石家庄），以及李厚基、韩海明《人鬼狐妖的艺术世界》（1982，天津人民出版社，天津）、吴组缃《聊斋志异欣赏》（北京大学出版社 1985 年版）、人民文学出版社于 1983 年出版的多人著《聊斋志异鉴赏集》等。稍后几年，又有马振方《聊斋艺术论》（1986，上海文艺出版社，上海）、马瑞芳《蒲松龄评传》（人民文学出版社 1986 年版）、袁世硕《蒲松龄事迹著述新考》（齐鲁书社 1988 年版）等。另有不少白话新译、鉴赏大成等普及性著作，不一一举述。

五是进入 90 年代后，又有王枝忠《蒲松龄论集》（文化艺术出版社 1990 年版）、李永祥《蒲松龄传》（山东文艺出版社 1993 年版）、杨海儒

《蒲松龄生平著述考辨》（中国书籍出版社 1994 年版）等相继出版，各学术报刊论文频仍，繁盛之势不减。尤其是《蒲松龄全集》（盛伟）、《聊斋志异》全注本（朱其铠）、《聊斋志异》全校、会注、集评本（任笃行）等大部头集成性工程得以告竣面世，还有《蒲松龄研究》纪念蒲松龄诞辰 355 周年大型专号得以编辑出版，以及后来淄博蒲松龄研究会召开的聊斋专题研讨会，等等，都引起了学界的重视，必然促进蒲松龄研究更为繁荣发展。

另外，蒲松龄研究作为一门国际性的学问，进入 20 世纪七八十年代以来，在中国港台地区和国外也出现了繁盛局面。关于中国港台地区斯学状况，1982 年台北天一出版社出版了一套《中国古典小说研究资料汇编》，其中包括《蒲留仙》（收论文资料 17 项）、《蒲留仙的著作》（收25 篇）、《聊斋志异的版本》（收 17 篇）、《聊斋志异中所表现的思想》（收 7 篇）、《聊斋志异的创作背景及其影响》（收 18 篇）、《聊斋志异的写作技巧》（收 9 篇）、《聊斋志异评介》（收 17 篇）、《聊斋志异的专著序目》（收 15 项）凡 8 册，其中大部分为中国大陆 20 世纪 20—40 年代及中国港台地区 50 年代—80 年代初出版的研究成果，也收有日本的研究成果，极有参考价值。关于国外的蒲松龄研究状况，已有前面所引前野直彬、辜美高、藤田佑贤、王金地等所著文字做了专门介绍，读者自可参见，另外还有王丽娜的《聊斋志异的民族语文版本》（《文学遗产》1981 年第一期）、《略谈聊斋志异的外文译本及民族语文译本》（《蒲松龄研究集刊》第二辑，齐鲁书社 1981 年版）、顾希春等《聊斋志异的外文译本序言选译》（《蒲松龄研究集刊》第三辑，齐鲁书社 1982 年版）等可以参见。更值得注意的是李士钊先生 20 世纪 80 年代末 90 年代初编有《蒲松龄著作在国外》一书，收 47 篇论文，50 余万字，是国外斯学研究的缩影。而日本学者藤田佑贤、八木章好合编的《聊斋研究文献要览》（东京东方书店 1985 年版），搜列各国各地区斯学研究文献索引较为丰富，参考价值极大。

三

纵观蒲松龄研究三百年的历史与现状，可知 20 世纪的斯学史是真正意义上的全面性的百年学术史。它作为一门国际性显学，大大促进了聊斋先生及其聊斋著作作为一种中国社会文化史、艺术文化史的现象在国内外广泛传播和被理解、被接受的过程，使斯学本身与斯学所研究的对象本身，共同构成了一种国际性的文化现象，因而斯学的研究，还有更广更深的领域有待拓展和开发。

20 世纪百年国际斯学史，总体来说，它有一个发源地，即蒲松龄故乡淄博淄川，此无须赘言；三大主要学术圈，一在中国大陆，二在中国台湾，三在日本。

在大陆较为集中者，一为山东，二为上海，三为北京。其中山东又有两大中心，一在淄博，二在济南。

在淄博者，自 20 世纪初及二三十年代，就有马立勋、刘阶平、路大荒、日人平井雅尾氏等以淄川蒲氏故乡为中心和集散地，对蒲氏作品广泛搜求研究，这些学者尤其是路大荒、刘阶平、平井雅尾等由此都成了斯学的扛鼎，后来又在相当长的时间里成为多个斯学圈中的核心人物，如路大荒在山东斯学圈中、刘阶平在台北斯学圈中、平井雅尾在东京斯学圈中，都是如此。20 世纪 80 年代以来，在淄博不仅召开过多次全国性、国际性较大规模的斯学讨论会，而且成立了蒲松龄纪念馆和蒲松龄研究所，创办了《蒲松龄研究》季刊，其继山东大学所编《蒲松龄研究集刊》后成为国内外斯学唯一的一份专门化学术期刊，成为联结国内外斯学阵容的一条重要纽带。

在济南者，不仅因山东系发现蒲氏大部分作品抄本、刻本的主要"藏宝之地"，而济南是山东省的省会，因而是一个主要的集散地，而且自 20

世纪 50 年代初在济南就成立过斯学最早的研究组织，在济南的学者们有许多人投入斯学，加之山东大学 1958 年由青岛迁至济南后，山东省在济南成立的蒲松龄著作整理编辑委员会开展了大量的工作，成员有冯沅君、路大荒、严薇青等著名学者，以山东大学、山东师范学院（今山东师范大学）为主的斯学研究形成了强大的阵容，先后有关德栋、袁世硕、殷孟伦、马瑞芳等先生和一大批中青年学者投入斯学研究，成果甚丰。山东大学《文史哲》也长期重视发表斯学成果。尤其是 1980 年山东大学成立蒲松龄研究室，编辑《蒲松龄研究集刊》由齐鲁书社出版，其后发起和参与主办全国性和国际性蒲松龄学术讨论会，使山大成了斯学的一大集散地。加之山东师大严薇青、朱其铠等先生《聊斋志异》新全注本的出版以及齐鲁书社多年来对蒲松龄研究成果的注重推出，从而大大强化了济南中心的阵容。

在上海者，自 20 世纪初，《聊斋全集》《聊斋志异拾遗》《聊斋志异》等多种版本和胡适等一大批学者的研究成果，就以上海的出版社、报刊社为主要发表阵地，其后这一学术研究及出版传统一直未变，五六十年代以来又有《聊斋志异》三会本等一大批新版本及大量斯学专著在此问世，徐恭时、雷群明等著述颇丰。

在北京者，自 30 年代就多有研究，中华书局、人民文学出版社等多家出版单位以及北京大学吴组缃、吴小如、马振方、周先慎等学者多倾注于斯学，也成为一个辐射国内外的斯学集散中心。

中国台湾斯学学术圈，中心在台北，主要是刘阶平等去台后形成的，刘阶平、张景樵、罗敬之、刘美华、董挽华等都著述颇丰。如前所述，天一出版社在 20 世纪 80 年代初做了集成性出版工作，影响颇大。以台湾大学为主的一些大学，所培养的不少研究生以蒲松龄研究为课题，可知其学术后劲。

至于日本，则是国外蒲松龄研究的主要中心。其大本营在东京，以庆应义塾大学及东京大学为主要集散地。在老一代学者中，以平井雅尾、马场春吉、柴田天马、前野直彬、藤田佑贤、增田涉等为代表，近又有户仓英美、八木章好、陈顺臣等成果颇丰。日本也多有研究生以斯学为论文课题，形势可喜。

其他国家如苏联、捷克、美国、德国等多有汉学家有不凡之作，也有博士生专攻斯学，兹不具陈。

要之，斯学阵容在国内外已成大阵规模，成果目不暇接。早已有学者呼吁成立一个斯学全国性组织，并发起成立一个国际性学术团体，以进一步强化联系、沟通、交流和发展，现在看来条件已经成熟。同时，斯学史自其滥觞已历三百余年，走向全盛期的 20 世纪的斯学研究，已经迎接到了 21 世纪的朝阳，下一步斯学如何发展，21 世纪斯学如何繁荣，这是摆在斯学界面前的亟须思考的课题。

（原刊于《山东社会科学》2002 年第 4 期。因当时该刊版面限制，内容有节略。这里是原稿文字）

20 世纪 80 年代以来蒲松龄研究的
八大热门话题

　　进入 20 世纪 70 年代末 80 年代初以来，蒲松龄研究有许多论题探讨比较集中，有至少八大热门话题。这些热门话题包括：（1）关于《聊斋志异》创作中有无民族思想问题；（2）《聊斋志异》原稿的编次问题及成书过程问题；（3）蒲松龄的民族成分问题及其家族渊源问题；（4）蒲松龄有无"第二夫人"问题；（5）聊斋俚曲尤其是《琴瑟乐》问题；（6）有关蒲氏半部手稿问题的论争；（7）蒲氏审美观念与创作心态问题；（8）《醒世姻缘传》是否为蒲作问题。

　　关于其民族思想问题，五四时期就曾有人提出，以索隐法认"狐者胡也"，说蒲氏作品有民族思想，20 世纪 50 年代又有一些争论，如林明均《聊斋志异所表现的民族思想》（《四川大学学报》1955 年第 2 期）、蓝翎《聊斋志异的民族思想在哪里》（《光明日报》1956 年 2 月 5 日）、邓潭洲《关于聊斋志异的民族思想问题》（《学术论坛》1958 年第 4 期）、章沛《聊斋志异个别作品中的民族思想》（《文学遗产》1958 年增刊第六辑）等，其间还有张友鹤《聊斋志异选·后记》、杨柳《聊斋志异研究》、阿英《晚清小说史》等的相关论述，总起来看观点无非三种：有、无、仅个别作品有而非主流。其后几乎偃旗息鼓。进入 20 世纪 80 年代后，这一问题忽然又热闹起来，一方面有朱大成《从聊斋志异看蒲松龄的民族意识》（《沈阳师院学报》1980 年第 1 期）、冯金起《聊斋志异有反清思想吗》（《泰安师专学报》1980 年第 2 期）、晋陀《聊斋志异的民族思想》（《蒲松龄研究集刊》1981 年第二辑，齐鲁书社 1981 年版）、徐定宝《试论聊斋志异的民族思想》（《宁波师专学报》1981 年第 2 期）等形成声势；另一方面，在首届全国性蒲松龄学术讨论会上提出讨论，其后又有《民族斗争的实践孕育了蒲松龄的民族思想》（《辽宁大学学报》1982 年第 4 期）、诚夫《关于蒲松龄民族思想的分析》（《社会科学辑刊》1983 年第 3 期）等参与探讨。其实，这一问题并不复杂。蒲氏生于明末，记事年龄时明亡、清立，当时战乱频仍，中原人民谁也不会甘愿接受清朝统治，他青少年时代受到社会现实和前辈人的影响，有反清思想和情绪，是必然的，他的《聊斋志异》始作于二十多岁，也就必然有所反映；但后来，清朝统治已日益巩固，天下趋于安定，他一直趋于功名，虽屡试不第，仍痴心不改，并一直做着作为高级官员向皇帝进谏的"拟表"（共计 79 份），只是一直梦不成真，所以其《聊斋志异》中只能是某些篇章中有所反映而已。

关于《聊斋志异》原稿的编次和成书过程问题，是 20 世纪 80 年代以来研究争鸣的较新问题。这一问题最早是张友鹤 20 世纪 60 年代初在《聊斋志异》三会本后记中提出的，说蒲氏原定卷数是 12 卷，而 70 年代末，1978 年三会本由上海古籍出版社新版，附章培恒新序，则提出 8 卷说，否定了 12 卷说。进入 80 年代，仅 1980 年一年，就至少有五篇文章发表：一是李士钊译［捷］雅·洛斯拉夫·普实克遗作《蒲松龄聊斋志异最初定稿时间的探讨》（《东岳论丛》1980 年第 3 期）；二是郑云波《聊斋志异成书年代质疑》（《徐州师院学报》1980 年第 2 期）；三是赵克《谈聊斋志异的写作与成书》（《北方论丛》1980 年第 5 期）；四是章培恒《聊斋志异写作年代考》（《蒲松龄研究集刊》1980 年第一辑，齐鲁书社 1980 年版），继"三会本"新序，进一步分析推论了原稿八卷（八册）的成书年代；五是任笃行《一函不同寻常的聊斋志异旧抄》

（《蒲松龄研究集刊》1980 年第一辑）也赞成八卷说。其中以章文反响最大，引起商榷与论争，如王枝忠《聊斋志异是按写作先后编次的吗？——与章培恒同志商榷》（《宁夏大学学报》1984 年第 2 期）、冯伟民《关于聊斋志异写作过程的两个问题——兼与章培恒同志商榷》（《蒲松龄集刊》1984 年第四辑，齐鲁书社 1984 年版）等，任笃行则又发表《聊斋志异原稿编次初探》（《蒲松龄集刊》1982 年第二辑，齐鲁书社 1982 年版），做了进一步分析论证。然而进入 80 年代末 90 年代初，人民文学版《聊斋志异》全本新注本（1989）、岳麓书社白话本（1990）、上海古籍版白话全本（1992）、漓江出版社版评赏大成本（1992）以及武汉出版社版全本评赏本（1994）等，其编次却一如张友鹤三会本，为此，任笃行又发表《浅谈聊斋志异的编次》（《蒲松龄研究》1995 年总第 18 期），肯定八卷说，并做了具体细致的编次分析。而王庆云《蒲松龄聊斋志异六次成书过程蠡测》（《青岛海洋大学学报》1995 年第 4 期），则就《聊斋志异》六次成书时间做了推考，认为第一次成书是在康熙三年至八年（1664—1669）其 25 岁至 30 岁时；第二次成书是在康熙十八年（1679），蒲氏 40 岁时；第三次在康熙二十一年（1682），其 43 岁时；第四次在康熙二十八年（1689），其 50 岁时；第五次在康熙三十八年（1699），其 60 岁左右时；第六次在康熙四十七年（1708），其 69 岁左右时。

关于蒲松龄的民族成分及其家庭渊源问题，汪玢玲《七十年来的蒲松龄研究》（《蒲松龄研究》1994 年总第 13 期）有所介绍，但不够准确和全面，这里略作补说。汪文认为，"本来按照蒲松龄自撰的《族谱序》，自认为汉族，般阳（山东淄川）土著，从无异议，可是自 80 年代开始，除汉族说外，又有回族说、女真族说、蒙古族说，共四种说法"。实际上，蒲氏民族成分问题，并不是 20 世纪 80 年代才提出来的。仅据笔者手边资料来看，20 世纪 50 年代路大荒在《前哨》1957 年 1 月号上发表的《蒲松龄》一文（后又收入 1980 年齐鲁版《蒲松龄年谱》）就指出过："我访问过很多姓蒲的人，都有他们是蒙古族的传说。"而 1959 年罗香林《聊斋志异作者蒲松龄之家世》（《蒲寿庚研究》，香港中国学社），则认为蒲松龄的祖先是一位 13 世纪来中国福建一带发了大财的阿拉伯人蒲寿庚的后裔。秋欣《蒙古族文学家蒲松龄和聊斋志异》（《呼和浩特文艺》1978 年第 5 期）发表，认为蒲氏系蒙古族后裔。进入 80 年代，宗春启有《蒲松龄是哪族人》（《北京晚报》1980 年 11 月 30 日）、白崇人有《蒲松龄应是回族人》（《北京晚报》1980 年 12 月 20 日）、今朔有《蒲松龄不像回族人》（《北京晚报》1981 年 1 月 14 日）等，在《北京晚报》上形成热点。1981 年 3 月 19 日《人民日报》发表评论员文章《爱国主义是建设社会主义的巨大精神》，注明蒲松龄是少数民族成分，盖基于此。为此，蒲松龄纪念馆撰文《蒲松龄不是少数民族》（《光明日报》1981 年 7 月 16 日），重申依蒲氏族谱认定汉族之说。此文发表后，并非如汪文所说"如此关于蒲的民族成分问题的讨论告一段落，学术界多从蒲氏自述，归其汉族本源说"。事实是，此后不久，国家民委政策研究室即在 1981 年 8 月 14 日《人民日报》上发表《关于蒲松龄民族成分的四种说法》一文，认为汉族、回族、女真族、蒙古族四种说法"各有自己的根据和道理"，但"总的来说蒲松龄是少数民族是比较有道理和根据的"，"这当然不能成为定说"，可以再行研究讨论。与此同时和以后，又有伯颜《蒲松龄先世为回回说》（《中央民院学报》1981 年第 2 期）和白崇人《蒲松龄为回族后裔考略》（《青海民院学报》1981 年第 4 期），苏兴《蒲松龄的远祖约是女真族》（《蒲松龄研究集刊》1982 年第三辑，齐鲁书社 1982 年版）及张志忠、李障天《蒲松龄民族成分初探》（《淄流》1982 年第 4 期）等发表，讨论仍在继续。国外的观点，从 1980 年《蒲松龄研究集刊》第一辑所收日人前野直彬《聊斋志异研究在日本》的介绍看，他们"推定是色目人"；从 1994 年第四期《蒲松龄研究》发表的美国张春树《蒲松龄聊斋志异的思想境界》（英文原文发表于香港中文大学《中国文化研究所学报》第六卷第二期，1973）一文，云："很久以来，学者们曾经推测蒲松龄的祖先不是中国血统，他可能是蒲寿庚——一位曾经服务于宋元两代，并在 13 世纪积累了一笔惊人财富的著名阿拉伯人的后裔，也可能是土耳其或蒙古人的子孙。"1995 年《蒲松龄研究》专号上发表有王启元《蒲松龄及〈聊斋志异〉在国外》一文，也谓"据说蒲家的祖先是元代随蒙古来到中原地区的阿拉伯人，曾任元代般阳路总管"云云，可见蒲氏汉族说并未被学界认可，反而认其为少数民族尤其是回族者相当普遍，并非如汪文所说仅为"异说"，"在研究中逐渐销声匿迹"。至于何以蒲松龄所纂族谱又自认汉族，笔者已另有专文考述（《蒲松龄民族成分研究补注》），兹限于篇幅，姑不详陈。

关于蒲松龄有无"第二夫人"问题，是 20 世纪 80 年代后蒲松龄研究的新话题。论争肇始于 1980 年田泽长发表在《蒲松龄研究集刊》第一辑上的《蒲松龄和陈淑卿》一文，该文根据蒲松龄所作《陈淑卿小像题词》，推定蒲氏曾纳过妾，其妾即陈淑卿，还生过孩子，后陈淑卿早逝。对这一蒲松龄生平研究的"新闻"，人们自然关注广泛，但毕竟在无任何史料旁证的情况下，对陈淑卿的身份仅据《陈淑卿小像题词》可以有不同的理解，因而田文的推论也就难以得到公认，不仅如此，而且招致较多的质疑，著文讨论者有王枝忠《对"蒲松龄和陈淑卿"的几点商榷》（《宁夏大学学报》1981 年第 3 期）、邹宗良《对"蒲松龄和陈淑卿"一文的几点质疑》（《蒲松龄研究集刊》第三辑，齐鲁书社 1982 年版）、蒲泽《关于蒲松龄的第二位夫人》（《沈阳师范学院学报》1983 年第 3 期）等。自此不再见坚持派争辩，也未见反对派再行驳难，似乎真的"销声匿迹"了。但平心而论，蒲松龄"少负异才"，取字"留仙"，青年时就写过一些艳曲，尔后常年离家设馆，还曾游幕江南，至老返家前所过家庭生活很少，而他的诗文、俚曲、《聊斋志异》涉情涉恋关目极多，设想他另有一番爱情经历，也在情理之中。

关于聊斋俚曲尤其是《琴瑟乐》问题，是 20 世纪 70 年代末 80 年代初以来蒲松龄研究的又一热门课题。在此之前，学界对聊斋俚曲重视不够，新时期以来，以关德栋《关于聊斋俚曲》（《山东大学文科论文集刊》1979 年第二集）开其端，1980 年就有马瑞芳《蒲松龄俚曲的思想成就和语言特色》（《蒲松龄研究集刊》第一辑）、曹正义《聊斋俚曲语词正释》（同上）、纪根垠《妙笔生花，神韵益然——谈蒲松龄俚曲》（《大众日报》1980 年 10 月 6 日）等多篇发表，1981 年更多，如汪玢玲《论聊斋俚曲》（《东北师大学报》第 2 期）、薛祥生《试论聊斋俚曲的思想和艺术》（《山东师院学报》第 1 期）、严薇青《聊斋俚曲中的山东方言词语和歇后语》（《蒲松龄研究集刊》第二辑，齐鲁书社 1982 年版）、牟仁钧《聊斋俚曲音乐浅谈》（同上）以及纪根垠《蒲松龄著作与地方戏曲》（同上）等，对聊斋俚曲进行了多方面的较为深入的探讨和品评。1982 年，仍有孔宪易、高明阁等的论文发表（分别见《青海师专学报》第 1 期、《蒲松龄研究集刊》第三辑等），1984 年也不少，如宋金龙、于天池的文章（分别见《内蒙古大学学报》第 1 期、《北京师范大学学报》第 3 期），藤田佑贤的原作的汉译（见《蒲松龄研究集刊》第四辑）等。此后几年，也几乎每年都有一些研究发表。尤其是至 20 世纪 80 年代中期，盛伟《聊斋佚文辑注》（齐鲁书社 1986 年版）初次公开发表了蒲松龄《琴瑟乐》的国内藏抄本（盛氏称之洁本），引起了学界广泛注意，至 1989 年，《蒲松龄研究》第 1 期又发表了日本藤田佑贤所送庆应大学藏《琴瑟乐》的复印本，从而引起学界更广泛的重视，形成一种聊斋俚曲研究热。

关于蒲松龄的"半部手稿"的追寻与考辨问题，即东北解放之初蒲松龄后裔蒲文珊献给人民政府半部《聊斋志异》手稿及《聊斋杂记》这一事情的经过和详情如何，众说纷纭。1980 年 8 月 20 日《南宁晚报》又一次将此问题提出，《文汇报》摘录，中国人民大学复印报刊资料转载，立时成为热门话题。1982 年，孙仁奎《聊斋志异原稿在辽宁流传始末》(《蒲松龄研究集刊》第三辑)又引起关注。1984 年、1988 年,持肯定"半部手稿""捐献说"的康尔平连发三文:《蒲松龄辑录"聊斋杂记"考》(《图书馆学刊》1984 年第 4 期)、《谈辽宁图书馆藏两部手稿》(《山东图书馆季刊》1988 年第 2 期)、《蒲文珊与〈聊斋志异〉半部手稿》(《图书馆学刊》1988 年第 2 期)。而持相反意见者以郭福生 1991年发表的《关于〈聊斋志异〉手稿发现与保存者情况的调查记略》(《蒲松龄研究》第五期)为代表,指出此事为"以讹传讹","从未发现有下半部的说法",说"四册手稿不是捐献的",而是被政府有关人员搜出来的,经过党的政策的感召和细心工作,"蒲文珊又主动交出私藏《聊斋杂记》原手稿一部",并提出了"究竟谁是《聊斋志异》手稿保存者"的问题。对此,蒲文珊之女蒲延章又撰文《求实务实唯实,恢复历史面貌》(《蒲松龄研究》1994 年第 2 期)对郭文予以驳斥。这一论争一度引起人们的热烈兴趣,可以看作蒲松龄研究中的一个不小的插曲。

关于蒲氏审美观念与创作心态问题,是 20 世纪 80 年代以来文艺美学、文艺创作心理学包括作家心理学运用于蒲松龄研究而出现的新课题,对此,从作家作品中所得"实证"较少,因而多属推论,于是仁者见仁,智者见智,虽不见针锋论争,但研究者兴趣盎然,颇为热闹,对认知和理解蒲氏其人及其作品,颇为有助。学界的探讨主要围绕以下几个方面。一是从《聊斋志异》的内容描写和形象塑造看其审美观念及创作心态;二是从聊斋诗词、俚曲的内容和艺术手段看其审美观念和创作心态;三是探讨蒲氏屡试不第的原因以看其创作心态;四是从《聊斋志异》的成书过程看其审美观念和创作心态。所有这些,不仅从已出的蒲松龄传记、创作论专著中多有论及,如马瑞芳的《蒲松龄评传》《聊斋志异创作论》,李厚基《人鬼狐妖的艺术世界》,王枝忠的《蒲松龄论集》,马振方、雷群明等的《聊斋艺术论》《聊斋艺术通论》等,而且更多的是一些单篇论文,涉及面极广,有的冲破禁区,勇于发表新见,有的提出问题相当尖锐,如王枝忠《蒲松龄笔下的双美图》(《蒲松龄研究专号》1995 年总第 18 期）、盛伟等《谈聊斋艳情俚曲琴瑟乐的写作》（《蒲松龄研究》1994 年总第 14 期）等，多见于《蒲松龄研究集刊》和《蒲松龄研究》。

关于《醒世姻缘传》是否为蒲松龄所作的问题的考辨以及对其思想艺术的品评，进入 20 世纪 80 年代以后，也形成了不大不小的高潮。先是金性尧《醒世姻缘传作者非蒲松龄说》于 1980 年在《中华文史论丛》第 4 期上发表，加上齐鲁书社、上海古籍出版社、中州书社相继重新出版《醒世姻缘传》，更加引发了大家研究的热情。关于作者问题，出现了坚持蒲松龄作说、否定蒲作说、河南人作说、贾凫西作说、丁耀亢作说等；思想艺术方面的研究品评也大量涌现。肯定蒲作说者，这一时期有徐北文为齐鲁书社版《醒世姻缘传》所写的《简论》、李永祥《蒲松龄与醒世姻缘传——兼与金性尧同志商榷》（《中华文史论丛》1984 年第 4 期）等；持河南人作说者有童万周为中州书社版《醒世姻缘传》所写的《后记》，只是推测；持贾凫西所作说者有徐复岭于 1990 年《济宁师专学报》第 3 期所发表的三篇考文：一考《醒世姻缘传》成书于顺治初，二考其为徐州府人所作，三考作者为贾凫西；持丁耀亢所作说者有田璞《醒世姻缘传作者新探》（《河南大学学报》1985 年第 5 期）、张清吉《醒世姻缘传作者是丁耀亢》（《徐州师院学报》1989 年第 3 期）等。除了这些之外，还有一些持否定蒲作说者尚未考出谁是作者，如曹大为《醒世姻缘传的版本流传和成书年代》（《文史》1984 年第 23 辑）推论《醒世姻缘传》成书于明崇祯十七年之前，崇祯十七年间又做了修改或誊清，蒲松龄时年 5 岁；徐朔方《论醒世姻缘传以及它和金瓶梅的关系》（《社会科学战线》1986 年第 2 期）认为不是作于明末，而是作于清初，但非蒲松龄所作；而后曹大为又发表《醒世姻缘传作于明末辨》（《北京师范大学学报》1988 年第 4 期），对徐朔方文进行了驳难。至于论其思想艺术、方言语词等其他方面者，文章也出现了很多，因大同小异，论争不多，不一一尽述。叶桂桐先生有《醒世姻缘传研究述评》（《蒲松龄研究》1994 年第 1 期），评述详尽，可参看。

除了上面这八个热点问题之外，还有如蒲氏何以屡试不第等问题，也讨论者不少，值得关注。

（原题《新时期以来蒲松龄研究的几大热门话题》，《蒲松龄研究》1998 年第 4 期）

海外汉学·汉文学史论

新罗人崔致远羁泊山东半岛诗文创作考

867年，崔致远12岁时从新罗浮海入唐，19岁在唐科举入仕，为"宾贡进士"，后任溧水县尉，5年后转投淮南，入淮南节度使高骈幕，辄擢升都统巡官，后被唐朝皇帝授以"侍御史内供奉、赐紫金鱼袋"，884年29岁时表请归国，唐僖宗许其以"送诏书使、国信使"奉归，秋八月离开扬州，"奉使东泛"①，开始了他转赴山东半岛，再由山东半岛渡海东归的旅程。然而令我们难以想象的是，尽管他深感"既传国信兼家信，不独家荣国亦荣"② 之荣，归乡心切，却不得不在山东半岛沿海"候风海浦，淹滞经冬"③，羁泊时间长达一冬一春，最初羁泊候风于大珠山海口（今青岛胶南市），继而羁泊候风于乳山海口（今威海乳山市），转而羁泊候风于崂山港口（今青岛即墨市），直到次年（885）春天才从崂山港口起航出海，回到新罗。其东归羁泊大珠山、乳山、崂山候风期间共创作诗文21篇，其中在大珠山创作10篇，乳山1篇，崂山10篇，全部见存于其《桂苑笔耕集》20卷，其中18首诗作几占《桂苑笔耕集》全部诗作60首的1/3，成为其传世之作的重要部分。

---

① 崔致远：《大珠山诗十首序》，《桂苑笔耕集》卷二十，《四部丛刊初集》，商务印书馆1919年版。

② 崔致远：《行次山阳续蒙太尉寄赐衣段令充归续寿信物谨以诗谢》，《桂苑笔耕集》卷二十，《四部丛刊初集》，商务印书馆1919年版。

③ 语见崔国述编《孤云集》卷首附《事迹》。

对崔致远这位在中韩文学史、中韩关系史上具有重要地位①的新罗人的诗文创作成就及其价值和影响，学界自 20 世纪 90 年代初中韩建交以来开展了大量研究，包括对他的《桂苑笔耕集》20 卷之外遗诗遗文的辑录，在唐经历与为官、创作的考订，文学思想与创作成就的分析，对唐、罗关系及对今天中韩关系影响的价值评价等，成为唐代文学遗产研究中的一个热点话题，并引起了崔致远当年为官的江苏溧水、扬州等地方政府和社会各界、韩国崔致远后裔族人的重视。② 但学界已有的研究，却对崔致远东归途中尤其是在山东半岛（主要在今青岛地区）羁泊候风一冬一春直至起航回到新罗之前的诗文创作及其历史足迹，没有给予足够的重视。而崔致远在这一东归时期的诗文创作，恰恰是崔致远整个人生经历重大转折时期的重要诗文创作。

一 第一次羁泊候风：大珠山

崔致远是在唐中和四年（884）秋八月以"淮南入新罗兼送诏书、国信等使"的身份"出使"新罗，与以"新罗国入淮海使录事"身份迎接其东归的堂弟崔栖远，以及"新罗国入淮南使、兼检校仓部员外郎、守翰林郎、赐绯鱼袋金仁圭"等一行人，离开扬州，为从山东半岛港口浮海归国，而在山东半岛"候风海浦，淹滞经冬"的。时唐朝通新罗的出海港口是山东半岛沿海各港。崔致远一行"冬十月"③进入山东半岛沿海，首先

---

① 《新唐书·艺文志四》著录有崔致远《四六文》1 卷、《桂苑笔耕集》20 卷；《桂苑笔耕集》今有《四部丛刊》影印本，是中国文学史上仅有的一部流传至今的海外作家诗文集。

② 2000 年溧水县政府和韩国崔氏宗亲会在溧水县共同塑立崔致远铜像一座。2003 年扬州大学成立崔致远研究中心。从 2001 年开始，韩国崔氏后人以庆州崔氏中心会为组织，每年到扬州、溧水祭祖。（《韩国崔氏后人来扬祭祖》，新华网、人民网江苏南京 10 月 17 日电）扬州崔致远纪念馆已于 2006 年 10 月开工建馆。（《"韩国文化之父"崔致远纪念馆扬州开建》，中新网 2006 年 10 月 16 日）

③ 崔致远：《大珠山诗十首序》。

羁泊候风于大珠山海口（今青岛胶南市），自此开始了羁旅候风的生活。

目前学术界对崔致远抵达山东半岛羁泊候风期间的行迹与创作，已有研究或大而化之，或不够准确、具体，乃至有不少不实、错讹之说。如《崔致远在中国行迹考》只统而归之"乳山候风"之际作有诗文，说"归国时，自扬州乘船，沿大运河北行，经过淮安入海，暂泊东海（今连云港），到达山东乳山口。他在乳山度过春节，留下十篇诗文"，而对崔致远羁泊大珠山、巉山都未予考察。甚至有的虽论称《追随崔致远在中国唐代的历史遗迹》，竟对崔致远从扬州动身之后抵达山东半岛在多处港口羁泊候风，直至起航东归期间的创作行迹完全忽略。

按大珠山今属青岛市胶南境内，当时属于密州诸城县管界。在839年至847年之间，即距崔致远东归三四十年之前，日本僧人圆仁入唐求法期间，曾在山东半岛多次旅居，所著《入唐求法巡礼行记》，对大珠山港口相关情况有所记述。大珠山是一个重要海口，这一带当时就居住有不少新罗侨民。开成四年（839）四月一日，圆仁在海州一带海上，就曾听到所搭乘船上的新罗水手说："自此北行一日，于密州管东岸有大珠山。今得南风，更到彼山修理船，即从彼山渡海，甚可平善。"① 可见大珠山海口是一个重要的国际性出海口，可以从这里出海渡日本，"甚可平善"，而且这里设有修船场，可知这里船只过往、集散较多。

崔致远在大珠山，共作七律诗达10首之多。这10首诗是《石峰》《潮浪》《沙汀》《野烧》《杜鹃》《海鸥》《山顶危石》《石山矮松》《红叶树》《石山流泉》。这10首诗集中写景寄情，写的都是大珠山的海景山色，奇松怪石，说明他在大珠山山上、海边观光过不少地方。这10首诗中的大部分，迄今多被视为写景咏物名篇，如《石峰》《潮浪》《杜鹃》《海鸥》《红叶树》等，多被编入各种古代诗文选本。②

---

① ［日］圆仁：《入唐求法巡礼行记》卷一"开成四年四月一日"条，顾承甫、何泉达点校，上海古籍出版社1986年版。

② 除《全唐诗补》等集成之书外，近年即有张德秀《朝鲜民族古代汉文诗选注》（辽宁民族出版社2002年版）、周锡卿《唐诗书画新编·山河壮丽》（团结出版社2006年版）等多种。

崔致远在大珠山并创作这 10 首诗的具体时间，是在中和四年（884）
十月到十一月之初，大约一个月之内。他在将自己作于大珠山的 10 首诗编
为一个小集"寄高员外"（高骈）时写有小序，说自己于"中和甲辰冬十
月，奉使东泛，泊舟于大珠山下。凡所入目，命为篇名，啸月吟风，贮成
十首，寄高员外"①。这显然是他对在大珠山羁泊候风期间所做的一个小
结，之后就是起航泛海继续东渡了。

二 第二次羁泊候风：乳山

崔致远一行于大珠山羁泊旅住大约一个月之后，从大珠山海口起航，
开始向东航行。却不曾想当航行到乳山海域的时候，又不得不在乳山海口
"乳山浦"靠港，再次羁泊候风。

崔致远是何时到达乳山的？他靠泊乳山后就写给高骈《上太尉别纸五
首》之四，把不得开航、不得不又在乳山羁泊候风的情况报告给高骈：

> 某舟船行李，知到乳山。旬日候风，已及冬节。海师进难，恳请
> 驻留。某方忝荣身，惟忧辱命。乘风破浪，既输宗悫之言；长楫短
> 篙，实涉惠施之说。虽仰资恩煦，不惮险艰，然正值惊波，难逾巨
> 壑。今则已依曲浦，暂下飞庐，结茅茨以庇身，糁藜藿而充腹。候过
> 残腊，决撰行期。若及春日载阳，必无终风且暴，便当直帆，得遂荣
> 归。谨具别状咨申，伏惟云云。②

"冬节"即冬至，可知崔致远一行离开大珠山、抵达乳山的具体时间，
大体是在中和四年（884）十一月"已及冬节"即冬至这天，或冬至前一
两天。

---

① 崔致远：《大珠山诗十首序》。
② 崔致远：《桂苑笔耕集》卷二十，《四部丛刊初集》，商务印书馆 1919 年版。

崔致远在乳山住了不长时间，就离开了乳山，却不是拔锚东航，而是又顺着来路回航了一段海路，到了今青岛地区的崂山海口羁泊候风。其原因不得而知。上述其《上太尉别纸五首》之四，说他在乳山"结茅茨以庇身，糁藜藿而充饥"，或即因乳山条件艰苦，因而不得不转泊他处。① 但崔致远行文善于用典，我们很难按字面意思坐实理解，或即只是他当时归心似箭、食不甘味的心境和感受的表露，亦未可知。

至于崔致远何时离开乳山转到崂山的，现在尚不能具体搞清。但他的《上太尉别纸五首》之五，似可告诉我们大体的时间：

> 某启：自叨指使，惟欲奋飞，必期不让秋鹰，便能截海；岂料翻成跛鳖，尚类曳泥。虽慎三思而行，且乖一举之隽，既劳淹久，合具启陈。某尝读《国语》，见海鸟爰居，止于鲁东门之外。展禽曰："今兹海有灾乎？夫广川之鸟兽，常知而避其灾。"是岁也，海多大风，冬暖。伏见今年自十月之交，至于周正月②，略无冷发，倍觉温燠，必恐鲁修滥祠，齮改成诗。静思汉祖之兴歌，大风可惧；遥想田横之窜迹，绝岛难依。遂于登州，近浦止泊，笼鹄无失，藩羊自安。惟愿时然后行，必当利有攸往，泛艎艘而不滞，指渤澥而非遥。冀申专对之能，早遂再来之望。伏惟云云。

这里，崔致远是要禀报给高骈：自己尽管归心似箭，恨不能插翅飞回

---

① 韦旭升《崔致远居唐宦途时期足迹考述》（《延边大学学报》1998 年第 4 期）："可见他在乳山等候天气转变时，生活条件十分艰苦。从他《上太尉别纸》之五看来，他滞留乳山若干时日以后，又因'海多大风'不利于航海，而掉转船头向来路返回，往西南方约 75 公里的柴山进发。""他在乳山一时难以等到好天气，生活条件太苦，就回过头来到了才山（按：应为'崂山'）。"可参考。

② 《史记·历书》云："夏正以正月，殷正以十二月，周正以十一月。"即夏正以正月为岁首，殷正以十二月为岁首，周正以十一月为岁首。赵伯雄《〈春秋〉记事书时考》（《文史》2006年第 3 期）指出，《春秋》采用周正，以夏历之十一月为岁首，而且将十一月改称"正月"。后多用夏历。至汉武帝太初元年（公元前 104 年）颁太初历，基本格局为夏历，以正月为岁首，后一直沿用至今，只有王莽新朝和魏明帝时一度改用殷正，武则天和唐肃宗时一度改用周正，但都为时短暂。崔致远所在年代并没有实行周历，即没有改用周正，所以这里只是崔致远的用古用典，用以指"十一月"。"冬至"仍然是在十一月。

新罗，却一直不能起航成行，不断在近海港口停泊羁住以候风，实在没有办法，"既劳淹久，合具启陈"，已经羁泊候风很长时间了，应该把情况报告给您了。

但值得注意的是，尽管"既劳淹久"了，时间却还是在"周正月"，即十一月。崔致远始住乳山是在十一月的冬至，写此"别纸"时尚未出十一月，或刚至腊月初。

这是崔致远《上太尉别纸五首》的最后一首。这一首是在乳山口写的，还是到巉山后写的，崔致远没有明说，我们只能推定。笔者推定是转到巉山后写的，理由是这一首"别纸"明文写道"静思汉祖之兴歌，大风可惧；遥想田横之窜迹，绝岛难依"。则巉山与田横岛紧紧相邻，巉山就在现在的"田横岛镇"，崔致远来到巉山之后得知自己即驻泊在当年田横故事所在地，因而在这首"别纸"中引为一典。

三　最后的羁泊候风港与出海港：巉山

如前文所及，说崔致远"归国时，自扬州乘船，沿大运河北行，经过淮安入海，暂泊东海（今连云港），到达山东乳山口。他在乳山度过春节，留下十篇诗文"（《崔致远在中国行迹考》），是未加详考所导致的误识。其实崔致远"度过春节"并在春节期间所作诗文的地点，是在巉山海口。有的研究注意到了大珠山、乳山，却对巉山港口这一既是羁泊候风之地，又是最后的起航东归之港仍不无忽视，即使韩国崔致远后人研究崔致远行迹，对此也不无疏忽。[①] 有的虽已对巉山有所关注，但论中多将"巉山"写作"才山"[②]，导致不仅外地人，即使巉山当地人也不知何处。

---

① 　如［韩］崔在旭《始祖孤云崔致远先生바로보기》，http：//hamyang. org/choi1. htm 125K 2006－1－8。

② 　韦旭升：《崔致远居唐宦途时期足迹考述》，《延边大学学报》1998 年第 4 期。

崂山，今属青岛市辖域，现仍名崂山。此处唐时同样是一个重要港口。这是崔致远在山东半岛羁泊候风时间最长的一个港口，也是他最后拔锚开航东归新罗的始发港口。

有学者将崂山说成"才山"，并与溧水的一处"才山"（现写作"柴山"）相区别，谓其"是指山东半岛崂山湾北岸的才山"①，未知何据。有学者则认为崂山距离乳山口不远，应是指小昆嵛山②，也有学者认为崂山指大珠山，理由是崔致远停靠在大珠山海口时写有《石峰》一诗，首有"崂岩绝顶欲摩天"之句，这些说法都是错的。

崂山位于青岛鳌山北邻、田横岛西南，平地突起，海拔200多米，山势陡峭，崂岩参差，奇峰怪石，三面临海，扼鳌山湾口，俯崂山湾与女岛湾。崂山有三个山头，崂山向南延伸入海的山头部分称"崂山头"，介于崂山湾和女岛湾之间。唐时崂山上即有神庙，崔致远在此泊住期间，曾以自己和金仁圭的名义写有《祭崂山神文》，祭祀崂山神灵以求保佑其早日得便风安全荣归新罗，"托大王之风，早归君子之国，俾传帝命"。现在崂山海神庙仍有，为一旅游景点。有旅游单位以"抵达崂山脚下，登顶远眺，拜祭海神"招徕游人。

崔致远在崂山候风泊住期间，所作诗文除《祭崂山神文》之外，还有《和友人除夜见寄》《东风》《海边春望》《春晓闲望》《海边闲步》《和金员外赠崂山清上人》《将归海东崂山春望》《题海门兰若柳》，再加前考《上太尉别纸五首》之五（均见于《桂苑笔耕集》卷二十），则崔致远在崂山所作诗凡8首，文2篇，共10首（篇）。

有论者说："崔在大珠山所写十首七律以后，在海边候归时还写了《和友人除夜见寄》《东风》《海边春望》《春晓闲望》《海边闲步》等诗以及上述写于才山（引者按：应为'崂山'，下引同）的两首《将归海东才

① 韦旭升：《崔致远居唐宦途时期足迹考述》，《延边大学学报》1998年第4期。
② 祁庆富：《崔致远在中国行迹考》，《烟台大学学报》2002年第3期。

山春望》《和金员外赠才山清上人》。"① 即未知这 5 首诗题中没有"巉山"二字的诗作具体写于何处。这是未加考证,未知《祭巉山神文》是大年初一用之于祭祀巉山神的缘故。

从崔致远和金仁圭的《祭巉山神文》我们可知,崔致远等是在巉山度过除夕春节的。《祭巉山神文》说:"去岁初冬,及东牟东属","一昨虽迎端月,忧惧俊风"。很显然,这是新年春节的大年初一。中和五年即光启元年(885)的正月初一这一天,是公元 885 年 1 月 20 日。这一天,在长安宫廷,唐僖宗皇帝在忙着改元;在唐朝的东海之门巉山,新罗人崔致远、金仁圭一行在祭祀巉山神,求好风早归故乡。

既然崔致远一行是在巉山度过除夕春节的,那么崔致远的《和友人除夜见寄》,也是写于巉山除夕或正月初一、初二春节期间。在新年除夕寄诗给崔致远的这位"友人",不知是否是当地的一位官员、文人,抑或当地的一位新罗老乡,现在已经很难考察明确。诗曰:

> 与君相见且歌吟,莫恨流年挫壮心。
> 幸得东风已迎路,好花时节到鸡林。

从诗中看,"与君相见且歌吟",说明已是很熟、很好、很融洽的朋友,而且能够"歌吟",同样也是位年轻人。从诗中看,崔致远的心情是很好的,他似乎打算的就是春节过后,在春天的"好花时节"再拔锚开航、东归故乡的。

《和金员外赠巉山清上人》云:

> 海畔云庵倚碧螺,远离尘土称僧家。
> 劝君休问芭蕉喻,看取春风撼浪花。

这已经是春景春色了。其《东风》《海边春望》《春晓闲望》《海

---

① 韦旭升:《崔致远居唐宦途时期足迹考述》,《延边大学学报》1998 年第 4 期。

边闲步》《将归海东巇山春望》，也都是在巇山候风羁住的这个春天写的。

崔致远所"和"之"金员外"，即"新罗国入淮南使、兼检校仓部员外郎、守翰林郎、赐绯鱼袋金仁圭"。这说明这位与崔致远一同东归新罗、一同在此羁住候风的金仁圭，曾有写给巇山清上人的《赠巇山清上人》一诗。

崔致远等一行在此泊住期间与当地人士所打的交道，所知线索除了崔致远的那位"友人"，就是这位金仁圭作诗相赠的"巇山清上人"。这位"巇山清上人"是谁现似已无法考知，但联系崔致远此时写下的其他作品来看，似应为巇山海口"海畔云庵"即"海门兰若"的住持"僧家"。崔致远临行之前的最后一首诗是《题海门兰若柳》，诗云：

> 广陵城畔别蛾眉，岂料相逢在海涯。
> 只恐观音菩萨惜，临行不敢折纤枝。

在拔锚起航"将归"之时，崔致远又登了一次巇山。《将归海东巇山春望》云：

> 目极烟波浩渺间，晓乌飞处认乡关。
> 旅愁从此休凋鬓，行色偏能助破颜。
> 浪蹙沙头花扑岸，云妆石顶叶笼山，
> 寄言来往鸥夷子，谁把千金解买闲。

如前所述，从崔致远的《和友人除夜见寄》可知，崔致远在巇山并没有打算春节之后即行起航，而是打算"好花时节到鸡林"，即春暖花开再走，所以他在巇山一带长住了整整一个腊月又一个春季。

四　小结

被唐朝僖宗皇帝赐紫金鱼袋，在唐与许多著名文人结谊，有《桂苑笔耕集》二十卷等大量诗文行世，当时就是著名学者诗人，归国后被新罗国王封为"文昌侯"，被后世韩国学术界尊奉为"韩国汉文学的开山鼻祖""东国文学之祖""新罗文化圣人""东国儒宗"的崔致远，于唐僖宗中和四年（884）秋八月以"淮南入本国兼送诏书等使"归国，从扬州起程后，自当年冬十月至次年春天，一直羁泊旅居在山东半岛南岸的主要港湾候风，经历了一冬一春，大约半年之久，创作了大量诗文，留下了大量足迹。其中在今属青岛地区的胶南大珠山羁泊旅居约一个月，作诗10首；在今属威海地区的乳山羁泊旅居约半月，有文1首（篇）；在今属青岛地区的即墨崂山羁泊旅居之间最长，从十一月末一直到次年（中和五年即光启元年，885年）的春天，约四个月，作诗文10首（篇）。这些诗文全部见存于其《桂苑笔耕集》20卷，其中18首诗作几占《桂苑笔耕集》全部诗作60首的1/3，许多作品成为名篇。这是崔致远人生经历和文学创作的一个重大转折时期和丰收时期，所作诗文在其全部文学作品中具有重要地位。这是唐朝和新罗文化史上的重要文学遗产和文化遗产，也是中国本土与朝鲜半岛文化交流史在山东半岛尤其是青岛地区留下的重要一页。其重要的文学艺术价值、历史认知价值和文化遗产开发价值，值得中韩两国人民共同珍视。

（原题《新罗人崔致远羁泊山东半岛诗文创作考》，韩国《东方学》第13辑，2007年刊）

明清时代琉球汉文学的中国观

——以明清琉球汉文学创作的汉语汉文化养成为中心

一 引言

"明清琉球文学"的内涵和边界，既包括明清两朝琉球文人用汉语创作的汉文学，主要是诗文作品，以及其他文学形式，也包括明清两朝琉球民间创作并以汉语记录传播的歌谣、故事等民间文学。本文考察主要指的是明清两朝琉球文人用汉语创作的诗文作品。"琉球汉文学的中国观"，就是明清两朝琉球人汉文学创作所表现的对当时的中国即明清王朝本土的了解与印象、观念和评价，以及对琉球人自身作为明清属国子民的身份认同。

琉球群岛自明洪武五年（1372）入贡明清直至清光绪五年（1879）被日本武力侵占设为"冲绳县"之前，一直是明清王朝的封国属地，琉球汉文学在长达约500年的历史上可圈可点，是中国古代文学史和东亚文化圈汉文学史不可或缺的重要组成部分。但在琉球被日本侵占100多年来的复杂历史背景下，琉球汉文学只有日本和琉球（日本称"冲绳"，下同）当地部分学者关注和研究较多，如古桥信孝的《幻想の古代：琉

球文学と古代文学》（1989）、岛尻胜太郎与上里贤一的《琉球汉诗选》
（1990）、久保田淳《岩波讲座日本文学史》中的《琉球文学》（1996）、
上里贤一的《琉球汉诗の旅》（2001）等，主要是概述介绍、作品选注。
中国学界也自 20 世纪 90 年代先后有多位学者投入关注，黄裔（1995）、
温惠爱（2002）、江岱莉（2003）、陈福康（2005）、钱志熙（2006）毛
翰（2008）、郭丹（2009）等学者研究爬梳，相继撰文评介，主要是对
诗文概述、人物和作品做出评价，筚路蓝缕，功莫大焉，但对于明清两
朝琉球诗文创作所反映的中国观，尚乏充分的重视和系统的勾勒梳理。
这一问题之所以重要，是因为其既是明清琉球诗文创作的思想内涵的重
要方面，也是其以明清琉球诗文即汉文学的身份和面貌呈现在中国文学
史和东亚汉文学史上，并占据着不可忽视、无可替代的重要地位的根基
所在。

明清两朝琉球诗文作家的汉语文即汉语和汉文化水平的养成，有多个
方面，这里只谈两个方面：一是基于明清琉球人在琉球和内地接受的汉语
文教育，二是基于明清琉球人在琉球本土和王朝内地使用汉语文的制度、
环境与汉文化生活的实践和氛围熏陶。这些都决定了其中国观的生成及其
内涵。

二 琉球官生在京师和勤学人在福建等地的汉语文学习

明清琉球人在琉球和内地接受的汉语文教育，自明洪武五年（1372）
琉球朝贡直至晚清日本侵占琉球，在此约 500 年的长期历史上，主要通过
的是这样几种途径：明初作为国家移民安排入琉的"三十六姓"家族的汉
文化传承与影响、朝廷册封使入琉、琉球官生入朝、清代琉球勤学人入闽
和琉球人在琉球自办学校。这里只谈琉球官生入朝、琉球自费生（"勤学
人"）入闽、琉球人在琉球自办学校。

自明洪武五年（1372）琉球群岛三山政权先后成为明王朝的属国政权，琉球就作为汉文化圈的正式成员，开始了汉化的历史。为了实现琉球的自我汉化，自洪武二十五年（1392）开始，琉球国就正式向明朝派遣留学"官生"，到明朝政府的国子监学习汉语汉文化。由于明初入朝的琉球官生多为琉球的王子、亲族，明太祖特批并诏令工部在京都南京的国子监前专建一所"王子书房"，以供琉球官生学习和生活，并相沿为制度。据上里贤一《琉球官生与汉诗》根据今见文献统计，明代琉球派遣的官生至少有84人。① 清朝立国后，琉球同样成为清朝的属国，清朝沿袭了明朝制度，继续接纳琉球陪臣、子弟作为官生入朝在国子监学习汉语、汉文化的历史，康熙帝同样特批在北京国子监内的"敬一亭"西厢建立"琉球官学"，正厅额匾"海藩受学"，两旁楹联"所见异所闻异""此心同此理同"。琉球官生入监制度一直到清同治十二年（1873）琉球被日本占领，设为冲绳县才告终结。整个清代，据上里贤一统计，琉球派遣入朝官生至少42人。明清合计，至少126人。② 当然这只是据现存资料的搜集统计，实际人数更多，上里贤一先生的考检统计，显非易事，为我们提供了已知的最起码数据。

清朝琉球入朝的官生人数，何以比明朝少了很多？显然是因为琉球已经有了明朝官生入学250多年的历史积淀。自洪武开始代代琉球官生入朝学成相继回琉后，代代相继发挥了教习、传播、扩大汉语汉化，促进琉球地区汉文化发展的作用。至清，虽朝廷更替，但中原内地汉语汉文化包括儒家文化传统却一直传承、发展，琉球作为中原王朝的属地属民，汉语、汉文化包括儒家文化的传统也一直传承、发展，因此，对于琉球而言，大量派遣入朝官生，显然不如明朝尤其是明朝早期那么急需和迫切，因为琉球自身的汉化、汉语汉文学化，已经达到了很高的水平。尽管琉球向清朝

---

① 中外学者有不同统计，这里从上里贤一说。包括下文相关数据。
② 参见陈福康《中国人不可不知道的一段文学史——琉球汉文学概述》，《学术月刊》2005年第12期。

派遣官生入学人数相对少了，却不但琉球汉诗、汉文学创作如雨后春笋般涌现，大量琉球诗文集在琉球、在内地问世，而且琉球人的汉诗、汉文学所达到的水平，在当时的内地许多诗文大家看来，也与内地几无二致，就是很好的说明。

官生入朝在国子监学习中国传统文化学术，自然有明清政府提供的良好条件，既学四书五经，也学诗文写作，而且对四书五经等传统文化的学习和应用，更多地体现在其诗文写作之中。官生们在王朝京师既勤奋好学，又游历京师与内地各处的山山水水，寻师访友，诗文唱和，汉语、汉文化水平和阅历见识、内涵修养得到提高，归国后便大多被琉球王府委以重任。琉球的文化，以汉文化为官方文化、主流核心文化，实际上就是主要由这样一批批相继学成归国的由入朝官生成为王府官员的琉球知识分子主导的。

但这只是明清两朝琉球知识分子形成的主体。明清两朝，除琉球官生入太学读书外，还有更多的是有姓名和无姓名记载无法统计的自费"勤学人"就近到福建学习汉语、汉文化。"勤学人"不享受中央政府的官费资助，系自费游学。

之所以选择福建为较为集中的游学地区，一是因为福建地区是传统的"闽—琉"海上航路至明清本土的起航、登岸港口地区，海上往来最为方便。明清琉球人无论是渡海来到本土，还是渡海归国，一般情况下都是在福建地区的港口登岸上陆，或起航离岸。除非因遭风漂流、海上不靖而被迫偏离目的地港口的情况。二是因为自明太祖赐琉球"闽人三十六姓"，即明朝政府安排福建人36家移民琉球，福建人与琉球的海上交往就越发密切了起来。因此从事琉球王府与朝廷和内地之间政治、文化、贸易往来的琉球人，往往先在福州停靠，再前往福建市舶司所在的泉州。泉州，是明朝早期指定的接待琉球人的港口地区。为专门接待琉球人，早在明初永乐三年（1405），明成祖就在福建泉州市舶司附设了"来远驿"，民间通称"琉球馆"。其时福州官方也在城东南水部门外的河口地区设有廨舍，专供琉球人临时休息，福州民间也称为"琉球馆"。明成化八年（1472），鉴于琉球使者和商人的船只多在福州靠岸停泊，为方便计，明政府又在福州设立了"怀远驿"以接待琉球人，地址就在水部门外的河口地区的原"琉球馆"附近。这样，设在泉州的市舶司、"来远驿"的官方功能就移到了福州，泉州的"来远驿"即行废止，进而于成化十年（1474）（一说早在成化五年）明朝也将福建市舶司移到了福州。明朝万历年间，为区别于广州专门接待经南海入朝远人的"怀远驿"，朝廷将福州的琉球馆更名为"柔远驿"。"柔远"，取自《尚书·舜典》中的"柔远能迩"，意为"优待远人，以示朝廷怀柔之至意"。自此，一直存在到清末，甚至琉球亡国后仍有琉球人到"柔远驿"旧址居住。①

明清两朝泉州的"来远驿"、福州的"怀远驿"和"柔远驿"等"琉球馆"，除作为琉球贡使、商人等食宿、办理公务和商务之专门机构之外，同时也为接待和安排来自琉球的"勤学人"即自费学生提供了方便条件。琉球勤学人以"琉球馆"为基本依托，或就在泉州、福州（后主要在福州）的"琉球馆"内和城内延师就学，或在城中和附近乡间的民间社会生活中"自学"，这些学习汉语、汉文化的方式，在学习时间和方法上都比在国子监学习更为灵活多样，学习内容、内涵上与在国子监学习互有短长，且更容易使琉球学子们深入内地社会、了解内地民生和民间风情，所学更容易针对现实社会生活学以致用。例如，福州"柔远驿"中所教授的知识，就包含了儒学、天文、历法、地理、音乐、绘画等多种多样，甚至还包括了制茶、制糖、冶炼、造船、铸钱、烧瓷、烧墨、制伞等农业、手工业技术；出自在"柔远驿"延师受业学成的琉球"勤学人"中，就有许多极大地推动了琉球社会、经济、文化发展的人物。如琉球第一位编写历法的金锵，在琉球颁行《大清时宪历》的蔡肇功，做了琉球法司官的蔡温，将番薯栽培技术由福建带到琉球的野国，画家璩自谦和查康信等，都

---

① 参见福州台江政府网站《琉球馆》，www.taijiang.gov.cn/tj/tjfc/tjmp/44602.html – 2013 – 1 – 25。

是从福州柔远驿"勤学人"中脱颖而出的汉文化高才。① 同时，在"勤学人"学生中，其诗文学习经历、诗文应用场合和诗文创作水平也不见得比在京师国子监学习的"官生"差多少，应该说是各有特色。事实上在这些"勤学人"中，就出了不少很有成就的汉诗人，他们的汉诗文成就和他们对琉球汉文化的贡献，都不在官生之下。因其人数更多，且学有特点，更接"地气"，因此回琉后无论是对于琉球王府，抑或是地方官府；无论是对于琉球与朝廷、与内地的官方和民间的往来，抑或是对于琉球各地兴办学校教育教授生徒、促进琉球的汉化的历史进程，都发挥了无可替代的作用。

三 明清琉球人的在地汉语汉文化教育

明清两朝琉球人在琉球兴办学校进行汉语、汉文化教育，和社会生活中的汉语、汉文化应用教育，由此汉语、汉文化在普通社会民众中的传承应用，是琉球诗文作家的汉语文养成的更为普遍的文化土壤和社会生活基础。其学校教育和社会教育所使用的汉语课本，是"官话"。

"官话"，即明清官方汉语言，不仅明清本土和琉球、朝鲜、安南等属国官方使用，日本使用，汉文化圈的民间社会也普遍学习使用。明清两朝在琉球曾经流行使用过多种汉语官话课本（在福建也使用，而以琉球在地为主），但至今只留下了几种抄本，其中比较完整的是天理大学附属图书馆藏的《琉球官话五种》。这五种现存官话课本是《官话问答便语》《白姓官话》《学官话》《广应官话》《人中画》。就课本的编写形式即课文体裁来看，前三种为会话课本，《广应官话》为分类语汇集，而《人中画》则是一部包括了 5 个故事共 16 回的话本小说。可见其形式、体裁多样灵活的程度。对于琉球官话课本，日本学者濑户口律子多有研究，著有《琉球

---

① 参见福州台江政府网站《琉球馆》，www.taijiang.gov.cn/tj/tjfc/tjmp/44602.html－2013－1－25。

官话课本研究》①，以其中的《白姓官话》《学官话》《官话问答便语》三部会话课本作为研究对象，从语言学角度对其语言特点进行了系统分析。近年来，中国学者也开始了对这些琉球汉语课本的多方面的研究。对于琉球官话课本的"官话"的语言音系，目前有"北方官话""南京官话""南方（地区）官话""福州官话"四说。② 琉球自明朝早期开始学习汉语作为其"官话"，基于其一方面由"官生"入朝在京师南京习得，另一方面朝贡使团或自费游学人等在福建地区习得，加之琉球的福建人及其后裔传承的汉语是闽南语，因此，应该说，早期的琉球"官话"是建立在吴、闽等南方方言基础上的汉语，是没有问题的；但到了明朝中后期至清朝时期，因为京师是在北京，最起码琉球入朝官生所学的官话主要是以北京话为基础的汉语，他们归琉后使用、教授的官话也是如此，也是没有问题的。加之像《白姓官话》，其编写者就是清朝本土的北方莱阳人白瑞林，不仅其汉语词汇、语法是北方汉语，而且其教授的发音，也自然是北方音。

白瑞林是山东登州府莱阳县的一位商人，乾隆年间航海做生意漂流到琉球。据《白姓官话》的序文推测，他是在乾隆十四年到十八年（1749—1753）编写这本《白姓官话》课本的。为之作《较正序》的林先生说："予今年登七十有四，间尝考究天下言语，各有不同，俱系土音，难以通行，惟有正音官话，所以通行天下，学习者唇喉齿舌，须当辨别清明，方得正音官话。"③ 这些汉语教材都采用问答形式编写课文，用现在的说法即所谓"情景教学"④，而且大多不是虚拟的情景，而是实际生活。

《白姓官话》是以现实鲜活的生活场景为教学内容组织设计的。如

---

① ［日］濑户口律子：《琉球官话课本研究》，香港中文大学中国文化研究中心吴多泰中国语文研究中心 1994 年版。

② 参见李丹丹、李炜《琉球官话课本的"官话"性质》，《吉林大学社会科学学报》2008 年第 1 期。

③ ［日］濑户口律子：《琉球官话课本研究》，香港中文大学中国文化研究中心吴多泰中国语文研究中心 1994 年版，第 68 页。

④ 陈泽平：《试论琉球官话课本的音系特点》，《方言》2004 年第 1 期。

写山东商人遭风成为难民的白瑞林（白世芸）等人在居住琉球期间，琉球官方不但悉心照顾他们的衣食住行，还经常邀请他们"出去外面玩玩解闷"，由通事陪他们散步、聊天、观海潮、看龙舟竞赛；过中秋节的时候，还和他们一起喝酒赏月；对生病的，还经常探问，劝慰他们安心养病，不要想家；对病死的难民，琉球国王则亲自发旨隆重安葬，并树石标记，令村民看守；等等。由此可见这类汉语教材的现实生活"实录"的真实性特征。①

《白姓官话》1.7 万余字，《学官话》1.4 万余字。《白姓官话》经过了福州老儒林守超于乾隆十八年（1753）的修改润饰。据濑户口律子研究，《白姓官话》课本原名《问答官话》，由琉球青年郑凤翼带到了福州，林守超"在《问答官话》的基础上修改润饰而成"。《白姓官话》影响了《学官话》的编写，或者说，《学官话》也是在《白姓官话》的基础上编写的。《学官话》的主要内容、词汇选择、表述方式甚至字体都与《白姓官话》相同或相近，最大的不同似乎仅在于《白》是内地中国人在琉球与当地人的对话记录，《学》是琉球人在福州与当地人的对话记录。②

《人中画》是一部话本集，明末清初即已在坊间流行③，后被收入《古本平话小说集》。作者不详，有刊本题"风月主人书"。《人中画》有四种不同的刻本，一种抄本。清初啸花轩写刻本为五卷，是迄今所能见到的较完备的本子；大连图书馆所藏抄本，封面题"乾隆乙丑（十年，1745）新镌"；日本内阁文库藏泉州尚志堂乾隆庚子年（四十五年，1780）新镌本，四卷，比大连本晚 35 年，内容相同，东京大学东洋文化研究所藏；傅惜华所藏乾隆间刻本只有两篇；另有一种刻本改名《世途镜》，与日本内阁本

① 参见王庆云《从〈老乞大〉〈朴通事〉和〈白姓官话〉看古代国外汉语教材口语化的特征》，赵金铭主编《汉语口语与书面语教学：2002 年国际汉语教学学术研讨会论文集》，北京大学出版社 2004 年版。

② 参见李炜《加强处置/被动语势的助词"给"》，《语言教学与研究》2004 年第 1 期。

③ 参见赵伯陶《〈人中画〉版本演化及其他》，《徐州师范学院学报》1993 年第 1 期。

同。《人中画》情节复杂动人，人物形象鲜明可爱，文字较优美流畅。作者歌颂了心目中的理想人物唐季龙、李天造、商春荫等，给他们以理想的结局，同时也鞭挞了奸佞小人的丑恶嘴脸。有学者对《人中画》琉球写本的来源和改写年代进行了研究，认为《人中画》琉球写本来源于《人中画》啸花轩本；《人中画》琉球写本的语言特点与《白姓官话》非常相似，与《人中画》啸花轩本差异较大，其改写年代应与《白姓官话》的编写年代（1750）相近。①

"正音官话通行天下。"这样的教材和内容，是真实有用、形象生动的，其教授、学习效果之好，是可想而知的。即使对今天的对外汉语教学，也有不可忽视的借鉴意义。② 而这些官话课本的难易程度，即学好这些课本之后学生能够达到的汉语水平，我们这里选白瑞林《白姓官话》课本中的几段课文，以示其例。

> 这里的船到福建去，收在什么地方湾泊呢？
>
> 收在南台后洲新港口的河下湾着。那里有琉球公馆一所，名字叫作柔远驿。船到的时节，把那贡物、行李、官员人等，都进馆安歇；驶船那些人，都在船上看守。府院题本，等圣旨下来。到七八月间，这里差去的官员，收拾上京。到十二月，才会到京，上了表章，进了贡物，还要担（耽）搁两三个月，到来年三月时节，才得起身回福建。等到七八月，只留一位存留通事，跟从几个人，在那里看守馆驿，其余各官人等，都上接贡船回国。读书、学官话那些人，爱回来不爱回来，这个都随他的便。……

这些都是明清时代的琉球人入贡、游学中国的历史情景。

再如《白姓官话》说到与白瑞林同年（乾隆十四年，1749）漂到的江

---

① 参见李炜、李丹丹《从版本、语言特点考察〈人中画〉琉球写本的来源和改写年代》，《中山大学学报》（社会科学版）2007 年第 6 期。

② 参见王庆云《古代朝鲜、琉球汉语教学及其教材研究引论——以〈老乞大〉〈朴通事〉〈白姓官话〉为例》，《云南师范大学学报》（对外汉语教学与研究版）2003 年第 5 期。

南商人瞿张顺等人，先是漂到琉球大岛，后又漂到奇界岛，经地方官营救后送往中山泊村地方安插馆驿住下，内有水手朱三官患了吐血病，该地方又四处请医生为他治病：

> 一位年轻的，是这里的；那一位年老的，是首里府国王差来的。这两位是弊国最好的医生。

再如写白世芸获救上岸后，他的船上尚剩下几担豆子，他向通事请求将豆子变卖，通事回答说：

> 我们这里的王法，贵国有来的船，都不替他买卖。着实严紧，谁敢故犯？这个豆子要卖，断然使不得的。
>
> （白世芸说）不通买卖这个话，弟在外岛也听见说了。只是遭遇有个常变，做事也有个经权，原是定不得的。……求通事替我回声老爷，求老爷主裁，准给发卖，我们感谢不尽。

这些口语对话句子简短地道，词语浅明，语言十分传神。[①]

据濑户口律子等的研究，《官话问答便语》应作于 1703 年或 1705 年，《白姓官话》作于 1750 年，《人中画》与此相近，《学官话》作于 1797 年，《广应官话》作于 1797—1820 年。[②] 这些现存的课本都是清朝中期的，明朝的、清朝早期和晚期的也不少，只是或已不存。它们既是明清中国本土和琉球列岛历史上密切的友好往来、交流的产物，又为进一步促进汉语、汉文化在琉球的普及，进而促进这种往来和交流起了不可低估的媒介作用。这些教材的作用和影响如此之大，其普遍的生活化、口语化特征，是最为重要的因素。顺便指出，我们今天的对外汉语教学在教材的口语化问

---

① 参见王庆云《从〈老乞大〉〈朴通事〉和〈白姓官话〉看古代国外汉语教材口语化的特征》，赵金铭主编《汉语口语与书面语教学：2002 年国际汉语教学学术研讨会论文集》，北京大学出版社 2004 年版。

② 参见［日］濑户口律子、李炜《琉球官话课本编写年代考证》，《中国语文》2004 年第 1 期。

题上尽管已有很多理论上的研究和编写上的体现，成果累累，功不可没，但加强对这类古代优秀汉语教材口语化特征的研究和借鉴，仍然是不可忽视的重要方面。①

四 明清琉球社会人文风化的汉化

明清两朝琉球社会人文风化的汉语汉化，表现在琉球政治、经济、社会文化生活及其与中国关系的各个方面。

明清琉球人在琉球本土和王朝内地使用汉语汉化的制度、环境与汉语、汉文化生活的实践和氛围熏陶，渊源有自。

首先是琉球王府向明清朝廷的朝贡和请封，从政权制度上保证与中原朝廷的一体化。琉球自入贡、受封、奉正朔于明王朝，成为明朝属国，即开始实行以汉语汉文为琉球官方语言文化制度。琉球原无文字，后"自汉唐通中国"②，自明初朝贡中原并接受明王朝册封成为属国，确立了汉语汉文的官方语言地位。琉球不但与明清中央政府之间、与内地之间的交往，而且与朝鲜、安南等明清属国之间，甚至与日本之间的交往，使用的也都是汉语文。对此学界已研究很多，兹不赘言。即使明朝将亡，琉球国还是朝贡不绝，直至南明唐王立于福建，还继续遣使朝贡。《明史》为此评其"虔事天朝，为外藩最"。

琉球国王自己身体力行，学习和使用汉语、汉文化的水平一般较高。据至今竖在首里城外、琉球王尚巴志"宣德二年（1427）岁次丁未八月既望"所建的古碑《安国山树华木之记碑》碑文记载，尚巴志曾于永乐十五

---

① 参见王庆云《从〈老乞大〉〈朴通事〉和〈白姓官话〉看古代国外汉语教材口语化的特征》，赵金铭主编《汉语口语与书面语教学：2002 年国际汉语教学学术研讨会论文集》，北京大学出版社 2004 年版。

② 明宣德二年（1427）琉球《安国山树华木之记碑》碑文。古碑现存琉球首里城外园比屋武御岳内。

年（1417）入朝，见到中原内地礼乐文物之盛，名山大川之壮，因琉球"俗尚淳朴重信义，汉唐通中国"，回国后便在首里城外安国山仿中原园林，筑土掘池，以为政闲之余的游息之所，成为鸟语花香、池中有鱼的士民游览胜地，后又在山上种植桦木，特为碑记。

琉球人自古极其敬慕中国文字所写字纸，不随便销毁，然而由于萨摩及后来日本政府毁其家国文化的暴行，至今遗存下来的古文书却极少。据琉球学者真境名安兴（唐名毛居易，童名樽金，1875—1933）《关于尚德王的新史料》一文考察，今存琉球最古字迹为尚德王 1441—1469 年所写横幅，内容为书录《诗经》开篇《周南》句："关关雎鸠，在河之洲。窈窕淑女，君子好逑。"字为楷书，有唐代欧阳询、颜真卿遗风。卷首钤长方形印篆文"小楼一夜听春雨"，乃陆游《临安春雨初霁》名句，落款"尚德"；下钤古隶长方形印隶文"热肠冷面傲骨平心"。这幅墨宝虽然不是其本人的汉文学创作，但我们可深切体会到尚德王所具有的很深的汉文学修养。①

其次是立儒学为国学，建文庙，用来祭祀孔子和学习儒家经典。琉球今存文庙在久米村泉崎桥北，为康熙十二年（1673）所建。庙中制度，悉遵明清《会典》。琉球的儒教教学从儿童八岁开始，学校聘任"通事中"教授他们学习。琉球先后涌现出了向象贤（羽地按司朝秀）、蔡温（具志头亲方文若）、程顺则（名护亲方宠文）等儒学大家。清康熙五十八年（1719），琉球又在文庙之南建明伦堂，成为琉球府学，由唐营挑选儒学高才担当府学教授，讲读儒家著作和制度礼仪，逢三日、六日、九日，还要请紫巾大夫到讲堂讲学，考察学生的品行勤惰，以便从中选择年轻才俊为官。清仁宗嘉庆三年（1798），琉球王尚温又开办国学和乡学，于王府北建国学，建乡学三所，国中子弟由乡学选入国学。至此，琉球的儒学汉文化学校教育已成完整体系，极大地推动了琉球儒

① 参见陈福康《中国人不可不知道的一段文学史——琉球汉文学概述》，《学术月刊》2005 年第 12 期。

学的普及与发展。

最后是琉球注重在各个方面向明清内地学习。

古代琉球的宫廷音乐，包括了在室内演奏的御座乐和室外演奏的路次乐，主要在迎接中国册封使时表演，同样是吸收中国音乐文化及其礼乐内容而成的。

明末，琉球王府组织编纂的琉球历史上第一部琉球歌谣集，搜集收录1537年至1623年近100年间的琉球歌谣1554首。至清朝初、中期，琉球短诗型的抒情歌谣更为盛行，著名的琉球歌人有向受佑（1684—1734）、伊世高（1686—1749）、平敷屋朝敏（1700—1747）、向杰（1701—1766）、马国器（1718—1797）、向国珍（1741—1814）等，还有吉屋鹤（1650—1668）、恩纳锅（约尚穆王时代）等著名的女歌手。这些歌谣名手大多也都擅长五七言的律诗和绝句的汉诗创作。

琉球的工艺用品也多受福建的影响。琉球武术，亦称"唐手"或"唐手拳"，大部分学者认为是由中国武术在琉球发展而成的。

琉球的医学同样受到明清本土的影响。明清两朝，琉球历史上曾涌现出一些著名的医学家，不少人曾往中国学习，主要是到福建和京师学习。据《球阳》记载，晏孟德曾于1763年赴闽学习口腔医术；郑明良曾于1679年赴闽学习换骨相法；衡达勇（1749）、从安次岭（1763）、松开辉（1777）、吕凤仪（1824）、松景林（1828）等多人曾先后赴闽学习内科、外科医术。1848年到闽的进贡使团还曾在福州学习过防疫之法。李时珍《本草纲目》传入琉球后，对琉球医学产生深远影响。针对《本草纲目》中尚存在的舛误，琉球人吴继志还潜心收集琉球各地的植物绘制成图，于1781年携图及部分植物前往福建、京师等地咨询药工药农，于1785年编成《质问本草》出版。琉球王府御侍头吕继续，曾于1817年和1824年两度前往京师拜师，于1832年著成《御膳本草》，回琉后该书成为琉球食疗法的重要指导文献。

在宗教信仰方面，琉球人在琉球神道的基础上接受了从中国传入的佛教和道教，祖先崇拜、土地信仰①、关圣、观音、龙宫信仰等像中国本土一样，十分盛行。清朝册封使徐葆光在其《中山传信录》中记载了琉球人的祭灶、祭祖、扫墓等习俗；册封使张学礼记载琉球有三清殿。琉球妇女之间则广泛信仰传播着对诸如福州等地的拿公、拿婆、临水夫人、陈尚书、苏臣等航海神的信仰。琉球人跟明清内地一样崇拜妈祖，由明朝初年的"闽人三十六姓"带到琉球。② 琉球至今存有上下两座天妃宫，上天妃宫在久米村，下天妃宫在那霸港的天使馆附近。福建的民间神蔡姑婆、风狮爷、流行内地中原的石敢当等，都受到琉球人的崇拜。例如，喜欢在屋顶放置风狮爷像，在交通要道、入家门口放置石敢当③。饮食方面，琉球人喜欢吃猪蹄，也是受内地影响而形成的。④

琉球的冠婚丧祭等社会人生礼仪习俗，都遵循明朝和后来的清朝的典礼。他们在生活中席地而坐，设具别食，相沿已久，也是从中国的古代的经典中学到的礼节。

至于在其国内的社会生活中，则大凡郑重的书面文字，例如石碑碑文⑤、士族家谱等，都使用汉语记载。

关于汉语、汉文化在琉球普通民众中的传承与应用的普遍、普及程度，一个琉球历史上被日本萨摩藩抢劫的悲剧的记录对此做了并无刻意的说明。明万历三十七年（1609），日本萨摩藩侵入琉球，"以劲兵三千入其国，掳其王，迁其宗器，大掠而去"（《明史》），大掠琉球各地宝物并俘虏了中山王，当时琉球王府侍从御用茶头喜安写有《日记》记载："有如

①　（清）徐葆光《中山传信录》："国中凡丛木蒙密，短垣四周，有小门内拒者皆名岳，如中国之土地神，村村皆有之。"
②　据琉球《球阳》："（永乐二十二年）昔闽人移居中山者创立（天后）庙祠，为同祈福。"
③　（清）李鼎元《使琉球记》："人家门前多树石敢当碣。"
④　参见谢必震《中国与琉球》，厦门大学出版社 1996 年版；米庆余《琉球历史研究》，天津人民出版社 1998 年版。
⑤　参见（琉球）冲绳县立图书馆编《琉球金石文拓本集成》，该馆 1981 年版。

家家日记，代代文书，七珍万宝，尽失无遗。"① 自此，明朝琉球作为其家国文化的文书文物遗存极少。从琉球所遭萨摩藩的这场劫难的文物损失中，可见琉球早已形成的"家家日记，代代文书"的社会教养和文化风气。"家家日记，代代文书"，虽不一定全然汉语文，但琉球至此已经过了200 多年的王国汉化历史，日记、文书自然主要是汉语文。《喜安日记》运用汉文水平极高，其中还载有诗歌和故事。至清朝，琉球的士族作为琉球的贵族社会，各自持有用汉语撰写的家谱，因此被称为"持系者"；相对于士族，平民则没有家谱，被称为"无系"。1873 年，日本侵占琉球设置藩厅后，对琉球的人口进行调查，发现"持系者"占琉球总人口 25% 以上。② 可见琉球人的文化教育水平和使用汉语的普遍程度。

[本文为作者主持的国家社科基金规划项目"东亚汉文化圈视域中的明清琉球文学研究"（13BZW074）阶段性成果。原题《明清时代琉球汉文学的中国观——以明清琉球汉文学创作的汉语汉文化养成为中心》，载《万国津梁——东亚海域史中的琉球：第十四届中琉历史关系国际学会议论文集》，台北"中研院"2013 年版]

---

① （琉球）《喜安日记》，日本伊波本影印版。琉球大学文库对该书的题解如下："本書は、1600 年（尚宁 12）に泉州堺より渡来し、茶道をもって尚宁王に仕えた闵氏喜安入道蕃元（びんうじ・きあんにゅうどう・ばんげん）の日记。萨摩侵入（1609）に関する琉球側の数少ない资料の一つ。1609 年（尚宁 21）3 月の萨摩の琉球入り前後から、捕虏となった尚宁王に従って萨摩・江戸へ行き帰国する 11 年 10 月までの、约 2 年半にわたる记录である。尚豊王（在位1621—40）の在位期间中に成立したと思われる。日记は全体として、回想の形をとり、笔者の直接の観察の及ばない场面についても描かれている。文体は、概して中世军记、特に『平家物语』のそれで、咏叹的に语られている。日记の约 1/2 に相当する分量が军记の叙述に依拠し、『平家物语』57 例『保元物语』7 例『平治物语』8 例の借用个所がすでに确认されている。本资料は、嘉庆 25（1820）年に写された现存する最も古い写本である。原本は现存しない。史料的価値については、事件に関する事実は萨摩側の资料『琉球渡海日々记』とも符合し、すでに认められている。また、日记には汉诗や和歌も收められ、文学作品としても和文学の物语ないし日记の先踪をなすもので、文学史上见逃せないものとなっている。"
② 参见《琉球藩杂记》卷三《家禄·官禄》，日本大藏省《冲绳县史》第 14 卷，1873 年印行本。

明清时期琉球中山王表奏文的
内容与体制

　　表、奏，是古代中国臣僚及属国王公上书皇帝的专用文书体裁。皇帝对臣属的表、奏的回应、批复文体为诏令、敕谕及朱批。中国历代诗文精华汇编，尤其是集"文"之精华大成者，从南朝梁萧统《文选》，到晋杜预《善文》，到宋李昉《文苑英华》，到清严可均《全上古三代秦汉三国六朝文》、清董诰《全唐文》、清陆心源《唐文拾遗》和《唐文续拾》，到今人《全唐文补遗》《全唐文新编》《全宋文》《全辽文》《全元文》《全明文》《清文海》等，都将表、奏视为重要的文体种类。尤其是表，大多歌功颂德性质的奏，一般归之为"骈文"。虽然在今天的文学观念与"文学"视域中，这类文体已经属于"非文学"了，但在这类文体由几乎历代所有官员文人尤其是高层官员文人大量创作产生、直达皇帝视听的中国几千年历史上，却是一直被视为最高"档次"的"文学"文本。在古代的"文学"观念与视域中，唯有"诗文"才属正宗，小说、戏曲是不入"文学"的"法眼"的；而"文"又是"文学"中的最大一宗。如《全唐文》，清代著名学者俞樾云："有唐一代文苑之美，毕集于兹。读唐文者，叹观止矣。"（俞樾《全唐文拾遗序》）唐文如此，其他朝代的"文"也同样，骈文尤其为重。如今的中国古代文学研究者对于"文"只看重写情写景的"小品文"，而对古代之"文"的主要类别和内容弃于"文"外，是对中国古代文学史的整体面貌和恢宏内涵的严重割裂和损害。中国历代王朝的官属臣僚及王公侯爵上书皇帝的表、奏文，虽然是言理说事的"应用"之作，但其对国家最高元首"九五至尊"的崇敬与拥戴（不管是否出自衷心，作为臣下则有必尊之礼）之"情"，其为最终目的——感动皇帝、说服皇帝给予批复、回应、采纳——而"寓理于情""寓情于理"的"情感表达"和句句推敲、字字讲究、朗朗上口、引经据典、用譬用喻、骈俪律韵的文辞表达，几乎篇篇都是堪称典范的至情至理之文。我们看明清两代琉球中山王上书皇帝的表奏文，同样如此。

一 明清王朝与属国琉球的册封—朝贡关系及琉球 中山王的中华认同

今所谓"丝绸之路"，就是古代中国中外封贡（皇帝行使册封外藩属地王侯之权、外藩属地王侯履行向中央政府朝贡之职）政治制度下交通往来的陆上通道与海上通道。由于在这样的政治管理制度下往往伴随着密切的中外贸易往来，贸易的商品多以丝绸、陶瓷、茶叶等中国商品为大宗，今人因而以"丝绸之路""陶瓷之路""茶叶之路"称之，而多称为"丝绸之路"。"丝绸之路"的发展，古代东亚共同体制度是关键。从明清属国藩王给朝廷皇帝的表文、奏折，可见这些沿路沿线地方藩王对中央王朝、对中华文化、对中华天下共同体的认同。这是一个十分重要、关键的观察点、观察重心。没有这种认同，"丝绸之路"就不会畅通。认知重视"丝绸之路"，不能忽视这个关键、这个"纲"。纲举目张。

历史上的琉球与朝鲜不相昆仲，是中国中原王朝政府朝贡最勤、关系最密的属国之一。对琉球的观察，具有代表性。明清两代共册封琉球 23 任国王为中山王，中山王遣使朝贡十分频繁，往往突破朝廷为免其频繁朝贡负担对其"二年一贡"乃至"五年一贡"的规制,除正贡外,还有不定期的加贡,如请封、谢封、谢恩等,很多年份多次入贡,仅有清一代,就遣使入朝347次。① 现存琉球中山王对明代、清代朝廷的表奏众多,其中清代的比较齐全,有154件之多,都真切表达了琉球王国的中华认同,和对明清中央政府的忠心与虔诚。

琉球,在福建东部、台湾东北部的东海中呈南北列岛分布,明初洪武年间为中山、南山、北山"三山"分治时期,各有酋长,自明洪武五年(1372)朝廷遣使诏谕琉球,中山受诏遣使入朝,称臣纳贡,明朝政府正式接受其为属国,册封其酋长为中山王;南山、北山旋皆遣使入朝,接受册封;后三山由中山统一,仍授明朝廷册封为"琉球国",王号为"中山王"。明清易代,清承明制,琉球一直为中国属国。清光绪五年(1879),日本强行将其侵占殖民为县,改称"冲绳",琉球中山王密遣其官员赴京求救,清政府与日本交涉谈判,反复未果,直到甲午战争,晚清大败,中国领土台湾省及藩属朝鲜国复为日本霸占,更无力收复琉球。中国抗战暨世界二战胜利,日本投降,中国收复台湾,朝鲜独立为现代国家(后南北分为两国),琉球脱离日本侵占殖民,交由联合国托管制度下的美国当局托管(在美国监护下,琉球成立"琉球民政府"实行自治)。至1972年,美国应日本请求,将琉球"施政权"转让给日本,称不涉及琉球托管之后的主权归属问题,美国仍驻军管控。因此,琉球归属问题,至今仍为悬案。

自明初至清末(1372—1879),500多年中,明清王朝政府与属国琉球之间,通过穿梭不断的海上交通往来,构建、发展了十分紧密的宗—藩即

---

① 此取学者统计次数较多者。事实上仍不限此数。"据丁丰《琉汉对音与明代官话音研究》一书载,有清一代琉球国遣使进贡108次,日本学者赤岭诚纪《大航海时代的琉球》一书载,其共遣使来朝347次。清代,琉球国究竟遣使来朝多少次,目前尚无准确的统计数字和明确的统计方法。在中琉二百余年的友好往来中,以其二年一次例贡计,当不在百次以下。然而,琉球国除正贡外,还有不定期的加贡,如请封、谢封、谢恩等,总计次数远在百次以上。这些不同名目的进贡,我们统称之为朝贡。"见朱淑媛《清代琉球国的谢恩与表奏文书》,《清史研究》1998年第4期。

封—贡政治制度和社会、经济、文化关系。明清中央政府与琉球之间的海上通道即航海路线,古人称为"琉球贡道",即今人所称中外"海上丝绸之路"网络的重要一线。

洪武五年（1372）正月十六日,朱元璋"遣杨载持诏谕琉球国"[①],将建元即位诏书颁达琉球。诏书曰:"昔帝王之治天下,凡日月所照无有远迩,一视同仁,故中国奠安,四夷所得,非有意于臣服之也。……朕为臣民推戴即皇帝位,定有天下之号目大明,建元洪武。是用遣使外夷,播告朕意,使者所至,蛮夷酋长称臣入贡,惟尔琉球在中国东南,远处海外,未及报知,兹特遣使往谕,尔其知之。"琉球国中山王察度奉诏上表,于同年十二月遣其弟泰期航海入朝,抵京师南京,向明政府称臣纳贡,自此正式成为明清中国的属国海邦。

二 琉球中山王表奏文的内容

藩属国王向中国中央政府呈递表文、奏折,合称表奏,是其作为朝廷属官亲身入京觐见皇帝或遣使入朝履行贡职的必备文书。在中琉 500 多年的封贡史中,琉球国王给明清王朝呈递了大量表奏文书,它们是明清时期中琉政治、经济、文化等方面密切关系的真实写照。明代琉球国王向明王朝的表奏文书,清代琉球王府曾进行过誊录保存,有 23 件,今存琉球冲绳图书馆、博物馆等处;清代琉球国王向清王朝的表奏文书,中国第一历史档案馆收藏有 154 件,其中表文 75 件、奏文 79 件。这些表奏文书存件有原件与抄件之分,原件为琉球国呈递的原本文书,抄件是中国皇帝审阅并朱批原件后,由六科照式用墨笔抄写原文和朱批一式二份,一份送内阁供史官记注,另一份储本科以备编纂。

---

① 《明太祖实录》卷七十一"洪武五年正月十六日甲子"条,江苏省国学图书馆 1940 年传抄本。

今存琉球冲绳图书馆、博物馆等处的相关文书档案，主要是《历代宝案》。康熙三十六年（1697），琉球王府任命多名官员和数十位抄写团队，用时234天，将自明永乐二十二年（1424）至康熙三十六年（1697）形成的各类文书照原式抄成两部，每部49本，取名为《历代宝案》，一部收藏在王城，另一部保存于天妃宫。随着中琉两国政治、经济、文化的往来日益密切，自第一次抄档之后的三十年间，又陆续形成了大量的文书。因此，雍正四年（1726），琉球王府又组织了第二次档案抄写，到雍正七年（1729），历时三年之久，抄成《历代宝案》第二集两部，每部16本，继续分藏于王城和天妃宫。①

这些档案的手抄本，内容主要有七个方面：（1）中国皇帝颁给琉球国的诏、敕谕；（2）琉球国王给清帝的表文、奏文；（3）礼部、福建布政使司与琉球国王互相往来的咨文；（4）琉球进贡团出使时携带的符文、执照；（5）琉球国与南明弘光、隆武政权往来的文书（包括诏、咨、表、奏、符文和执照等）；（6）琉球国与朝鲜及南海诸国往来的咨文；（7）明清朝廷册封琉球使（时称"天使"）萧崇业、夏子阳、杜三策等所写的《使琉球录》。

就琉球国王所上明清朝皇帝的表文而言，每当进贡、谢恩、请封、进香等重大活动，琉球国王均会派遣使臣前往中国，带上琉球国王的表文和方物，在表文中必须写明来华的目的、使臣的姓名和身份。依据使臣来华目的不同，琉球国表文有投诚表、进贡表、谢恩表、祭典表、庆贺表和请封表六种。中国第一历史档案馆现保存清朝琉球国王表文75件，其中原本表文21件、表文抄件54件，时间起于雍正元年（1723），止于同治十三年（1874）。

每当皇帝对中山王有诏，中山王必有上表。如：

康熙皇帝《册封诏》：

———————————

① 参见丁春梅《清代中琉关系档案研究》，博士学位论文，福建师范大学，2007年。

奉天承运皇帝诏曰：朕恭膺天眷，统御万邦；声教诞敷，迄迩率俾。粤在荒服，悉溥仁恩；奕叶承祧，并加宠锡。尔琉球国地居炎徼，职列藩封；中山王世子曾孙尚敬屡使来朝，贡献不懈。当闽疆反侧、海寇陆梁之际，笃守臣节，恭顺弥昭；克殚忠诚，深可嘉尚！兹以序当缵服，奏请嗣封。朕惟世继为家国之常经，爵命乃朝廷之钜典；特遣正使翰林院检讨海宝、副使翰林院编修徐葆光赍诏往封为琉球国中山王。尔国臣僚以暨士庶，尚其辅乃王，慎修德政，益励恫忱；翼戴天家，庆延宗祀：实惟尔海邦无疆之休。故兹诏示，咸使闻知。

康熙五十七年八月□□日。

中山王《谢恩表》：

琉球国中山王臣尚敬诚欢诚忭、稽首顿首，谨奉表上言：伏以圣武弘昭，特重内屏之任；皇文丕振，复膺外翰之权。隆体统于藩臣，安内而兼攘外；焕规模于旧例，纬武即是经文。拜命增虔，抚躬益励。恭惟皇帝陛下，道隆尧、舜，德迈汤、文。统六合而垂衣，教仁必先教孝；开九重以典礼，作君又兼作师。臣敬世守藩疆，代供贡职。荷龙章之远锡，鲛岛生辉；沐凤诏之追扬，丹楹增色。对天使而九叩，望象阙以三呼。谨遣陪臣臣向龙翼、程顺则等虔赍土物，聊表芹私；伏愿干行不息，泽霈弥崇。统王会以开国，合车书者千八百国；占天时而应律，验祯祥于三十六风：将见文麟献瑞，彩凤来仪矣。臣敬无任瞻天仰圣激切屏营之至！谨奉表称谢以闻。

康熙五十八年十一月□□日，琉球国中山王臣尚敬谨上表。①

---

① （清）徐葆光：《中山传信录》。清乾隆七年（1742）日人桂山义树曾摘录徐书等而成《琉球事略》，亦有载录。

琉球王每每向朝廷朝贡、言事、请示、汇报，则上奏文，即奏折，得到朝廷旨意、批准后方可行事。从现存的琉球王奏文的内容来看，主要有请示奏文、谢恩奏文、庆贺奏文、外交事务奏文、请封奏文、进贡奏文、进香奏文和补进表章奏文等。中国第一历史档案馆现保存琉球王向清朝政府的奏文79件，其中奏文原件26件，奏文抄件53件，时间也是起于雍正元年（1723），止于同治十三年（1874）。

1997年，中国第一历史档案馆将馆藏的琉球国王表文和奏文共154件档案影印，出版了《清代琉球国王表奏文书选录》。①

2000年，中国第一历史档案馆与冲绳县公文书馆共同举办"清代琉球国王表奏文书展"，在冲绳县公文书馆展出。《历史档案》2000年第4期等曾予以报道。

三　琉球中山王表奏文的体例

这些今存表奏文书完全保持了当时的书写格式，它们大致有以下几个文体特点。

其一是表奏文书均用汉字书写。据《清会典》，"外藩朝贡，呈进金叶、蒲叶表文及各处表笺方物状"，到乾隆时期，清朝的藩属国有7个，分别是朝鲜、琉球、安南、暹罗、苏禄、南掌和缅甸，其向朝廷呈递的表文，有的通用汉文，有的使用其自己的文字，为此，清政府设置四译馆（隶属礼部），专司翻译各国文书。而"现在（指乾隆十三年）入贡诸国，朝鲜、琉球、安南表章，本用汉字，无须翻译"②。说明了环中国海周边朝鲜半岛、日本列岛（清朝不列为属国）、琉球群岛、中南半岛越南等的汉化程度。

① 参见丁春梅《清代中琉关系档案研究》，博士学位论文，福建师范大学，2007年。
② 《清会典事例》卷514《礼部·朝贡·象译》。

其二是表奏文书使用中国纪年。明清时代，琉球呈送给中国的所有文书全部使用中国年号纪年纪日，而且琉球国与周边国家之间往来的公文也如此。琉球《历代宝案》全部收录明清时期琉球与中央朝廷、与朝鲜及东南亚明清属国之间往来的文书，从中可见，自明代琉球给暹罗、爪哇、朝鲜、满喇加、苏门答腊等明朝属国的"咨"（中国中央政府所属同级衙门官员之间行文的专用文体），就是一律用汉字书写、使用中国纪年的；这些属国回咨琉球国的"咨"也同样用汉文和中国纪年。中国帝系纪年历法在周边属国地区是通行的。

其三是表奏文书钤盖中央朝廷颁授的官印。明清两朝中央政府前后共颁给琉球国王官印五枚，其中明朝三枚、清朝两枚。中央政府颁授属国藩王的官印一般为镀金银印，自汉代颁授日倭王，历代朝廷沿袭此例。① 明朝三枚，是因琉球始受封时尚处于"三山"分治状态，分别向明洪武朝请封朝贡，洪武帝分别向他们颁授王印，至永乐朝，中山统一三山，其后琉球国呈递中央政府的表奏文书一律使用中山王印。清顺治元年（1644），清王朝建立，琉球朝贡，清政府要求在颁赐琉球王印之前，琉球须交回前明颁给的诏敕和王印。琉球国迟迟不肯交出，直到顺治十年（1653）琉球方遣使交出"明朝敕书二道，印信一颗"。次年，顺治十一年，清政府颁授琉球国王驼纽镀金银印一枚，印文六字"琉球国王之印"，用满汉两种文字刻成，左满右篆，由朝廷册封使张学礼赍往琉球，封王授印。乾隆十七年（1752），清政府对印信文字进行改革，取消满文，"印信改铸清篆"，京内外文武衙门旧印全部交回礼部，重新铸造，同时，原颁给各属国藩王的王印也一律以旧换新，"诸王各将宝印赍送礼部，照式改镌"。由于琉球地处海外，清政府没有要求其立即换印，而是待册封新王时再铸换新印。乾隆二十一年（1756），全魁、周煌为册封使前往琉球册封新王，携带清政府颁发的新印，印文仍然六字"琉球国王之印"。但王号一直沿袭明

---

① 汉朝廷颁授日本倭王印绶，明代在日本出土，今存日本。

制，为"中山王"。册封事毕，册封使将旧印带回礼部核销。琉球王在呈报皇帝的表奏文书首页和末页钤上琉球国王印章，方为正式上呈文，既示其庄重、虔诚，又可防伪造。

其四是表奏文书内容、格式严格按照中央政府规定书写。中国历代王朝，凡新帝登基、上尊号、封后、立储等朝廷重大事件和万寿、元旦、冬至三大节，京内外王公、文武大员均须进"表"庆贺。表文预先由内阁撰拟定式，皇帝钦定后颁发通行。清制，庆贺三大节表式，首具上表人身份，"在京称'某亲王臣某等''诸王贝勒文武官等'，在外称'某官臣某等，诚欢诚忭、稽首顿首上言'，末云'臣等无任瞻天仰圣、欢忭之至，谨奉表称贺以闻'"。朝廷对藩王等封官与命官一视同仁，表奏书格也一体无二。琉球国王的表文开首语为："琉球国中山王臣某某诚欢诚忭、稽首顿首上言。"其中"臣"字与内地官员写法一样，字体比其他字略小一号且偏右书写。表文结束语为："臣等无任瞻天仰圣、欢忭之至，谨奉表称贺以闻。"与内地王公、官员表文无异。琉球国王官衔等同于朝廷六部和内地行省巡抚一品官员，位尊等同于内地同姓藩王。清时藩属国有事向朝廷呈递奏文，同样须照清朝内地王公、官员奏文格式书写。如琉球国奏文，同样在封面正上方书一"奏"字，以示公文从下呈上。文首为："琉球国中山王臣某某谨奏为某某事。"在国王姓名前用小一号字体偏右书一"臣"字，末以"谨具奏以闻"结束，最后要注明奏文的字数和用纸数，在奏文的开头和结束部分盖国王印。另外，表奏文的竖排书写，分行、空格、纪年及每行的字数等均与内地王公、官员的表奏一样。至于行文中同样须严格遵守两项书写制度：一是抬头制，即遇有"皇帝、上谕、旨、御"等与皇帝有关的词语，须抬写二格；遇"朝、国、宫殿"者，须抬写一格；凡"天地、宗庙、山陵、庙号、列圣谕旨者，逾格一字"。二是避讳制，即遇到与皇帝名字相同的文字须按规定的别字或缺笔替代。为便于藩属国了解朝廷公文的避讳制，礼部还分别颁咨朝鲜、琉球和安南等国，详细告之具体规定，以便各国遵照执行。封国属官的表奏公文内容格式是否符合规范，事关国家尊严，是属国王职是否恪守臣职，是否有僭越不轨的标志。因此各属国藩臣也百倍小心，唯谨是命。①

琉球国王的表奏文书，可根据所述内容和折面文字分为进贡、谢恩、庆贺、进香等表文或奏本。兹再录琉球王谢恩表、奏各两件如下。

表。一者时在康熙二十九年，一者时在雍正六年。

康熙二十九年，琉球国中山王尚贞遣使入贡，并奏请原所遣琉球官生归国："况臣国人皆愚昧，自成楫等入监之后，臣贞望其返国，与臣言忠、与子言孝，以宣布皇上一道同风之化。"皇帝准其所奏，遣官生归国。为此，中山王又上谢表，"聊表臣子之敬"。表云：

> 琉球国中山王尚贞谨奉表上言：
>
> 伏以布教溢中华，设席阐洙泗之秘；觌光来异域，执经分泮水之光。械朴篇中，时展缥缃歌夜月；杏花坛上，长垂衣带拂春风。喜动儒林，欢腾海国。恭惟皇帝陛下，允文允武，乃圣乃神。王泽广敷，措一代于利乐亲贤之内；文风遥播，范四方于诗书礼乐之中。臣贞观海有怀，望洋徒叹。眷中山而倾印绶，蚁封久叨带纺之荣；入国学而奏典章，虎观不遗驽骀之选。一之以声音点画，口诵心唯；教之以节义文章，耳提面命。况乎冬裘夏葛，授衣尽内府之藏；兼之朝饔夕飧，赐食悉天厨之馈。恩深似海，难忘推解之隆；泽沛如天，莫报裁成之大！虽三年国子，敢云得九邱、八索之微言；而一介竖儒，犹幸闻四书五经之大旨。只为养亲念切，君门上重译之章；何意逮下恩殊，天阙赐远乡之诏。归而言忠言孝，咸知君父之尊；固当献藻献芹，聊表臣子之敬。伏愿车书一统，玉帛万方！有分土而无分民，到处珠玑生腕下；得大方乃得大用，何人锦绣不胸中！行见耳目股肱，不出图书之府；亦使东西南北，无非翰墨之林矣。臣贞无任瞻天仰

---

① 以上参见丁春梅《琉球国给中国表奏文书的特点》，《档案学研究》2007 年第 3 期。

圣、激切屏营之至。谨奉表称谢以闻。

雍正六年，琉球国中山王尚敬遣使入贡，并上表表达对皇帝的恭谢和衷心，同样是"聊表臣子之敬"。表云：

琉球国中山王尚敬诚惶诚恐稽首顿首上言：

伏以帝德遍乾坤，中外睹协和之盛，皇恩弥宇宙，遐迩承熙皞之隆，辑瑞五瑞，百辟咸瞻，有道圣人玉帛万方，八方共仰太平天子，普天庆溢，率土欢腾。恭惟皇帝陛下，道隆尧舜，功迈汤文，大德日新，继百王之道统，覃恩时懋，绍千圣之心传，物阜民康，欣逢圣世明良之会，时雍俗美，喜际熙春泰运之期，四海遍洒仁风，八深沾怿泽。臣敬僻处海隅，荷沐天眷，虽竭诚而拜颂，实仰报无从。谨遣陪臣毛鸿基、郑秉彝等恭赍短疏，聊申谢悃。伏愿仁恩愈扩，德泽弥深，西被流沙而东渐勃（渤）海，醴泉与芝草俱生，南距五岭而比暨三涂，瑞凤共祥麟偕集，则躬桓蒲谷，觇亿万年有道之长，而玉帛车书，垣千百世无疆之祚矣。臣敬无任瞻天仰圣激切屏营之至。仅奉表称谢以闻。

雍正六年十一月初十日奏。七年十月初十日奉旨：览王奏，知道了。该部知道。

两件奏文，一是奏请派遣琉球官生赴京入读国子监，二是奏陈恭谢朝廷敕谕、赏赐之天恩。一者时在雍正元年十月初九日，二者时在雍正十年十月二十四日。

琉球国中山王尚敬谨奏：

为圣朝文教广被万方，奉旨遣官生入太学读书事。康熙六十年六月十三日，准礼部咨开："为奏闻事。主客清吏司案呈，奉本部送礼科抄出该本部题前事内开：'议得册封琉球国王使臣翰林院检讨海宝、编修徐葆光等代臣奏称本国'云云等因；于康熙五十九年八月初三日题，本月初五日奉旨：依议。钦此。钦遵，抄出到部。相应移咨琉球国王可也"等因，奉此。钦遵随于康熙六十一年十一月遣官生蔡用佐、蔡元龙、郑师崇三人同贡使毛弘健等赴京入监读书，不幸在海沉没。伏思臣敬业奉圣祖仁皇帝恩允，未应俞旨；今不敢违先皇遗旨，再遣官生郑秉哲、蔡宏训等三人偕庆贺正使王舅翁国柱等赴京入监读书。诚俾海外愚陋子弟，得以观光上国，执经问字；踊跃之私，不啻臣身躬聆圣训、举国共沐天朝雅化于无穷，而我皇上文教被万方益广矣。外肃贡土产细嫩土蕉布五十匹、围屏纸三千张，少布涓滴微忱。为此合具奏明，伏祈皇上睿监敕部施行，臣敬无任战栗惶恐之至。谨具奏以闻。

琉球国中山王臣尚敬谨奏：

为恭谢天恩事。窃照臣敬僻处海滨，感沐皇恩异数眷膺，虽竭顶踵，未罄涓埃。兹准礼部咨开：为颁赏事。主客清吏司案呈，礼科抄出，本部题前事内开，议得：琉球国中山王尚敬差王舅向克济、正义大夫蔡文河等进贡谢恩来京，应照雍正七年加恩之例，赏赐该国王蟒缎六匹、青蓝彩缎十四、蓝素缎十四、衣素缎十四、闪缎八匹、锦六匹、绸十四、罗十四、纱十四，共八十匹。由内阁将赏赐缎匹数目，撰敕交付来使带回，其赏赐之物于户部移取，在午门前赏给。等因。于雍正九年十二月二十一日题，本日奉旨：依议。钦此。钦遵。抄出到部。相应知会琉球国王可也。等因。又为知会事。主客清吏司案呈：雍正十年三月初七日皇上特赐琉球国王舅向克济黄玻璃瓶一对、红玻璃瓶一件、绿玻璃瓶一件、白玉笔搁一件、白玉双喜觥一件、汉玉双喜杯一件、红玛瑙水盛一件、牛油石福寿盒一件、铜珐琅花瓶一件、铜珐琅茶盘一件、琼石荷叶觥一件、青绿鼎一件、彩漆小圆盘八件、哥窑四系花囊一件、蓝瓷瓶一件、霁红瓶二件、霁青胆瓶一件、哥窑瓶一件、官窑双管瓶一件、填白双圆瓶一件、粉红瓷小瓶一件、青花瓷桃式盒一件、五彩套杯一套、五彩酒盅四件、洋红酒盅四件，于本日在午门内一一交予王舅向克济跪领讫。相应知会琉球国王可也。为此全咨前去查照施行。等因。雍正十年七月十三日王舅向无济等赍捧敕书、蟒缎等到国。奉此臣敬叨蒙皇恩，感愧无地，愈为懔懔。谨择良辰恭率百官迎接敕书、蟒缎、玉器等物，望阙嵩呼，一一拜领。并令王舅向克济叩受御赐玉器等物，永为传家之宝，举国臣民舞蹈欢忭。惟臣中夜图报，不能仰酬万分之一。钦遵敕谕，具表附贡使温思明、郑仪等顺赍赴京，叩谢天恩，仰冀睿慈，俯鉴下悃。臣敬无任激切屏营之至，仅具奏以闻。

十一年正月二十三日奉旨：览王奏谢，知道了。该部知道。

以上可见，无论是表还是奏，尤其是表，其文义之恭顺敬畏，用词之庄重典雅，文采之华丽委婉，韵律之贴切考究，格式之规矩不二，堪称文章之范例。

呈文仪式，行文格式，用词用语，以文学视角言之是文法，而这恰恰就是法律，就是制度本身，这是一个国家上至首脑中至官府下至民间社会的信守与规范，是至高无上的"讲究"。其华丽的辞藻、优美的文采、艺术的语言，表达的是虔诚的思想、真切的感情；艺术是内容的表现形式，而表现形式则准确而恰切地表达了身份的体认，表达了不可替代的政治、社会、宗教、情感的内涵。

四　中国历代王朝属国王臣表奏文的通例及其意义

当然，琉球中山王上呈朝廷的表奏，绝非特例，同时期朝鲜、安南等属国王臣上呈朝廷的表奏，大略无不如此。这渊源有自。历代中国封藩属王上书中央朝廷的表文奏章，无不大略若此。如《全唐文》卷九百九十

九、卷一千所录各属国汗、王的表、奏，尽管有些并非全文，抑或其文体尚不如明清时代的那么"体例完善"，但其文义，是可一目了然的。如：

突厥可汗伽骨咄禄，唐开元二十八年朝廷册其为登利可汗，遣其大首领伊难如入朝，上《贺正表》：

> 顶礼天可汗如礼诸天。奴身曾祖已来，向天可汗忠赤，每征发为国出力。今新年献月，伏愿天可汗寿命延长，天下一统。所有背恩逆贼，奴身共拔汗那王尽力支敌，如有归附之奴即和好，今谨令大首领伊难如拜贺。

处木毗匐延阙律啜。西突厥十姓之一。开元二十一年，与拔塞干部落、鼠尼施部落、阿悉结部落、亏月部落、哥舒部落同请内附。二十八年，朝廷以处木毗匐延阙律啜为右骁卫员外郎大将军。其《请内属表》云：

> 臣等生在荒裔，久阙朝宗，国乱主薨，互相攻杀。赖陛下圣恩遐布，愍念苍生，令碛西节度使盖嘉运统领兵马，抚臣远蕃。诛暴拯危，存恤蕃部。臣等伏愿稽首圣颜，兼将部落于安西管内安置，永作边捍，长为臣子，今者载驰，骧首天路，不任喜跃之至。

吐蕃赞普弃宗弄赞。贞观中遣使求婚，妻以宗女文成公主。永徽元年授为驸马都尉，封西海郡王。其《贺平辽东表》云：

> 圣天子平定四方，日月所照之国，并为臣妾。而高丽恃远，阙于臣礼。天子自领百万，度辽致讨，臁城陷阵，指日凯旋。夷狄才闻陛下发驾，少进之间，已闻归国。雁飞迅越，不及陛下速疾。奴忝预子婿，喜百常夷。夫鹅犹雁也，故作金鹅奉献。

西曹国王哥逻仆罗。天宝元年，遣使贡方物。诏封怀德王。《请内属表》：

宗祖以来向天可汗忠赤，尝受征发。望乞慈恩，将奴国土同为唐国小州，所须驱遣奴身，一心忠赤，为国征讨。

新罗王金兴光。长安二年册立，仍袭辅国大将军、行豹韬卫大将军、鸡林州都督之号。开元二十一年加授开府仪同三司、宁海军使。二十五年卒，赠太子太师。《遣使纳贡表》：

臣乡居海曲，地处遐陬，元无泉客之珍，本乏宾人之货。敢将方产之物，尘黩天官；驽蹇之才，滓秽龙厩，窃方燕豕，敢类楚鸡。深觉腼颜，弥增战汗。

又《赐土地谢表》：

伏奉恩敕，浿江以南，宜令新罗安置。臣生居海裔，沐化圣朝。虽丹素为心，而功无可效；以忠正为事，而劳不足赏。陛下降雨露之恩，发日月之诏，锡臣土境，广臣邑居，遂使垦辟有期，农桑得所。臣奉丝纶之旨，荷荣宠之深，粉骨糜身，无缘上答。

新罗金忠信。忠信，新罗王兴光从弟。开元中留宿卫，授左领军卫员外将军。二十二年受代上表。《请充宁海军副使从讨靺鞨表》：

臣所奉进止，令臣执节本国，发兵马讨除靺鞨，有事续奏者。臣自奉圣旨，誓将致命。当此之时，为替人金孝方身亡，便留臣宿卫。臣本国王以臣久侍天庭，遣从侄志廉代臣，今已到讫，臣即合还。每思前所奉进止，无忘夙夜。陛下先有制，加本国王兴光宁海军大使，锡之旌节，以讨凶残。皇威载临，虽远犹近，君则有命，臣敢不祗？蠢尔夷俘，计亦悔祸。然除恶务本，布宪惟新，故出师义贵乎三申，纵敌患贻于数代。伏望陛下因臣还国，以副使假臣。尽将天旨，再宣殊裔。岂惟斯怒益振，固亦武夫作气，必倾其巢穴，静此荒隅，遂夷臣之小诚，为国家之大利。臣等复乘桴沧海，献捷丹闱，效毛发之功，答雨露之施，臣所望也。伏惟陛下图之。

以上所引，可见唐朝所属西域各藩王酋长、新罗各王上表上奏，与内地官员上表上奏无二，只是其语言文字，或为其表奏原文，或为朝廷礼部蕃部译录，"文学性"不及后世，但内容、性质无二，由此可见一斑。

一直以来，一方面是文学史研究者大多只就文学视角而谈论文学，对文学作为密叶繁花所附着所在的"树干""根本"很少着意；另一方面是历史研究者大多只就历史现象而谈论历史，很少对历史的人物、言辞、感情、心灵的表现形态多加着意，这就造成了两方面都存在的缺憾。更有甚者，不少"史家"以"现代理论"为先入之见，而不从档案史料本身解读，或者有意对历史文献进行误读、曲解，按照现代的国际关系现实与理念，想当然地认为周边朝贡国只是名义上的，是图谋占中国经济贸易的便宜而采取的韬光养晦政策，天朝上国是"自居"，即"自己封的"，认为那些朝贡国都是对中国历代政府的欺骗，明知受骗而哑巴吃黄连。但只要我们读一读历史上各代朝廷的属国藩王们上奏朝廷的表奏，就可见如今的遮蔽、淡化、歪曲、妖魔化是多么与历史不符，荒唐可笑。一是原文原件俱在，史证凿凿；二是原件与原誊抄件可以比勘；三是虽屡经琉球战火，尤其是经过日本的控制与殖民占领，而大多琉球国王的表奏仍然保持在琉球冲绳图书馆、博物馆及大学图书馆等处，日本人一直寻找侵占琉球的借口和根据，总不会日本人帮着中国"伪造"历史上的琉球朝贡中国、向中国皇帝上表报奏，称顺效忠罢。

历史上的"文学"比今天的文学的概念和内涵要宽泛得多，应用性的文章都是"文"。通过古代陆上、海上"丝绸之路"沿线上的中国属国藩王、陪臣们对中央政府的表奏文书，可见在"中国文学史"上，还有很多很重要但尚未受到关注、重视的内容，其重要程度，或许不亚于已知、已予以重视的小说、诗歌、小品散文者流，这无疑是研究文学史者在学术

"习惯"的基础上，应予以加大关注和重视力度的方面。

［本文为作者主持的国家社科基金规划项目"东亚汉文化圈视域中的明清琉球文学研究"（13BZW074）的阶段性成果。原题《明清时期琉球中山王表奏文的内容与体制》，《中国海洋大学学报》（社会科学版）2016 年第 2 期］

清代国子监师门对琉球
官生诗文创作的影响

  琉球自明初成为中国的属国，直至清末，一直派遣官生入京，被朝廷安排在国子监读书。对琉球官生在明清朝廷国子监的就读与受教情况，学界已有不少研究。① 由于自清代前期开始，朝廷就令国子监为琉球官生专门选派教习和博士董率，由此沿为"惯例"和定制，教习和董率，尤其是教习，就成为琉球官生的专门的师门。尽管国子监为每一批琉球官生设置的课程，都是基本延续、固定的，基本共同的，但教习不同，教的重点、特点，安排官生们练习、写作创作的诗文的内容、体裁和风格等就不同，因此，不同的教习，就是不同的师门。因此，本文在学界已有相关研究基础上，针对清代国子监每一批琉球官生与其各自师门的对应情况再做一梳理和讨论。

  明代，琉球自洪武五年（1372）受封为属国，"终明之代，传十六世，

---

  ① 中国海峡两岸、日本学界都有不少专题研究和相关研究。中国学界的研究主要有历史学、古代文学暨海外汉学、对外汉语教育史等领域学者如徐恭生《琉球国在华留学生》、谢必震《中国与琉球》、秦国经《清代国子监的琉球官学》、董明《明清时期琉球人的汉语汉文化学习》、黄新宪《琉球的"闽人三十六姓"后裔在华留学考述》、陈福康《日本汉文学史》附"琉球汉文学概述"、黄裔《琉球汉诗：中国诗歌移植的硕果》和《琉球汉诗再探》、赖正维《福州先生与琉球学生》、朱淑媛《清代琉球国贡使官生的病故及茔葬考》等，还有林少骏《清代琉球来华留学生之研究》等多位研究生学位论文。中国海峡两岸、日本学界联合轮流主办的历届中琉关系史研讨会及其论文集，多有相关论文发表，成为散见著作、论文之外较为集中的园地。

世世请封，封使三十余人，具列正史"①。琉球在向朝廷"世世请封"的同时，也不断请求朝廷批准，派遣官生入京到国子监读书。明代琉球共派遣官生16批，每批官生人数在3—6人不等，大多为4—5人。清代琉球共派遣官生9批（其中有2批因船难未能入读）。在明朝，琉球所派每批官生名额大多是3—5人，有时6人；清朝，琉球所派每批官生名额，9批中前3批分别为4人、3人、3人②，后6批均为4人。每批4人，遂被视为朝廷颁赐琉球官生入监读书的"定额""定例"即定制，即使琉球王再三奏请增加名额，都被朝廷驳回，不可逾越。③

一 清代7批琉球官生在国子监就读及其师门的基本情况

清代琉球先后9次派遣34名官生入监学习；实际入监学习的官生是7批，共27人；学成肄业的为20人。从准允琉球派遣第一批官生入读国子监开始，清朝廷就在国子监专门为琉球官生选派教习一员、督课博士一

---

① （清）徐葆光：《中山传信录》，二友斋藏板，康熙六十年（1721）刊。

② 第一批派遣来京入监的琉球官生为4人：梁成楫、蔡文溥、阮维新、郑秉均。而第二批来京入监的官生为3人，是由于琉球方面在奏请中误说第一批为3人并"照例"派遣3人。清康熙五十九年册封使海宝、徐葆光册封琉球中山王事竣返国后上奏称："臣等奉旨册封琉球，礼毕宴语。王令通事致词云：'本国僻处海外，荒陋成风，于康熙二十五年奉旨许遣官生阮维新、蔡文溥等三人入学读书。今得略知文教，皆皇上之赐。自此三十年来无从上请。今天朝遣使臣至国，求照前使臣汪楫代请入学读书旧例，陈远人向化之意。倘蒙谕允得照前例，再遣官生入学读书，则皇上之教益广矣。'臣等理合据辞缮折代奏。奉旨：该部议奏。"礼部得旨后具题："应如所请，准其官生等赴京入监读书。"八月初五日奉旨："依议"（潘相《琉球入学见闻录》）。中山王尚敬得旨后，遂于康熙六十一年遣官生蔡用佐、蔡元龙、郑师崇3人同贡使毛弘健等一同来京入监读书。不幸，这批人俱于海途中船沉遇难。

③ 如嘉庆十年，琉球国王世孙尚灏请求增加入监学习官生名额，并请求允准派陪臣子弟到清朝太医院学习医术，以敷国内的需要。尚灏奏称："历届遣送官生四人入监读书之外，更有随伴四人，只供役使。今生齿日繁，若只令四人学习遣回本国，不敷分数。现照历届奏准名数，谨遣官生毛邦俊、向邦正、梁文翼、杨德昌等四人，随同贡使毛廷勤等进京入监肄业外，更有随伴孙国栋、红泰熙、伯恢绪、荣祉佑四人亦属同官子弟，意欲仰恳皇上恩施，格外俯准孙国栋、红泰熙二人同官生毛邦俊等一同入监学业。其伯恢绪、荣祉佑二人求入太医院学习医理。"经礼部和国子监议复奏，准琉球官生入监名额仍限4人。至于官生入太医院学习医术，向无此例，亦不允行。见中国第一历史档案馆藏清内阁档案专案类。第三批也是3人，仍为琉球遵前"旧例"所请而致。

员、鉴堂官一员（或由国子监官员监理稽查），其后形成"定制"，并逐渐完善。

（1）第一批琉球派遣官生是 4 人：梁成楫、阮维新、蔡文溥、郑秉均。其中郑秉均渡海时遭遇海难，入京到监读书并肄业 3 人。

康熙二十三年（1684）礼部奏琉："据差还琉球国翰林院检讨汪楫、中书舍人林麟焻疏言，中山王尚贞亲诣馆舍云：'下国僻处弹丸，常惭卑陋，向学有心。稽明洪武、永乐年间，常本国生徒入国子监读书，今愿令陪臣子弟 4 人赴京受业。'事下臣部，臣部咨国子监。据国子监咨复，查太学志载，洪武二十五年秋琉球国王遣其子日孜等及陪臣之子入监。自是以后，至于隆万之际，凡十四五次来学，向慕文教。琉球于诸国为最笃国家，待之以为最优。臣等复查史载……琉球自明初始内封。会典载大琉球国朝贡不时。王子及陪臣子弟皆入太学读书，礼待甚厚。又载，洪武、永乐、宣德、成化以后，琉球官生俱入监读书。今该国王尚贞以本国远被皇仁，倾心向学，恳祈使臣汪楫等转奏，愿令陪臣子弟四人赴京受业，应准所请。其遣陪臣子弟入监读书，俟命下之日，知会该国可也。奉旨：依议。钦此。"[1] 琉球王得旨，派遣官生梁成楫等 4 人于康熙二十五年动身渡海，不幸郑秉均在海途中遭风遇难。其他 3 人入监，勤奋读书，最后圆满完成了学业。康熙二十九年，中山王尚贞遣使入贡，并请官学生归国。得旨允准后，梁成楫等三人于康熙三十年随贡使回国。

以上十分清楚，这次派遣的是 4 人。其后相关记述往往指为 3 人，是因实际入读国子监的是 3 人，而不是琉球原本派遣官生 3 人。

这是清朝政府定鼎以来，第一次依属国琉球所请，允其派遣官生入京，在国子监就读，并专门为琉球官生遴选和指派教习：

雍正二年十二月十五日，礼部臣谨奏：

---

① （清）潘相：《琉球入学见闻录》，台湾文献《刊》第 298 种《清代琉球纪录续辑》，台湾大通书局 1984 年版。

为请旨事。……查康熙二十七年琉球国陪臣子弟梁成楫、阮维新、蔡文溥等入监读书,臣部议覆"选取贡生一名,令其教习;派博士一员专管董率,该监堂官不时稽察"。①

据潘相《琉球入学见闻录》"师生"门,这第一批琉球官生的教习为先后二人:郑某、徐振。

郑(名阙),福建□□□人。康熙二十七年,补教习;一年去。

徐振,浙江宁波县人;拔贡生。二十八年,补教习;三年咨部议叙,以州同即用。

《清史稿琉球传》记:

康熙二十七年十月,(尚)贞遣陪臣来谢子弟入监读书恩并贡方物。帝令成楫等三人照都通事例,日廪甚优。四时给袍、袿、衫、匏、靴、帽、被、褥咸备。从人皆有赐。又,月给纸笔银一两五钱。特设教习一人,令博士一员督课。

"选取贡生一名,令其教习;派博士一员专管董率,该监堂官不时稽察。"自此形成了清朝国子监琉球官生教育的基本制度和"惯例"。

(2)第二批琉球派遣官生是3人,因不幸3人都遭海难,未能入京。这3人是蔡用佐、蔡元龙、郑师崇。

康熙五十九年七月,清廷册封使翰林院检讨海宝、编修徐葆光册封事竣返国后上奏称:

"臣等奉旨册封琉球,礼毕宴语。王令通事致词云:'本国僻处海外,荒陋成风,于康熙二十五年奉旨许遣官生阮维新、蔡文溥等三人入学读书。今得略知文教,皆皇上之赐。自此三十年来无从上请。今幸天遣使臣

---

① (清)潘相:《琉球入学见闻录》"奏疏",《台湾文献丛刊》第298种《清代琉球纪录续辑》,台湾大通书局1984年版。

至国，求照前使臣汪楫代请入学读书旧例，陈明远人向化之意。倘蒙谕允得照前例，再遣官生入学读书，则皇上文教益广矣。'臣等理合据辞缮折代奏。奉旨：该部议奏。钦此。"礼部得旨后，于康熙年五十九年八月初三日具题："应如所请，准其官生等赴京入监读书。"八月初五日奉旨："依议。"中山王尚敬得旨后，遂于康熙六十一年遣官生蔡用佐、蔡元龙、郑师崇3人同贡使毛弘健等一同来京入监读书。不幸，这批官生俱于海途中船沉遇难。①

为什么这次琉球中山王奏请派遣官生3人、清朝廷批准3人？这是由于中山王尚敬将琉球成为清朝属国之后，第一次接受和安排前中山王尚贞派遣的官生仅有3人在国子监就读视为"（琉球遣官生）入学读书旧例"，奏请"蒙谕允得照前例"，"再遣官生入学读书"，以使"则皇上文教益广"。于是清朝廷"如所请，准其官生等赴京入监读书"。琉球中山王依旨，这才得以选派出官生蔡用佐、蔡元龙、郑师崇3人。可惜3人全部于海路上遇难。

（3）琉球国派遣的第三批官生，是郑秉哲、蔡宏训、郑谦②3人。蔡宏训病故，肄业2人。

雍正元年十月初九日，琉球国中山王尚敬谨奏：

为圣朝文教广被万方，奉旨遣官生入太学读书事。康熙六十年六月十三日，准礼部咨开："为奏闻事。主客清吏司案呈，奉本部送礼科抄出该本部题前事内开：'议得册封琉球国王使臣翰林院检讨海宝、编修徐葆光等代臣奏称本国'云云等因；于康熙五十九年八月初三日题，本月初五日奉旨：依议。钦此。钦遵，抄出到部。相应移咨琉球国王可也"等因，奉此。钦遵随于康熙六十一年十一月遣官生蔡用佐、蔡元龙、郑师崇三人同贡使毛弘健等赴京入监读书，不幸在海沉

① （清）潘相：《琉球入学见闻录》"奏疏"，《台湾文献史料丛刊》第299种《清代琉球纪录续辑》，台湾大通书局1984年版。
② 郑谦，《清史稿》属国一记为郑绳。

没。伏思臣敬业奉圣祖仁皇帝恩允，未应俞旨；今不敢违先皇遗旨，再遣官生郑秉哲、蔡宏训等三人偕庆贺正使王舅翁国柱等赴京入监读书。诚俾海外愚陋子弟，得以观光上国，执经问字；踊跃之私，不啻臣身躬聆圣训、举国共沐天朝雅化于无穷，而我皇上文教被万方益广矣。外肃贡土产细嫩土蕉布五十匹、围屏纸三千张，少布涓滴微忱。为此合具奏明，伏祈皇上睿监敕部施行，臣敬无任战栗惶恐之至。谨具奏以闻。

琉球派遣的第三批官生也是 3 人，是因为中山王尚敬与其前王尚贞同样，都认为派遣官生"三人"入国子监读书是"入学读书旧例"，清朝廷也认为琉球中山王是依照"旧例"所请，遂予以批准的，琉球王府即行遵旨选派，这才"今不敢违先皇遗旨，再遣官生郑秉哲、蔡宏训等三人，偕庆贺正使王舅翁国柱等，赴京入监读书"。

也就是说，因为琉球王府自认为，清朝廷也认为派遣官生"三人"是"旧例"，因此琉球派遣的第二、第三批官生，人数都是 3 人。

郑秉哲等到国子监后，自陈愿学八股文字，国子监为此专门挑选了文行兼优的拔贡生李著为教习。雍正二年十二月十五日礼部奏称：

据国子监祭酒宗室伊尔登等疏称，礼部札送琉球陪臣子弟郑秉哲、郑谦等到监。臣等询其声音，粗通汉语。问其欲学何业？皆愿学八股文字。臣等谨遵旧例选取贡生李著，俾之朝夕讲解，学习文艺。臣监现今博士员缺未补，今派学正一员，暂行董率。博士到任，仍照旧例令博士专管，臣等不时稽察。……至教习廪粮、咨部考职等项，俱照官学教习之例行等因具题，奉旨"依议"；钦遵在案。今琉球国遣到陪臣子弟郑秉哲等入监读书，应照二十七年之例，遴选贡生内文行兼优者一名，尽心训迪；派博士一员专管董率，该监堂官不时稽察。其教习廪粮、咨部考职等项，仍照官学教习之例遵行。其陪臣子弟郑秉哲等居住房屋、四季衣服及食用等项，亦令该监堂官不时稽查，务各令得所，不致短少迟误，以仰体皇上加惠远人之至意。为此具奏，伏祈睿监施行。谨奏。

本月十七日奉旨："依议。钦此。"①

如上，遴选贡生李著专任教习，为琉球官生"朝夕讲解"，"尽心训迪"，俾其"学习文艺"；"派博士一员专管董率，该监堂官不时稽察"。"博士一员专管董率"之职，是为"其教习廪粮、咨部考职等项，仍照官学教习之例遵行"；"该监堂官不时稽察"的，是"其陪臣子弟郑秉哲等居住房屋、四季衣服及食用等项"。如此"务各令得所，不致短少迟误，以仰体皇上加惠远人之至意"。

是年，官生蔡宏训不幸病故。皇帝特赐白金三百两，以二百两交贡使附归其家，以一百两交礼部官于近京地方茔葬。为此，礼部行文户部和工部，给发好棺木一口，围棺红绸一匹，并抬夫扛绳等物，送至张家湾埋葬。② 因此该批琉球官生实际在国子监就读受教，并学成肄业的，是郑秉哲、郑谦2人。

郑秉哲、郑谦学习4年肄业，琉球中山王尚敬奏请皇上批准其返国回乡。尚敬表奏皇帝：

> 据琉球国肄业官生郑秉哲、郑谦呈称，秉哲等雍正元年奉旨入监读书，于二年到京就馆。四载以来，荷蒙圣泽优渥，赏给饭食衣服、器用，虚糜无数。秉哲等向化敬业，沾被日深，当圣天子文教覃敷，愚蒙渐启。从事经书；固欲穷其奥旨，倾心制义，略已学为成篇。近

---

① （清）潘相：《琉球入学见闻录》，《台湾文献史料丛刊》第299种《清代琉球纪录续辑》，台湾大通书局1984年版。

② 引见秦国经《清代国子监的琉球官学》，《历史档案》1993年第1期。收入中国第一历史档案馆编《明清档案与历史研究论文选（1985—1994）》，国际文化出版公司1995年版。秦文此处原注："（引自）中国第一历史档案馆藏清内务府档案，来文外交类。另，本文主要根据中国第一历史档案馆馆藏档案写成，凡文中未具体注明出处者，均取材于该馆所藏档案。这些档案主要有军机处录副奏折外交类琉球项，宫中朱批奏折外交类琉球项，清内阁档案礼科题本，内务府档案来文等。"本文该部分相关史料与分析多参见秦氏大文。

缘贡使毛汝龙等来京，接有家信，知双亲益表倚闾迫切。①

事得允准后，官生郑秉哲等于雍正六年归国。

（4）琉球派遣的第四批官生，是郑孝德、梁允治、蔡世昌、金型4人。金型、梁允治病故，肄业2人。

乾隆十九年（1754）琉球世子尚穆遣使奉表入京，请求袭封。乾隆二十年朝命翰林院侍读全魁、编修周煌充正、副使，赍诏书金印，渡海至琉球，封琉球世子尚穆为王。乾隆二十二年全魁、周煌自琉球还，四月二十一日上《代请官生入学读书疏》：

> 为据词代请事。臣等蒙恩简用，远使琉球；事竣将旋，中山王臣尚穆诣馆宴送，令陪臣通事向臣等致词云："海隅下国，叠被皇上宸翰荣褒、纶音宠锡。但僻处弹丸，荒陋成俗；向学有心，执经无地。先于康熙二十二年，经恳前使汪楫等代请陪臣子弟四人入学读书，奉部议准；遣官生阮维新等入学在案。嗣于五十九年，恳前使海宝等援例代奏，复蒙许遣。今幸天遣使臣至国，敢祈陈明远人向化之诚，俾得再遣入学读书，下国不胜悚企"等语。臣等理合据词缮摺代奏，伏候圣监，敕部议覆施行。谨奏。
>
> 即日奉旨：该部议奏。钦此。

> 五月初一日，礼部谨奏：
>
> 为遵旨议奏事。……今翰林院侍讲全魁等既称该国王尚穆向化输诚，恳请许陪臣子弟入监读书；应如所请，准其于应贡之年遣令来京，臣部劄行国子监肄业。俟命下之日，行文福建巡抚转行该国王遵照可也。谨奏。
>
> 本日奉旨：依议。钦此。②

---

① 《钦定国子监志》卷一八。
② 此奏及以下报奏等，亦载《钦定国子监志》卷一八。

乾隆二十三年十月十一日，琉球国中山王臣尚穆谨奏：

为奉旨遣官生入太学读书事。……臣穆蚁垤藩封，蜗居荒服；恭逢天朝文教广敷，德泽远施。今蒙隆恩俞允，俾陪臣子弟得入学执经，俯聆圣训；不特臣穆感戴无穷，举国人民亦懽跃忭舞矣。谨遣官生梁允治、郑孝德、蔡世昌、金型四人同贡使毛世俊等赴京，入监读书。外肃贡土产围屏纸三千张、细嫩蕉布五十匹，少布涓滴微忱。为此合具奏明，伏祈皇上睿监，敕部施行；臣穆无任战栗惶恐之至。谨具奏以闻。

乾隆二十五年正月初十日，礼部札送到琉球国陪臣子弟梁允治、郑孝德、蔡世昌、金型4人到国子监就读。国子监为这一批琉球官生专门遴选的教习是贡生潘相；派博士张凤书、助教林人魁董率；国子监臣例行不时稽察之职。

乾隆二十五年正月二十三日，国子监臣观保、全魁、陆宗楷、博卿额、吉泰、卢毂谨奏：

为请旨事。乾隆二十五年正月初十日，礼部札送到琉球国陪臣子弟梁允治、郑孝德、蔡世昌、金型四人到监读书。臣等谨查雍正二年琉球国陪臣子弟郑秉哲、郑谦、蔡宏训等入监读书，经礼部议准照康熙二十七年之例，选取贡生一名，令其教习；派博士等员管理，臣监堂官不时稽察。至教习贡生一切等项，俱照官学教习之例等因，遵行在案。今该国王送到官生梁允治等四人入监读书，相应仍照旧例。臣等公同选得拔贡生潘相，湖南安乡县人；为人老成、学业优长，俾之朝夕讲解教习文艺。又派得博士张凤书、助教林人槐，俾之管理；臣等不时加谨稽察。至教习贡生一切等项，俱照官学教习之例。俟命下后，臣等移咨吏、礼二部存案。为此缮摺具奏，伏候皇上睿监施行。臣等谨奏。

本日奉旨：知道了。钦此。

琉球官生梁允治、郑孝德、蔡世昌、金型 4 人于乾隆二十五年正月初十日"到监读书",然而不幸的是,三月十六日,金型病故;四月二十日,梁允治复又病故。郑孝德、蔡世昌继续就读。在教习潘相与琉球官生"同居四年"① 精心教导和博士等董率管理照顾下,郑孝德、蔡世昌 4 年肄业,为琉球中山王奏请朝廷获准回归。

乾隆二十八年十一月二十六日,琉球国中山王臣尚穆谨奏:

为请遣入学官生归国,以宣文教事。窃臣穆僻处弹丸,荒陋成俗。幸于乾隆二十一年叨蒙天恩册封事竣,天使将旋,臣诣馆宴送,兼援旧例恳求天使全魁、周煌代奏,陈明远人向化之诚,俾得再遣陪臣子弟入学读书,不胜悚企;已经天使回京代奏,荷蒙许遣。遵于乾隆二十三年遣官生郑孝德入监读书,于二十五年入监在案。查康熙二十三年、雍正二年,前后官生在监读书各三年而归亦在案。伏念官生郑孝德等在监读书已经四年,理应奏请归国。为此肃具疏章,特附贡使马国器、梁煌等敬谨奏闻;请将官生郑孝德等赐归,下国则益广宣皇上之文教以成雅俗矣。伏祈睿监,敕部施行;臣穆无任惶恐屏营之至。谨具奏以闻。

琉球官生教习潘相,教授有功,得到国子监大臣的高度评价,并向皇帝举荐,奏请引见。

乾隆二十九年二月初四日,国子监臣观保、富廷、陆宗楷、张裕莘谨奏:

为琉球肄业陪臣回国,带领教习引见事。乾隆二十五年正月初十日,礼部札送琉球国陪臣子弟入监肄业,臣等查雍正二年礼部议准,照康熙二十七年旧例,选取贡生一名,令其教习;一切照官学教习之

---

① (清)潘相《琉球入学见闻录》:"惟国朝编修臣徐葆光之《中山传信录》、侍讲臣周煌之《琉球国志》留心考证,颇称详明。臣兹与入学陪臣郑孝德、蔡世昌同居四年,逐条核问……"

例遵行。随公同选得湖南拔贡生潘相为人老成、学业优长，请以充补教习，移咨吏、礼二部存案备查；于乾隆二十五年正月二十三日具奏，奉旨："知道了。钦此。"钦遵在案。今准礼部文称："琉球国肄业陪臣，已奉旨准其回国"等因到监。查该教习中式乾隆二十五年举人、中式乾隆二十八年进士，实心训课，造就有方；在学四年，始终如一。相应照八旗教习之例，恭缮绿头牌，将潘相带领引见；或用为知县，或用为教职之处，伏候钦定。奉旨后，臣等行文吏部，请归进士教习班铨选。为此谨奏。

　　本日带领引见，奉旨：潘相着以知县用。钦此。

依潘相《琉球入学见闻录》所记，潘相任国子监琉球官生教习期间中进士，觐见皇帝，曾被皇帝问及琉球语音事；及琉球官生归国，再见皇帝，"皇上复垂询再三"：

　　臣钦惟我皇上建极考文，《御纂同文韵统》及《西域同文志》，凡遐方异域重数译而来者，莫不审音知义，令译馆诸生译其字、达其志；琉球独不与焉。臣于乾隆庚辰，奉旨教习该国入学官生；癸未，成进士引见，皇上垂询该国语音，臣未敢冒奏，仰体圣衷，益加考订。及官生归国事竣引见，皇上复垂询再三；臣一一陈奏，天颜和霁，荷蒙录用。谨分门别类，编为一册，以俟谕言语之象胥，亦以志顾问之恩荣也。①

（5）琉球派遣的第五批官生，是向寻思、向世德、郑邦孝、周崇镛4人。疑遭遇海难，未能到京。

乾隆五十九年，琉球中山王尚穆去世，嘉庆三年（1798）世孙尚温遣使入贡，表请袭封。嘉庆四年，清帝命翰林院修撰赵文楷，编修李鼎元充正、副使，往封琉球世孙尚温为王，嘉庆五年航海至琉颁行册封大典，返

---

① 参见（清）潘相《琉球入学见闻录》"土音"条。

京后奏报皇帝称，中山王尚温愿陪臣子弟入学读书。① 嘉庆六年，礼部奏准。于是尚温于嘉庆七年②派了向寻思、向世德、郑邦孝、周崇鑛 4 名官生，并向善荣、毛长芳、蔡载金、蔡思恭 4 名跟伴，同贡使向铨等一同进京入监学习。③

这一批琉球官生、副官生，已有研究提及的，似仅有秦国经《清代国子监的琉球官学》④ 作有举述，林少骏《清代琉球来华留学生之研究》⑤、《福建省志·外事志》"三、明清（鸦片战争前）时期（一）与琉球交往"⑥ 之列表中列出，但未叙其详。

查琉球《中山世谱》，中载：

> （嘉庆）七年（1802）壬戌，遣耳目官向铨、正议大夫梁焕等奉表入京贡方物，且遣官生向寻思、向世德、郑邦孝、周崇鑛等四人入监读书。壬戌十月六日开船，未到中华，会经移咨探问，无有踪迹。副官生向善荣、毛长芳、蔡戴圣、蔡思恭，原是入监肄业。官生四人，而有跟伴四名，兹欲加增人数，入监读书，以广教化。备由咨请礼部，官生四人外，选官家子弟四人，充跟伴之数内，名副官生。

可知这一批官生、副官生随琉球耳目官向铨、正议大夫梁焕等奉表入京朝贡，是开船后遭遇海难了，其下落如何、是否得入国子监就读，待考。

---

① （清）李鼎元《使琉球记》，嘉庆五年九月二十六日条记：【九月】二十六日（乙巳），国王来馆送行，面馈金骨扇一柄，仍手奉三爵。将行，遣紫金大夫致词，请照例仍遣陪臣子弟入太学读书，恳回代奏；许之。

② 《清史稿属国一》谓："嘉庆五年（1800），琉球遣陪臣子弟四人入监读书。"不确。实际为该年琉球方面向朝廷提出，朝廷次年批准，再次年琉球方面派出。

③ 参见《大清会典事例》卷 1102《历代宝案》第八册。

④ 秦国经：《清代国子监的琉球官学》，《历史档案》1993 年第 1 期。亦收入中国第一历史档案馆编《明清档案与历史研究论文选（1985—1994）》，国际文化出版公司 1995 年版。

⑤ 林少骏：《清代琉球来华留学生之研究》，硕士学位论文，福建师范大学，2003 年。

⑥ 福建省地方志编纂委员会编：《福建省志·外事志》，方志出版社 2004 年版。

关于这4位官生向寻思、向世德、郑邦孝、周崇鑣，4位副官生向善荣、毛长芳、蔡戴圣、蔡思恭的些许情况，在作为天使出使琉球封王的赵文楷的《槎上存稿》里、李鼎元的《使琉球记》中（尤其是后者）记载了多位，可知他们在被遴选为官生、副官生渡海入朝之前，就是琉球有名的人物了。如果为充官生、副官生冒险渡海入朝而确实葬身海底，实在太为可惜，令人感伤。兹引李鼎元、赵文楷书中分别辑录几条他们的消息，如下。

李鼎元《使琉球记》嘉庆五年（庚申）：

【五月】三十日（辛亥），晴。首里公子向循师、向世德、向善荣、毛长芳来；以所作诗文进质，皆有思致。询其来意，乃知世孙知余欲辑《球雅》，特遣四人来助杨文凤参稽一切。三向为世孙本支，毛则王妃之侄，通汉文、能汉语；年皆二十以上。与之语，文理尚不及文凤，而聪明善悟。世孙即令五人馆于使院之西里许，因就诗韵字，令每人日注数十字来，疑者面议；后率以为常。

【七月】十二日（壬辰），微雨。杨文凤、首里四公子来，纂得《寄语》五百余条。（按"首里四公子"，即前记"首里公子向循师、向世德、向善荣、毛长芳"。）

【七月】二十八日（戊申），晴。向善荣来。

八月朔日（辛亥），晴。向世德来。

【八月】初六日（丙辰），雨。四公子以《寄语》四百余条来。余昨闻长史言"薯可四收"，未敢信；复质之四人，皆云"诚然；非受封，岁无此丰年也"。余曰："国以薯为命，亦知有《朱薯颂》乎？"皆曰："不知。"余书其词，书以付之曰："薯之用如此，慎毋贱视！"四人共读一过，矍然曰："吾今而知薯之德与薯之所以贵也！行当传之邦人，毋讳食薯。"

【八月】十九日（己巳），雨。向世德以《寄语》二百余条来；

【九月】初七日（丙戌），雨。杨文凤、四公子来，各送《寄语》

三百余条。

【九月二十日】，便道访杨文凤及首里四公子，留诗为别。

【十月】初四日（癸丑），晴。杨文凤、四公子各以《寄语》三百余条来。

【十月】十二日（辛酉），雨。先是，杨文凤、四公子屡招饮，俱却之。至是，请益挚；不得已，抵其书斋。各以送行诗见质，触余离绪，各依韵答之。

【十月】十五日（甲子），微雨。巳刻，晴，北风厉。午刻，奉节登舟。国人遮道跪送，有泣者；杨文凤及四公子、长史、通事哽咽不能出声。

赵文楷《槎上存稿》也同样每每提到这些才子。如：

> 首里秀才向世德等晋谒馆中，分韵赋诗；题其后（向生等皆王亲族贵公子）。
>
> 茧纸分题击钵催，挥毫诗就亦奇才；
>
> 从今不数韩陵石，网得珊瑚海上来。

> 使馆即事，适首里毛生长芳等投诗，书此答之：
>
> 天风东引碧牙幢，为策名王入海邦；
>
> 雨露从知原不二，姓名休说是无双！
>
> 楼头独醉银瓶酒，耳畔何来铁钁腔（时邻舍有钁声）？
>
> 多谢诸生勤赠答，哑钟难得应莛撞。

（6）琉球派遣的第六批官生，是毛邦俊、向邦正、梁文翼、杨德昌4人。4人入读国子监并肄业。

《中山世谱》卷十一"大清嘉庆九年"：

> 本年，遣耳目官毛廷勋、正议大夫郑国鼎等奉表入京贡方物；

并遣正议大夫蔡邦锦，附搭二号船，捧咨至闽，以世子尚成讣闻于中朝。又，上届壬戌年所遣官生，至今未见下落。由是再遣官生向邦正、毛邦俊、梁文翼、杨德昌等入监习业。随即照例，给与日用食物、四季衣服、铺盖、笔纸墨、银两等；从人亦给口粮食物、衣服铺盖。礼待甚厚。遣副官生伯恢绪、荣景祉、孙国栋、红泰熙等，同于官生入监习业。是以行咨闽省，随该官具奏达圣聪。奉旨："遣副官生洵属格外，令其归国"等因，遵丙寅年附搭进贡船回国。

副官生，实际上是个很突出的人物。如这次被遣为副官生却被朝廷回绝的红泰熙，在道光五年为大通事，十四年为正议大夫：

> 五年乙酉，遣大通事红泰熙、官舍武弘毅等，坐驾海船一只，护送福建省泉州府同安县难人吕正一名，及广东省潮州府澄海县难人船户蔡高泰等二十二名入闽。

> （十四年）本年，遣耳目官向如山、正议大夫红泰熙捧表进贡天朝。①

这是琉球国王世孙尚灏请求增加入监学习官生名额，强调"上届壬戌年所遣官生，至今未见下落"，强调要求派陪臣子弟到清朝太医院学习医术，以敷国内的需要：

> 历届遣送官生四人入监读书之外，更有随伴四人，只供役使。今生齿日繁，若只令四人学习遣回本国，不敷分教。现照历届奏准名数，谨遣官生毛邦俊、向邦正、梁文翼，杨德昌等四人，随同贡使毛廷勷等进京入监肄业外，更有随伴孙国栋、红泰熙、伯恢绪、荣祉佑四人亦属同官子弟，意欲仰恳皇上恩施，格外俯准孙国栋，红泰熙二

---

① 《中山世谱》卷十一。

人同官生毛邦俊等一同入监学业。其伯恢绪、荣祉佑二人求入太医院学习医理。①

尚灏的请求，经礼部和国子监议复奏准，琉球官生入监名额仍限 4 人。至于官生入太医学习医术，向无此例，亦不允行。这样尚灏只派了毛邦俊、向邦正、梁文翼、杨德昌 4 人入监学习。其他 4 人只作为书童，以便官生役使。

这 4 名官生于嘉庆十一年二月到京。国子监选派优贡生、福建人陈梦莲为教习，派满洲博士庆龄、汉博士嵩梁董率。并派助教乌什杭阿、德楞额等二员料理一切。经过三年学习的毛邦俊等官生，于嘉庆十四年随贡使王舅毛光国、紫禁大夫郑章观等一同回国。

嘉庆十一年，琉球官生的教习陈锦湖（梦莲，之前是优贡，后历任陕西兴平、朝邑、蓝田、长武、凤翔等县知县，正七品）族谱资料，正可弥补历史空白。《上洋颍川陈氏族谱》载《锦湖公行状》涉及琉球教习的章节，可资参考。

（7）琉球派遣的第七批官生，是毛世辉、马执宏、陈善继、梁元枢 4 人。4 人入读国子监并肄业。

嘉庆十二年七月命翰林院编修齐鲲、工科给事中费赐章往封世孙尚灏为王。事毕返华后疏称，中山王尚灏愿遣陪臣子弟入监读书。得旨允行。嘉庆十六年十月琉球国王遣陪臣子弟陈善继、马执宏、毛世辉、梁元枢来华至监。国子监选派副贡生黄景福为教习，派博士庆龄、助教金特赫、博士陈世昌董率。官生陈继善等于嘉庆十六年入监学习，至嘉庆十九年应三年学习期满。但贡使尚未来华，礼部为此奏准："琉球官生到监三年期满，其未回国以前，所有一切银米食物等项照旧由监支领。俟该国有贡使来京奏请回国，再行办理。"②

---

① 内阁档案专案类。
② 《钦定国子监志》卷一八。

《中山世谱》卷十二"嘉庆十五年庚午"：

> 本年，遣耳目官向国柱、正议大夫蔡肇业等奉表入京贡方物，并遣官生毛世辉、马执宏、陈善继、梁元枢等四人入监读书。随即照例，给与日用食物、四季衣服铺盖、笔纸墨、银两等件；从人亦给口粮食物、衣服铺盖，礼待甚厚。皇上谒太庙，额外奉旨，在午门外恭迎圣驾。①

嘉庆二十年二月陈善继等 4 名官生及跟伴随琉球贡使耳目官向斌、副使正议大夫郑嘉训等一同归国。

（8）琉球派遣的第八批官生，是阮宣诏、郑学楷、向克秀、东国兴 4 人。4 人入读国子监并肄业。

道光二十一年（1841）琉球国中山王尚育遣陪臣子弟阮宣诏、郑学楷、向克秀、东国兴 4 人来华入监学习。国子监选派贡生教习，派博士、助教董率，国子监堂官不时稽察，一切按定制进行。道光二十五年，阮宣诏等学习期满，照例随贡使一同回国。②

（9）琉球派遣的第九批官生，是葛兆庆、林世忠、林世功、毛启祥 4 人。毛启祥入京途中病故，葛兆庆、林世忠入读国子监后病故，林世功肄业。

同治五年，清帝遣詹事府右赞善赵新、内阁中书于光甲往封琉球世子尚泰为王。尚泰请册封使转奏皇帝，愿派陪臣子弟入监读书。事得允准。同治六年（1867）中山王尚泰遣陪臣子弟葛兆庆、林世忠、林世功、毛启祥 4 人入监读书。照例跟伴蔡光地、衡向辉、茄行仁、雍廷基等一同来华，供官生役使。③ 不幸，毛启祥在入京途中，行至江阴县于同治八年六月初八日因病去世。跟伴雍廷基亦因患病于是年六月十五日舟抵建德县地方身

---

① 《中山世谱》卷十一。
② 中国第一历史档案馆藏清内务府档案，来文外交类。
③ 内阁档案专案类。

故。官生葛兆庆、林世忠也不幸病故。① 国子监选请教习为徐干。同治十
一年琉球中山王尚泰遣耳目官向德裕等入贡。官生林世功在监读书已逾三
年，于同治十二年照例随贡使一同回国。

要之，有清一代，自康熙二十三年，迄同治十二年，共 190 年间，琉
球国中山王先后九次派遣陪臣子弟来华入监学习，初期间或 3 人，中后期
每批 4 人，具体而言，共 9 批，除第二、第三批各为 3 人外，7 批都是 4
人。据见诸档案文献记载的，琉球派遣的这 9 批官生共 34 人；因海难未能
到京入监就读的有 2 批，实际入监就读的为 7 批 25 人，学成肄业的是 20
人。见下表：

清朝琉球官生入读国子监批次与师门一览表

批次	派遣时间	派遣官生	入监时间	入监官生	教习	博士	监察	学制
1	康熙二十五年（1686）	梁成楫、阮维新、蔡文溥、郑秉均 4 人	康熙二十五年（1686）	梁成楫、阮维新、蔡文溥 3 人	先后为郑（名阙）、徐振	博士陆德元专管董率	监堂官不时稽察	4 年。康熙二十九年（1690）遣归
2	康熙六十一年（1722）	蔡用佐、蔡元龙、郑师崇 3 人		均遭海难				
3	雍正元年（1723）	郑秉哲、蔡宏训、郑谦 3 人	雍正二年（1724）	郑秉哲、郑谦、蔡宏训 3 人 ②	贡生李著、赵奋翼	先由学正一员暂行董率，俟博士到任后专管	国子监祭酒宗室伊尔登稽察	4 年。雍正六年（1728）遣归

① 中国第一历史档案馆藏清内务府档案，来文外交类。
② 蔡宏训于入监当年身故，葬于北京。

续 表

批次	派遣时间	派遣官生	入监时间	入监官生	教习	博士	监察	学制
4	乾隆二十三年（1758）	郑孝德、梁允治、蔡世昌、金型4人	乾隆二十五年（1760）	郑孝德、梁允治、蔡世昌、金型4人①	贡生潘相	博士张凤书，助教林人魁董率，另有助教张若霍、张元观等	国子监臣不时稽察	4年。乾隆二十八年（1763）遣归
5	嘉庆七年（1802）	向寻思、向世德、郑邦孝、周崇鎬4人，又有副官生向善荣、毛长芳、蔡戴圣、蔡思恭4人		遭遇海难，未到中华，下落待考				
6	嘉庆十一年（1806）	毛邦俊、向邦正、梁文翼、杨德昌4人	嘉庆十一年（1806）	毛邦俊、向邦正、梁文翼、杨德昌4人	陈梦莲为教习	满洲博士庆龄、汉博士吴嵩梁董率。助教乌什杭阿、德楞额二员料理一切		嘉庆十四年（1809）随贡使回国

① 乾隆二十五年正月入学，三月十六日金型病故；四月二十日梁允治复又病故。

批次	派遣时间	派遣官生	入监时间	入监官生	教习	博士	监察	学制
7	嘉庆十六年（1811）	毛世辉、马执宏、陈善继、梁元枢4人	嘉庆十六年（1811）	毛世辉、马执宏、陈善继、梁元枢4人	副贡生黄景福为教习	博士庆龄、助教金特赫、博士陈世昌董率		嘉庆二十年（1815）
8	道光二十一年（1841）	阮宣诏、郑学楷、向克秀、东国兴4人		阮宣诏、郑学楷、向克秀、东国兴4人	孙衣言为教习	派博士、助教董率，一切按定制进行	国子监堂官不时稽察	道光二十五年（1845）
9	同治六年（1867）	葛兆庆、林世忠、林世功、毛启祥4人	同治六年（1867）	林世功、葛兆庆、林世忠3人（后2人入监初身故）	徐干为教习			林世功，同治十二年（1873）遣归

二 清代国子监琉球官生们的学习内容与效果

　　海外诸藩由官方选拔派遣的入朝学习者，为官生，入国子监就读，自唐代就已开始。唐贞观中兴学校，新罗、百济俱遣子弟入学。① 这些唐朝诸藩的官生，在国子监学习的内容是什么呢？唐国子监有六学：一曰国子学，二曰太学，三曰四门学，四曰律学，五曰书学，六曰算学。六学招生

――――――――――

　　① 参见（清）潘相《琉球入学见闻录》"土音"条。

对象不同，课程设置和学习要求不同。对此，《唐六典》载之甚详：国子学，"凡教授之经，以《周易》《尚书》《周礼》《仪礼》《礼记》《毛诗》《春秋左氏传》《公羊传》《谷梁传》各为一经；《孝经》《论语》《老子》，学者兼习之"。生徒"其习经有暇者，命习隶书，并《国语》《说文》《字林》《三苍》《尔雅》"。律学，"以《律》《令》为专业，《格》《式》《法例》亦兼习之"。书学，"以《石经》《说文》《字林》为专业，余子书亦兼习之"。算学，习《九章》等数学书籍。①

《新唐书》也有记载：

> 凡博士、助教分经授诸生，未终经者无易业。……凡《礼记》《春秋左氏传》为大经；《诗》《周礼》《仪礼》为中经；《易》《尚书》《春秋公羊传》《谷梁传》为小经。通二经者，大经、小经各一；若中经二，通三经者，大经、中经、小经各一；通五经者，大经皆通，余经各一，《孝经》《论语》皆通之。凡治《孝经》《论语》共《尚书》《公羊传》《谷梁传》，各一岁半；《易》《诗》《周礼》《仪礼》，各二岁；《礼记》《左氏传》，各三岁。学书，日纸一幅，间习时务策，读《国语》《说文》《字林》《三苍》《尔雅》。凡书学，《石经》三体限三岁，《说文》三岁，《字林》一岁。凡算学，《孙子》《五曹》共限一岁，《九章》《海岛》共三岁，《张丘建》《夏侯阳》各一岁，《周髀》《五经算》共一岁，《缀术》四岁，《缉古》三岁，《记遗》《三等数》皆兼习之。旬给假一日。前假博士考试，读者千言；试一贴，贴三言；讲者二千言。问大义一条，总三条，通二为第，不及者有罚。岁终能一千之业，口问大义十条，通八为上，六为中，五为下。并三下与在学九岁，律生六岁，不堪贡者罢归。诸学生通二经，俊士通三经，已及第而愿留者，四门学生补太学，太学生补国子学。②

---

① 《唐六典·国子监》，广雅书局光绪二十一年（1895）刻本。
② 《新唐书·选举志》，上海古籍出版社、上海书店1986年版。

　　明洪武二十五年（1392），琉球开始向明朝派遣入监官生；截至万历八年（1580），陆续被派来朝的琉球官生计 16 批[1]，均被安排在南京国子监学习。清代从康熙中期到清末，琉球历任中山王先后得到朝廷批准，共派遣官生 9 批 34 人入京到国子监读书，7 批 25 人入读国子监，5 人病故，学成肄业者 20 人。

　　琉球官生在国子监读书期间，与教习等师座朝夕相处，结下深厚的友谊，研读他们的记载，感人至深，每每催人泪下。清康熙二十七年（1688），琉球入清后第一次所派官生入读国子监后，曾向董率博士陆德元请求命字。陆德元不但给他们每人取了字号，而且还为他们每人撰写了一篇《字说》，阐述为他们所命字号的含义，对他们寄予了殷切的期望。官生们回国时，国子监的董率博士、教习等人都写诗赠别。其中教习徐振赠官生蔡文溥的诗充满感情，反映了师生之间的真切亲情和离别愁怀："丈夫意气自能亲，异地同堂情倍真。从此有怀愁梦育，知多流泪欲沾巾。"（《蔡氏家谱》）

　　第四批琉球入监官生初入学时便呈诗给老师——教习潘相，表达他们对老师的敬仰之情。入学后，官生们又学华人供先生的规矩，每天做饭款待老师。可惜初入学不久，金型、梁允治即相继因病故去，教习潘相怎不感伤之至！潘相《琉球入学见闻录》记"师生"，于"病故官生"中记二人，字字可见刻骨铭心，曰：

　　　　梁允治，字永安，官外间亲云上。祖曰得宗，正议大夫，充康熙五十九年贡使。父锡光，官都通事。允治知读书，即喜从蔡澹园问津。家故多书，日夜披吟，忘寝食；遂以其意，绘《身心性命图》。又仿朱子《或问》法，著《服制辨义》。乾隆二十二年，王选士入学；其大夫，首举允治。允治年二十九，于四人最长。初入谒，即雍容有仪。执经书，孜孜请问，日五七次不休；一句一字，必求其至是。字

　　① 董明：《明清时期琉球人的汉语汉文化学习》，《北京师范大学学报》2001 年第 1 期。

义偏傍、声音清浊，不毫毛放过；诗文亦可观。居无何，金型卒，郑孝德暨傔从皆染疫；允治偕蔡世昌日营丧务、料理诸医药，深夜犹奔事诸患者。不寝卧旬余；忽一夜，来请曰："郑孝德始知其妹夫金型之丧，将出视其棺，请呼工人再黷之。"旦日，令允治董工事；遽卧，答云："生病甚，惧不起也。"惊视之，已脱形。急召院医诊视，百方救之，竟以四月十九日卒于馆。

金型，字友圣。远祖瑛，洪武中，自福建奉命入琉球；累世昌炽。至型，始入太学，年十九。资甚清，喜读书；在闽购颁发诸经，昼夜阅之，忘寝餐，因积痨瘵。到监月余，咨太医院发数医诊治，不效；泣曰："生甫入学，遽若兹！无以报天朝及我王之德，贻老母忧；不忠、不孝！"语已，复泣，不及他；遂卒——时庚辰岁三月十六日也。一切恩赐，与梁允治并照蔡宏训旧例奏准施行。

琉球官生入读国子监，受教于师门，琉球王府的动机与效果如何呢？毫无疑义，这些官生们学成归去后，个个成儒家典范，个个引领风骚，使得琉球汉学兴盛，同时汉诗创作也不断出现高峰。这里仅以前几批官生的情况为例观之。

第一批琉球官生的派遣的动机目的，琉球国王府的愿望，中山王说得明白：

康熙二十三年，礼部谨奏：

为奏闻事。据差还琉球国翰林院检讨臣汪楫、中书舍人臣林麟焻疏言："中山王尚质亲诣馆舍云：'下国僻处弹丸，常惭鄙陋；执经无地，向学有心。稽明洪武、永乐年间，常遣本国生徒入国子监读书。今愿令陪臣子弟四人赴京受业。'"事下臣部；臣部咨国子监。据国子监臣咨覆："查《太学志》载：洪武二十五年秋，琉球国王遣其子日孜等及陪臣之子入监。自是以后，至于隆、万之际，凡十四、五次来学。向慕文教，琉球于诸国为最笃，国家待之亦为最优。"臣等覆查史载：唐贞观中兴学校，新罗、百济俱遣子入学。琉球自明初始内封，《会典》载：大琉球国朝贡不时，王子及陪臣之子皆入太学读书，礼待甚厚。又载：洪武、永乐、宣德、成化以后，琉球官生俱入监读书。今该国王尚贞以本国远被皇仁，倾心向学；恳祈使臣汪楫等转奏，愿令陪臣子弟四人赴京受业。应准所请，听其遣陪臣子弟入监读书。俟命下之日，知会该国王可也。奉旨："依议。钦此。"

康熙二十九年，琉球国中山王臣尚贞遣使入贡，并奏请以求遣官生归国。一方面是因官生的父母"今皆年老，奉养需人"，"臣贞亦当念之"；另一方面是因"梁成楫等三人俱未有室，父母之愿，人皆有之"，此乃人情。更为琉球王国之需："况臣国人皆愚昧，自成楫等入监之后，臣贞望其返国，与臣言忠、与子言孝，以宣布皇上一道同风之化。"皇帝准其所奏，遣官生归国。

琉球官生梁成楫等肆业归国之后，中山王王又上谢表，"聊表臣子之敬"。表云：

琉球国中山王尚贞谨奉表上言：

伏以布教溢中华，设席阐洙泗之秘；觐光来异域，执经分泮水之光。樴朴篇中，时展缥缃歌夜月；杏花坛上，长垂衣带拂春风。喜动儒林，欢腾海国。恭惟皇帝陛下允文允武，乃圣乃神。王泽广敷，措一代于利乐亲贤之内；文风遥播，范四方于诗书礼乐之中。臣贞观海有怀，望洋徒叹。眷中山而倾印绶，蚁封久叨带纺之荣；入国学而奉典章，虎观不遗驽骀之选。一之以声音点画，口诵心唯；教之以节义文章，耳提面命。况乎冬裘夏葛，授衣尽内府之藏；兼之朝饔夕飧，赐食悉天厨之馔。恩深似海，难忘推解之隆；泽沛如天，莫报裁成之大！虽三年国子，敢云得九邱、八索之微言；而一介竖儒，犹幸闻四书五经之大旨。只为养亲念切，君门上重译之章；何意逮下恩殊，天阙赐远乡之诏。归而言忠言孝，咸知君父之尊；固当献藻献芹，聊表臣子之敬。伏愿车书一统，玉帛万方！有分土而无分民，到处珠玑生腕下；得大方乃得大用，何人锦绣不胸中！行见耳目股肱，不出图书之府；亦使东西南北，无非翰墨之林矣。臣贞无任瞻天仰圣、激切屏营之至。谨奉表称谢以闻。

四书五经，忠孝节义，诗书文章，此杏坛春风，"喜动儒林，欢腾海国"之盛举，表达了"臣贞无任瞻天仰圣、激切屏营之至"，"伏愿车书一统，玉帛万方"的愿望。

第二批琉球官生的派遣，虽因海难官生殒命，未能入监学习，但琉球王府的愿望是恳切的："本国僻处海外，荒陋成风"，因"康熙二十五年奉旨许遣官生阮维新、蔡文溥等三人入学读书"归国，方使琉球"今得略知文教，皆皇上之赐。自此三十年来无从上请。今天朝遣使臣至国，求照前使臣汪楫代请入学读书旧例，陈远人向化之意。倘蒙谕允，得照前例再遣官生入学读书，则皇上文教益广矣"。

第三批琉球官生的派遣，从中山王的奏折中说得同样明白。奏折开宗明义：

> 雍正元年十月初九日，琉球国中山王尚敬谨奏：
>
> 为圣朝文教广被万方，奉旨遣官生入太学读书事。……伏思臣敬业奉圣祖仁皇帝恩允，未应俞旨；今不敢违先皇遗旨，再遣官生郑秉哲、蔡宏训等三人偕庆贺正使王舅翁国柱等赴京入监读书。诚俾海外愚陋子弟，得以观光上国，执经问字；踊跃之私，不啻臣身躬聆圣训、举国共沐天朝雅化于无穷，而我皇上文教被万方益广矣。……为此合具奏明，伏祈皇上睿监敕部施行，臣敬无任战栗惶恐之至。谨具奏以闻。

郑秉哲、郑谦学习四年肄业，琉球中山王尚敬奏请皇上批准其返国回乡。尚敬表奏雍正帝：

据琉球国肄业官生郑秉哲、郑谦呈称，秉哲等雍正元年奉旨入监读书，于二年到京就馆。四载以来，荷蒙圣泽优渥，赏给饭食衣服、器用，虚糜无数。秉哲等向化敬业，沾被日深，当圣天子文教覃敷，愚蒙渐启。从事经书；固欲穷其奥旨，倾心制义，略已学为成篇。近缘贡使毛汝龙等来京，接有家信，知双亲益表倚闾迫切。①

事得允准后，官生郑秉哲等于雍正六年归国。

雍正八年十一月二十一日，琉球国中山王臣敬谨奏：

为恭谢天恩肄业官生奉旨归国事。窃照雍正七年四月初四日准部咨："为天恩之高厚靡涯、亲年之衰迈日甚，乞请归养以遂乌私事，主客清吏司案呈本部奏前事内开：准国子监咨称据琉球国肄业官生郑秉哲、郑谦呈称：秉哲等雍正元年奉旨入监读书，于二年到京；就馆四载以来，荷蒙圣泽优渥，赏给饭食、衣服、器用，虚糜无数。秉哲等向化敬业，沾被日深。当圣天子文教覃敷，愚蒙渐启：从事经书，固欲穷其奥旨；倾心制义，略已学为成篇。……秉哲等葵诚就日，方瞻望学之精微；乡思随云，还仰皇仁之浩荡。伏惟皇上孝治丕显，锡类多方；垂念游子恋亲，定许远人反棹。叩祈太宗师恩准题请归养，俾得奉侍晨昏。乞采将父、将母之意，以宏教忠、教孝之化；训迪彝伦，无非至诲。秉哲等抵家，惟焚香顶祝天子万年，且将天朝威仪广宣雅化焉；伏祈具题。据此，相应呈送贵部应否题请之处，听候贵部照例施行等因，呈送到部。……雍正六年三月初二日交与奏事员外郎张文斌等转奏，本日奉旨：'官生等每人加赏内库缎二匹、里二匹，从人等每人着加赏官缎各一匹。钦此。'钦遵到部。相应移咨琉球国王可也。为此合咨前去，查照施行"等因，准此。臣敬接读部咨，仰知皇上以仁孝之性，宏锡类之风；令郑秉

---

① 《钦定国子监志》卷一八。

哲等归养。不独二人阖门预祝，即举国臣庶感天朝曲成不遗之化，靡不欢声载道矣。臣敬夙荷覆载，莫报高深；谨于常贡外，另具嫩熟蕉布一百匹、围屏纸五千张顺附贡使向克济、蔡文河等赍捧表章叩谢天恩外，理合具疏奏明。伏祈皇上睿监，敕部施行；臣敬无任战栗惶恐之至。谨具奏以闻。

同日，中山王又具表谢恩，仍用康熙二十九年梁成楫等归国国王尚贞表文。

不妨再看一道乾隆二十三年十月十一日琉球国中山王臣尚穆的奏文。

> 琉球国中山王臣尚穆谨奏：
>
> 为奉旨遣官生入太学读书事。……臣穆蚁垤藩封，蜗居荒服；恭逢天朝文教广敷，德泽远施。今蒙隆恩俞允，俾陪臣子弟得入学执经，俯聆圣训；不特臣穆感戴无穷，举国人民亦欢跃忭舞矣。谨遣官生梁允治、郑孝德、蔡世昌、金型四人同贡使毛世俊等赴京，入监读书。外肃贡土产围屏纸三千张、细嫩蕉布五十匹，少布涓滴微忱。为此合具奏明，伏祈皇上睿监，敕部施行；臣穆无任战栗惶恐之至。谨具奏以闻。

琉球官生们学成后取得如此大的成功，受到琉球国暨中山王的高度赞赏，因此对朝廷和皇帝感激有加，虽不无官样文章、夸大其词的成分，但基本内容的真实性是毋庸置疑的。

·

三 清代国子监琉球官生所受其师门影响的案例

琉球官生们的成就，无疑与其国子监老师即其师门的高水平的、倾心的指导教育和师生情谊的感染熏陶，是不可分开的。

这些琉球官生们的国子监教习，即其师门，对自己门生的兢兢业、孜孜不倦的高水平指导教习，我们可举国子监向朝廷暨皇上举荐潘相的奏折、皇上的重视和召见为例，再引如下，以见一斑。

> 乾隆二十九年二月初四日，国子监臣观保、富廷、陆宗楷、张裕荦谨奏：
>
> 为琉球肄业陪臣回国，带领教习引见事。乾隆二十五年正月初十日，礼部札送琉球国陪臣子弟入监肄业，臣等查雍正二年礼部议准，照康熙二十七年旧例，选取贡生一名，令其教习；一切照官学教习之例遵行。随公同选得湖南拔贡生潘相为人老成、学业优长，请以充补教习，移咨吏、礼二部存案备查；于乾隆二十五年正月二十三日具奏，奉旨："知道了。钦此。"钦遵在案。今准礼部文称："琉球国肄业陪臣，已奉旨准其回国"等因到监。查该教习中式乾隆二十五年举人、中式乾隆二十八年进士，实心训课，造就有方；在学四年，始终如一。相应照八旗教习之例，恭缮绿头牌，将潘相带领引见；或用为知县，或用为教职之处，伏候钦定。奉旨后，臣等行文吏部，请归进士教习班铨选。为此谨奏。
>
> 本日带领引见，奉旨：潘相着以知县用。钦此。①

潘相《琉球入学见闻录》辑录有"师生"名单，自清朝第一批琉球官生入监至其应命教习的第五批琉球官生入监为止，师门包括祭酒、司业（包括董率官、助教等）、教习，官生包括故去者（同时简要溯列明朝官生名单），并有论、注，文虽长，史料性甚为重要，引录如下：

> 明时，琉球入学，不设教习：其教法甚略。至我朝康熙二十七年梁成楫等入学，上特命司成于肄业正途贡生中遴学行之优者奏举一人为教习，专司讲解；派博士等官经理之，堂官不时加谨稽察：其犹周

---

① （清）潘相：《琉球入学见闻录》，台湾文献《刊》第298种《清代琉球纪录续辑》，台湾大通书局1984年版。

制之旧与。至于入学官生，明初，皆王子弟、寨官子弟；成化以后，始遣三十六姓之人。今多不可考。谨就所见录之，尚冀后之人有以补其阙略云。

祭酒

常锡布，满洲正红旗人。康熙二十五年任（时琉球梁成楫等入学）。

德白色，满洲正红旗人。二十六年任。

图纳哈，满洲镶白旗人。二十七年任。

王士祯，山东新城人；戊戌进士。十九年任。

李元振，河南柘城人；甲辰进士。二十二年任。

翁叔元，直隶永平卫籍（江南常熟人，丙辰进士）。二十四年任。

曹禾，江南江阴人；甲辰进士。二十六年任。

汪霦，浙江钱塘人；丙辰进士。二十八年任。

臣按：《国学礼乐录》："王士祯，十九年任"；二十二年以后，已为李元振。而《池北偶谈》载梁成楫等于二十三年经使臣奏请入学，时士祯为祭酒，咨覆礼部；不解何谓？谨阙之。

伊尔登，满洲正白旗宗室。雍正元年任（时琉球郑秉哲等入学）。

塞楞额，满洲正白旗人；己丑进士。二年任。

鄂宗奇，满洲镶蓝旗人；壬辰进士。四年任。

王图炳，江南娄县人；壬辰进士。元年任。

王传，江西饶州人；辛未进士。元年任。

张廷璐，江南桐城人；戊戌进士。三年任。

蔡嵩，江南南汇人；壬辰进士。五年任。

观保，满洲正白旗人；乾隆丁巳进士。十四年任。升任后，仍管监务（时琉球郑孝德等入学）。

全魁，满洲镶白旗人；辛未进士。二十四年任。富廷，满洲镶蓝旗人；丙午举人。二十七年任。

　　陆宗楷，浙江仁和人；雍正癸卯进士。十一年任。

　　司业宋古弘，奉天镶白旗人。康熙二十五年任（时琉球梁成楫等入学）。

　　彭定求，江南长洲县人；丙辰进士。二十四年任。

　　董閤，江南吴江县人；癸丑进士。二十四年任。

　　吴涵，浙江石门县人；壬戌进士。二十八年任。

　　明图………六十一年任（时琉球郑秉哲等入学）。

　　马泰，奉天正白旗人；□□□□。雍正元年任。

　　黄鸿中，山东即墨县人；戊戌进士。元年任。

　　孙嘉淦，山西兴县人；癸巳进士。元年任。

　　彭维新，湖南茶陵州人；丙戌进士。三年任。

　　王兰生，直隶交河县人；辛丑进士。四年任。

　　庄楷，江南武进县人；癸巳进士。五年任。

　　博卿额，满洲镶红旗人；戊辰进士。乾隆二十四年任（时琉球郑孝德等入学）。

　　卢毂，贵州□□□人；□□进士。二十四年任。

　　吉泰，蒙古正白旗人………任。

　　张裕莘，江南桐城县人；戊辰进士。二十六年任。

　　派董率官张凤书，云南建水州人；壬戌进士。任博士。

　　林人槚，福建侯官县人；修道堂助教。

　　张若霍，江南桐城县人；正义堂助教。

　　邬凤翊，广西阳朔县人；壬申进士。由教授，升博士。

　　以上是有清自第一批琉球官生入读国子监，至潘相所记时国子监的历任祭酒、司业等官职员情况。

　　以下是潘相记载的国子监第一批、第三批、第四批琉球官生的教习的情况：

教习郑（名阙），福建□□□人。康熙二十七年，补教习；一年去。

徐振，浙江宁波县人；拔贡生。二十八年，补教习；三年咨部议叙，以州同即用。

李著，湖北公安县人；拔贡生。雍正二年，补教习；数月去。

赵奋翼，陕西潼关县人；拔贡生。三年，补教习；事竣，咨部议叙，以知县即用。

潘相，湖南安乡县人；乾隆六年拔贡生。二十三年，考充武英殿校书。二十五年，琉球官生郑孝德等入学，经国子监奏充教习。本年应顺天乡试；中式四十一名。二十八年会试，中式三十五名。二十九年，郑孝德等还国，教习事竣；二月初四日，本监带领引见，奉旨："潘相着以知县用。"四月，选授山东登州府福山县知县。

其中，郑（名阙）、徐振先后为第一批琉球官生教习，李著、赵奋翼为第三批琉球官生教习，潘相为第四批琉球官生教习。

潘著以下辑录琉球官生，包括明代和清代截至潘相所教习的这一批，所有已知入监就读和因海路陆路故殁而未能入监就读者。其中所录清代梁成楫、蔡文溥、阮维新、郑秉哲、郑谦、郑孝德、蔡世昌、蔡宏训、梁允治、金型10人如下，同样史料的鲜活具体性极佳：

梁成楫，字得远；嵩九世孙。祖应材，字绍江；正议大夫。父邦翰，字艳江；正议大夫，充康熙二十一年贡使。生六子，成楫其三也。康熙二十七年，同蔡文溥、阮维新入学。三十一年，归。官都通事。子二人：煌、烈。

蔡文溥，字天章；朝用四世孙。朝用子延，延子国器；器子应瑞、应祥，累世紫金正议大夫，充贡使。应瑞有子五人，文溥为长。笃志问学，著《四本堂集》。累官紫金大夫。子其栋、孙功熙，俱正议大夫。

阮维新,字天受;其先福建漳州府龙溪县人。明万历时,有阮国字我莘者,与毛国鼎同奉命居琉球;官正议大夫,充万历三十四年谢封使。传四世至维新,同梁成楫、蔡文溥入学;累官紫金大夫,充康熙五十三年贡使。

郑秉哲,字□□;迥弟达元孙。达子子孝、子孝子宗善、继喜、宗善子宏良,累世正议紫金大夫。宏良有子五人,长秉均,康熙戊辰入学,折桅卒;秉哲,其第四弟也。雍正二年,同郑谦、蔡宏训入学。六年,归。累官紫金大夫,充乾隆十三年贡使,又充二十二年谢封使。

郑谦,字□□。父廷极,正议大夫,充雍正四年贡使。谦入学归,官存留都通事;卒于福建馆。

郑孝德,字绍衣。祖士绚,正议大夫,充雍正四年贡使。父国观,少有志趣;岁壬寅,北学于闽,从江某游;六年,始归。乾隆九年,充朝京都通官;没于馆,葬张家湾。乾隆十九年,孝德年二十,随妇翁紫金大夫蔡宏谟入请封,乞省墓。二十五年,入学;伤父志未就,昼夜刻厉,孜孜问学不息,手抄四书五经。儒先语,一衷于子朱子;尤玩味《小学》《近思录》等书。善书法、诗文,皆有规矩。臣题其座右曰:"欲为海国无双士,来读天都未见书";所以望其成者,固未有涯云。其弟孝思,随孝德来学;二十九年二月,卒于译馆。

蔡世昌,字汝显;文溥弟紫金大夫文河之孙、都通官文海之嗣孙、正义大夫光君之长子也。世昌入学时,年二十四;与孝德相劘切,不欲专为词章学。臣有联云:"人在海邦推俊杰,学从京国问渊源",盖记实也。其词章,亦禀承矩度,多可观者。

蔡宏训,文溥弟文汉次子。同秉哲等入学数日,病卒。礼部请户、工二部发好棺木一口、围棺红绸一匹并抬夫杠绳等物送至张家湾利禅庵茔地埋葬。又特赐白金三百两;以一百两修坟,以二百两附贡使带回交宏训母为养赡之费。

梁允治,字永安;官外间亲云上。祖曰得宗,正议大夫,充康熙五十九年贡使。父锡光,官都通事。允治知读书,即喜从蔡澹园问津。家故多书,日夜披吟,忘寝食;遂以其意,绘"身心性命图"。又仿朱子"或问"法,着"服制辨义"。乾隆二十二年,王选士入学;其大夫,首举允治。允治年二十九,于四人最长。初入谒,即雍容有仪。执经书,孜孜请问,日五七次不休;一句一字,必求其至是。字义偏傍、声音清浊,不毫毛放过;诗文亦可观。居无何,金型卒,郑孝德暨僎从皆染疫;允治偕蔡世昌日营丧务、料理诸医药,深夜犹奔事诸患者。不寝卧旬余;忽一夜,来请曰:"郑孝德始知其妹夫金型之丧,将出视其棺,请呼工人再黝之。"旦日,令允治董工事;遽卧,答云:"生病甚,惧不起也。"惊视之,已脱形。急召院医诊视,百方救之,竟以四月十九日卒于馆。

金型,字友圣。远祖瑛,洪武中,自福建奉命入琉球;累世昌炽。至型,始入太学,年十九。资甚清,喜读书;在闽购颁发诸经,昼夜阅之,忘寝餐,因积痨瘵。到监月余,咨太医院发数医诊治,不效;泣曰:"生甫入学,遽若兹!无以报天朝及我王之德,贻老母忧;不忠、不孝!"语已,复泣,不及他;遂卒——时庚辰岁三月十六日也。一切恩赐,与梁允治并照蔡宏训旧例奏准施行。

这是潘相对有清以降至其担任教习期间的相关情况的记录。

如上文所述,有清一代,第一批琉球官生的教习先后为郑(名阙)、徐振,博士一员专管董率;第二批琉球官生遇海难,未到监;第三批琉球官生的教习先后为李著、赵奋翼,先由学正一员暂行董率,博士到任后专管;第四批琉球官生的教习为贡生潘相,博士张凤书、助教林人魁董率;第五批琉球官生疑遇海难,未到监;第六批琉球官生的教习为陈梦莲,满洲博士庆龄、汉博士吴嵩梁董率,另有助教乌什杭阿、德楞额二员料理;第七批琉球官生的教习为副贡生黄景福,博士庆龄、助教金特赫、博士陈世昌董率;第八批琉球官生的教习为孙衣言,博士、助教董率;第九批琉球官生的教习为徐干, 博士等董率。

学界迄今对于这些琉球官生的老师, 尤其是对他们的教习, 已经有了一些研究; 而总的情况怎样, 师门不同, 琉球官生们是不是已经形成了不同的诗文门派, 或至少对他们的诗文创作产生了某些影响? 如是, 这些影响表现在哪些方面, 具体什么样的价值, 产生了哪些作用, 对于今天, 是否仍然由有一些认识上的意义? 这是需要研究揭示的问题。

这里以教习潘相对其三位琉球门生——两位官生门生郑绍衣即郑孝德、蔡汝显即蔡世昌, 一位以官生伴读身份拜师门下的门生郑绍言的诗文成就的评价, 来看他作为先生的文学主张, 和他对他的琉球门徒的影响。

《中山郑绍衣太学课艺序》:

一方之风气, 必其人之精神、志意与天地山川之光辉相感发, 而后草昧以启而文运以开。琉球于天文, 其次星纪、其宿牵牛; 辨岳峙其南, 钜海荡其北。清淑之气, 蜿蟺扶舆磅礴而郁积, 固必有鸿裁健笔、希踪上国之士生其间; 若郑生绍衣, 其一也。

庚辰春, 绍衣奉天子命入成均, 学于余。因其旧习, 率骤言讲学而视文若可缓。余语之曰: "四科殿以文学, 而文顾先学; 盖学弸于中而禩之以文。文非学无本、学非文不著; 彼昧昧于文者, 犹昧昧于学也。自古有道所生之文、有因文见道之文, 经传尚矣。秦、汉而后, 种学之士, 未尝不绩文。昌黎远绍旁搜, 必曰'文从字顺各识职'。吾楚濂溪先生, 初不欲以文见; 而《太极通书》上宗《易系》, 其论文必蕲于美而爱、爱而传。程子亦言'吾无子厚笔力, 不能为《西铭》。若乃朱子《全集》, 雄视百代; 其文理密察, 片语只词莫不各有妙道精义。即今所读《集注》章句, 字字秤停, 尤为千古至文; 而学者童而习之、老而不知, 又奚足与论学也!" 绍衣以为然。予乃授之《小学》《近思录》, 俾知穷经阶梯。继之四书六经, 指示乎《朱注》之学之粹、文之密, 常于"之乎也者"等字增减同异处辨之; 生始知有文法。然后与之读汉、唐以来之古文, 磨砻乎句读而含咀乎英华，反复乎篇章而沈潜乎意义。如是者有年，生又知文有肤、有肉、有气骨、有神韵，要视乎缔构段落、宅句措字之不可苟，起伏呼应之未或诬；于是以其学之所至焉者发而为文，则每出益奇。其法律谨严，若梓人构室千门万户，一衷于绳墨；其采取宏富，若海涵地负，万物生蓄无不毕具；而又长于设色，若万紫千红之攒簇而迷离。要其迎之、距之、敲之、推之，务求其是而后已。其信之甚笃，而好之甚挚；至盛暑隆寒、疾病呻吟，穷日夜而为之不厌。伟哉、懿乎！是其精神、志意固足以开球阳之风气者乎！他日者陈于王廷，率其国之人举囊之所以为文者倍精而加详焉，中原之文其信渡海而南矣。

抑余所言者，文也。文之境，视乎学之功；学之既深，而充乎其中而见乎其外，庶几由因文见道之文，以渐窥乎道所生之之文。然而难矣，是岂易与轻谈文学者言哉！既书其集以勖之，亦因以自警焉。

时乾隆癸未孟冬之吉，友生楚安乡潘相经峰氏书于太学之西厢。

《中山蔡汝显太学课艺序》：

处中土者利用因，居边方者利用变。言子之于吴、陈良之于楚，皆以北学邹、鲁而变其旧俗，使南戎雄风，方驾上国。然自汉、唐以来，匈奴及新罗、百济皆尝遣子入学，彪炳史书；乃其来学者既弗闻有所表见，而其国之风亦未见蒸蒸然日进于雅者，何也？岂非务于虚文，而诚心小耶！抑又考《周官》：大司乐鞮师教鞮乐、旄人教夷舞、鞮鞻氏又掌夷乐与其声。夫东眛南任固征来王之盛，而使彼之入学者仍服其服、舞其舞；因此而推，则汉、唐之学之所以教之者，亦庸有未尽也。琉球虽远处海南，然与扬州吴、越同分野；于外藩若东高丽国，于内郡若广之琼州、福之台湾。又地当南位，南为火房，于人文最宜。故自明初中山王子日孜每阔八马入成均，及今凡十九次，渐染华风，祀先圣、兴学校、家购儒书、人崇问学；信哉乎，其易变也！顾此十九次之士，其立功德于国者类班班可谱，惟天章蔡君有《四本堂集》见称徐太史；而余窃观其所载，犹以为变之而有大力焉者，仍有俟乎后之人。若蔡生汝显二、三子，固不得不共肩其任矣。

蔡生为天章从孙，其先世自宋端明殿学士君谟以文章、政事显；厥后六世孙奉明太祖命入琉球，传十数世，子孙著录者数十人，入太学者强半蔡氏子弟。蔡生祖、父、伯、叔皆官上大夫，娴礼法；澹园法司尤窥寻向上，笃志洛、闽学。蔡生胚胎前光，目濡耳染，早铮铮有才声。会中山王选士入学，诸大夫佥举生。岁庚辰，偕郑生绍衣学于余。余不欲以古司乐之所教者教之也，作"答问"四条；一曰端趋向，二曰变习尚。生笃信之，与郑生禀承指授，刻苦力学，无间旦夕者凡四年；裒其课艺若干首，将以献于廷、师于家、模范于国。美哉！洋洋乎，其诚心于学者耶！其予所谓有大力而善变者耶！

生好读韩文，言必举为宗；顾其俊杰廉悍、峭刻雄厉，往往似柳州、半山。余尝论唐、宋八家，惟柳、王足亚韩豪，而韩公于柳、王之长无不有。生学焉而得其性之所近，故常相似也。韩公起八代之衰，生归而举公之所以为文者教其国之人，其弗变矣乎？抑闻昌黎居潮州，命进士赵德为之师，而潮人知学；衡、湘以南，经子厚讲解指画，为文词者皆有法度可观：到今两地尸祝之。蔡生勉乎哉！球阳之人千百世后，其犹如楚、越之尸祝两公也哉！

时乾隆癸未孟冬之吉，友生楚南平潘相云逵氏书于敬一亭之右屋。

《中山郑绍言太学课艺序》：

今天子之二十有四年，中山王选士入太学。郑生绍言以唐荣茂才，限于额，不得与：即负笈随兄绍衣、蔡生汝显航钜海水陆万里，以其私，请从予游。予教之比两官生自敦品、读正书外，亟与言为文。顾谆谆然惟篇章段落、虚字语助是辨，尤禁其为语录、讲章之派；举世之所谓高且远者，若概置焉不讲，凡以云救也。然《昌黎全集》大振颓风，其《通解》《择言》《鄂人对》诸篇，陈齐之谓其"之乎也者"不伦，指为少作，与晚年笔法若两手。即其《自序》用力，惟曰"陈言务去"；以剽贼为圣神徂伏，以词必己出为古，以苦涩若樊绍述为躅。究其要归，则曰"文从字顺各识职"而已。故朱子《考异》秉其权衡，正于片字只语、文势义理，定厥从违。若是乎篇章段落、虚字语助之辨固彻乎上下，而非遗高远而专言卑迩者比也。且夫上古之为文以舌，秦、汉而后之为文以腕；《六经》《四子》，岂尝秉笔为词章！而道足而文生，若天地之有日月星辰、山川河岳，后之人才分悬殊；即操管营度，犹往往不及古人，何况语录！故《近思录》一书自所引《太极通书》《西铭》外，往往多诸公口授门弟子之语，杂以方言。学之者以为作圣之筏、穷经之阶、行文之根柢则得矣，而一袭其貌、用其句以入于文，则迂腐陈俗，而不可行远。故曰："人声之精者为言，文词之于言又其精者。"语录，固非文词也；其他则又何说！

绍言敦孝友、厉廉隅，一如其兄；而兀兀穷年，耕锄经畬，用工更苦。盖其质较鲁，而竟以鲁得力，笃信《五子书》若性命、肌肤不可离；其行文因好用之，而于古文法亦未深。既禀乎绳尺者三年，而后乃旷然一变其旧。论，笃实而雄畅；表，流丽以端庄；尤长于碑记，奇崛之概，每得古人三昧。都计课艺若干首，其于两官生殆伯仲之间矣。回忆绍言始来时何似，而乃今至此！

吾尝论为学如涉海；海于天地物最巨，气怯者望洋反耳。有强力者问于长年，慎厥舟手一针，枻更沙漏，经台翻飓吼不震惊；不数日，蹑彼岸：志定而神王也。绍言渡海而来、观海而归者也，题其集，即与之论海。

琉球官生在国子监的学习制度和生活，与明代琉球官生最大的不同，就是根据皇帝谕旨，对每批琉球官生都专门配备一名教习对其专门教学，并安排博士、助教董理此事。这些教习、博士、助教，都是琉球官生们的师门座主，尤其是教习，作为主任老师，官生们更是视其为自己的师门座主，自视为拜师其"门下"；教习等师座们也往往视所教琉球官生们为自己的"门生"。

官生在学习期间，师生之间常有诗文唱和与联语题赠。琉球学助教张若霭在给琉球官生的一首诗中，借花喻人，赞扬官生们在老师辛勤教育下才华横溢，学有成就，吐苞竞秀。教习潘相还为官生们每人制作了一副联语，置于其座右，作为激励和勖勉。他为郑孝德制作的联语是："欲为海国无双士，来读天国未见书。"对琉球官生们寄予了极大的期望。

琉球学的几位老师还往往一同率领官生，出外郊游。如乾隆二十六年（1761）九月三日，教习潘相，助教张若霭、张元观就曾携带郑孝德、蔡世昌这两位异国弟子，同游城南陶然亭，共同登亭赏秋，饮酒畅谈，赋诗唱和。"更得球阳客，清吟臭味同""异域客来清胜地，升平宴客万方同"等诗句，都是记录这次师生同游的。

考察琉球官生与其国子监师门之间的关系，每每为其结下的深厚的师徒情谊而深为感动；而考察琉球官生们在国子监"拜师门下"的所学所习，尽管其主要课程和教材都是共同的，但所受到的思想内涵与道德情操的熏陶，所学所习的主要诗文创作，却无不打上其不同师门的不同烙印。对此的研究把握，可以丰富我们对琉球诗文创作之思想内涵与艺术风格等的个性、特性、多样性及其所达到的总体高度与厚度的认知和评价。

如前文表中所列，有清一代，第一批琉球官生的教习郑（名阙）、徐振与博士董率等，第三批琉球官生的教习李著、赵奋翼与博士董率等，第四批的教习潘相与博士董率等，第六批的教习陈梦莲与博士董率等，第七批的教习黄景福与博士董率等，第八批的教习孙衣言与博士董率等，第九批的教习为徐干与博士董率等，他们与琉球官生之间的师生即师门与门生关系，都或多或少留下一些典籍记录，值得系统发掘、还原。尤其是潘相、陈梦莲、孙衣言、徐干等教习，他们诗文成就甚高，影响很大，与琉球官生门徒的诗文唱和和相关诗文集传世不少，分析考察他们各自的"门风"对其琉球"门生"各自的影响，以见这些琉球"门生"各自在琉球、在中国的诗文创作的重要成就及其在明清文学史上的重要地位的渊源有自，将具有广泛的价值意义。

［本文为作者主持的国家社科基金规划项目"东亚汉文化圈视域中的明清琉球文学研究"（13BZW074）阶段性成果。原题《清代国子监师门对琉球官生诗文创作的影响》，载《第十五届中琉历史关系国际学会议论文集》，那霸，琉球大学，2015］

古代朝鲜、 琉球汉语教学及教材研究引论

——以《老乞大》《朴通事》《白姓官话》为例

  对外汉语教学史研究，在全球视野下就是世界汉语教学史研究。世界各国的对外汉语教学，实际上都根源和发端于中国的对外汉语教学；中国对外汉语教学在世界范围内的扩展和发展，就根源、发端及其基本过程来说，就是中国对外汉语教学界培养的世界各国来华留学生回国之后，以及具备对外汉语教学能力的中国人居住海外之后，在世界各国进行汉语教学的结果。因此，研究世界汉语教学发展的历史，是对外汉语教育史和学术史研究的重要内容。

  我国的对外汉语教学作为一门学科来建设，在国家的重视和学界的多年努力下，已经成果累累，但对国外汉语教学史暨世界汉语教学史的研究，目前尚重视不够，尤其是对古代世界（国外）汉语教学发展史的研究，学术成果相对更少。世界汉语教学的历史，在东方和西方经历了不同的发展道路并具有不同的发展模式，一直对我国今天的对外汉语教学和学科建设包括模式建构，产生着深深的影响。我们在从事对外汉语教学实践及学科建设的过程中认识到，要加强对世界汉语教学发展历史的整体认知，广泛借鉴世界汉语教学发展历史上的经验教训，就必须加强对古代汉语教学在国外发展的研究，以进一步完善我们对汉语教学在世界范围内发展历史全部过程的整体认知，从而为我们今天的对外汉语教学和世界汉语

教学的全面发展，提供更多的历史借鉴。

东亚国家历史上同属于汉文化圈，或曰汉字文化圈。汉文化在中国之外的东亚国家的形成和发展，汉字在这些国家的使用，本身就是通过中国人和这些国家的来华留学生归国后再进行汉语和汉文化教学的结果。要研究汉文化在东亚这些国家历史上的传播和发展的历史，也必须研究这些国家汉语教学的历史。

近十几年来，无论是韩国也好，日本也好，汉语热一直在持续升温，不仅来华学习汉语和汉文化的留学生以韩国人、日本人数为最多，一直占据留学生的主要成分，而且在韩国、日本本土，其汉语教学无论是在高校还是在成人业余辅导院校（学院），以及大量的私人延师辅导和自学，都呈现出越来越热的局面。我国正规大学中的对外汉语教学，无论是教材编写还是教学法研究、教学理论研究，在很多情况下都把针对韩国、日本留学生的问题作为十分重要的研究对象领域。而韩国、日本在历史上都是汉文化圈国家，早期历史上使用的文字都是汉字，而且他们至今也部分地使用着汉字，其语言词汇乃至语音至今仍大量保留着汉语字词及其语音的影响①，因此，历史上他们是如何编写和使用汉语教材，如何教授和学习汉语的，尽管当代汉语教材已经相当丰富，编写水平似乎已经相当不错，因而古代作为外语的汉语教材，尤其是外国的，对今天的我们来说似乎已经价值不大，但事实上，汉语和汉文化之所以在国际上有悠久的发展历史，尤其是在东亚国家获得了普及，影响深远，那些外国古代的汉语教师、汉语教材、汉语教学方法，尤其是那些影响较大的，一定有很多可资我们学习借鉴的东西。因此，不论是从学科史的角度，还是从我们今天应用的角度，进一步加强对他们的汉语教学和教

---

① 参见李得春《汉朝语言文字关系史》，东北朝鲜民族教育出版社 1988 年版；刘明章《朝鲜历代汉语文教学与研究考略》，《第四届国际汉语教学讨论会论文选》，北京语言学院出版社 1995 年版；李大农《试论对韩国留学生的汉语词汇教学》，《第四届国际汉语教学讨论会论文选》，北京语言学院出版社 1995 年版；马洪海《汉朝义同音近词语对照手册》，北京语言学院出版社 1995 年版等。

材建设历史状况的研究，旨在对我们今天的对外汉语教学提供借鉴，仍然具有重要的意义。

对日本本土古代的汉语教学发展史，日本学者已有较多研究成果，中国学术界对此了解相对较多一些；而对朝鲜/韩国历史上的汉语教学包括教材建设情况，无疑有必要进一步强化重视程度和力度，进一步深化研究并扩大已有成果的学术影响；对于古代琉球群岛上的汉语教学包括教材建设情况，我国学术界的研究更为少见。

在古代朝鲜半岛汉语教学史上影响最大的两本汉语教材《老乞大》和《朴通事》，和在古代琉球群岛汉语教学史上影响最大的《白姓官话》，作为古代海外汉语教学（世界汉语教学）发展史上重要的教材案例，具有典型意义。在朝鲜半岛上自 14 世纪中叶就已成为热门的《老乞大》和《朴通事》，与在琉球半岛上自 18 世纪中叶成为热门的《白姓官话》（以及《广应官话》），两者相较，一定会发现很多有意义的问题，相信不仅对世界汉语教学史研究，而且对我们今天的对外汉语教学研究与实践，尤其是教材建设和教材编写，都不无学术理论意义和教学应用意义。

《老乞大》《朴通事》作为古代朝鲜半岛学习汉语的教材，两书成书至晚于 14 世纪中叶，即我国元代、韩国和朝鲜高丽王朝后期，迄今已历六七百年，曾经受到李氏朝鲜国王的高度关注，中间经过多次加工修订，一直深受韩国汉语语言学界和汉语教学界重视，被誉为"学（汉）语之阶梯"，是朝鲜半岛古代历史上汉语教材的范本。两书问世之后，朝鲜李朝世宗五年（1423）政府令"铸字所印出"，仅仅三年之后，至世宗八年（1426），作为"译学"的汉语教材，李朝司译院以至于要求"通事"们背诵。至 15 世纪下半叶（1480），李朝成宗下旨："选其能汉语者删改《老乞大》《朴通事》"，将"元朝时语"改为"今华语"；"夫始肆华诸者，先读《老乞大》《朴通事》二书，以为学语之阶梯"。至 16 世纪初，李朝语言学家崔世珍对修改过的教材加了谚文注解和注音，成为《翻译老乞大/朴通事》。至 17 世纪 70 年代,《老乞大谚解》和《朴通事谚解》刊行,二书在朝鲜半岛更成为流行的汉语教材。① 此足可见二书在古代朝鲜半岛汉语教学中的突出影响及其作为汉语教材的重要价值和地位。②

对《老乞大》《朴通事》,古代朝鲜学者和如今的韩国学者以及日本学者,都给予了极大关注和高度重视,尤其是从汉语史和汉语学史的角度,已有众多研究成果。在韩国,不仅有了《老乞大集览》《老乞大谚解》《朴通事谚解》《老乞大新释》《重刊老乞大》等许多研究和改编著作,而且还发现了《老乞大》的古本,重刊本、修订本、影印本等不断出现;同时日本学界对两书也极为重视,影印本和研究著作众多。③ 我国学者对《老乞大》《朴通事》也十分重视,如杨联升《老乞大朴通事里的语法词汇》(《历史语言研究所集刊》第 29 集上,1958)、朱德熙《"老乞大谚解""朴通事谚解"书后》(《北京大学学报》1958 年第 2 期)、李得春《汉朝语言文字关系史》(东北朝鲜民族教育出版社 1988 年版)、吴葆棠《"老乞大"和"朴通事"中动词"在"的用法》(《烟台大学学报》1995 年第 1 期)、李泰洙《〈老乞大〉四种版本语言研究》(中国社会科学出版社 1998 年版)、李泰洙《〈老乞大〉四种版本从句句尾助词研究》(《中国语文》2000 年第 1 期)、李泰洙《古本〈老乞大〉的语助词"有"》(《语言教学与研究》2000 年第 3 期)、刘明章《朝鲜历代汉语文教学与研究考略》(《第四届国际汉语教学讨论会论文选》,北京语言学院出版社 1995 年版)、吴淮南《作为外语的汉语口语教材〈朴通事〉和〈朴通事谚解〉》

---

① 参见陈高华《从〈老乞大〉〈朴通事〉看元与高丽的经济、文化交流》,《历史研究》1995 年第 30 期,第 45—46 页。
② 参见王庆云《古代〈老乞大〉、〈朴通事〉及其对当代对外汉语教材编写的几点启示》,《东方论坛》1998 年特刊,第 17 页。
③ 关于《老乞大》《朴通事》的版本状况,最通行的是《老乞大集览》和《朴通事谚解》。《老乞大谚解》,有奎章阁丛书本、日本京城帝国大学影印本。另有《老乞大新释》,奎章阁藏书 4871 号;《重刊老乞大》,弘文阁 1984(此书最初为乾隆刊本,仅比《新释》晚 34 年);崔世珍《翻译老乞大/朴通事》,原本影印,韩国古典丛书(复原版)3 谚解—译语类,1974;古本《老乞大》,韩国私人藏本,40 页(80 面),不分卷,封面无书名,首页首行题"老乞大"三字,末页题"老乞大终"四字。

（《第四届国际汉语教学讨论会论文选》，北京语言学院出版社 1995 年版）等。总体上来看，多在于其史学价值和语言学尤其是汉语史价值的研究，而其作为古代的"汉语教材"本身在对外汉语教学和世界汉语教学发展史上的价值，反而没有引起我们更多的重视。

琉球在被日本吞并之前一直是中国的属国，有其相对独立的汉语教学历史，而我国对外汉语教学研究界对琉球的汉语教学历史的研究，尤其是对琉球汉语教学相对独立的历史时期的研究认知，做得更是不够。《白姓官话》这一琉球汉语教材，由我国清代遭风漂到该地的难民白瑞临于乾隆十四年（1749）编写而成，是琉球人学习汉语的一部高级课本，影响很大。关于这一教材的编写起因和过程、内容和特色，较之同属汉文化圈东亚国家的韩国、日本历史上的汉语教科书有何不同，它何以受到琉球人重视，在世界汉语教学发展史尤其是教材建设史上占有怎样的地位等，都需要进行认真研究。无论是在今日本，还是在今琉球（日本称之为"冲绳"），对《白姓官话》及《广应官话》等重视有加，如仅濑户口律子就有《琉球官话课本研究》（吴多泰中国语文研究中心 1994 年版）、《〈白姓官话〉两种抄本的比较》（首届汉语言学国际研讨会，1998，上海）、《日本琉球的中国语课本〈广应官话〉》（《中国语文》1996 年第 4 期）等多项研究。而我国学者对此研究不多，给予足够重视者更是寥寥，董明的《明清两代汉语在琉球的传播》（《世界汉语教学》1996 年第 4 期）、马一虹的《古代东亚的"通事"与"译语"》（日本《旅游学》1999 年第 3 期）、郭芹纳的《对〈日本琉球的中国语课本《广应官话》〉一文的一点商榷》（《汉语史研究集刊》第三辑，巴蜀书社 2000 年版）等有所论及和回应，已弥足珍贵。

对于国外汉语教学史和中国文化海外传播史的研究，尤其是对古代朝鲜（今朝鲜和韩国）、琉球历史上影响较大或特色较强的这几部教材的研究，作为古代东亚国家汉语教学和教材史的专题个案剖析，不论在学术意义上还是在实际应用意义上，都可有裨于我国对外汉语教学研究界同行以及韩国、日本和琉球同行参考。① 尤其是从教材建设的意义上，研究发掘这几本书的特点及其对我们今天教材建设的参考作用，其意义是不言而喻的。

为此，我们应当：首先，全面、系统地考察和认知汉语教学在东亚汉文化圈暨汉字文化圈中的发展过程及其以教材建设为传播媒介的历史背景状况；其次，全面、系统地搜集整理《老乞大》《朴通事》在古代朝鲜半岛、《白姓官话》（以及《广应官话》）在琉球群岛上作为汉语教材的情况，重视相关教学事件、机构、人物、教材版本及其流变、内容与特色、当时的应用和后世的影响；最后，紧密联系我国当前对外汉语教学和韩国、日本和琉球汉语教学尤其是教材建设的实际，借助于已经同韩国、日本和琉球汉语汉学教育界和学术界建立的学术合作渠道，发挥国内学者和国外学者共同协作的积极性，将这些古代教材的个案研究应用于我国当代的对外汉语教学、世界汉语教学的教材和教法建设，尤其是应用于针对韩国、日本和琉球的汉语词汇教学、语音教学、语法教学和文化教学等普遍性问题的解决。

[原题《古代朝鲜、琉球汉语教学及教材研究引论——以〈老乞大〉〈朴通事〉〈白姓官话〉为例》，《云南师范大学学报》（对外汉语教学与研究版）2003 年第 5 期]

---

① 参见董明《明清两代汉语在琉球的传播》，《世界汉语教学》1996 年第 4 期，第 109—111 页。

论寒山诗及其在东西方的影响

一

中国文学史上有好多令人百思难得其解的谜，寒山及寒山诗就是其中之一。

对于寒山，毋庸讳言，我们的文学史研究似乎对它淡漠了多年。这毫不奇怪。他是谁，是个诗人么？关于他的生平，史无记载，我们所知甚少；关于他的诗作及其品评，在《唐诗纪事》《唐音》《唐诗品索》《唐人万首绝句选》《唐诗别裁》等记唐代诗人、唐诗甚详的典册中一概不见踪影，所能见的只是《全唐诗》收录的三百余首，后人所辑的《寒山子诗集》较《全唐诗》所收录者所增无几，此外再也找不到什么完整的资料了。

如果说他只有在"五四"提倡白话诗文之后的一个时期被胡适（《白话文学史》）、郑振铎（《中国俗文学史》）等学者提到了一个重要的位置，并被收入《四部丛刊》而蒙荣幸的话，那么他在中国——在他的本土上的其余时间里，可以说就是湮没无闻的了。中国文学史源远流长，举世公认、历代公认的名人名作、大家大作如此之多，单是寒山生活的唐代，大诗人济济如林，数一百个也数不到寒山，那么对于寒山的淡漠，不是很容易理解么？

然而事实上，这是寒山及寒山诗的不幸。他遇到的是不公正的待遇。我们这样说的理由是：他之所以在他身后的长期历史中不被重视，甚至连个小诗人的身份也不被承认，完全是因为他对鼎足于封建社会的释、道、儒家都采取了不屑为伍的态度。他是一个诗僧，自然是个佛教徒、和尚，但他又很世俗，并不龟居于寺坛，而且从未宣称过自己是佛僧，这就是他历代不被正统佛教文学所重视的原因；他对道家的炼丹术持嘲笑态度，常阐佛理，而且从未宣称过自己是道士，这就决定了他历代不被正统的道家文学所重视；他讲轮回报应，且常疯疯癫癫，这就辱没了"不语怪力乱神"和讲究鸿博大雅的儒家风范，因而更不为正统儒家文学所重视。因此，在儒、道、释这中国传统思想的三大派那里，就理所当然地被斥为异端了。

而且，大凡中国的大诗人，唐代亦然，都与中国的政坛发生着千丝万缕的联系。他们大多出身名门或贵族后裔，少年诗才即被认知或称捧，得意时是闲官文客，酬唱往来，广为结交；失意时隐居田园，云游山水或歌楼妓馆，声台舞榭——总不离文人墨客歌诗辞赋的圈子，其名其诗广为传诵。寒山的一生却悠然自得，作为一个诗人，他没有其他诗人所具有或与之相联系的圈子，因而也就缺少被认知、称颂的机缘。

"五四"时期寒山诗的地位突然被抬得很高，但那时强调的是它的通俗性、白话语言及其反封建反礼教的意义。这样，一方面，当这种白话诗歌的提倡时期已经过去，中国文学已经几乎全部转换成通俗文体的时候，寒山诗的作用似乎已经成为历史；另一方面，"五四"及其以后的反封建反礼教是一种革命的、思想的、社会的、文化的运动，是积极入世的，而寒山诗则是一种对当时社会、人生现象的超脱和逃避，似乎是消极的、出世的，这就从总体上决定了二者的相反走向与格格不入。

因此，尽管"五四"时期当人们刚刚接触它的时候，发掘和认知到了它的反封建反礼教的作用，但当再行研究、深入分析和全面把握的时候，人们就看出了它的倾向与当时政治、思想、文化潮流的差距与偏离，因而自然而然地抛弃了它。再者，马克思主义传入中国，成为中国革命的理论和实践，并取得了指导地位之后，寒山诗的那种宗教文学色彩和品性，其现实意义的微乎其微也就可想而知了。

基于上述原因，我们又可以说寒山诗的被淡漠是一桩不足为奇的事情了，但问题并不这么简单。寒山及寒山诗在海外文坛上，包括东方和西方，以及他们的思想文化领域中，产生了从某种意义上说超出了李白、杜甫、白居易的影响，取得了中国诗人在海外几乎无与伦比的地位。几个世纪以来，日本人一直把寒山誉为中国的一个大诗人；20世纪50年代末在美国，寒山和寒山诗不仅成了美国诗歌界十分推崇的对象，而且寒山成了美国青年一代尤其是"疲惫的一代"（Beat Generation）崇拜的英雄和楷模，寒山诗成了他们的一种文学的和思想精神的追求。

这真是一个谜。难道这是寒山诗及寒山诗本身的魔力使然，抑或是我们的文学研究在观念、判断力上与海外有着不同的尺度？

两者都是，又都不尽是。

二

我们先来看寒山及寒山诗本身。

关于寒山其人，事实上没有任何记述其生平事迹的翔实的历史资料。记载他的生活的最早的材料，是一位名叫闾丘胤的为寒山诗集所写的序文以及后来《太平广记》的附会。在这里，寒山被描绘得云山雾罩，极尽神化色彩：他是文殊菩萨的化身，并以疯僧的面目往来于寺庙山林之间。他好词偈，状类疯狂，以桦皮为冠，身着布裘，脚蹬木屐，人莫识之。其后他便成了佛僧之主，以其博学聪颖、足智多辩的话语启蒙众生。闾丘胤曾往国清寺求访，而寒山却走归寒岩，入穴而去，穴门自合。

且不说《太平广记》本乃小说家言，即使所谓闾丘胤的序文也已为 20 世纪 20 年代余嘉锡的《四库全书提要辨正》、50 年代海外学者法国汉学家吴其昱（Wu Chi－yu）的《寒山研究》（*A Study of Han Shan*，T'oung Pao，V. 45，No. 4/5，1957）、70 年代海外学者陈慧剑的《寒山子研究》等考证为赝品，而且，即使不是这样，它所记载的寒山的神秘性、传奇性，也足以使我们难信其真了。其后的传说中，寒山又掌握了道教变法术，由一个贫者变成为一个富翁［参见吴其昱《寒山研究》以及美国伽利·斯纳德（Gary Snyder）的闾丘胤序文译本等的引述］，则更是荒诞不经的了。

据说他曾与当时的诗僧拾得交游，然而拾得也是个同样神秘不可考的人物。他是与寒山一同走入寒岩之穴，而后穴洞自闭的。寒山，字义为"寒冷的山"，显然并非其真实的姓名或出家前原来的姓名，但至今还没有学者考证出他原本姓甚名谁和生卒、籍贯，甚至他是哪个世纪的人，国内外的学者都有不同的意见。

比如胡适在其《白话文学史》中确定为 8 世纪末；吴其昱在其《寒山研究》中确定为 6—7 世纪；美国人阿瑟·韦利（Arthur Walley）在其《寒山诗二十七首》中确定为 8—9 世纪；更有美国人普雷布兰克（E-. G. Pulleyblank）的《寒山年考的语言材料》，确定寒山诗大部分写于 6 世纪和 7 世纪，少部分则写于 8 世纪和 9 世纪。这显然是不可能的。鉴于其名不见经传，史料匮乏，我们的确无法知道得更多。因此，我们与其把他当作历史上的真实人物来认识，倒不如把他当作中国文学史上的文学人物或曰艺术人物来把握更为准确，也更有价值和意义。

这是寒山诗对寒山形象的写照：

时人见寒山，各谓是风癫。貌不起人目，身为布裘缠。

我语他不会，他语我不言。为报往来者，可来向寒山。

因为寒山其人有无的不确,人们难以尽信其真,因而才难以使其与真实的诗人们一同流芳百世;然而也正是因为这一点,反而使寒山越发成为传奇人物,寒山诗在世间尤其在民间越发有了广大的传承播布的群众,也因此出现了寒山寺,有了自唐以后张继、韦应物、朱熹、岳飞、陆游、唐寅、王应麟、王士禛、康有为等人的题咏,以及梁楷、罗聘、郑文焯等人的绘像,进而增添了寒山本身的神奇的色彩。

这里我们看到的是一个住持过寒山寺的传奇人物寒山,而不是至少不主要是一个作为诗人的寒山。因此,即使王安石、朱熹、陆游、王应麟等人也喜欢过寒山诗,甚至模仿过寒山诗,但也绝不把其当作大家名作来看待,而在绝大多数情况下是把其看成宗教与人生处世哲学的打油诗。是的,中国诗歌讲求典雅含蓄,而寒山诗却通俗无典,俗俚不训;中国诗歌讲求引发读者的艺术想象思维,而寒山诗则大多以说教服人,或者干脆可以称为教训诗,这些诗往往先以讽刺口吻描述一种世俗生活,然后以直说佛教喻理结尾。比如:

> 君看叶里花,能得几时好?今日畏人攀,明朝待谁扫?
> 可怜娇艳情,年多转成老。将此比于花,红颜岂长保?

再如:

> 猪吃死人肉,人吃死猪肠;猪不嫌人臭,人反道猪香。
> 猪死抛水肉,人死掘地藏。彼此莫相啖,莲花生沸汤。

这就显然与正统中国诗歌大相径庭、味道大异了。它们因而也就不由使正统诗人和诗评家们感到厌恶,尤其是后一首更有些"龌龊不堪"。这哪里是"诗"?尽管它是那么机警、深刻、易读易懂,并充满了惊人的智性,意味深长。

然而这的确是诗。"诗"是什么样子?就是它应该有,而且已经有或者将要有的样子。寒山诗同样也是诗。而且,虽然在中国正统古典诗那里算不得诗，至少算不得要诗、好诗，但它们却在海外包括东方和西方都被视为要诗、好诗。究其所以，至少恰恰与其中国古典诗歌传统那里不被认可的原因相同，也就是说，至少恰恰是寒山诗的宗教教喻性和它们的通俗性，使他在国外获得了大批的热情的读者。

<h1 style="text-align:center">三</h1>

与中国传统的诗学不同，日本读者所乐于和易于欣赏、接受的中国诗，绝不是中国诗的典雅之作，而是其通俗之作。因而寒山诗才如同白居易诗那样具有深远、普遍的影响的幸遇，寒山才被奉为大诗人。今存最早的寒山诗的本子为公元1189年刊本，就藏于日本，后来一再新版印行，岛田翰还对新旧版进行了详细精致的比较研究，著名小说家森鸥外还根据闾丘胤序文写出了小说《寒山拾得》，广为流行。

同时，尽管日本的佛教是从中国传过去的，但传去后总体上说却走了样，变得世俗化了。日本的许多佛教大师，实际上就是世俗化的和尚，因此，世俗化的佛教在中国被斥在正宗之外，而在日本却是"正宗"，因而寒山作为宗教人物，在日本被奉为圣尊。中国诗歌史上大诗人多曾是闲官文士，而在日本有许多大诗人包括松尾芭蕉，都是僧侣，是世俗化的僧侣。

似乎恰恰也正是这同样的两个方面，使得寒山与寒山诗从日本传播到了美国。

第一个向美国翻译传播寒山诗的就是阿瑟·韦利。1954年，他在《相逢》杂志上发表了他的英译本《寒山诗二十七首》（Arthur Waley, "27 Poems by Han – shan", Encounter, Vol. 12, Sept. 1954）。他是通过阅读日本出版的寒山诗而对此产生强烈的兴趣，把它介绍给美国读者的。

到了1958年，伽利·史乃德（Gary Snyder）的《寒山诗》24首译本在《长青藤评论》杂志第 2 卷第 6 期上发表（Snyder, Gary, "24 Poems" in Evergreen Review, Vol. 2, No. 6, 1958）。同样的，他也是通过寒山及寒山诗在日本的流传而触发了再一次介绍给美国读者的兴趣，具体地说，是通过日本的一幅寒山子图。他在《寒山诗》译本序中说："1953 年来美的日本画展中有一幅素描，上面画着一位衣着褴褛、风吹长发，哈哈大笑的汉子，手持书卷，站在一座山岩上，他便是寒山。"于是，这成了他向美国介绍寒山诗的缘起。

到了 1962 年，波尔顿·瓦特逊（Burton Watson, 中文名华生）出版了他的《寒山——唐代诗人寒山诗一百篇》（Burton Watson, Cold Mountain：100 Poems by the T'ang Poet Han – shan, New York：Columbia University Press, 1962），其序中明确指出受益于日本人入矢义高 1958 年出版的《寒山》。

这三个译介本在美国都引起了强烈的反响，而又以伽利·史乃德的本子最为成功，影响最大。在 20 世纪 60 年代的美国，如果你随便问一个有点像嬉皮（Hippie）的大学生："你读过史乃德译的寒山诗吗？"回答一定是肯定的，否则，就显得无知得令人难以置信，就像中国人有谁不知道李白、杜甫、《红楼梦》一样。而且正是由于史乃德翻译了寒山诗，史乃德自己也成了寒山般的传奇人物。

就在史乃德译介的《寒山诗》发表的当年，1958 年，杰克·克洛克（Jack Kerouac）出版了自传体小说《达摩游汉》（*The Dharma Bums*）。书中主要写了克洛克与史乃德的友谊，记述了史乃德如何翻译寒山诗，如何将其介绍给克洛克，以及如何将克洛克带入山林，使他受到"寒山"的启蒙。书的扉页上写着"献给寒山"，实际上具有寒山和史乃德双重的意指。书的结尾，史乃德离去，克洛克来到山林中，寻找他理想人物寒山：

　　我在山中呼唤寒山：没有回应；我在晨雾中呼唤寒山：万籁寂静。……突然，我好像看到了这个难以想象得出的小小的中国游汉在

那儿站立着，雾气缭绕之中，他的满是皱纹的脸上，带着呆滞的诙
谐……它是比真实的亚非（即史乃德）还真的我的梦……

他就这样见到了寒山，找到了史乃德。书中的游汉们在山中跑、跳、
狂呼乱叫。而寒山也是"长廊徐行，叫唤快活，独言独笑"（闾丘胤序
语），这些人物简直就是美国文人游汉与中国疯僧寒山的混合化身，或者
说是中国疯僧寒山的信徒——自然是美国化了的信徒。在这部小说里，克
洛克试图描绘出"美国文化的一个伟大的新英雄形象"，可以说他没有白
费笔墨，因为寒山和史乃德毕竟成了美国"疲惫的一代"和嬉皮士们的新
英雄。

到了 20 世纪 60 年代，美国文人和青年中"疲惫的一代"和嬉皮精
神大盛，风靡全国，他们也同样身着褴褛，足蹬破履，大笑大唱，如痴
如狂，又呆滞诙谐，简直就是中国的寒山转世，漂洋过海，化为众生。
他们拒绝卷入"美国生活方式"，执着地追求一种超然出世的人生理想，
因此，他们通过史乃德找到了中国的寒山，因而也找到了寒山诗。寒山
本然人性的原始主义精神和独居荒林寒岩的生活方式，恰好与美国现代
生产、商业和机器化、电子化文明压力下青年一代对于自然和人性的呼
唤融为一体，因而被"拿来"作为理想的楷范，甚至成为美国几乎整整
一代人的追求。

虽然这种寒山热随着"疲惫的一代"和嬉皮士精神在美国成为历史也
大大降温，但寒山诗却得以在美国文化中扎下了根。并且，寒山诗从此一
直被视为中国文学甚至东方文学的杰出之作，史乃德的《寒山诗》直到
1970 年仍被选入美国出版的《中国文学选》和《东方文学》，与中国文学
的大师李白、王维、杜甫等比肩平坐，就是明证。

四

当一个并不起眼甚至无人理睬的人物或作品在国际上极负盛名、产生"热反应"的时候，他或它的本土也随之报以热烈的回应，这种现象已屡见不鲜。寒山与寒山诗，也是如此。1966 年，胡菊人的《诗僧寒山的复活》在香港《明报》上发表；此后，1970 年，钟玲的《寒山在东方和西方的文学地位》在台湾《"中央"日报》上发表，而就在钟玲此文发表的当月里，台湾《"中央"日报》竟一连发表了五篇研究寒山的文章。

于是，在港台的寒山热，也就这样迅速出现了。这同 1957 年吴其昱的《寒山研究》在《通报》上发表后并未引起多大注意，形成了鲜明的对照。就在这一年，1970 年，赵滋蕃的《寒山时代精神》一书出版；后一年，1971 年，曾普信的《寒山诗解》一书出版；三年之后，1974 年，陈慧剑的《寒山研究》、程兆熊的《寒山子与寒山诗》、孙旂的《寒山与西皮》等书一涌而出；1973 年、1974 年，汉生出版公司和文风出版公司还先后出版了寒山诗的两个版本；1976 年，张曼涛的《日本人的死》介绍了寒山诗在 20 世纪日本的影响……

20 世纪 70 年代的中国大陆还无暇顾及国外的寒山热，而当着中国大陆的学术研究开始顾及"经典"之外的时代到来之后，海外的寒山热却渐趋降温了。就这样，在中国大陆的学术界多不曾知道海外有过那样的寒山热。

然而，如前所说，一个原本名不见经传、难考其实有的诗人及其诗，竟然能够不仅在唐代就被神化，在"五四"及其之后的一段时间内又被褒扬，而且能够在日本被经久不衰地称传，在美国几乎风靡一代，同时又反馈到我国港台，掀起一场寒山热，难道都是偶然的事情，没有值得我们至今仍需要深入剖析挖掘、全面认知的东西吗？答案显然不是这样。寒山诗的形式的通俗易晓易传，内容的精警喻世，诗中的寒山自然和社会人生的融化为一，那引喻、象征的艺术手段和表现，难道不使我们的当代诗人们慨叹不及吗？

> 寒山多幽奇，登者皆恒惧。月照水澄澄，风吹草猎猎。
> 凋梅雪作花，机木云充叶。触雨转鲜灵，非晴不可涉。
> 今日岩上坐，坐久烟云收。一道清溪冷，千寻碧嶂头。
> 白云朝影净，明月夜光浮。身上无尘垢，心中那得忧？

这是寒山自己，还是诗人心中的寒山？"寒山"是一个人，还是一处自然所在，还是诗人的心境之国？类似这样写"寒山"的诗，三百余首中竟有七十余首之多，意象蕴含的深刻、广泛，象征与组合的新颖、独到，思绪的冷峻与怅然，眼光的敏锐与跳跃，无不使读者感触，引发出关于自然与社会人生经验的共鸣和审美的共鸣，充分显示了诗中神秘世界和诗本身的魅力。而且在文化意义上，"寒山"本身就是个总体的涵括力极强的象征和引喻，它可以使人在文化的多个层次、多个成分、多个角度甚至多种性质上得到阐释、感悟和共识，远不仅仅是其形式的通俗与内容的宗教色彩和教训意味所能一言以蔽之的。

寒山与寒山诗有着这样的幸运与不幸的悲喜剧，是罕见的；古今中外对其不同的反响也是罕见的。没有任何一位在中国文学史上的小人物在日本曾引起这么大的关注，没有任何一位中国诗人在美国拥有这么大量的追随者，甚至连最近一二十年来逐渐在美国增加了读者群的李白、杜甫也不可企及，并且它又返回来带起了中国港台的热反应，从而成为一种国际性的文化现象。国际性文化现象的背后毕竟有着复杂的原因。同时，寒山与寒山诗更有着至今也未为我们认知的更为深广的文化内涵和强烈的艺术魅力，我们实在有对其重新审视、进一步把握的必要。

当然，这殊非易事，正如寒山诗中所写的"登陟寒山道"一样：

　　登陟寒山道，寒山路不穷。溪长石磊磊，涧阔草濛濛。

　　苔滑非关雨，松鸣不假风。谁能超世累，共坐白云中？

它使我们神往，引发我们的探求欲，而这又需要我们坚韧不懈的
努力。

[原载《烟台师范学院学报》（哲学社会科学版）1990 年第 1 期。兹
略有补订]

附记：

　　本文发表后，受到大陆学界关注。迄今 20 多年来，关于海外寒山
诗的翻译、研究及其影响的介绍和论说不断问世。现在编选这个集
子，收入当年的这篇据中外研究文献简略介绍性的小文，感到已经很
是"落伍"了，已不能反映这 20 多年来海外"寒山风"及其国内外
研究的新的进展面貌。只是因其在 20 多年前为大陆很快兴起的"寒
山热"包括对海外汉学之"寒山风"的"研究热"起到了一定的
"引子"作用，特此留为记忆。

　　当时作这篇介绍，有很多情况并未全面掌握，只是感到这些已
经够重要的了，有一种向大陆学界介绍出来的迫切感，所以有挂一
漏万之憾。例如，1983 年美国人赤松（Red Pine，本名 Bill Porter，
1943—　　）翻译的《寒山歌诗集》（*The Collected Songs of Cold Moun-
tain*，Port Townsend：Copper Canyon Press），是英语世界里最早出现的
寒山诗全译本，译了 307 首寒山诗。"译者对于源语文本的细腻考证、
散体化翻译策略的确定以及译本加注手段的运用，为寒山诗在英语世
界的传布、接受与经典化奠定了坚实的基础，使中国文学史上的边缘
诗人寒山及其名下的那些寒山诗在国际汉学界、比较文学界和翻译界
都赢得了巨大的文学名声。"（胡安江、周晓琳：《空谷幽兰——美国

译者赤松的寒山诗全译本研究》，《西南政法大学学报》2009 年第 3 期）其当时就没有介绍。台湾旅美学者钟玲对寒山诗在东西方的地位、流传情况的介绍和研究很多，她自 1970 年发表《寒山在东方和西方的文学地位》之后，1977 年又发表《寒山诗的流传》（《明报月刊》1977 年第 139 期，后收入其《文学评论集》，时报文化出版事业有限公司 1984 年版），多为本文参照，深为感谢。其后她一直不断有相关的研究成果问世，其相关著作近年来在大陆有多家出版，值得重视。目前大陆学界的海外汉学研究越来越深入和广泛，近年来寒山诗研究的相关成果多可圈可点，兹不赘言。

附 篇

晚清政府在西式大学中坚持
国学教育的主张与实践
——以中德政府合办青岛特别高等专门学堂的中文教育为例

一

近代中国的西式大学教育始自西方传教士来华创办"大学"，但晚清政府对这些西式"大学"一概未予承认，原因之一，就是晚清政府认为，中国的教育至关育人大事，系中国国策之本，教育主权不可假与外人；中国的教育应该传道授业的，是中国的国学，时称"中学"，亦即汉语和中国的传统文化；面对社会上出现的西化教育风潮和西方人在华创办学校的现象，政府应该坚持的是中国主导、中外合作、中体西用。

光绪二十九年（1902）《钦定京师大学堂章程》颁布，在此基础上，光绪三十一年（1904），《奏定高等学堂章程》订立，第一章第一节开宗明义："设高等学堂，令普通中学堂毕业愿求深造者入焉；以教大学预备科为宗旨，以各学皆有专长为成效。"第二节明确"高等学堂定各省城设置一所"。第二章第一节明确"高等学堂学科分为三类：第一类学科为豫备入经学科、政法科、文学科、商科等大学者治之；第二类学科为豫备入格致科大学、工科大学、农科大学者治之；第三类学科为豫备入医科大学者治之"。今不时见一些高校追溯其创办历史，往往以其创办"高等学堂"之时间为标志，其实是不准确的。学校历史可以追溯到很早，但"高等教育"的历史不能混淆。现代的"高等教育"与近代的"高等学堂"的概念不同。晚清政府订立的《奏定高等学堂章程》说得一清二楚。

《奏定高等学堂章程》第二章第二节至第四节，分别规定了高等学堂之三类学科的不同课程设置："第一类之学科凡十科：一、人伦道德，二、经学大义，三、中国文学，四、外国语，五、历史，六、地理，七、辨学，八、法学，九、理财学，十、体操。""第二类之学科凡十一科：一、人伦道德，二、经学大义，三、中国文学，四、外国语，五、算学，六、物理，七、化学，八、地质，九、矿物，十、图画，十一、体操。""第三类之学科凡十一科：一、人伦道德，二、经学大义，三、中国文学，四、外国语，五、拉丁语，六、算学，七、物理，八、化学，九、动物，十、植物，十一、体操。""各类学科学习年数，以三年为限。"

三类中都有的课程是："一、人伦道德"，"二、经学大义"，"三、中国文学"，"四、外国语"，"十（十一）、体操"。可见那时已经十分注重"外国语"了，"为豫备入医科大学者治之"的"第三类"，还要修学"拉丁语"。在各类学科中，"体操"也是必须课程。这充分说明，当时的政府办学指导思想，已经是"中西合璧"。

而各类高等学堂必须设置的"一、人伦道德"，"二、经学大义"，"三、中国文学"，都讲授哪些内容呢？《奏定高等学堂章程》也作了具体明确的规定。以"第一类"学科为例：第一年，"人伦道德：讲宋、元、明、国朝诸儒学案，择其切于身心日用而明显简要者"；"经学大义：讲《钦定诗义折中》《书经传说汇纂》《周易折中》"；"中国文学：练习各体文字。第二年，"人伦道德：同前学年"；"经学大义：讲《钦定春秋传说汇纂》"；"中国文学：同前学年"。第三年，"人伦道德：同前学年"；

"经学大义：讲《钦定周礼义疏》《仪礼义疏》《礼记义疏》"；"中国文学：同前学年，兼考究历代文章流派"。①

二

1907 年，时值德国租借青岛已过 10 年，德国人希望在青岛创办一所大学，但青岛是中国的领土，"胶澳租界"的主权在中国，在青岛创办大学需经中国政府批准，于是报请晚清政府学部。学部一开始并不批准，认为教育乃邦国之本，中华又一向有自己独特的文化，绝非洋人所可通晓，因此教育特别是高等教育的主办权，必须掌控在中国政府手中，于是德国政府即派代表同清政府反复商谈。清政府按学部惯例，凡外人在中国设立学堂，本一概不予批准，理由是洋学堂的宗旨、课程与中国"迥然不同"。但此次德国提出的办学动议，学部感到"系其政府之意，与私立者不同，而且筹定巨资、遴派专员商定章程，亦非私立学堂家自为学者可比"，所以，只要对方提出的办学"宗旨不悖，课程皆符，能由中国派员驻堂稽察，自应准其立案……以酬答与国之情"（张之洞奏折）。至 1908 年，双方反复商谈的最终结果，是该大学由中国政府与德国政府合办，归中国学部管理，两国政府共同出资，中方负责该大学的"中学"即国学基础教学，德方负责该大学的西式分科教学，即各个专业，中德双方共同延请中学、西学师资，且对该校毕业生不授西方学位，而授中国学衔。一切定妥，1909 年两国签订《大清国与大德国商订青岛特别高等专门学堂章程》十八条②，并报请两国皇帝批准施行，同年青岛特别高等专门学堂照章建校、招生、开学，学部官报正式公布。《大清国与大德国商订青岛特别高

---

① 喻长霖：《京师大学堂沿革录》，商务印书馆 1909 年《万有文库》本，《中国近代学制史料》第 1 辑上册，第 683 页。
② 青岛档案馆，新中国成立前档案政务总类 A001575。

等专门学堂章程》第一条开宗明义"本学堂系中德两国政府合办",第二条确立"本堂定名'特别高等专门学堂',设在青岛。"第六条规定"本学堂学生皆在堂住宿,学生服制悉照(清政府学部的)《奏定学堂冠服章程》以归划一"。第十一条:"本堂学科课程管理通则皆遵(清政府学部的)《奏定章程》妥定细则以使遵守。"关于特别高等专门学堂毕业生的待遇,《大清国与大德国商订青岛特别高等专门学堂章程》第十七条明确规定:"本学堂学生毕业后如愿升入中学(按:即非西学)大学堂肄业将来在大学堂毕业后准其与大学堂学生一律给奖;其毕业生不愿升入及不能升大学堂者不给奖励,唯中国官府得以酌量任使。"

这是中德两国政府合作在当时的"德国租界"青岛创办的中国第一所实行近代西式教育体制的大学。由于当时中国只有一所兼具行政与办学双重功能的"京师大学堂",因此中国政府不同意设在青岛的这所与德国政府合办的大学也叫"大学堂";但当时中国各省已经创办了一些相当于高中和大学预科的"高等学堂",(《奏定高等学堂章程》对此有明确界定:"设高等学堂,令普通中学堂毕业愿求深造者入焉,以教大学预备科为宗旨。")与这一所德国人主张要按照他们的标准创办的真正的大学又不同,所以定名为"特别高等专门学堂"——何为"专门"?盛宣怀在《拟设天津中西学堂禀》中,将天津中西学堂分设"二等学堂"和"头等学堂"。称:"二等学堂功课,必须四年,方能升入头等学堂;头等学堂功课,亦必须四年,方能进入专门之学。不能躐等。"① 即"只有'专门之学'方副大学之名";"大学"也可"由预科(头等学堂)和本科(专门之学)两部分组成"。②

按,关于这所中德政府合作创办、设在青岛的"特别高等专门学堂",国内学界一直很少注意,近年来逐渐受到关注,主要是青岛及与青岛相关的研究者对当地中德文历史档案的利用。这些研究也借鉴了一

---

① 《中国近代学制史料》第 1 辑上册,第 490 页。
② 喻本伐:《中国近代大学"第一"之争剖辨》,《教育研究与实验》1995 年第 4 期。

些外国人的研究成果，但有不少常识性错误，乃意识观念所致。如关于这所大学的校名，大多称为"德华大学"，乃从德国人用的"Deutsch – Chinesische Hochschule"译来；也称为"德华特别高等专门学堂"，则是既采自德文，又采自中文校名的混用，实在不伦不类。因为其一，中文校名中从来没有"德华大学"这个校名，也没有"德华特别高等专门学堂"这个"又称"；其二，Deutsch – Chinesische Hochschule，这是中德合作创办这所大学的双方协定文件上德文本的校名，而中德协定的中文本凿凿明确"学堂定名为'特别高等专门学堂'，设在青岛"。所以我们用中文，尤其是站在中方立场、角度称这所大学，就只能用当时的中文校名"特别高等专门学堂"，或者加上"青岛"这一所在地，称名"青岛特别高等专门学堂"，就如同人们也称"复旦大学"为"上海复旦大学""清华大学"为"北京清华大学"一样。如果要用和德文校名对应的较为符合现代叫法的校名，也只能叫"华德大学"或"中德大学"，这是国际双边文件中的惯例，即说者一方说己方和对方的顺序，只能先己方后对方，如同中国人说"中美""中日""中德"，就不能说"美中""日中""德中"；而美国、日本、德国人说"美中""日中""德中"，也不会反过来说一样。胡乱改名，或只按外人外文名称而故意不用原本正式的中文校名，若非故意，就是置历史事实于不顾，是对历史的不尊重；若故意为之，则不知用心何在。

在《大清国与大德国商订青岛特别高等专门学堂章程》第二条明确规定该学堂分为"预科""高等"两个层次，（张之洞奏折："学堂分为两级，一为预备科，一为高等大学。"）"预科"学制 6 年，"高等"学制 3—4 年。青岛特别高等专门学堂 1909 年首届招生 60 多人，10 月 25 日举行开学典礼，山东巡抚代表和清政府学部代表出席典礼并讲话。1912 年达到 300 多人规模，后达到 400 多人，成为中国与京师大学堂（1910 年始有本科，1911 年学校停办，1912 年改名北京大学，1913 年本科正式开学）在校生相当的两所最大规模大学之一，直到 1914 年 11 月日本占领青岛而停办，共招生学生 6 届，毕业 3 届，未毕业在校生多转入上海同济学堂，即后来的同济大学。

三

青岛"特别高等专门学堂"从创办之初，即在学科专业设置上"分四门：一、法政科；二、医科；三、工科；四、农林科"，并设置了"预科"。（张之洞奏折所奏："学堂分为两级，一为预备科，一为高等大学。"）按照 1902 年清政府《壬寅学制》的规定："大学堂全学名称：一曰大学院；二曰大学专门分科；三曰大学预备科"，青岛"特别高等专门学堂"有"大学专门分科"和"大学预备科"，只是无"大学院"（研究生院）而已。但实际上，这有可能是在中国出现的第一个大学法政学科、第一个农林学科、第一个工学科、第一个医学科（据笔者初步检索查考，美国教会所办的"东吴大学"从 1905 年开始举办本科，医科至 1909 年只有 3 人毕业，后未继续，且中国政府不承认这类大学；而中国政府举办并承认的"京师大学堂"，大学之名，早已有之，但大学之实，即开办专门之学，则始于 1910 年，比青岛特别高等专门学堂的大学之实晚一年）。

青岛特别高等专门学堂，在自然科学、人文科学与社会科学方面，都可以与当时德国本土的研究水平相提并论。1910 年至 1911 年，著名数学家、《数学杂志》的创办人之一、复合函数研究的权威康拉德·克诺普（Konrad Knopp，1882—1957）就在学校亲执教鞭。量子物理学家卡尔·艾利希·胡普卡（Karl Erich Hupka）也受聘来此任教。农林学科的主任威廉·瓦格纳（Wilhelm Wagner）则是一位较早研究地球物理学环境条件对经济作物传播影响的专家。法政学科的主任库尔特·罗姆伯格（Kurt Romberg）曾任胶澳高等法院的法官，他于 1911 年分别用中德两种文字出版发行的《德华法律报》，编纂出版的《中国人法学百科概览》、中德对照本的

《德华法律汇编》，都为人称道，影响深远。①

1912 年，德国王子曾来学校参观。同年 9 月 30 日，孙中山也曾被学校请去参观和演讲。孙中山说，学生们"必须勤奋、热情和自我克制地致力于自己的学习，以使将来在结束自己的学业后走入生活，以其知识造福于人民。就是说为了人民去建设中国的幸福，在大众生活的方方面面，通过发明、有组织的劳动等，为中国人民的福祉而贡献自己。中国的发展、进步和未来依借于此"。他说，在此停留的两天看到，"中国尽管有数千年的文化，却没有做出可与德国在（青岛）十几年中所做得事相媲美的业绩，道路、房屋、港口设施、卫生设备，所有这一切都证明了他们的勤奋和努力。学生的目标，应激励自己努力赶上，把这个范例推广到全中国，并且使自己的祖国同样完美"②。

显然，中德两国政府合办这所大学，中国政府投资不多，却在主导权上处处说了算，使德方不少人的要求未得到满足。中德合办协议签署后，时任胶澳总督的特鲁普尔（Truppel）言辞激烈地指责德方做出了过分的让步，而德方谈判代表、汉学家福兰阁（Otto Franke，1863—1946）却为学堂总算能够成功开办而感到欣慰，他在《论青岛高等学堂与中国之关系》③一文中称赞学堂是"融道义为一治，萃中西为一家，甚盛举也"；"政府协和，群才辐辏，觥觥乎大观矣"。在该文"（与中国培养）人才之关系"一节中，对这所大学的举办与那些外国私立的教会大学作了比较：

> 各教会所立学堂，以昌明耶稣教为旨，中国习于孔教，所不愿见异而迁。本堂章程以堂内不讲宗教为第一条，与中国习尚相合（原注：孔子为教育家，非宗教家，为东西洋所共认）。

> 教会学堂无奖励（引者按：即政府承认学历，奖给相当于科举制

---

① 王健：《德国法在中国传播的一段逸史——从青岛特别高等专门学堂说到赫善心和晚清修律》，法学时评网，2004 年 6 月 16 日。
② 以上引见孙保峰等在青岛报刊上的相关介绍。
③ 青岛档案馆，新中国成立前档案政务总类 A001575。

度时的进士、举人、秀才等'出身'），本学堂章程高等毕业后升入京师大学堂与中国学生一律给奖，是与各省高等学堂奖给举人者同一资格。

中国学科，有人伦道德以端其品，有经学以研其精，有中国历史地理以广其识，有中国文学以达其用，与游学东西洋尽弃其学而学者，异矣。

青岛特别高等专门学堂"禁传教，课程兼重中学，实为外国在中国设立学堂所无，是所望虽不无稍奢，而宗旨尚无差异"①。即中国政府坚持高等学堂的教育需严禁宗教神学，中学与西学结合。后来在实际办学过程中，还在学校实行了祭孔制度，以孔子为至圣先师。每个星期一开学，必由学校总稽察负责，实行祭孔礼仪。

在中文课程设置上，预科阶段，各专业设置和教授汉语文法和国学初阶；本科阶段，各系均设置和教授的"中学"即国学课程有古籍、历史、地理、伦理和文学。这与晚清政府 1904 年制定的《奏定高等学堂章程》中规定各类高等学堂必须设置的"一、人伦道德"，"二、经学大义"，"三、中国文学"是一致的。由此可见，在当时西方列强不仅侵吞中国领土，而且蚕食中国文化的"千年未有之大变局"（李鸿章语）之下，晚清政府对近代高等教育中的汉语文和国学教育是始终坚守主张，并力所能及地推行的，这对于维护中国近代教育的主权，坚守汉语国文教育的尊严，在西学东渐的世界上巩固汉语国文教育的地位，具有不容忽视的意义。

四

1912 年，已有 26 位德国教师和 6 位中国教师在该校任教，包括聘请

---

① 张之洞：《学部奏山东青岛设立特别高等专门学堂磋议情形并商订章程议筹经费折》。

的兼职教习若干。但 6 位中国教师全是专职，其中包括中国文学及伦理学教习于濂芳。据刘增人先生考证，于濂芳有《乙亥自述》，自述原名祉孙，字兰洲，号澹园，别号逸樵，又号独笑生，后以濂芳行世，山东潍县人。祖居县城郊外，自其祖父退翁获取功名，乃迁住潍县城里（今潍坊市潍城区）。性孤洁，喜独处，擅诗文，于画事独喜兰草。早年热心科举，曾得优贡。因慨叹官场腐败，不欲同流合污，于是绝意仕进，闭门读书。后自立教馆，设帐授徒。因学养丰厚，教授得法，教名远播，后被聘为青岛特别高等专门学堂中国文学及伦理学教习。月薪 100 元整。于濂芳在该校教习任上，务求实学，教风严谨，深得学子爱戴，离校以后，还屡屡与他们书信往还，诗文酬唱。1914 年日德宣战，德国战败，日本占青岛，学校解体，部分学生转入上海同济学校，于濂芳则受聘于济南齐鲁大学。离青岛前夕，携儿女摄影留念，并题诗于小照，诗前小引为"青岛旅次携昭宁儿淑宜女拍一小照即题一律"①。

6 位中国教师担任专职之外，一位最重要的中国国学教师是学校的总稽察蒋楷。但长期以来，这位中国政府派遣到中德两国政府合办高校的专职总稽察，一直没有引起人们的重视。

一些关于这所大学的介绍文字只说德国地质学家、海军部官员格奥尔格·凯泊"任德华大学第一任校长"，说"中方派驻一名清政府官员出任副校长"。这样说是很不负责任的。一方面，那时并不叫"校长"，而是叫"监督"；另一方面，当时中德双方商定，而且也是严格按照执行的是，德方指派学校的"监督"，中方指派学校的"总稽察"，两人各代表一方，"总稽察""不受监督节制"，这一职位是代表中国学部行使稽察的权力——管理学校是否照章运行，管理中方教师队伍，管理学生道德品行，与校长的职责不同，对学校行使把关定向、"监督保证"的职能，同时全面负责教师队伍的思想政治工作和学生管理工作。而且蒋楷是中国学部（即后来的教育部）直接派驻的，有类现在的教育部任命

① 刘增人、王焕良：《青岛高等教育史（现代卷）》第一章，人民出版社 2008 年版。

的学校领导。对这一重要问题，一些介绍文字不重视，可能的原因不外是：作者要么不知道这一重要史实；要么虽知道但忽视了；要么是虽知道、虽重视却不敢介绍出来——介绍出来了，所谓"德国人设立的""德国人创办的""德华大学"等把这所学校拱手"送给"德国的说法，也就无从说起、一文不值了。

将蒋楷任命为总稽察，无疑是"通晓学务之第一人"的清朝政府学务大臣张之洞的决定。如果说是中国政府决定了青岛特别高等专门学堂的"中学"即国学教育方向，那么中国政府所派五品官员蒋楷，就是具体执行、实践这个国家教育方针与计划的第一人。1909 年 10 月 5 日，特别高等专门学堂开学，蒋楷到任。

作为朝廷正式派到在德国租界青岛设立的两国政府合办大学担任总稽察的中国官员，蒋楷在青岛期间，不但担负起了自己的本职重任，而且和青岛本地的商人、士绅以及后来陆续流亡到这里的一些前清官吏，保持了良好的联系。蒋楷对中国刑法史素有研究，曾在该校讲授中国法制史的课。他把讲义写成了一本《经义亭疑》，分类介绍了中国早期法学理论和外国近代法学的异同，使之成了中国较早的比较法学著作。1912 年，蒋楷编辑出版了《青岛全书》。就在这一年冬，在青岛特别高等专门学堂当了三年总稽察的蒋楷，病逝在青岛。据记载，当时青岛人给他的敬称是"青岛圣人"。次年，国家教育部又派来了新任总稽察大员。

至 1914 年秋季，已有 300 多名学生在特别高等专门学堂就读，这其中包括张之洞的儿子、辜鸿铭的儿子等政府高官、学者名流的子弟。尽管也有研究评论说："不过，德华大学最令后辈兴趣盎然也最耐人寻味的是：它在引入西方课程的同时，还有几位身穿长袍马褂、脑袋后面拖着大辫子的老学究，谆谆传授儒家的'四书五经'"；"尽管德华大学的中国教授们是清一色的大清翰林、举人，个个满腹经纶，人人堪称饱学之士，但他们身上总透着那么一股酸气，散发着几分'冬烘'先生的味道，而学生们对这些老学究们的迂腐说教也是大多不屑一顾、置若罔闻，上课睡觉或者逃课之事屡见不鲜，刻板教条的填鸭式教育在自由新鲜的学术气氛中黯然失色，像风雨中销落的明日黄花，已经不合时宜。八股时代真的是一去不复返了"。但后来的知名诗人、美学家宗白华，著名学者王献唐，学识渊博、曾编纂过《胶澳志》、在中国收回青岛主权期间担任胶澳商埠督办、第二次日占期间担任青岛特别市市长的赵琪等，都是当年的特别高等专门学堂培养的高徒。宗白华对在青岛特别高等专门学堂的经历感受深刻，年轻的诗人说：青岛的海风吹醒我心灵的成年。当时的德文版《青岛最新消息报》曾有评论："中国青年人在这里所表现出来的鲜活朝气和进取精神，十分令人快慰……学校便成了中国青年精神和身体双重培养的基地。"① 日占青岛、学校被迫停办之后，宗白华等那些在校生大多转学到了同济医工学堂，即后来的同济大学。

王献唐（1896—1960），山东日照人，毕业于青岛特别高等专门学校土木工程专业，1917 年应请赴天津为《正义报》翻译德文小说，1918 年转济南任《山东日报》和《商务日报》编辑，1922 年中国政府收回日占青岛，王献唐为接收青岛代表，并留任胶澳督办公署。1924 年与青岛礼贤书院苏保志（德国人）等发起成立"中德学社"，以研究文史哲学，是年著《公孙龙子悬解》一书。1929 年起任山东省立图书馆馆长、齐鲁大学讲师，创办《山东省立图书馆季刊》，蜚声国内。之后任中央国史馆副总纂修、国史馆筹委会顾问、国史馆纂修、山东省文物管理委员会副主任、故宫博物院研究员等。主要著作有《长安获古编校补》《炎黄氏族文化考》《中国古代货币通考》《山东古国考》等。后人辑录有《双行精舍书跋集存》《顾黄书寮杂录》等。

青岛特别高等专门学堂虽历时不长，但在当时国运瞬变、大多学校昙花一现、历时更短的时局下，该校历史、规模、办学层次，在当时已经堪称"中国第一"了。

我国在当代主动开放国门、参与加速了"全球化"进程的历史条件

---

① 陆安：《"黑澜大学"：西学东渐的缩影》，《青岛晚报》2008 年 3 月 30 日"青潮·文史"版。

下，不仅要在汉语国文教育问题上维护中国教育的主权和安全，而且要走出国门推展汉语国际教育，在世界上巩固和提升汉语汉文化教育的地位，意义重大。因此，挖掘认识、认同和继承我国近人即使在欧风西雨袭击下仍坚守汉语汉文化教育国策的信念操守和历史智慧资源，激发我们今人因应国运需要坚守国学本位，因应世界需求推广汉语国际教育的自觉性、使命感、自豪感和自信心，十分重要。

[原题《晚清政府在西式大学中坚持国学教育的主张与实践——以中德政府合办青岛特别高等专门学堂的中文教育为例》，载张西平、柳若梅主编《国际汉语教育史研究》（世界汉语教育史研究会 2009 年学术研讨会论文集），商务印书馆 2014 年版]

后　记

　　我对中国古代文学和国外汉学的重视和研究，回想起来，是从在山东大学中文系读书时开始感兴趣，并着意于斯的。那时最愿意听的课、最愿意看的书、最愿意想的"专业"中的问题，在中文专业的多个大领域里，恐怕就是"古典"了。"古典"本即"古代文学之经典、精典"。这其中，那些我感到写得最好、最富有诗意的古典名著，小说中首先是《红楼梦》，其次是《聊斋》，诗词中首先是唐诗宋词，其中名篇佳制尤其是其中被"定评"的"千古绝唱"，自然是我的"最爱"了。毕业后在高校教书，讲授中文，于是就在对《红楼梦》《聊斋》、唐诗宋词等"百读不厌"的基础上，开始了对国内外"红学"、国内外"聊斋学"（或称"蒲学"）、国内外唐诗宋词研究的涉猎和对相关问题的"探谜"的学术历程。我的早期的主要学术习作，就是在《红楼梦学刊》《蒲松龄研究》等专门期刊上发表的。而"红学"与"聊斋学"，又恰恰是国外汉学的重要领地，这为我结合对外汉语教学而做的国外汉学包括汉文学、汉文化教学的研究，奠定了最为基础的"本底"。

　　为了反映我对中国文学古典研究探讨的重点面的完整性，也为了反映我对古典的研究从"红学"起步的面貌，本书仍然收录了红学研究6篇，尽管这些篇什已经纳入了我的《〈红楼梦〉与中国文学传统》一书（中国书籍出版社 2013 年版），考虑到这次是"论文结集"，若不收红学的这些篇什，就缺了一大块。这次只对个别篇什的文字做了必要的修补订正，大多则尽力保持原貌——不失为这次结集的初衷。本集中对其他内容的篇什也是如此。

蒲松龄是山东人，其《聊斋志异》就诞生在山东，与《红楼梦》一样也传遍了世界、影响了世界，这对于我这个山东人，上学在山东，教书生涯也主要在山东的"古典"的"粉丝"而言，"近水楼台"，将《聊斋志异》及其作者蒲松龄纳入重点研究的视野，是再自然不过的事情，而且这也同样受到母校山东大学的聊斋学研究（也有称为"蒲学研究"）的影响。一方面研读《聊斋》虽不及研读《红楼梦》那样"痴迷"，但也同样可谓"百读不厌"；另一方面山大东大学"蒲松龄研究室"编辑出版的《蒲松龄研究辑刊》，也是每期必读，对其中的一些我特感兴趣的问题，是必加研判的。以此为基础，于是才有了我的一些进一步的追问与深究。于此，收入本集子的也是 6 篇。

除了《红》《聊》这两个比较集中的专题，对中国古代文学史宏观层面上的关注，涉及范围相对广泛一些。大凡在期刊上单篇发表过的专题探讨，有的是纵向的通史性的，有的是横向的断代性的，大多体现在给留学生、研究生讲课之中，因而有的已成为我的《中国古代文学》（小说卷）、《中国古代文学》（诗歌卷）留学生教材（华语教学出版社）的有机内容，有的则成为我指导的古代文学学科、语言学与应用语言学学科的研究生们的毕业论文的基础。这次酌情选收的，同样也是 6 篇。

国外汉学，实际上就是国外汉文学、汉语言文化的创作、发展本身及其研究。创作、发展，包括从中国本土的传入及其影响；研究，包括国外人对其本国的和对中国本土的汉文学、汉语言文化及其对外传播、影响的研究。红学、聊斋学是汉文学研究中的"显学"，我对此的关注，在本集中归类入红学、聊斋学；而将对历史上的朝鲜半岛、琉球群岛人无论是其在中国本土还是在其乡国（历史上中国的属国地区）创作的汉文学的研究，对其所在乡国作为历史上的中国属国的汉语言文化的教学、传承和发展情况的考察研究，归在了这一类里。这些地区在历史上的中华帝国时代，与中国内地同属于一个王朝天下，因此，对这些地区的汉文学、汉语言文化的关注，是今日中国文学、国外汉学研究者不能忽视、不能不重视的领域。与朝鲜半岛、琉球群岛同属于历史上的中华帝国天下的海外地区，还有不同时期的日本列岛、不同程度的中南半岛以及东南亚群岛，可惜我没有能力加以涉猎，很希望看到同行大家们投入更多的精力，得到更多的收获。这里另外选入一篇谈寒山诗在东西方影响的，算是对"海外汉学"之"广域"范围的一点照应。以上四"类"之外，另加一"附篇"，个中缘由，读者可鉴。对我国历史如此悠久、内涵如此丰富、艺术如此高妙的灿烂的古典文学这一国学宝库，连国外都十分重视，连已开始"洋务"的晚清都十分坚守，国人当下、今后应当如何，自不待言。

本书选文凡 25 篇。为尽量保持原作刊发时的原貌，对较早发表的论文，尽管与近年发表的论文有别，没有现在通常所要求的"内容提要""关键词"等项，也均没有再做添加，这是有必要加以说明的。

要说明的情况还有很多，难以尽达。说这些话，主要是想让读到这本集子的朋友们对这本集子的内容及其背景有所了解。还要必须说的，是几句感谢的话。感谢对我从事这些研究有着或多或少影响的人们，包括我山东大学母校的老师和同学、朋友，包括我的家人，包括我在烟大、在海大、在海外教书几十年来曾经或一直激励我、帮助我的师友和国内外学生们。感谢学校、学院为我提供了可以对我最感兴趣的古典文学、汉学和对外汉语文化推广进行潜心教学、研究的环境和条件；感谢为我发表这些篇什不弃抬爱的国内外刊物包括著名刊物的诸多先生、诸多朋友们。最后要感谢的是学院为中文学科发展编辑出版一套文集丛书的动议和学校的支持，并感谢中国社会科学出版社对这套丛书的重视与出版。若无此动议就无此计划、无此行动，也就不会有这么一套丛书和我的这么一个集子。

　　是为记。

王庆云

2016 年 10 月 5 日于青岛